歌神と古今伝受

鶴﨑裕雄
小髙道子
〔編著〕

和泉書院

住吉大社境内に残る紀州青石（津守国美歌碑）
（本書54頁参照）

敷島の道を照らします住吉明神

住吉大社宮司　髙井道弘

此度の『歌神と古今伝受』刊行にあたり、心よりお祝い申し上げます。

神功皇后のご鎮斎より今日まで崇敬をあつめる当社は、古代の住吉津や難波津、遣隋使・遣唐使の発遣、近世の北前廻船など船人が崇める海神の信仰がよく知られ、禊祓《みそぎはらえ》のご神格、貿易・産業をご守護される大神様としても信仰されます。さらには、天皇の即位儀礼として往古に行われた八十島祭に関わる神々として、あるいは、大神御自らが御歌を詠まれ、時には顕形《げぎょう》されるご存在として、朝野から尊崇されてまいりました。

平安後期の住吉神主である津守国基《つもりのくにもと》は、紀州の和歌浦に赴いて玉津島の神に感応したと伝えられます。それを契機に住吉は歌神としてのご神徳をより昇華せられたともいわれ、後には柿本人麻呂を加えた和歌三神がひろく仰がれるようになりました。そして、歌神への信仰や、歌道に対する人々の想いからは、じつに様々な伝説を生み出してまいりました。

さて、当社御神宝には、歴代の御所伝受を相伝せられた天皇による御法楽和歌の奉納短冊が伝来しておりますが、敷島の道をご守護せられる住吉大神への格別なるご尊崇を示されるものであります。古今伝受に関わる性質もあってでしょうか、神庫に秘かに奉安されたままでしたが、これを調査して光をあてられたのが鶴崎裕雄先生、神道宗紀先生でした。そして、鶴崎先生のご発案によって、平成二十八年十二月十日、当社にてシンポジウム「歌神と古今伝受」が催行となり、玉津島神社・住吉大社の共催となりました。本書はこれを受けての企画であることはいうまでもありません。共催を申し出ましたところ、直ちにご快諾をくださいました玉津島神社宮司の遠北明彦様には心より感謝いたします。

和歌両神が共催する斯様な行事は画期的な出来事であり、奇しくも『古今和歌集』の奏上より一一一一年という揃目での開催となりました。また、歌道の秘奥に位置した古今伝受に注目しての催事ということで、近年稀に見る大変に意義深いものでした。企画の実現には、両神社の鎮座する和歌山市・大阪市間を鉄道で結ばれる南海電気鉄道株式会社様、そして住吉の地で創立され一〇〇周年を迎えられた学校法人帝塚山学院様のご後援をたまわり、貴重なシンポジウムが盛会裏に開催することが出来ました。さらに本書の刊行にまで至りましたこと、歌神に奉仕する神職として慶賀の極でございます。

本書には各論考が収録されていますが、いずれも趣旨にご賛同をたまわり特にご執筆いただいたものばかりです。歌神への信仰とその周辺をうかがう上で、必ずや理解の一助になる充実した内容であると確信いたしております。歌神の導きたまうままにご一読いただきたく存じます。

末筆ながら、鶴﨑裕雄先生、小髙道子先生には、今回のご刊行の企画から編集まで多大なるご尽力をたまわり、感謝の言葉もございません。また、ご執筆の皆様方に対しましても厚く御礼申し上げます。

平成三十年九月

和歌のふるさと―玉津島

玉津島神社宮司　遠北明彦

平成二十八年十二月十日、住吉大社様において「歌神と古今伝受」のシンポジウムが盛大に開催されました。同じ歌神を祀る神社として住吉大社様からお誘いを受け、共催とさせて頂きましたこと、大変光栄なことでございました。

そしてここに鶴﨑裕雄先生・小髙道子先生編集の『歌神と古今伝受』が刊行されますことは誠にありがたいことでございます。

心より御礼申し上げます。

さて、和歌の浦・玉津島が和歌の聖地として崇められた由縁はいにしえの風光明媚な景色に因ります。いにしえわかの浦は「弱浜《ワカハマ》」（稚浜《ワカハマ》─稚日女尊《ワカヒルメノミコト》〈天照大御神の妹神〉が元より居ます故）と呼ばれていました。「弱」は「若」に通じ、まだ小さいけれどもこれから大きく伸びる、成長していけるという意味を持っています。わかの浦は遠浅の地形で、潮の干満の差が大きく、確固たる陸地を成すまでは未だ成長段階の若い浜であったからと考えられます。その中の、玉津島神社周辺には六つの小高い山（玉津島六山）が点在していることから、いにしえ特に玉津島と呼ばれていました。潮が満ちると六つの小山が恰も玉のように点々と海上に浮かび連なり、玉の緒を成した景観に因ると推察されます。

古代の人々にとって、玉は霊魂の宿る所、或いは霊魂そのものであり、玉の緒も生命の象徴と見做され、わかの浦は風光明媚で、神のおわすところとして崇められていました。

神亀元年（七二四）聖武天皇が即位の年、このわかの浦・玉津島に行幸せられた際、随行した山部赤人が詠んだ玉津島讃歌（『万葉集』巻六）が奈良の都の人々に知れ渡り、一躍憧れの地となり、歌枕として多く詠まれるようになります。

平安時代、『古今和歌集』仮名序に、讃歌の反歌第二首「若の浦に潮満ち来れば潟《かた》をなみ葦辺《あしへ》をさして鶴《たづ》鳴き渡る」の歌が取り上げられたことで天皇・貴族から注目されます。これに伴って、和歌の神・衣通《そとおり》姫尊《ひめのみこと》が玉津島神社に合祀せられて以降、和歌の聖地として尊崇されるようになり、朝廷はもとより、ひろく歌人らの玉津島詣が行なわれ、和歌の奉納がなされてきました。

中世になって、和歌の聖地としての信仰は厚く、社殿のなかった時代においても、大きな一本の根上がりの松に和歌の神の神霊が宿るとして詣でられます。（『慕帰絵詞』『東野州聞書』）

江戸時代には、初代紀州藩主徳川頼宣寄進の三十六歌仙、後桜町天皇御世の近衛内前寄贈《うちさき》の御神輿、後《ご》西《さい》天皇以後歴代天皇の和歌をはじめ、多くの貴重な和歌が奉納され、大切に保管されています。

現在、境内には小野小町袖掛の塀、根上がり松、春には衣通姫桜が咲き誇り、昔を今に伝えています。和歌の神を祀る神社として尊崇され、今日まで栄え来た玉津島神社、今一度、和歌の心を学び、これからも心のよりどころとして多くの人々に訪れていただけるよう心を尽くしてまいります。

最後になりましたが、この書籍刊行に際しましてご尽力を賜りました関係者の皆様方に心から御礼申し上げます。

平成三十年九月

『歌神と古今伝受』刊行によせて

帝塚山学院理事長　野村正朗

住吉の地には、古くから住吉大社が鎮座されています。この地には風光明媚な大阪湾の海浜が連なり、海の幸の恵みを受け、人々は海の神を崇敬し、航海の安全を祈って海の神住吉明神を祭ったと言われています。またこの地は『万葉集』以来、名歌に詠まれ、歌の名所としても名高い土地でありました。住吉の神を海の神であるとともに歌の神としても崇敬されていたことは言うまでもありません。

帝塚山学院は、大正六年（一九一七）大阪市住吉区帝塚山の地に小学校開校から始まりました。今では幼稚園から大学・大学院までを擁する総合学園です。創立当初より、帝塚山学院は近隣の誼で、校外学習など、たびたび住吉神社の境内に出かけており、放課後なども児童・生徒たちにとっては良き遊び場でもありました。過去の記録によりますと、校外にある林間学舎において住吉大社の御田植神事の中の田楽舞（住吉踊り）を児童・生徒が踊っていたとされています。また近年には、住吉大社の「夏越祓《なごしのはらえ》神事」などに積極的に参加させていただいております。

この帝塚山学院が平成二十八年に創立一〇〇周年を迎えましたので、記念事業の一環として同年十二月十日住吉大社吉祥殿にて開催されたシンポジウム「歌神と古今伝受」にご援助することにし、続いて今回の出版に当たっても、少額ではありますが、出版助成をお引き受けすることといたしました。これも一〇〇年に及ぶご縁の賜物であり、ご神慮のお導きであろうと思います。

なお、シンポジウムのパネラーの鶴崎裕雄氏は、元帝塚山学院短期大学学長で大学名誉教授、神道宗紀氏も同じく大学名誉教授で、「住吉大社奉納和歌集」および「紀州玉津島神社奉納和歌集」の執筆もしており、この度のご縁に繋がっていますことを一言つけ添えさせていただきます。

最後に、『歌神と古今伝受』発刊に際し様々な形でご尽力いただきました皆さまに感謝申し上げます。

平成三十年九月

目次

古今伝受

歌神

住吉神が「歌神」になる時

深津睦夫

はじめに

改めて述べるまでもなく、本来、住吉神は航海の安全を司る神であった。そのことは、『日本書紀』神功皇后《じんぐうこうごう》紀や『万葉集』巻六所収歌などから明らかである。しかし、後に、和歌の道を守護する神、すなわち「歌神」であるとの認識も生まれてくる。

住吉神が歌神であることをはじめて明確に述べたのは藤原俊成《ふじわらのしゅんぜい》であろう。文治《ぶんじ》三年（一一八七）撰の『千載《せんざい》和歌集』序文の末尾に「この集、かくこの度、記しおかれぬれば、住吉の松の風久しく伝はり、玉津島の波永く静かにして、千々の春秋を送り、世々の星霜を重ねざらめや」(1)と記している。これについて、三輪正胤は、「住吉と玉津島の両神を、和歌の守護神と見る公的な発言と見ることができ」ると指摘している(2)。

和歌の守護神と認識していたことを、より直接的に表現した次のような歌もある。

和歌の浦の道をば捨てぬ神なればあはれをかけよ住の江のなみ(3)

これは、俊成が文治六年（一一九〇）に奉納したいわゆる「五社百首」のうちの『住吉社百首』の一首（「述懐」題）である。「和歌の浦の道をば捨てぬ」というのであるから、明らかにこれは、住吉神を和歌の守護神として詠んだ歌である。

このように、俊成には間違いなく住吉神を歌神とする認識があったことが確認できる。本稿は、住吉神を歌神として崇敬する信仰がどのように形成され、この俊成の認識にまで至ったのかを明らかにしようとするものである。

一、「歌神」の概念について

この問題を論じた主要な論文として、檜垣孝「神仏感応歌―住吉明神の場合を中心に―」(4)と片桐洋一「和歌神としての住吉の神―その成り立ちと展開―」(5)の二編がある。

檜垣は、住吉明神の和歌に関わる説話を個々に検討した結果、「長元八年の『関白頼通歌合』に際しての祈禱奉幣をその早い例として嘉応二年の『住吉社歌合』での実定の和歌に明神が感応したことをその極まりとして」、歌神としての地位が明確にされたと結論づけている。この論文では論点が網羅的に検討されており、首肯すべき指摘も少なくない。ただし、いくつかの資料の解釈には再検討の余地があるように思われる。

一方、片桐は、『伊勢物語』第一一七段に住吉神が登場することや、平安後期に住吉神が「夜やさむき」の歌を詠んだとの伝承が存在したことをふまえて、「平安時代から鎌倉時代初頭にかけての住吉明神は、和歌に感応する神、和歌がわかる神の代表としてとらえられ、和歌の神になる一歩前の状況」にあったとした上で、住吉社三九代神主である津守国基《つもりのくにもと》が玉津島《たまつしま》明神を住吉社の南社に勧請《かんじよう》することによって、住吉明神を和歌の神にしようとしたのではないかと推測している。国基による玉津島明神の勧請という具体的な行為に歌神化の直接的契機を見ようとしている点は注目されるところであるが、その歌神化の理路の説明は十分なされていないように思われる。この片桐論文については、結論をそのまま受け入れることはむずかしいが、論の進め方に関しては従うべき点が多い。同論文では、神が和歌をわかることや神が歌を詠むことと、その神が歌神であることとは明確に区別して論が進められている。それには従うべきだと思うのである。

古来、住吉神は和歌に縁が深かった。たとえば、『伊勢物語』第一一七段や『住吉大社神代記《すみよしたいしゃじんだいき》』には、人と住吉神との歌の贈答が記されている。この二書については、その成立にさまざまな議論があるが(6)、最も時代を下げる説を取った場合でも、いずれも十世紀末までには成立していたとされる。古くから伝えられた話と言えよう。また、多くの人々が住吉社に参詣し、歌を詠んでいる。昌泰《しょうたい》元年（八九八）十月の宇多上皇の御幸や（『扶桑略記《ふそうりゃっき》』等）、延久《えんきゅう》五年（一〇七三）二月の後三条院の参詣の際の詠歌（『栄花物語』第三十八「松のしづえ」）などが、その盛大な例としてよく知られていよう。しかし、このように和歌に縁の深い神であることが、歌神であることを意味するわけではない。このような和歌との深い縁が、住吉神の歌神化の背景となっているのはまちがいないが、それはまた別の問題である。

歌神とは、和歌の道を守護し、秀歌を詠ませてくれる神のことである。当たり前と言えば当たり前のことではあるが、このことに留意して、以下、その形成過程を考えていきたい。

二、歌合の奉幣

まず、歌合の際の奉幣《ほうべい》の事例について考える。

歌合に勝つことを願って神社に奉幣することが、平安時代中期になって始まった。歌合に勝利することを祈願するのであるから、その祈願の対象となる神は「歌神」と認識されていた可能性がある。

萩谷朴によれば、現在知られる奉幣の最古の例は、長元八年（一〇三五）五月十六日に関白頼通《よりみち》が主催した『賀陽《かや》院水閣歌合《いんすいかくうたあわせ》』のそれであるという(7)。漢文・仮名の日記も作成されて、歌合当日の次第や、勝利した左方人が報賽《ほうさい》のために二十一・二日に石清水八幡宮と住吉社に参詣したことの詳細が知られる。住吉社では一三人が述懐の和歌各一首を詠じ、式部大輔《しきぶのたいふ》藤原資業《ふじわらのすけなり》が序文を記した（「於住吉社述懐和歌一首《すみよししゃにじゅつかいのわかいっしゅ》 幷序《あわせてじょ》」）。前述のように、檜垣は、この歌合に伴う住吉社参詣を、住吉神の歌神化の始発を意味するものとして注目している。

次いで、祈願奉幣が知られるのは、承暦《じょうりゃく》二年（一〇七八）四月二十八日に白河天皇が主催した『内裏歌合《だいりうたあわせ》』の時である。勝ったのは左方である。この時、左方は石清水八幡宮と賀茂社に奉幣した。そのことは、『袋草紙《ふくろぞうし》』下巻の「和歌合の次第」に「承暦の時、八幡、賀茂に祈願す。馬を競ぶべしと云々」(8)とあることより知られる。また、仮名日記に「左のひとびと、かもにまゐりてよろこびまうして、こむまくらべなどせさすとて」とあり、報賽に賀茂社に競馬《こまくらべ》を奉じたことも知られる。一方、右方は、大江匡房《おおえのまさふさ》が「歌合祭文《うたあわせさいもん》」を作成し、梅宮明神に奉納して勝利を祈願した（『朝野群載《ちょうやぐんさい》』）。結果としては、この祭文の効験はなかった。

次に知られるのは、寛治《かんじ》七年（一〇九三）五月五日に白河天皇第一皇女郁芳門院媞子《いくほうもんいんていし》内親王が主催した『郁芳門《いくほうもん》院根合《いんのねあわせ》』のそれである。この歌合の詳細は、左方の講師として参加した藤原宗忠《ふじわらのむねただ》の『中右記《ちゅうゆうき》』によって知られる。同記五月一日条には、左方が石清水・賀茂下上・春日・大原野・吉田・住吉の七社に奉幣を使わし、勝利を祈願したことが記されている。歌合には左方が勝利した。『後二条師通記《ごにじょうもろみちき》』同九日条には、勝利を感謝して、賀茂社に競馬事があったことが記されている。一方、負けた右方については、『袋草紙』に「郁芳門院根合は、石清水、賀茂、稲荷、住吉、北野と云々。これ右方なり」とある。

もう一例は、応保二年（一一六二）三月十三日に行われた『中宮育子貝合《ちゅうぐういくしのかいあわせ》』である。『山槐記《さんかいき》』同月八日・十日条によって、この時の左方の奉幣先は八幡・賀茂・住吉であったことが知られる。

このように、晴儀の歌合に際しては、左方と右方がそれぞれ複数の神社に勝利祈願の幣を奉り、勝利した時には報賽が行われたのである。それらの奉幣先で判明する分を整理すると、次のようになる。

賀陽院水閣歌合―〈左方〉石清水・住吉

内裏歌合――――〈左方〉石清水・賀茂　〈右方〉梅宮
郁芳門院根合――〈左方〉石清水・上賀茂・下賀茂・春日・大原野・吉田・住吉　〈右方〉石清水・賀茂・稲荷・住吉・北野
中宮育子貝合――〈左方〉石清水・賀茂・住吉

さて、この結果から、住吉神が「歌神」として遇されていたと言えるだろうか。

この点について、檜垣は、

四例に登場する神々がすべて和歌の神であるとすべきかどうかそれはより詳細な検討考察が必要でありにわかに解決できる問題とは思われないが、当面問題にしている住吉明神は三例に登場しており和歌の神として見ようとする当時の人々の意識がうかがい知れるようには思われる。

と述べている。

しかし、右に示したように、四例すべての歌合において奉幣先となっているのは石清水社である。住吉社も三例あって、比較的多いと言えようが、賀茂社も三例ある。『内裏歌合』と『郁芳門院根合』の場合、勝利した側の報賽として行われているのはいずれも賀茂社における競馬であり、奉幣先として賀茂神が特に重視されていたと見ることもできそうである。全体的に見るならば、石清水・住吉・賀茂の三社は、奉幣先として同程度に重要視されていたと言えるのではなかろうか。応保二年開催の『中宮育子貝合』は、この四例の中で最も時代の下るものであるが、それの奉幣先が石清水・賀茂・住吉の三社であるのは、時代を経るにしたがって、この三社に奉幣先が集約された結果ではないかとも思われる。いずれにしても、歌合において勝利を祈願する神として住吉神が特別な地位に在ったとは言えないと思うのである。

これら四例に見られる神社が奉幣先として選ばれたのは、これらが、いわゆる「二十二社《にじゅうにしゃ》」に位置づけられる存在であったからだと考える。二十二社とは、平安時代中期以降、朝廷の格別の崇敬を受け、国家の重大事に際して使者が特別に派遣され、奉幣された神社である。一方、この四例は、典型的な公的晴儀の歌合であった。萩谷は、「典型的な公的晴儀の歌合であると確認し得るものは、(略) 極めて少数の例に限られる」として十二の歌合を挙げるが、この四例はすべてその中に含まれている。すなわち、当該の歌合は宮廷社会の公的な行事であったからこそ、二十二社として位置づけられている神社に奉幣が行われたと思われるのである。

晴儀の歌合における勝利祈願の奉幣は、「歌神」の問題とは直接的には関わらないことと見るべきであろう。

三、源頼実「木の葉散る」詠

住吉神が秀歌を詠ませてくれる神として明確に姿を現すのは、『袋草紙』(保元二年〈一一五七〉から翌年にかけての頃成立) においてである。「歌合の事」の中に次のような説話が載る。

源頼実《よりざね》はこの上なく歌道に執しており、住吉に参詣して、命に換えて秀歌一首詠ませてくれるように祈誓していた。その後、「木の葉散る宿は聞きわく方ぞなきしぐれする夜もしぐれせぬ夜も」という歌を詠んだが、当座は特に秀歌と気づかなかった。その後また住吉に参詣して秀歌を詠ませてくれるように祈誓したところ、「すでに秀歌は詠ませた。あの木の葉散るの歌こそがそれである」との託宣があり、以後、秀歌として評判になった。頼実は六位のまま若死にした。

この説話の主人公頼実は、長和《ちようわ》四年(一〇一五)生まれで、長久《ちようきゆう》五年(一〇四四)に三十歳で亡くなっている。後《ご》朱雀《すざく》・後冷泉《ごれいぜい》朝に活動し、歌道に執心した歌人の集団として知られる「和歌六人党《わかろくにんとう》」の一人である。

この「木の葉散る」詠は、頼実の家集『故侍中左金吾家集《こじちゆうさきんごかしゆう》』や『後拾遺和歌集《ごしゆういわかしゆう》』巻第六・冬歌に収められているが、どちらにも住吉神の話は出てこない。

この歌の詠作時期は亡くなる前年頃と推定されるが、住吉神が秀歌を詠ませてくれたという話は、詠作当時はもちろんのこと、応徳三年（一〇八六）の『後拾遺和歌集』の撰集時においても存在しなかったと思われる。おそらく、頼実が実際に経験したことではなく、十一世紀末から十二世紀半ばまでの間に形成された説話なのであろう。この説話の形成について、檜垣は、頼実もその一人に数えられる和歌六人党の人々の和歌への執心が並々ならぬものであったこと、頼実が若くして没したこと、この歌が『後拾遺和歌集』に採られたこと、さらに、祭の使いで住吉に参詣した際に歌を詠んだこと（『後拾遺和歌集』雑四・一〇六七）などが要因として考えられると指摘している。従うべき見解であろう。

これを、当時すでに住吉神を歌神として崇敬する信仰が確立しており、その影響の下に形成された説話であると考えることは、おそらく当たらないだろう。むしろ、この説話が、歌神としての地位を築く要因の一つとなったと考えるべきである。そのように判断するのは、『袋草紙』の成立よりも後、十二世紀後半においても住吉神が歌神であるとの認識は必ずしも一般化していなかったと思われるからである。

この頼実の説話は、少し内容が異なる形で『今鏡《いまかがみ》』・『西行上人談抄《さいぎようしようにんだんしよう》』・『無名抄《むみようしよう》』にも載る。『今鏡』十「敷島《しきしま》の打聞《うちぎき》」には、神に祈願することによって歌を詠むことを得た頼実の二つの逸話が語られており、その後半が住吉神の話になっている。前半は、次のような話である。

頼実は、七条にある家で「夕に郭公をきく」という題で歌を詠むことになったが、酒に酔って、その家の車宿りに留めておいた車の中で歌を考えているうちに、つい寝過ごしてしまった。目覚めて、何とか詠もうとするが思いつかない。いよいよ披講する時間になって、人が皆歌を書いた後で、「このあたりに稲荷明神がいらっしゃる」と気づいて、神に祈ったところ、はっと思いついたので、それを書いた。それが、「稲荷山越えてやきつる郭公ゆふかけても声の聞ゆる」という歌である。

後半は、『袋草紙』と大筋は同じであるが、五年の命に換えて秀歌を詠ませてほしいと祈誓した点や、病気になった時に回復を祈ったところ、秀歌を詠ませてやったのだからその願いを聞くことはできないとの託宣があったので、以後命を惜しまなかったとする点などに違いがある。

住吉神への祈誓の話が『袋草紙』のそれよりも劇的になっている点も興味深いが、ここでは、そのことではなく、歌を詠ませてくれる存在として、稲荷明神と住吉神とがほぼ同等の役割を果たしていることに注目したい。『今鏡』の成立は、承安《じょうあん》四年（一一七四）から翌年にかけての頃とされている。この当時、住吉神だけが歌神として特別な存在として認識されていたわけではなく、稲荷明神もまた「歌神」的存在として語られているのである。

『西行上人談抄』所載の頼実の逸話についても見ておきたい。西行は治承《じしょう》四年（一一八〇）から文治二年（一一八六）七月までのおよそ六年間を伊勢で過ごすが、その許に内宮神主の荒木田満良《あらきだみつよし》（後に「蓮阿《れんあ》」）が通い、歌話を聞いた。それから四十年以上経ってその歌話がまとめたのが『西行上人談抄』である。すなわち、同抄の記事は、治承～文治頃の西行の言談である。これについては、その本文をそのまま引用する(9)。

「この歌は、藤原頼実、命にかへたる歌なり。よはひ三十の時、病大事にて死なむとしけるに、『命はいくらにても、そのなからを召して秀歌を給はらんとこそ賀茂大明神には祈り申ししに、させる秀歌も詠まで死なんずよ』といひける時、前にありける七八ばかりの者に大明神憑きたまひて

木の葉散る宿は聞きわく方ぞなき時雨する夜も時雨せぬ夜も

『この歌は、六十まであるべかりつる命を、祈り申すに任せて三十の命を召して、詠ませたるにあらずや』と、託宣したまひければ、頼実、『これをえ知り給はざりける。いまは心やすくこそ。命、更に惜しく候はず』とて、三日ばかりありて死にけり。よき歌はまことにたやすく出で来がたし。祈りもすべき事なり」と侍りし

寿命の半分を秀歌に換えたいと望んだとある点など細部に違いはあるが、大筋は、『今鏡』の後半と一致する。問

題は、頼実が秀歌を得ることを祈願した神が「賀茂大明神」となっている点である。これは、西行が記憶に頼って語ったために犯した間違いだと思われる。そのように考えるのは、同抄には、引用する歌や歌人について、西行の記憶違いと思われる記事が散見するからである。

西行にとって、秀歌を詠ませてくれる神の名は、歌句や歌人名と同じように、場合によっては忘れてしまう可能性のあるものであった。また、秀歌を詠ませてくれる神を取り違えたとき、脳裏に浮かんだのは賀茂明神であった。このことは、西行には「歌神すなわち住吉神」という認識はいまだ確立しておらず、賀茂明神をそのような存在であると認識していた可能性があることを示している。

このように、『今鏡』や『西行上人談抄』によれば、治承年間（一一七七〜一一八〇）頃までは、住吉神以外に、賀茂明神や稲荷明神も秀歌を詠ませてくれる存在であると考えられていたらしい。そもそも賀茂と稲荷は平安時代において特に多くの崇敬を集めた神社であった。たとえば『蜻蛉日記』には、道綱母が賀茂社と稲荷社に和歌を奉納して救済を願う記事が見られる。また、前述のように、歌合に先立って行われた勝利祈願の奉幣先として特に選ばれることの多かった神社の一つが賀茂であり、稲荷もまた選ばれることがあった。すなわち、この時期には賀茂や稲荷もまた「歌神」となる可能性を秘めていたと思われるのである。

四、道因の住吉信仰

平安時代末期の治承年間頃まで、住吉神が歌神であるとの認識は必ずしも一般化しておらず、稲荷明神や賀茂明神も和歌に縁の深い神として崇敬されていた可能性の高いことを述べてきた。しかし、その一方で、この時期に住吉神を歌神として崇敬する信仰が確立していたことをうかがわせる事例も確かに存在する。

住吉神を歌神として篤く信仰した歌人として、藤原敦頼《ふじわらのあつより》（出家して道因《どういん》）がよく知られている。敦頼は、寛治《かんじ》四年

（一〇九〇）生まれであるが、歌人として知られるのは保元《ほうげん》二年（一一五七）頃以後のことで、かなり晩年に近くなってのことである。歌林苑《かりんえん》の歌会に参加した。

その信仰の様子を伝える資料の一つは、鴨長明の『無名抄』である。これには、敦頼が、「秀歌をよませ給へ」との祈願のために、七、八十歳になるまで徒歩で住吉へ月詣でをおこなったことが記されている。永暦から嘉応《かおう》頃（一一六〇〜一一七〇）まで月詣でをしたことになる。長明は敦頼より六十五歳ほど年少ではあるが、長明も歌林苑に出入りしたから、その行跡については聞き知っていたと推測され、この記事は事実を記したものと見てよいであろう。

もう一つは、『住吉社歌合《すみよししゃうたあわせ》』である。これは、嘉応二年（一一七〇）十月九日に、敦頼の勧進によっておこなわれた歌合で、判者を藤原俊成が務めた。敦頼が歌合を勧進した事情は、顕昭《けんじょう》の『後拾遺抄註《ごしゅういしょうちゅう》』によって知られる。これによれば、同年五月におこなわれた『実国家歌合《さねくにけ》』に出詠するに際し、秀歌を住吉神に祈誓し、歌合に勝ちを得たので、その報賽として『住吉社歌合』を勧進したとある。

これらのことは敦頼が住吉神を歌神として信仰していたことを示している。嘉応頃（一一六九〜一一七〇）には、住吉神を歌神として篤く崇敬する歌人は確かに存在したのである。

このように、十二世紀後半においては、住吉神を歌神として篤く崇敬する人がいる一方で、住吉神とともに稲荷明神や賀茂明神をも秀歌を詠ませてくれる神と認識している人々がいた。このことは、歌壇全体としては、まさにこの頃が住吉神を歌神とする信仰が確立しつつある時期であったことを示しているように思われる。

五、『千載和歌集』所収の住吉信仰歌

このような状況の中で、俊成は『千載和歌集』序文に記すような認識に至るのであるが、その認識はどのように形成されたのだろうか。そのことを考える上で手がかりとなると思われるのが、同集の巻第二十・神祇所収の住吉関係

歌である。

まずは、次の一首（一二五七）に注目したい。

長元八年関白左大臣歌合し侍けるのち、左方の方人よろこびに住吉にまうでて歌よみ侍けるに、左の頭にてよみ侍ける

大納言経輔

住吉の浪も心を寄せければむべぞ汀に立ちまさりける

これは、第二節で述べた関白頼通主催の『賀陽院水閣歌合』において勝利した左方が報賽のために住吉社に参詣して詠んだ述懐和歌（以下「住吉社述懐和歌」）一三首のうちの一首である。住吉神が左方に心を寄せてくれたので（「住吉の波も心を寄せければ」）、なるほど右方に勝ったのだったよ（「むべぞみぎはにたちまさりける」）と、歌合に勝たせてくれたことを、住吉神に感謝しているのである。和歌の道を守護し、秀歌を詠ませてくれる神を「歌神」と定義するならば、歌合という歌の競技において勝利を与えてくれた神というのは、まさに「歌神」と呼ぶにふさわしいであろう。この歌は、『千載和歌集』の中で見る限り、歌神としての住吉神に感謝する内容と解することができよう。

しかし、前述のとおり、長元八年（一〇三五）に「住吉神社述懐和歌」が住吉社に献詠されたとき、住吉神は歌神と認識されてはいなかったと考えられる。十一世紀半ばから十二世紀半ばにかけて催された歌合の際の奉幣は、二十二社に属する複数の有力な神社に対してなされたのであり、住吉神を特に歌神と認識してのものではなかった。この見方をここで改める必要はないと考える。

では、『千載和歌集』における「歌神」としての扱いをどのように考えたらよいのか。これは、俊成が、歌神に奉献した歌として、新たに位置づけ直したということだと思われる。長元八年当時にどのような意識によって詠まれたのかということには関係なく、歌合の勝利を与えてくれた住吉神への感謝のために詠んだ、という詞書が付されたこ

とによって、これは、「歌神としての住吉神」に対する歌となっているのである。

俊成が、「住吉社述懐和歌」を、歌神としての住吉神に感謝する歌として「発見」するきっかけとなったのは、『詞《し》花《か》和歌集』（仁平《にんぺい》元年〈一一五一〉成立）巻第九・雑上所収の、次の一首（三二九）であった可能性がある。(10)

長元八年、宇治前太政大臣の家に歌合し侍けるに、勝方のをのこども住吉に詣でて歌よみ侍けるによめる　式部大輔資業

住吉の波にひたれる松よりも神のしるしぞあらはれにける

詞書に明らかなように、これも『賀陽院水閣歌合』の際の「住吉社述懐和歌」の中の一首である。ただし、すでに『詞花和歌集』において歌神たる住吉神に感謝する歌が収載されており、その影響で俊成が「住吉社述懐和歌」に注目するようになったと言いたいのではない。そうではなく、『詞花和歌集』においては必ずしも神祇歌として採られていたのではない歌を、俊成が、歌神としての住吉神への感謝の念を詠んだ歌と解釈したのではないかと思うのである。『詞花和歌集』の神祇関係歌は、巻十・雑下の巻末近くに三首（四〇八〜四一〇）配置されている。一方、当該歌は巻九・雑上の一連の俳諧的表現の歌の中に置かれている。この歌も俳諧的表現の一首として採られているのではないかと考えられる。たとえば『新日本古典文学大系　金葉和歌集・詞花和歌集』の脚注には、「下句の掛詞の面白みがこの歌の眼目」との指摘がある。直前には「手慣れの駒」を詠む歌、直後に「菖蒲の根」を詠む歌が配されており、この前後には神祇歌的要素はまったく見られない。歌の配列という点から見て、これが歌神たる住吉神に感謝する歌として配置されたとは考えにくい。

元来、「住吉社述懐和歌」が奉献された頃には住吉神を歌神として崇敬するような信仰はなかったし、『詞花和歌集』撰者がそれから歌を採ったのも、そのような信仰によってではなかった可能性が高い。しかし、俊成は「住吉社述懐和歌」中の一首を、歌神としての住吉神への信仰を詠んだ歌として『千載和歌集』に入集させたのである。この

ことは、その編纂時に、彼には住吉神を歌神として崇敬する信仰がすでに存在していたことを示唆しているように思われる。

次に、前記の藤原敦頼主催『住吉社歌合』から採って四首連続して配置した歌群（一二六二〜一二六五）のうちの一首目に注目する。この歌合の判者は俊成であり、当然この四首については熟知していたはずである。次の歌である。

　　大納言辞申して出で仕へず侍ける時、住吉の社の歌合とて
　　人々よみ侍けるに、述懐歌とてよみ侍ける　　右大臣
　数ふれば八年へにけりあはれわが沈みし事はきのふと思ふに
　　　そののち神感あるやうに夢想ありて、大納言にも還任し侍けるとなむ

この詞書・歌・左注を読むと、大納言を辞して八年を経たことを嘆いた歌を後徳大寺《ごとくだいじ》実定《さねさだ》（右大臣）が『住吉社歌合』において詠んだところ、住吉神が哀れんで、その神慮により大納言に還任《げんにん》できたという、住吉神の霊験譚として一首を解することができる。しかし、実際にこのようなことがあったのかどうかは疑わしい。左注に記される夢想を疑うわけではない。官職に関する事柄が、事実と異なっているのである。事実としては、権大納言を辞任したのはこの歌合の五年前であり、八年前というのは、従二位昇叙で藤原実長《ふじわらのさねなが》に遅れたことを指すと思しい。また、この歌にまつわる逸話は、『古今著聞集《ここんちょもんじゅう》』巻第一「後徳大寺実定春日社に詣でて昇任起請の事幷びに厳島に参詣の事[11]」にも載るが、そちらでは、復任のために春日・厳島を参詣した話になっている。大納言への還任の時期も、左注の記述によれば歌合からそれほど日を措いていない頃と受け取れるが、実際には七年後のことである。夢想のことはひとまず措いて、大納言を辞したことの嘆きを住吉神に訴えて、その後、大納言に還任できたという一連の話そのものが、事実とは一致しないのである。思うに、夢想の話は実際にあったのではなかろうか。それが住吉神の夢想であったかどうかはわからないが、実定の歌に関して夢想のあったことが俊成の耳に入り、俊成は、それと、自らが判者となった歌合

の実定詠と、実定の大納言還任の話とをつなぎ合わせて、住吉神の神感によって大納言に還任できたと考えたのではないかと思うのである。実際の実定の大納言還任の経緯とは異なっていることや、『古今著聞集』に収められている霊験譚では別の事情が語られていることなどを考え合わせると、当時世間にこのような内容の話が流布していた可能性は低い。ほかならぬ俊成こそが、これを住吉神の霊験譚ととらえた最初の人だったと見るべきであろう。第一節で述べたとおり、厳密に言うならば、歌神とは、秀歌を詠ませてくれたり、和歌の道を守護したりする神をいうのであり、和歌に感動して望みを叶えてくれるというだけでは歌神とは言えない。しかしまた、歌神ならば和歌に感応するのは当然のことでもある。歌神としての住吉神が神威を示した事例として、撰者俊成がこの左注を記したと考えることは許されよう。ここには、住吉神を歌神とする俊成の信仰が確かに示されていると思われるのである。

実定詠と住吉神の霊験と言えば、次に示す一二六四番歌をめぐる説話が有名である。

同じ歌合に、社頭月といへる心をよみ侍ける　　右大臣

ふりにける松ものいはば問ひてまし昔もかくやすみのえの月

その説話は、『古今著聞集』巻第五・和歌第六に載る（「道因法師住吉社にて歌合の事」）。『住吉社歌合』に出詠した「ふりにける」詠は秀歌として評判になり、実定の領地からの年貢を積んだ船が摂津に入ってきたとき悪風のために難破しそうになったが、この歌に感じた住吉神が現れて船を救ったという話である。

ここで注目されるのは、『千載和歌集』においてはそのような話がまったく見られないことである。一二六二番歌の例から考えて、もし『千載和歌集』撰集時にこのような話が知られていたならば、それにまったく言及しないということは考えにくい。しかし現実には言及されていないのであるから、実定の船を救ったという話は『千載和歌集』撰集当時には知られていなかったと考えるべきであろう。むしろ、『千載和歌集』において住吉神の神感を語る左注を有する一二六二番をはじめとし『住吉社歌合』の歌が四首並べられることにより、住吉の神威が人々に信じられ、

一二六四番歌も説話化されていったのではなかろうか。

実定詠をめぐる住吉明神の霊験譚について、檜垣は、「『千載和歌集』撰進の頃にはそういう世間話が既に出来上がっており俊成の耳にも入ってきていたのであろう」との見方を示しているが、そのようには考えがたい。この二例を見るかぎり、むしろ、『千載和歌集』によって、住吉神の感応の話が世に知られたり、秀歌であるとの認識が広まって、その結果、住吉神の霊験譚が生まれたりしたと考えた方がよいと思われる。

以上、『千載和歌集』巻第二十・神祇に収載されている「住吉の」（一二五七）と「数ふれば」（一二六二）の二首は、住吉神を歌神として崇敬する俊成の信仰を明確に反映したものであることを述べた。また、一方で、この二首は、俊成以前においては必ずしも歌神たる住吉神に関わる歌とは考えられていなかった可能性が高いことも指摘した。すなわち、俊成こそが、これらを歌神としての住吉神を詠んだ歌として位置づけたのではないかと考えたのである。源頼実や藤原敦頼の逸話などから考えて、十二世紀後半には住吉神を歌神として崇敬する信仰は形成されつつあったと言えよう。俊成はそのような状況の下、『千載和歌集』を編纂する過程において、住吉神を歌神と信ずることを促すような和歌を見出したものと思われる。そして、それらが『千載和歌集』に収載された結果、その信仰が一般にも大きな影響を及ぼすことになったのではなかろうか。

むすび

住吉神を歌神として信仰することは、従来考えられてきたよりも新しく始まったものと思われる。古く長元八年催行の『賀陽院水閣歌合』の報賽として和歌が奉献されたことを、住吉神が歌神と認識されていたことの一証とする見方があったが、これは、晴儀歌合に際しておこなわれる二十二社への奉幣の一例と見るべきで、歌神信仰があったことを示す例と見るのは当たらないと考える。

永暦から嘉応頃の藤原敦頼（道因）のそれが、歌神信仰として確実に知られる初期のものであろう。また、その少し前からそのような信仰が存在したらしいことも、『袋草紙』に源頼実の歌をめぐる霊験譚が載ることによって推測される。しかし、一方、『今鏡』や『西行上人談抄』に載る同じ頼実の歌によって、治承年間頃までは、稲荷や賀茂明神も秀歌を詠ませてくれる神と考えられていた可能性も知られる。すなわち、この頃というのは、歌壇全体としては、住吉神を歌神とする信仰が形成されつつある時期だったと思われる。

その信仰が確立したのは『千載和歌集』においてであった。同集には、住吉神を歌神として崇敬していることが明らかな歌が収載されている。それらは、当時世間において歌神信仰の歌として流布していたのを俊成が採用したのではなく、俊成が独自にそのような内容の歌と解釈して撰んだものと思われる。俊成は敦頼と親交が深かったから、自身も同様の信仰心を有していた可能性はある。しかし、『千載和歌集』撰集以前に深い信仰を有していたかどうかは明らかではない。むしろ、俊成は、編纂過程において、住吉神が歌神であることを示すような歌を見出すことにより、その信仰心を深めていったのではないかと思われる。『千載和歌集』序文の末尾記事は、そのような信仰心の深まりを示すものだと考える。住吉神を歌神として崇敬する信仰が一般に広まるのは、これ以後のことである。

なお、序文末尾は住吉明神と玉津島明神とを対比的に述べているが、本稿においては玉津島明神についてはまったく論及することができなかった。おそらく玉津島明神に対する信仰は、住吉神を歌神として信仰することに伴って生じたものと考えられる。住吉神主の津守国基が玉津島明神を住吉社に勧進した話は、その家集や『奥義抄』等によってよく知られているが、そのことが深く関わっているものと推測される。

注

（1）　片野達郎・松野洋一校注『新日本古典文学大系　千載和歌集』（岩波書店、一九九三年）。以下、同集の引用は本書による。
（2）『歌学秘伝の研究』（風間書房、一九九四年）二三頁。
（3）『新編国歌大観　第十巻』（角川書店、一九九二年）所収本による。
（4）『文芸研究』第一〇六集、一九八四年五月。以下、檜垣の論の引用はこれによる。
（5）『古今和歌集以後』（笠間書院、二〇〇〇年、初出一九八四年）。
（6）『伊勢物語』が段階的に成立したことは衆目の一致するところであり、この第一一七段については、『古今和歌集』雑上・九〇五の「我見ても」（「題しらず　よみ人しらず」）詠を基に構成された一段であることが明らかなので、この章段の成立は、『古今和歌集』が撰集された延喜五年（九〇五）以後のこととなる。『住吉大社神代記』の成立については、天平三年（七三一）撰・延暦八年（七八九）書写とする田中卓『住吉大社史　中巻』（住吉大社奉賛会、一九九四年）と天暦～長保年間（九四七～一〇〇三）成立とする西宮一民『日本上代の文章と表記』（風間書房　一九七〇年）の所説が代表的な見解であろう。
（7）『平安朝歌合大成　第十巻』（一九六九年、復刊同朋社、一九七九年）。以下の歌合に関しては同書の当該箇所を参照した。萩谷説の引用も同書による。
（8）藤岡忠美校注『新日本古典文学大系　袋草紙』（岩波書店、一九九五年）による。
（9）『歌論歌学集成　第七巻』（三弥井書店　二〇〇五年）所収本（山本一校注）による。
（10）『新日本古典文学大系　金葉和歌集　詞花和歌集』（岩波書店、一九八九年）所収本（工藤重矩校注）による。
（11）見出しは、永積安明・島田勇雄校注『日本古典文学大系　古今著聞集』（岩波書店、一九六六年）による。

衣通姫と玉津島神社
——歌神伝承の形成と津守氏——

三木雅博

はじめに

遥か古代から存続している全国各地の由緒ある神社の中で、その創建当初から「和歌の神（歌神）」を祀《まつ》る神社として存在していたものは、おそらく皆無であろう。現在、歌神を祀る多くの神社は、平安時代に到り、和歌がそれなりの地位・身分にある男女にとって、必須の教養・技芸として意識されるようになり、「歌の道（歌道）」というものが次第に発達していく過程で、歌神を祀る神社としての性格を備えるようになったと考えてほぼ誤りはないであろう。たとえば、本書で取り上げられている住吉大社を例にとれば、その祭神は、当初は海の神、航海の神として信仰されていたが、平安時代になって、そこに「和歌の神」としての要素が加わり、歌神として都の貴顕たちの信仰を集めるようになったのであり、記紀神話などの古代の住吉の神に関する資料には、歌神としての要素は見えない。

本稿では、紀の国和歌の浦に鎮座する玉津島《たまつしま》神社とその祭神である衣通姫《そとおりひめ》について述べる。平安末期の文治二年（一一八六）に大歌人藤原俊成が、わざわざ紀州から京の自邸にこの神社と祭神を勧請《かんじょう》し、新玉津島神社を創建して現在に至っているが、俊成がそこまでこだわるほどに、この頃には歌道に心を寄せる人々にとって、玉津島神社と衣通姫は和歌の神として大いに崇敬されていたと想像される。この玉津島神社は、奈良時代に聖武天皇や称徳天皇が行幸したことから、太古より和歌の浦に存在しており、当時、奈良の都までその名が聞こえていたことは明らかであるが、『続日本紀』に載せられた行幸の記録を見ても、そこには「和歌の神」としての要素は見当たらない。また衣通姫自身も、奈良時代には玉津島神社の祭神であったかどうかさえ明らかではない。

　これから玉津島神社とその祭神である衣通姫が、どのようにして和歌の神として信仰されるようになっていったのかを、和歌の世界を中心に、『古今集』やその注釈を視野に入れながら見ていくことにしたい。なお、玉津島神社の神、和歌の浦の神としての衣通姫について述べたものに、村瀬憲夫・三木雅博・金田圭弘著『和歌の浦の誕生　古典文学と玉津島社』（清文堂、二〇一六年）の第二部第三章「衣通姫とその神性」（金田圭弘執筆）があり、衣通姫に関係する主な資料は既にそこに挙げられ、解説も施されている。本章では金田が挙げた資料や、その解説を踏まえながら、私なりに衣通姫と玉津島社が歌神として信仰されていく経緯について論じていきたい（以下、引用資料については原文が漢文体のものは訓読文に改めた。原文には適宜漢字を当て濁点・ルビ等を付した。また漢字の字体は現行の字体に改めた。「玉津島」「玉津嶋」の表記は「玉津島」に統一した）。

一、衣通姫以前に玉津島社に祀られていた二人の女神——稚日女尊と神功皇后——

　本書のテーマである「歌神」に関わって、本稿では主に衣通姫と玉津島神社について述べていくことになるが、もともと玉津島神社の祭神は、衣通姫一人ではない。同神社の公式ホームページをはじめ、神社関係の事典や古い時代の名所記の類《たぐい》など、多くの玉津島神社について触れたものには、同社の祭神として、

稚日女尊《わかひるめのみこと》
神功皇后《じんぐうこうごう》
衣通姫《そとおりひめ》

の三柱の女神の名が掲げられる。管見の限り玉津島神社について最も詳しく考察している、仁井田好古《にいだよしふる》の『紀伊続風土記』附録巻之十七「神社考定之部 下」では、この三柱の女神について、

> 最上世より斎《いは》ひ祀《まつ》れる神一座、後に合せ祀れる神二座、すべて三柱の神を玉津島明神と申し奉る。最上世より斎ひ祀れる神は伊邪那岐《いざなぎ》・伊邪那美命《いざなみのみこと》の御児《みこ》、御名《みな》を稚日女尊と申して伊都郡天野《あまの》に在《いま》す丹生津比女神《にうつひめのかみ》と同神に御坐《ましま》す。

と述べ、一番古くから祀られていたのは稚日女尊であるとする。さらに同書は、

> 按ずるに稚日女尊の御名《みな》は大日霊尊《おおひるめのみこと》に対せる御名と聞こえ、又此神、神世《かみよ》より玉津島に鎮《しづ》まり坐《ま》しし神なれば、稚浦《わかのうら》の名は此の御神の御名より出づるなるべし。

と、「稚日女《わかひるめ》」は「大日霊《おおひるめ》」（天照大神の別称）に対して名づけられたもので、和歌の浦（古代の資料では「若浦」〈『万葉集』〉または「弱浜」〈『続日本紀』〉と表記される）の「ワカ」は「稚日女」の「稚《わか》」から出たものであろうと推測する。この地名の由来説は確実な根拠や傍証があるわけではなく、にわかに肯定はできないが、「ワカノウラ」という地名の起源を、太古からそこに鎮座していた玉津島神社の祭神の名と結びつけて考えようとした仁井田の発想そのものは、一つの可能性として尊重すべきであろう。

さて玉津島の最も古い祭神とされる稚日女尊であるが、『紀伊続風土記』では、

> 神代巻一書に曰《いは》く、稚日女尊は斎服殿《いみはたどの》に坐《いま》して神の御服《みそ》を織るなり。旧事記《くじき》に曰く、稚日女尊は、天照大神の御妹、稚日女尊なり。天野《あまの》社伝に曰く、丹生大明神丹生津姫尊は、天照大神の御妹稚日女尊なり。（以下略）

と、まず『日本書紀』神代巻上の一書第一の「稚日女尊は天照大神の着る衣服を織るための宮殿にいた」という記事（この後、稚日女は素戔嗚尊《すさのおのみこと》に逆剝《さかは》ぎにした斑駒《ふちこま》を投げ入れられて驚いて亡くなってしまう）を引き、次いで『先代旧事本《せんだいくじほん》紀《ぎ》』の「稚日女尊は天照大神の妹である」という記事、さらに天野社（丹生都比売神社）の「社伝」の「丹生都比売

神社の祭神の丹生都比売（丹生津姫尊）は、天照大神の妹の稚日女尊である」という記事を引き、稚日女尊が天照大神の妹神であること、丹生都比売神社の祭神の丹生都比売は稚日女尊であることを紹介していく。すなわち玉津島社の最も古い祭神である稚日女尊は天照大神の妹であり、姉の天照大神が「大日霊《おおひるめ》」という別名で呼ばれるのに対して「稚日女《わかひるめ》」と呼ばれると仁井田は説くのである。これとは別に稚日女尊は天照大神の子という説や天照大神の幼号であるという説もあるが、こと玉津島との関係、紀州との関係においては天照大神の妹ということで考えておくのが妥当であろう。飛鳥や奈良の都から見て、紀伊半島の東端に天照大神を祀る伊勢神宮が鎮座し、半島の西端にその妹の稚日女尊を祀る玉津島神社が鎮座するわけである。

神功皇后が玉津島社の祭神となったのは、皇后の新羅征伐にまつわる伝承が関係するようである。『紀伊続風土記』は『釈日本紀』に引く『播磨国風土記』の佚文を掲げ、「息長帯日女命《おきながたらしひめのみこと》（神功皇后）が新羅を平定しようとした時に、国堅大神《くにかためましおおかみ》の子の丹保都比売命《にほつひめのみこと》が赤土（丹《に》）を奉り、その赤土を天《あめ》の逆鉾《さかほこ》に塗って御船の艫舳《ともへ》（船首と船尾）に立てるとともに、赤土でもって兵士の衣を赤く染めて海を渡ると、何者も前を遮ることなく平穏に海を渡ることができたので、皇后は帰国後、丹保津比売の功績を讃えて紀伊国の管川藤代《つつがわふじしろ》の峰に鎮座申し上げた」という記事を紹介する。この丹保津比売は丹生都比売神社（天野社）の祭神である丹生都比売にほかならず、丹生都比売は玉津島社の祭神稚日女尊でもあるから、神功皇后も稚日女尊に繋がってくることになる。『紀伊続風土記』は、神功皇后が玉津島社の祭神として祀られる経緯を、

　皇后かく此《（この）》御神《（おんかみ）》（丹生都比売）を尊ばせ給ひ、又難波より日高に赴《（おもむ）》かせ給ふにも日高より都に還《（かへ）》り上《（のぼ）》らせ給ふにも、皆此地《（このち）》（和歌浦）を歴《（へ）》給ひし事なれば、此御神に猶深き御由縁のおはしましけん。やや後に皇后を御社に合《あは》せ祀りて二坐の神となし奉れるにや。大方は官命などありて合せ祭り奉れるなるべし。

と推定する。神功皇后は稚日女尊との結びつきによって、後から玉津島に祀られることになったというのである。

二、衣通姫の登場――古代の資料において――

稚日女尊は天照大神の妹であるから神話時代の神であり、神功皇后も果たして実在したかどうか明らかではない半ば神のような存在であるが、第三の祭神である衣通姫は、神ではなく生身の人間として、古代の資料に登場する。『古事記』では衣通姫は、下巻の「允恭《いんぎょう》天皇」の巻に、允恭の御子たちが記される中に「軽大郎女《かるのおおいらつめ》、亦《また》の名は衣通郎《そとほりのいら》女《つめ》」、その注に「御《み》名《な》に衣通王《そとほりのみこ》と負《お》ふ所以《ゆゑ》は、其の身の光の衣《そ》より通り出《い》づればぞ」と記され、本名は「軽大郎女」であり、「衣通」は身体から放たれる光が衣服を通して外に現れるような、その美しさを讃えた通称であるとされる。彼女は父帝允恭の崩御後、同母兄で太子の地位にあった軽王《かるのみこ》と密通してしまい、軽王は伊予国に流されてしまう。彼女は軽王を追って伊予に赴き、そこで再会を果たして二人で自害する、という禁断の恋に殉じた兄妹の悲劇の物語の女主人公《ヒロイン》として描かれる。

『日本書紀』の允恭紀では、衣通姫は允恭天皇の皇后忍坂大中姫《おしさかのおおなかつひめ》の妹の弟姫《おとひめ》として登場する。允恭の飛鳥の新宮殿の完成を祝う祝宴で舞を舞った皇后は、允恭から宴で舞を舞った者の儀礼として娘子《をみな》の献上を命じられる。皇后はやむなく妹の弟姫を天皇に奉ることにするが、その弟姫について『書紀』は、「弟姫、容姿絶妙にして比無《たぐひ》し。其の艶色、衣を徹《とほ》して晃《て》れり。是《ここ》を以《もち》て時人《ときのひと》号《なづ》けて衣通 郎姫《そとほしのいらつめ》と曰《まお》す」と記す。「衣通」が本名ではなく通称であることや、その通称は、身体の美しさが衣を通して照り輝いて見えるのに由来することなどは、『古事記』の軽大郎女の通称としての衣通姫と共通する。しかし『書紀』ではこの衣通姫（弟姫）とは別に軽皇子と軽大郎女が登場し、軽大郎女が衣通姫と呼ばれることはない。『書紀』の衣通姫の物語は『古事記』の物語とは別の話として語られる。ただ密通事件にこそ巻き込まれなかったが、『書紀』の衣通姫も、悲劇の女主人公《ヒロイン》という点では、『古事記』の衣通姫と変わらない。弟姫（衣通姫）は、姉の皇后の嫉妬を恐れて、允恭に召されてもなかなか宮殿に参上しない。使いの必死の訴えでようやく重い腰を上げるが、それでも飛鳥の宮殿には参上せず、やや離れた藤原に殿舎を作りそこに住まう。允恭は皇后の目を盗んでお忍びで藤原に通うが、それを知った皇后は嫉妬で怒り狂う。この姉の嫉妬をなだめるために、衣通姫は藤原より更に遠く離れた茅渟《ちぬ》（大阪府南部の和泉国一帯）に宮室を遷《うつ》し、そこで允恭の行幸を待つ生活を送ることにする。その後允恭は遊猟を口実にしばしば日根野《ひねの》（現在の泉佐野市一帯）を訪れたという。おそらくその折に姫との束の間の逢瀬を楽しんだのであろうが、後に允恭は、皇后から「私の嫉妬心からではなく、民衆を苦しめるから」という理由で日根野への行幸を制止され、衣通姫のもとを訪れることができなくなる。『書紀』にはそれ以上の衣通姫に関する記述は見えない。絶世の美貌を持ちながら姉皇后の嫉妬を恐れ、ひっそりと日陰に生きた薄幸の女性というのが、『書紀』の衣通姫像といってよい。

以上のように、『古事記』『日本書紀』にはそれぞれ異なる衣通姫の物語が記されているが、玉津島社との関連でいえば、恋人を伊予国まで追って行く『古事記』の衣通姫の物語よりも、皇后の怒りのために奈良の藤原を逃れ、大阪南部の茅渟に隠れ住むという『日本書紀』の衣通姫の物語が、和歌の浦・玉津島との地理的関連において注目されるが、これについては後に六節で述べる。これら古代の資料においては、衣通姫と玉津島・和歌の浦との関係は特に何も語られておらず、衣通姫を和歌の神とするような記述もまだ見られない。悲劇の女主人公《ヒロイン》衣通姫が玉津島社の神、和歌の神へと変貌していくには、次の平安時代を待たなければならない。

三、衣通姫の『古今集』序への登場――歌神への第一歩――

『古事記』『日本書紀』に登場した衣通姫が次に姿を現すのは、延喜五年（九〇五）に紀貫之らが醍醐天皇に奏上した勅撰和歌集『古今集』の序文においてである。貫之が書いた「仮名序」では、貫之ら撰者たちの時代の一世代前に活躍した六人の著名な歌人「六歌仙」について記した箇所があり、その「六歌仙」の中で唯一の女性歌人である小野小町についての記事の中に、衣通姫は次のように登場する。

小野小町は、いにしへの衣通姫の流《りう》なり。あはれなるやうにてつよからず。いはばよき女のなやめるところあるに似たり。つよからぬは女の歌なればなるべし。

紀淑望《きのよしもち》が書いたといわれる「真名序」（漢文の序）の小町の記述においても、

小野小町の歌は、古《いにしへ》の衣通姫の流《りう》なり。然《しか》して艶にして気力無し。病婦の花粉を着けたるが如《ごと》し。

と記され、傍線を付したように「仮名序」「真名序」のどちらにも、小野小町は「古《いにしへ》の衣通姫の流《りう》なり」と記される。「流」は流派、系統の意と解されるので、この文章は「小野小町は昔の衣通姫の流れを引く（系統に立つ）歌人である」の意となり、ここで衣通姫は小野小町の先駆者としてその名が挙げられていることになる。衣通姫が小町の先駆とされているのは、何よりも小町と同じく歌を詠む女性であったことが大きい。『古事記』では衣通姫は、軽王《かるのみこ》が伊予に流される直前に、

夏草《なつくさ》の阿比泥《あひね》の浜のかき貝に足踏ますな明《あか》して通れ

と、王《みこ》に向かって「これからの旅路、どうか気をつけてくださるように」と長旅への心配と注意を歌に詠み、さらに王が伊予に流されると、

君が往《ゆ》き日長《けなが》くなりぬ造木《やまたづ》の迎《むか》へを行《ゆ》かむ待つには待たじ

と、一人残された寂しさに堪えきれず王を追いかけて行く決意を歌に詠み、伊予へと赴くのである。この「君が往き……」歌は『万葉集』にも採られ（巻二・九〇番歌）、悲劇の女主人公《ヒロイン》の決意の詠歌としてよく知れ渡っていたと考えられる。

さらに『日本書紀』で、姉皇后に遠慮して藤原に居を構えた衣通姫が、允恭天皇の訪れを待ちながら詠んだ歌、

我《わ》が背子《せこ》が来《く》べき夕《よひ》なりささがねの蜘蛛《くも》の行《おこな》ひ今夕《こよひ》著《しる》しも

は、『古今集』の墨滅歌《ぼくめつか》（藤原定家が入手した『古今集』写本にもともと記されていたが、墨で線を引いて抹消されていた歌）にも、

衣通姫の、一人ゐて帝を恋ひたてまつりて
我が背子が来《く》べき宵《よひ》なりささがにの蜘蛛《くも》のふるまひかねてしるしも

と、『日本書紀』とは歌詞の一部が変わっているものの、衣通姫の歌としてほぼそのまま採られている。詞書《ことばがき》も『日本書紀』の物語を踏まえる形で記されており、『古今集』の一部のテキストでは、「我が背子が……」の歌とともに、天皇の訪れを待ち続ける薄幸の女主人公《ヒロイン》として衣通姫を記していたことになる。この衣通姫の歌やイメージが『古今集』仮名序の小町評「あはれなるやうにて強からず。いはばよき女のなやめるところあるに似たり」に繋がるものであることが見て取れよう。小町の先駆として衣通姫が取り上げられるのは、古代から語り継がれた「歌を詠む薄幸の美女」のイメージ、特に「我が背子が……」の歌やそれにまつわる允恭との悲恋の物語に負うところが大きい――余談ながら、小町が後に絶世の美女として語られていくのも、『古今集』序で衣通姫と並べられていることに端を発するものであろう――。

『古今集』序の「小野小町は、いにしへの衣通姫の流なり」という短い一文は、『日本書紀』に語られた衣通姫の物語が、彼女の詠んだ和歌とともに平安時代に確実に受け継がれていたことを示している。そして衣通姫は、この序文に取り上げられたことにより、和歌の世界との繋がりをさらに深めていくことになるのである。

四、玉津島社の祭神としての衣通姫と津守国基――『国基集』や歌学書の記事から――

このように平安時代に入って和歌の世界との繋がりを深めていく衣通姫であるが、彼女が玉津島社の祭神として知られるようになるのは、いつ頃からであろうか。衣通姫が玉津島社の祭神であることを明確に記した資料として必ず

言及されるのが、住吉大社の神主で歌人としても名高い津守国基《つもりのくにもと》（一〇二三〜一一〇二）の家集である『国基集』の次の記事である。

住吉の堂の壇の石採《と》りに紀の国にまかりたりしに、和歌の浦の玉津島に神の社《やしろ》おはす。尋ね聞けば「衣通姫のこの所をおもしろがりて、神になりておはするなり」と、かのわたりの人のいひ侍りしかば、詠みて奉りし。

年ふれど老いもせずして和歌の浦に幾代《いくよ》になりぬ玉津島ひめ

かく詠みて奉りたりし夜の夢に、唐髪《からかみ》あげて裳唐衣《もからぎぬ》着たる女房十人ばかり出《い》で来《きた》りて「うれしきよろこびに言ふなり」とて、採るべき石どもを教へらる。教へのままに求むれば、夢の告げのままに石あり。石工して割らすれば一度に十二にこそ割れて侍りしか。壇のかつら石にかなひ侍りき。

国基が住吉大社の堂の基壇を飾る石を採りに紀の国を訪れた際に、玉津島社の存在を知り、地元の民に聞くと「衣通姫がこの場所（和歌の浦・玉津島）を愛《め》でて、神となって鎮座しておられる」と言うので、衣通姫を讃美する和歌（「年ふれど……」）を詠んで奉納したところ、夜の夢に盛装した女房たち（衣通姫の侍女たちが使いとして現れたのであろう）が出てきて採るべき石を教えてくれた、というのが記事の内容であるが、『古今集』の撰進から百年以上経った十一世紀後半には、既に衣通姫が玉津島社の祭神として祀られていたことや、衣通姫が玉津島社の祭神となった理由は、姫がこの地（和歌の浦・玉津島）を愛でたからだと地元の人々の間で語られていたことが確かめられる。国基の没後、藤原清輔《ふじわらのきよすけ》（一一〇四〜七七）が編纂した歌学書『奥義抄《おうぎしょう》』（一一二四〜四四の間に成立）の下巻の「衣通姫」の項には、『日本書紀』にもとづく衣通姫の伝承を載せ、その後に、「住吉の社《やしろ》は四社おはします。南なる社は此れ衣通姫なり。玉津島明神なりとぞ、神主国基は将作《しょうさく》に語り申しける」と、国基が清輔の祖父顕季《あきすえ》（一〇五五〜一一二三。文中の「将作」。この語は「修理《しゅり》大夫《だいぶ》」の唐名で、長くこの官職にあった顕季を指す）に、住吉大社の南社の祭神が衣通姫であること、衣通姫は玉津島明神であることを語ったと記されている。さらにこの口伝は清輔の父顕輔《あきすけ》の養子となり、出家して多くの歌学書を世に出した顕昭《けんしょう》（一一三〇？～一二〇九？）が記した『古今集序注』序文の「衣通姫」についての注にも受け継がれ、

神主国基、顕季卿ニ語リテ云ク、住吉ノ四社ノ中、其一ハ衣通姫ナリ。若浦玉津島明神ト申ス、是ナリ。昔カシコヲメデマシマシケルユヱニ、跡ヲタレタマヘルトナム申シ伝ヘタルト云々。

と、住吉大社の四社の一つの祭神は衣通姫であること、和歌の浦の玉津島明神であることに加えて、国基が家集で地元の人々から聞いたと記す「姫がこの場所（和歌の浦・玉津島）を愛でて神となった（跡ヲタレタマヘル）」という話も載せられている。顕昭は歌語について記した歌学書『袖中抄《しゅうちゅうしょう》』の「あら人神」の注（巻十四）でも、

故左京兆（左京太夫であった藤原顕輔を指す）申されて云く、住吉神主（国基か）答へて云く、住吉は本《もと》は三社なり。第四の社は玉津島の明神、即ち衣通姫なり。後《のち》いははれ給ふ。和歌を好み給ふに仍《よ》ると云々。

と述べている。『国基集』では衣通姫と玉津島についての情報だけが記されていたが、国基が藤原顕季に語り、以下、清輔（『奥義抄』）や顕昭（『古今集序注』『袖中抄』）などの六条藤家《ろくじょうとうけ》（藤原顕季を祖とし顕輔―清輔―顕昭と受け継がれていく歌道の家）の歌学書に受け継がれていった口伝では、自らが神主を務める住吉大社の四社の一つが衣通姫を祀る社であると国基自身が語っていることが注目される。

実は、代々住吉大社の神主を務める津守氏は古代から玉津島社と繋がりを持っていた。『続日本紀』神亀元年（七二四）十月の聖武天皇の和歌浦・玉津島行幸の記事には、行幸を終えて帰途につこうとした聖武天皇が発した、

山に登り海を望むに此間《ここ》最も好《よ》し。遠行を労《いたは》らずして遊覧するに足れり。故に弱浜《わかはま》の名を改めて明光浦《あかのうら》とす。守戸を置きて荒穢《くわうあい》せしむること勿《なか》るべし。春秋二時に官人を差し遣《つか》はして玉津島の神、明光浦の霊《みたま》を奠祭《でんさい》せしめよ。

という有名な詔勅に続き、「忍海手人大海《おしぬみのてひとおほあま》ら兄弟六人、手人《てひと》の名を除きて、外祖父従五位上津守連通《つもりのむらじとほる》の姓《かばね》に従《したが》はし

む」という文章が記されるが、これについて仁井田好古は『紀伊続風土記』で次のように述べている。

此《これ》は忍海手人大海といふは、玉津島の祝部《はふりべ》（神職）なり。津守連通は住吉の祝部なり。津守連通が娘、玉津島の祝部に嫁して大海を生む。故に津守連通は大海が為には母方の祖父（外祖父）なり。聖武天皇玉津島へ行幸し給ひし時、玉津島の祝部の姓《かばね》は手人《てひと》にて賤《いや》しく聞こゆる故《ゆゑ》、母方の祖父通が姓の連《むらじ》に従ひて忍海連《おしぬみのむらじ》となされしといふ事なり。

好古は、玉津島社の神職の忍海大海の姓《かばね》が「手人《てひと》」（公に職人として仕える雑戸）と賤しかったために、聖武天皇がこれを廃し、母方の祖父である住吉社の神職の津守通の姓に従い「連《むらじ》」（「臣《おみ》」に次ぐ高位の姓で公戸）としたと説く。この処置は、玉津島を荒廃させないように「守戸」を置くと宣言した詔勅と関係するもので、忍海大海たちを神職として玉津島の「守戸」の任に当たらせるに際し、彼らの姓が卑賤であったので、それを引き上げ、玉津島社の格《ランク》を高めようとしたものと考えられる。ここで注目されるのは、好古が述べているように、奈良時代に住吉社の神職の津守氏の娘が玉津島社の神職である忍海氏に嫁しているということで、古代から住吉と玉津島の神職の間には婚姻関係による繋がりがあったということである。住吉社はその後も津守氏が代々神職を守り、平安後期の国基もその系譜に連なるが、玉津島社の神職であった忍海氏は平安時代になると記録から姿を消してしまう。しかし平安時代になっても玉津島社の神職と住吉社の神職の津守氏との間には関係が続いており、それが『国基集』に載せられた津守国基の玉津島訪問の背景となっていたと見るのが次の好古の推察である。

国基の住吉造営の為、石を尋ねて玉津島に至り、歌を奉り石を求め得たる事は実事なるべし。今も其の十二斤（ママ。「片」の誤りか）の石、住吉社にありといふ。但《ただ》し其の書きし様《さま》は疑ひなきにあらず。袖中抄に載する国基の説に、住吉の第四社は玉津島明神衣通姫なりといへり。豈《あに》玉津島に来《きた》りて初めて衣通姫なる事を人に教へらるる事あらんや。其の実《じつ》は此の時玉津島に祝部の家ありて、国基旧縁に因《よ》りて玉津島に来りて石を求めしなるべけれども、其の事の猶《なほ》趣きあらん事を欲《ほつ》してかくは書《しる》せしならん。

好古は、『国基集』ではたまたま玉津島にやって来て初めて衣通姫のことを知り、夢のお告げで石を得たように記してあるがそれは疑問で、他の歌学書では、国基自身が「住吉の四社の一つは衣通姫で玉津島明神である」と語っており、彼は玉津島や衣通姫のことはあらかじめよく知っており、実際には津守氏と玉津島社の神職との旧縁を利用して、初めから基壇の石を求めることを意図して玉津島にやって来たのであり、『国基集』の記事は石の獲得についての奇瑞を語るための虚構《フィクション》であろうと推察する。『続日本紀』の聖武天皇の玉津島行幸記事の短い記述に注目して、玉津島社の神職と住吉社神職の津守氏との繋がりを想定し、そこから『国基集』の奇瑞譚の背景を説き明かそうとした好古の推論は、今でも十分に検討に値《あたい》すると思うが、いかがであろう。

歌人でもあった津守国基は、『古今集』序に女性歌人の先駆として記される衣通姫が玉津島社の祭神であることを、玉津島社の神職との繋がりを通して知っており、自らの住吉社と衣通姫との結びつきを強調すべく、玉津島に出向き住吉社の基壇の石を求め、家集には歌を献納した褒美として衣通姫から石がもたらされた奇瑞を記し、また本来三社とされていた住吉の社に第四社として衣通姫が祀られていると歌人たちに語った。平安末期、藤原俊成は京の自邸に衣通姫・玉津島社を勧請して新玉津島社を建立したが、その約百年前の国基の時代には、衣通姫は既に和歌の神として都の人士の間で注目され始めており、その動向を受け、歌人として都の貴顕や歌人たちとも交流のあった国基は、都と玉津島のちょうど中間に位置する自らの住吉社にも、和歌の神としていち早く衣通姫を迎え入れようとしたのかもしれない。あるいは国基自身が、都の貴顕や歌人たちに玉津島社の祭神、和歌の神としての衣通姫を積極的に印象づけようとした可能性も無きにしもあらずである。

五、光孝天皇の夢枕に立った衣通姫——北畠親房『古今集序注』の注説をめぐって——

第一節で見てきたように、玉津島社は、もともと稚日女尊と神功皇后の二人を祀っていた。この二人には、神功皇后が新羅遠征の際に稚日女尊の援助を得たという神話世界における繋がりがあり、二人が併せて玉津島に祀られる理由はそれなりに説明が可能であった。しかし、衣通姫はこれら二人の神話時代の女性とはまったく繋がりを持たない。姫がいつ、どのようにして玉津島に祀られるようになったのか、その経緯を明確に記した資料は残念ながら現存しない。前節で述べたように、西暦一〇〇〇年代の後半には、既に衣通姫は玉津島明神として都の人々に意識されていたが、それより二百年も前に玉津島の祭神としての衣通姫が登場する資料がある。南北朝の動乱の折、後醍醐天皇の臣下として南朝を支え、歴史書『神皇正統記《じんのうしょうとうき》』の著者としても名高い北畠親房《きたばたけちかふさ》（一二九三〜一三五四）が記した『古今集序注』（一三四六〜五四?成立）である。この注釈書で、親房は例の「小野小町は古《いにしへ》の衣通姫の流《りう》なり」の衣通姫に関する注として、

（『日本書紀』にもとづく衣通姫の物語を記し）後に和歌の浦に跡を垂る。是を玉津島明神と申すなり。又、住吉四所神殿の中に、此の明神其の一とす。昔の歌の道を好み給ひけるに依りて、今も此の道をまもる神にましますと云々。又或抄に云《いは》く、玉津島明神を崇《あが》め奉り給ふ事、家々伝授有り。それも謂はれ無し。当流習ふ所は光孝天皇御悩有りし時、御祈禱有る曙に、赤袴着たる女房枕に立て云く、

　立かへり又も此の世に跡《あと》たれん其の名うれしきわかのうらなみ

と御門《みかど》御夢に見えければ、夢中に「誰《たれ》人ぞ」と問ひ給ふ。「衣通姫」と答へ給ふ。仍《よ》りて仁和三年九月十三日、右大弁源　隆行《みなもとのたかゆき》勅使として、和歌浦玉津島の社を造立して、次に信遍上人勧請して崇め奉る。本地聖観音。是の姫、和歌浦に跡を垂れ玉ふ事は、彼の立帰りの歌に見えたり。（以下略。「玉津島姫」や「和歌の浦波」を詠んだ

和歌の例が挙がる）

と記す。文中に引く「或抄」に、光孝天皇の病中に衣通姫が夢枕に立ったので、仁和三年（八八七）九月に勅使を遣わし和歌の浦の玉津島に社殿を造立して、そこに姫を神として勧請したと記す。もしこの記事が史実であれば、先の津守国基の時代より約二百年も早く、衣通姫が光孝天皇の勅によって玉津島に祀られたことになり、平安期の早い時代の資料として画期的なものとなる。仁井田好古は『紀伊続風土記』で、この記事について、

此の事、北畠准后親房卿の古今集序の注に或抄を引きて載せらるる所にして、年月日より勅使の姓名までを委《くは》しく記さるるを視《み》れば、其の事たしかなる伝ありてならん。懸断《けんだん》の説にあらざるべし。

と述べ、細かい日時や勅使の姓名までしっかり記録してあるから、確かな所伝に基づくもので、懸断（確かな根拠もなく想像で判断する意）の説ではないだろう、とかなり信頼できるものとして扱っている。

これまで引用してきた箇所では、玉津島社について博引旁証を重ね、的確な意見を述べてきた好古であるが、この「或抄」の記事についての判断はどうであろうか。実は「はじめに」に掲げた金田圭弘「衣通姫とその神性」において、この「或抄」の記事は、次に掲げる『古今集序聞書三流抄《こきんしゆうじよききがきさんりゆうしよう》』（以下『三流抄』と称す）という、鎌倉時代後期に作られた『古今集』序文の注釈書の傍線部に拠っていることが指摘されている。

小野小町ハ古ノ衣通姫ノ流也トハ、ソトヲリ姫ガ歌ノ流ヲ受テヨム也。氏ノ末ニハ非ズ。小町ハ中納言良実ノ孫、出羽守小野常初《タカ》娘也。衣通姫ハ応神天皇ノ孫、稚渟ニ流皇子ノ娘。允恭天皇ノ后也。抑、此人玉津島明神トイハレ玉フ事ニハ家々ニヨリテ様々有。ソレモ非レ無レ謂《イハレ》。当流ニ習所、光孝天皇御悩ノ時、諸々ノ御祈有ケル時、曙ニ赤キ袴ヲ着タル女房枕ニ立テ云、

立帰リ又モ此世ニ跡タレン其名ウレシキ和歌ノ浦浪

帝ノ御夢ニ如此見へ玉ヒケレバ、夢ノウチニ「誰人ソ」ト問玉フニ、「衣通姫」ト答へ玉フ。ソレニ依テ仁和三

年九月十三日、右大弁源隆行ヲ勅使トシテ、和歌ノ浦玉津島ニ社ヲ造営シテ、信遍上人ヲ以テ勧請シ奉リ、崇ニ本地聖観音ト也。此姫、和歌ノ浦ニ跡ヲ垂玉フ事、彼ノ立還ルノウタニ依テ也。是ヲ和歌ノ浦ト云名ノ殊ニ目出タケレバ、爰ニ跡ヲ垂ント思シメスト也。

この『三流抄』は、登場人物について詳しく注を施し所伝なども多く記しているが、残念ながらその注や所伝の内容は「たしかなる伝」「懸断の説にあらず」とは到底言えない、史実とかけ離れた荒唐無稽なものであることが指摘されている。[1] 前引の記事で「小町ハ中納言良実ノ孫、出羽守小野常初《タカ》娘也」などと全く実在しない人物を挙げて小町の出自を語るのもその一例である。しかし、『三流抄』は、その注説が鎌倉後期から室町期にかけての色々な歌学書に引用され、そこに引かれた説話を材料として謡曲が作られるなど、[2] 中世には非常に有力であった古今集注釈であり、親房が自らの『古今集序注』の衣通姫の注に、これを「或抄」として引用するのも、当時としてはおかしなことではなく、むしろ親房は、衣通姫と玉津島社の古くからの関係を語る権威ある秘説というような感覚で、積極的にこの注説を引用したのかもしれない。

仁井田好古の時代には、『三流抄』をはじめとする荒唐無稽な注説や説話を載せた中世の古今集注釈の類《たぐい》はそれほど世に知られておらず、好古は、北畠親房の歌人・文人としての知名度や、『神皇正統記』を著した歴史家としての見識を踏まえたうえで、親房が『古今集序注』に引く「或抄」を、平安前期の早い時代に衣通姫と玉津島との関係が成立していたことを示す信頼できる資料ということで取り上げたと思われるが、その「或抄」すなわち『三流抄』の注説は、おそらく『国基集』に載せる、津守国基の夢枕に衣通姫（の使いの女房たち）が現れた話をもとにして創り出された後世（鎌倉時代に入って以降？）の産物であろう。[3] 従って、『国基集』以前に衣通姫と玉津島との関係について記した確かな資料は、依然として見出されていないというのが実情である。

六、衣通姫が玉津島社に祀られ歌神となった経緯——まとめに代えて——

結局、確かなことは、『国基集』の記事が書かれた十一世紀後半には、衣通姫は既に玉津島社に祀られていたこと、また姫がそこに祀られた理由は、姫自身が「この所をおもしろがりて」（『国基集』）、「昔カシコヲメデマシマシケルユヱニ」（顕昭『古今集序注』）ここに留まったからであると語られていたことである。第二節に述べた『日本書紀』の衣通姫の物語では、衣通姫は姉皇后の嫉妬を避けて茅渟（和泉の海岸地帯）に移り住み、允恭天皇が遊猟と称して日根野に行幸した折に訪れるのを心待ちにしていたが、後には皇后が天皇の行幸を制止したため、天皇が姫のもとを訪れることはなくなった、と物語を語り終えていた。この『日本書紀』の物語の終わり方と、「衣通姫がここ（玉津島・和歌の浦）を愛でて留まって神となった」という地元の人々の話を突き合わせると、次のような物語が浮かび上がってくる。

①天皇が訪れなくなった茅渟の宮に住むことが苦痛になった衣通姫は、安息の地を求めて宮を出、和歌の浦（玉津島）にたどり着いた。あるいは、②姉皇后がさらに警戒して、衣通姫は允恭が行幸可能な茅渟よりさらに遠い南の地に移り住むことを余儀なくされ、和歌の浦（玉津島）にたどり着いた。①または②の結果として、たどり着いた和歌の浦（玉津島）の美しい風景に心癒された姫はこの地に留まり、そのまま神（玉津島明神）となった。

このストーリーは恣意的にこしらえたものではなく、苦難を受けてさすらう女主人公《ヒロイン》が、ある場所を訪れて苦しみが癒えたためにその場所に留まり、そのまま神として祀られるという、伝承説話の型をなぞったものである。たとえば、次の『丹後国風土記』逸文（『古事記裏書』『塵袋』等に所載）の竹野郡奈具《なぐ》社の神、豊宇賀能売命《とようかのめのみこと》の来歴を語った説話などが、古代におけるその先蹤として挙げられよう。

丹後国の丹波郡の比治山《ひじ》の頂上にある真奈井《まない》という泉に八人の天女が水浴のために天から舞い降り、それを見つけた子のいない老夫婦が末娘の天女の羽衣を隠して、無理やり自分の子としてしまう。子となった天女は万病に効く酒を醸し、老夫婦はその酒を売って裕福になる。裕福になった老夫婦は天女に「家から出て行け」と迫る。天女は「あなたたちの都合で私を子としておきながら、ひどい」と訴えるが、結局家から追い出されてしまう。羽衣を奪われている天女は天に帰ることもできず、傷心のまま丹後の村々をさすらうが、竹野郡の奈具《なぐ》の村に至り、村人たちに「此の処に我が心〈奈具志久《なぐしく》〉成りぬ（ここに来て私の心はやっと穏やかになった）」と告げ、そのままこの村に留まった。これが奈具社の神、豊宇賀能売命《とようかのめのみこと》である。

この話の場合、女主人公《ヒロイン》は正妻の嫉妬のためではなく、養父母の老夫婦に家を追い出されて流離し、「奈具」という名の村に来て「心が〈奈具志久《なぐしく》〉なった」と村人に告げ（「ナグ」は朝凪《あさなぎ》・夕凪《ゆうなぎ》の「ナギ」と同根の語で、穏やかで静かな様）、村に留まりそこの神となるのであるが、「この所をおもしろがりて、神になりておはする」「カシコヲメデマシマシケルユヱニ、跡ヲタレタマヘル」と語り伝えられる玉津島社の衣通姫にも、資料には残らないものの、豊宇賀能売命の伝承に類する、先に推測したような流離の物語が、地元（和歌の浦一帯）の人々に伝承されていたのではあるまいか。あるいはその伝承は、姫が元々住んでいたとされる茅渟から和歌の浦にかけての泉州・紀州の沿岸一帯に行われていたものであったかもしれない。

以上、本来和歌の浦や玉津島と関わりを持たなかった衣通姫が、何故玉津島社の祭神として祀られるに至ったのかについて臆測を述べてみた。玉津島社の祭神となった衣通姫は、さらに「和歌の神（歌神）」として位置づけられるようになっていくが、第三節で見たように、『古今集』序文では、衣通姫は女性歌人の先駆として意識されてはいたが、「歌神」とまでは位置づけられていなかった。姫が歌神とされるのは、玉津島社の神域である「ワカノウラ」が、平安中期に到り、古代の「若の浦」から「和歌の浦」として捉えられるようになり、和歌に関わる重要な土地として都の人々から意識されてくるという和歌の世界における動向[4]と深く関係していよう。そしてそこに玉津島社と住吉社の神職津守氏との繋がりを重ね合わせれば、衣通姫を「歌神」と崇め、「和歌の浦」を和歌の聖地とする一連の動きは、住吉社を和歌の神として都の人々に積極的に知らしめていこうとしていた津守氏の動向とも、おそらく結びついていたはずである。『国基集』の玉津島訪問記事の背後には、資料には残らなかった平安時代の衣通姫や玉津島社にまつわる様々なできごとが蔵《かく》されているのではないだろうか。

注

（1）片桐洋一『中世古今集注釈書解題（二）』（赤尾照文堂、一九七三年）の「序　本巻の意図」「Ⅰ「古今和歌集序聞書三流抄」をめぐって」「Ⅱ「三流抄」の影響を受けた序注」を参照。

（2）『伊藤正義中世文華論集第一巻　謡と能の世界（上）』（和泉書院、二〇一二年）の「二　和歌と能」所収の「古今注の世界―その反映としての中世文学と謡曲」「『古今集』と能」を参照。

（3）ちなみに親房『古今集序注』に引かれた「或抄」においても、そのもととなった『三流抄』においても、光孝天皇が勅使を派遣して玉津島社を造営させた日付を「仁和三年九月十三日」とするが、実は光孝天皇は仁和三年の八月に崩御しており、この日付だと光孝の死後に勅使が派遣された、ということになる。このことに関わるかもしれないが、『紀伊続風土記』における『古今集序注』の引用文では、この日付が「仁和二年九月十三日」と、光孝在世中のものになっていて、不自然さは解消されている。たまたま好古が用いたテキストの本文には「二年」と記されていたのか、あるいは好古が前述の不自然さに気づき改変したものか、判断は困難であるが、このあたりにも「或抄（＝三流抄）」の持つ虚構性が感じ取れる。光孝天皇が勅使として遣わしたという「右大弁源隆行」なる人物も、一見最もらしく見えるが、『尊卑分脈』等諸々の資料に当たっても、その実在は確かめられない。

（4）「はじめに」に掲げた『和歌の浦の誕生　古典文学と玉津島社』の第二部第一章「古今和歌集の和歌の浦」の「三「若の浦」から「和歌の浦」へ―和歌の聖地を意識した表記の変貌」（三木執筆）を参照。

主な引用資料の底本

『紀伊続風土記』（和歌山県神職取締所編、帝国地方行政学会出版部刊、一九一一年再版）。北畠親房『古今集序注』（続群書類従巻四五二、続群書類従完成会、一九七九年訂正三版）。『古今和歌集序聞書三流抄』（中世古今集注釈書解題（二）、赤尾照文堂、一九七三年）。『国基集』（私家集大成中古Ⅱ、一九八二年再版）。『古今和歌集』（角川ソフィア文庫、二〇〇九年初版）。

住吉玉津島社と紀州青石

付　荘厳浄土寺蔵『宝暦二年住吉玉津島社奉納和歌』（翻刻）

小出英詞

一、歌神としての住吉大社

住吉大社は正月初詣には毎年二百万人を超える参拝者数を誇り、伝統ある御田植神事《おたうえしんじ》や住吉祭《すみよしまつり》など数々の祭礼を今に伝える神社である。また、全国二千社余ある住吉神社の総本宮として、摂津国の一宮として、あるいは大阪の総鎮守として広く崇敬を集めて親しまれる。

今日の信仰としては、神話や伝承に基づいてお祓いの神とされ、航海・漁業・貿易の守護神として多くの人々が参拝し、なかでも和歌の神としての信仰が息づいている神社の一つである。その神徳によって、現在も正月十五日の新《しん》年献詠祭《ねんけんえいさい》、四月三日の松苗神事《まつなえしんじ》、中秋の観月祭《かんげつさい》といった短歌・俳句の披講をともなう神事が奉仕されている。

住吉社（本稿では近世以前の住吉大社を「住吉社」で統一する）の祭神が和歌の神とされたのは、古く『万葉集』以来の歌枕の地として、あるいは、『伊勢物語』や『住吉大社神代記』などにも語られるように、自ら歌を詠み顕形《げぎょう》する神とされたことを萌芽とした。また、神詠「夜や寒き」で知られる如く、神が歌を詠むことで社殿の修造を促したとする説話も浸透し、住吉社と住吉神と和歌の関係性が強く意識されてきた。そのため、中世以来、歌神としての性格を強めてゆき、やがては和歌両神あるいは和歌三神と称えられる信仰を確立したのであった。

住吉社の歌神化については、先学によって数多く研究されてきた。保坂都は『津守家の歌人群』〈武蔵野書院、一九八四年〉を著して和歌文学史上における住吉社津守《つもり》氏の活動を詳述され、住吉社神主の第三九代津守国基《くにもと》にはじまる社家歌人を通じて住吉信仰の興隆と展開をまとめた。そして、片桐洋一は「和歌神としての住吉の神─その成り立ちと展開─」（『すみのえ』通巻一七五号〈住吉大社社務所、一九八五年〉一八～二五頁）において、国基が玉津島神《たまつしまのかみ》（衣通姫《そとおりひめ》）を住吉社に勧請《かんじょう》したことで、住吉社を海神から歌神へと展開する情況が整えられたことを指摘した。また、島津忠夫は『大阪府史』に於いて「住吉歌神の成立」（『大阪府史　第二巻　古代編Ⅱ』〈大阪府、一九九〇年〉第三章第一二節、一二二二～一二二四頁）と題して、住吉社を歌神として生成させたのは「歌の数寄人《すきびと》」であった国基の力が大きく、『古今和歌集』序に「小野小町はいにしへの衣通姫の流なり」といわれた衣通姫の勧請に注目すべきで、ついに平安末期には和歌の神として崇敬を集めるようになったと述べた。一方で、田中卓は『住吉大社史　中巻』（第一〇章「住吉大神の神徳」〈住吉大社奉賛会、一九九四年〉四二〇～四三一頁）にて、海神としての神格につづいて和歌の神格に触れて、『住吉大社神代記』に見える住吉神と軽皇子《かるのみこ》との歌による応答の古伝承に注目し、その根本には現人神《あらひとがみ》としての信仰が存在したことに言及した。さらに、竹下豊は「住吉の神の歌神化をめぐって」（『上方文化研究センター研究年報』第一号〈大阪女子大学上方文化研究センター、二〇〇〇年〉一五～三一頁）を発表し、住吉社が歌神として認識されてゆく過程を検証し、国基による玉津島神勧請の影響と、それを語り継いだ六条藤家《ろくじょうとうけ》や御子左家《みこひだりけ》といった歌道家の役割について再検証した。

このように、住吉の神が歌道守護の神として信仰される転換期には、住吉社神主の第三九代津守国基の活動によるものが認められた。その背景には歌を詠む神として、あるいは顕形する神として、上代からの伝承と信仰があったことはいうまでもないが、住吉社の歌神化における契機には、紀州和歌浦《わかのうら》より玉津島神を住吉社に勧請したことは無視できないのである。

本稿では、国基によって住吉に勧請された玉津島社（以後、本社との区別をつけるため住吉玉津島社とよぶ）の存在について再確認し、同時期に玉津島から住吉の地に運ばれたと伝えられる青石の痕跡と現況について報告するものである。また、末尾には荘厳浄土寺《しょうごんじょうどじ》に伝来する近世住吉玉津島社の奉納和歌を紹介する。（以下、引用資料が漢文体のものは訓み下して掲げた。）

二、住吉に勧請された玉津島神

住吉社神主の第三九代津守国基（一〇二三～一一〇二）は、白河天皇の勅願を受けて荘厳浄土寺を建立した。その際に紀伊国の和歌浦にて葛石《かずらいし》を求め、国基の和歌によって玉津島神（衣通姫）の御心を動かして意の如く持ち帰ったといい、また、この時に玉津島神を住吉に勧請したと伝えられる（図1）。古くより和歌を詠まれる神として知られた住吉社において、この玉津島神の勧請を契機にして歌神化が進んだものと見なされる。

図１　「津守国基玉出嶋霊夢の所」（『紀伊国名所図会』）

　ところが、現在の住吉社、つまり住吉大社には、四本宮をはじめ数多くの摂末社《せつまっしゃ》が祀られるが、本宮四社四座、摂《せつ》社《しゃ》四社九座、末社《まっしゃ》二六社四六座の計三四社五九座分の祭神《さいじん》には、玉津島神あるいは衣通姫は見られない。はたして玉津島神は住吉の地に祀られたのであろうか。

　はじめに勧請記事について確認したい。国基と同時代の歌人や、あるいはその伝聞を記したものには様々あるが、先ず、藤原清輔《きよすけ》『奥義抄』（佐々木信綱編『日本歌学大系　第一巻』風間書房、一九七二年）には、祖父藤原顕季《あきすえ》が国基から直接聞いた話として次のことを記す。

住吉の社は四社おはします、南社は此衣通姫也、玉津島明神と申す也

それは、住吉四社（本宮四棟）ある中で「南社」に、衣通姫すなわち玉津島神を祀っているという。同様に『古今著聞集』（巻第一神祇）にも国基の語った言葉として

南社は衣通姫也、玉津島明神と申也、和謌浦に玉津島の明神と申、此衣通姫也、昔、彼浦の風景を饒思食し故に、跡をたれおはしますなり

とあり、同じく「南社」という表現をしている。顕昭《けんしょう》『袖中抄《しゅうちゅうしょう》』（第九・しるしの杉）には「住吉四社の中に玉津島の姫のおはしますは女神也」と、四社中の一社に玉津島の女神が祀られることを述べる。さらに、同書（第十四あらひと神）には、

住吉神主国基云はく、住吉は本三社也。第四の社は玉津島の明神、即ち衣通姫也。後いはれ給ふ。仍りて和歌を好ませ給ふと云々

ともあり、国基の言葉によれば、元は三社であった住吉社には第四社があり、そこに玉津島神である衣通姫を祀るといい、それゆえに住吉社は和歌を好まれるのであると説明する。

第四社とは第四本宮のことで、祭神については、既に『住吉大社神代記』にも「第四宮　姫神宮　御名気息帯長足姫皇后宮」とあり、神功皇后すなわち息長足姫《おきながたらしひめ》がその祭神であると明記され、祭神の異同については疑いないものと思われる。国基は神功皇后と玉津島神を同一の神と見なしたのであろうか。

実際、紀州和歌浦にある玉津島社の祭神は、稚日女尊《わかひるめのみこと》・神功皇后・衣通姫・明光浦《あかのうらのみたま》霊などとされてきた。社伝では神功皇后による鎮座といい、祭神である神功皇后の存在は無視できない。また、和歌浦の玉津島は古くは「玉出《たまで》

島《しま》」（『三代実録』元慶《がんぎょう》五年〈八八一〉十月二十二日条）とも呼称されたが、同じく住吉の地名にも「玉出島」（住吉社境内北部の大海《だいかい》神社附近）があり、神功皇后の伝説を介して深い関係が想像される。それゆえに、神主の国基は、住吉社の第四本宮に祀られる神功皇后を玉津島神と同一視することで、歌神としての神徳を喧伝した可能性もありえよう。しかしながら、祭神を衣通姫とするならば、神功皇后とは別神であり、改めて勧請したと解する方が自然である。

さて、従来の住吉四社とは別神として勧請したことを窺わせる記事も存在する。『俊頼髄脳《としよりずいのう》』では衣通姫を説明して「住吉にべちの神にておはしますとぞうけたまはる」という。これは伝聞とはいえ、著者である源俊頼《としより》の父経信《つねのぶ》と国基とは親交が深く、俊頼も知己の間柄であったようであるので（前掲『津守家の歌人群』第二章・二「国基」二二九頁）、「べちの神」すなわち別神としての伝聞記事は、かなり信憑性のあるものと思われる。

年代は下るが、北畠親房《きたばたけちかふさ》の撰進による『二十一社記』には、

今、津守の浦に鎮座するところ四所あり、玉津島明神（衣通姫にて坐すなり）此の四所と別なり、

と、玉津島神が住吉四社とは別に祀られていたことを特記している。それも祭神は衣通姫と註記している。本書は朝廷奉幣二十二社を説いたもので、住吉社の説明において特記することに注目され、単に歌学書の内容を受けて書いたものではなく、当時の様子を反映したものと考えられる。

以上、数点の記事をもとに住吉社への玉津島神の勧請とその周辺について再確認してみた。国基によって神功皇后を玉津島神と見なして、住吉社そのものを歌神として見なすように働きかけた可能性もあるが、やはり、別神である衣通姫を住吉四社とは別の社に勧請したのであろう。

三、浄土寺山と住吉玉津島社

住吉には玉津島社の遺構と見られる石碑が存在する。それは住吉大社の東方約五〇〇メートル、古く浄土寺山と呼ばれた丘の上で、考古学では「弁天塚《べんてんつか》古墳」と称する墳丘にある（『荘厳浄土寺境内遺跡発掘調査報告』大阪市文化財協会、二〇〇四年）。現在、浄土寺山の丘上には東大寺（黄檗宗萬福寺末、別称に東大禅寺）が建つ。南麓には石鳥居があり、山門を入って階段を上がって狛犬の間を抜ければ、本堂に向かって右手前の脇に「玉津嶋社」と刻された石碑が起立している（図2）。この石碑を実見すれば紛れもなき紀州青石であることが判明する。

玉津島社碑の存在について従来あまり顧みられていなかったのが現状である。国文学では国基の勧請記事を論じることはあってもその存否について言及されず、考古学の弁天塚古墳として紹介される場合には、余談程度にしか触れられて来なかった（わずかながら、近年では佐々木聖佳によって国基の玉津島伝説と浄土寺山の青石に関する報告がある。〈永池健二・佐々木聖佳・松石江梨香「梁塵秘抄選釈（第二回）巻第二　四句神歌　神分編（二）」（『奈良教育大学　国文―研究と教育―』第三三号）奈良教育大学国文学会、二〇一〇年三月、三九～四七頁〉参照）。

図2　玉津島社碑

ここで注目したいのが墳丘としての記録『東摂陵墓図誌』である。玉津島社碑を存する浄土寺山の江戸後期の様子を図と共に次のように記す（図3）。実際の碑文と比較すれば島・嶋の異同があるほか、上部の形状がやや異なっている。現存分の背面には割れたと思しき青石が添えられていることから、図誌の記録以後に何らかの理由で上部が破損したことが判明する。

図３　弁天塚（『東摂陵墓図誌』）

古　塚　在住吉郡住吉村。
字弁天塚
立木雑樹少々アリ
由緒不詳　周囲七十六間五分
直　立　四　間
中央ニ左ノ如キ
青石ノ碑有リ
楷書
玉津島社　長　三　尺　巾一尺八寸　厚　五　寸

かつて住吉に玉津島社が存在したことについて、管見の限りでは、住吉社人の梅園惟朝《うめぞのこれとも》による『住吉松葉大記』（元禄・宝永頃の編著。住吉大社蔵〈重要文化財建造物附指定〉。加地宏江・中村直人・野高宏之編、大阪市史史料第五五輯〈二〇〇〇年三月〉・同第五八輯〈二〇〇二年三月〉・同第六三輯〈二〇〇四年三月〉の上中下三冊刊行）・『住吉貞享雑記』（東京都立図書館加賀文庫蔵）・『住吉秘伝問答』（住吉大社蔵）・『住吉幽考秘記』（同）、天明二年（一七八二）大宅有敬《おおやけありたか》『住吉外辺末社旧跡』（國學院大學図書館蔵）、寛政六年（一七九四）橋本左《さ》膳《ぜん》大夫《たゆう》『住吉神社由緒書』（住吉大社蔵）にも記述が見られ、浄土寺山に玉津島社が祀られていたことが、近世住吉社の社人の間で認識されていたことになる。

ところで、梅園惟朝は『住吉松葉大記』にて当時の住吉社には、玉津島を詠んだ国基の自筆懐紙が伝来していたことを述べて、詠草二首の本文を記録するが、特に衣通姫の神異などに触れた内容ではなく、直接的な勧請の記録ではなかったようである。

さらに同書には、「古本勘文の端書」と称する史料を引用する（摂末部・龍王宮条）。江戸初期の住吉社中には「住吉勘文」なる縁起書が伝来していた。中世の神仏習合説の影響を強く受けた内容を含んでおり、本文にある権神主津守国貴《くにたか》の註によって応永元年（一三九四）以前の撰述と考えられるものであるが、その古本の「住吉勘文」にある端書には、

古本ノ勘文端書《ハシカキ》ニ云ク、国基神主浄土寺建立ノ時、紀州弱《ワカノ》浦ヨリ石ヲ取ル時ニ海上風波穏ナラズ、国基神主詠吟シテ云ク、年経《トシフ》レド老《オヒ》モセズシテ弱浦《ワカノウラ》ノ幾代《イクヨ》ニナリヌ玉津嶋姫《タマツシマヒメ》、夜半計《ハカリ》ニ天女海上ニ現シテ不思議疆《カキ》リ無シ、歌《ウタ》ニハ神モ納受シ給フカ、風波忽チ静マリテ意ノ如ク石ヲ取ル、東ノ岩橋《イハハシ》不動石ト名ヅケ、天女ノ宝殿其ノ北ニ在リ云々、

と、前述の歌学書などと同様に、国基が玉津島明神に歌を詠じ、願いが受け入れられた結果、無事に採石の目的を果たしたことが語られる。それは荘厳浄土寺の建立のためであり、さらに、寺院の東方には不動石と称する岩橋、北方には天女を祀る宝殿が造られたという。実に室町中期の住吉社中で語られていた国基伝説を収録するのである。梅園惟朝はこれを当時の状況を踏まえながら「浄土寺北ノ丘ニ小社アリ、相伝フ玉津嶋明神ナリ、国基神主之ヲ勧請スト」と、天女の宝殿が玉津島神を勧請したものであることを指摘する。

また、北の丘（浄土寺山）を「霊鷲山《りようじゆせん》」に擬えて建立した天女の宝殿こそが玉津島社であったというが、それに加えて本地仏堂も存在していた。現在の荘厳浄土寺の境内、本堂の南西には弁天堂があるが、寺伝によれば、江戸初期の伽藍再興に際して浄土寺山の麓から移転したものという。ちなみに、前掲『東摂陵墓図誌』に浄土寺山の別称が「弁天塚」であると記すのも、この弁天堂に由来するものであろう。また、天保十三年（一八四二）刊『摂州住吉荘厳浄土寺略縁起』（『中世民衆寺院の研究調査報告書Ⅱ』〈元興寺文化財研究所、一九九一年〉所収、三一～三三頁）には、

一、弁財天は定朝の作なり、別殿に安置す、国基当寺建立の時、霊鷲山の弁財天、基公に謁したまふにより、則

これを勧請あって鎮守と定められしとそ、

とあり、『住吉名勝図会』所載「荘厳浄土寺図」にも本堂の背面に鎮守社としての弁天堂が見えており、習合した弁天堂が境内の鎮守と見なされるようになったと考えられる。

ところで、荘厳浄土寺には玉津島社に関する文書として、宝暦二年（一七五二）八月十二日『住吉玉津島社奉納和歌』一巻があり、住吉玉津島社のために、石川広能をはじめ八〇名による奉納和歌を列記する（後尾に資料紹介として全文掲載する）。また、別に宝暦四年（一七五四）五月『住吉玉津島祠和歌会之記』一巻も伝来し、前の奉納和歌の背景を説明する。後者は全て漢文で著され、住吉玉津島社の由来、前者の奉納和歌の経緯などを説明する。本書によれば、大坂天満住人の石川広能という人物が、当時荒廃していた住吉玉津島社に仮殿を修造するため、歌会を催行し、ついには社殿を再建したことを語る。その荒廃について、

嗟乎、治乱靡彛世変、時屯応仁末海内大乱、生霊塗炭、天下匈匈、無治道者百年余、祠壇遂壊廃、山園悉為兵馬所蹂躙、元和之役、鞫作戦争之地、一夕兵燹罹乎、精藍与神祠幷悉烏有矣、

と、戦国時代に荘厳浄土寺も荒廃し、さらに元和の役における戦災で伽藍や神社も焼失したことを語る。おそらく、元和元年（一六一五）四月二十八日、大坂城方・大野道犬らの手勢による住吉・堺の焼き討ちの時のことと思われる（『駿府記』『台徳院殿御実記』ほか）。襲撃時、住吉社の本殿は無事であったが、住吉の郷中民家は大半が焼失し、神主居館の正印殿《しょういんでん》も一部罹災している（『住吉松葉大記』神領部、同・社災部）。さらに、元和偃武の後に荘厳浄土寺の伽藍復興は果たせたが、「功不及祠屋」と住吉玉津島社の社殿再興には及ばなかったといい、寛延四年（一七五一）から宝暦四年（一七五四）にかけて荒廃した社殿を篤志によって再興したとのことである。

それでは、住吉玉津島社はいつごろに廃絶したのであろうか。前述の社人記録では寛政年間まで確認することが出来たが、『摂津名所図会大成』（船越政一郎編『浪速叢書　第七』〈浪速叢書刊行会、一九二六年〉所収）には廃絶に触れた

記事が見える。

玉津嶋古趾

浄土寺の艮、田圃の中にあり。小高き丘にして、俗に浄土寺山といふ。此辺すべていにしへ大伽藍たりし境地なり。津守国基浄土寺草創のとき、玉津島明神の霊験を蒙るにより、此地に勧請せしなるべし。今は廃して丘の有て、玉津島社としるせし石を建り。

本書は安政年間（一八五四～六〇）の稿本であるが「古趾」と明確に記され、現存のものと思しき石碑が建立されていたことを述べる。この頃までの半世紀あまりの間で倒壊するなどして社殿が廃絶したのであろう。

参考までに、江戸後期の絵図『摂津国一之宮住吉神社境内社領絵図面』（住吉大社蔵）で現地を確認すると、やはり建造物はなく、山麓の南面に鳥居のみが描かれているが、現在の東大寺には石鳥居と狛犬があり、その後継遺構ではないかと思われる（本図では狛犬の存否は不明だが、鳥居の彩色によって当時は木製であったことが判明する）。荘厳浄土寺は元治元年（一八六四）に不動堂の再建、弁天堂の修造などを行っているが（荘厳浄土寺蔵「普諸成就入仏供養之記」）、この頃に作成されたと思しき「荘厳浄土寺境内古図」（荘厳浄土寺蔵）にも、やはり浄土寺山に社殿などは見られず、石碑が一基のみ描かれる。

ただし、住吉社側では廃絶社とは見なしていなかったようで、慶応四年（一八六八、明治元年）四月の『住吉社領内神社寺院取調書』（住吉大社蔵）の末社の列記中に、

一、玉津島社　　衣通姫

浄土寺ノ東ノ方、松山ニアル也。

と記載する。よって、維新時の取調書では正式な末社に数えられていたことになる。しかしながら、維新後は官幣大社住吉神社の末社にはならなかった。おそらくは、石碑のみで社殿も無いため、結果、廃絶社の扱いになったことに

より、浄土寺山は神社境内には認定されなかったようである。実際、当該地を明治四十四年（一九一一）発行『大阪地籍地図　土地台帳　南区』（吉江集画堂）で確認すると、住吉村字山ノ中二一七九番（山林地二二〇六坪）は住吉村の村有地となっている。その後まもなくして浄土寺山は譲渡され、大正七年に東大寺が当地に移転して現在に至るのである。

四、住吉周辺に散在する青石

津守国基は紀州和歌浦の玉津島から青石を運ばせたが、住吉にはそれと思しき青石がいくつも現存している。そもそも青石とは、緑泥石片岩《りよくでいせきへんがん》に属する青味（緑色）のある石で、なかでも紀ノ川周辺で産出するものは、特に「紀州青石」と称して珍重されてきた。庭石として盛んに用いられてきたが、現在は採石禁止となっている。

衣通姫の感応によって国基が採石を行った青石は、当初は荘厳浄土寺の葛石を目的に住吉に運ばれたという（『津守国基集』宮内庁書陵部五〇一―二八六）。その造成について、『住吉松葉大記』等の記録に見える消息によれば次のように説明される。

先ず、寺域の北方には霊鷲山を模した浄土寺山を築造し、そこに玉津島社を勧請した社（天女の宝殿）を建立した。さらに本堂以下伽藍の東側にある低地には池水を造成して青石を配置した。いわゆる浄土式庭園の様式と思われ、和歌浦・玉津島を想起させるような庭園として、磯辺の景観を模して構築したものと考えられる。寺域の南側は東西に走る住吉街道（磯歯津《しはつ》道）に接しており、東の坂道を下りた辺りに巨大な青石の橋が架けられ、それより遥か東方には仁王門が建立された（旧住吉村の字名には「仁王門」が見える）。

鎌倉期には叡尊《えいそん》（興正菩薩）による中興、さらに南都西大寺の末寺となり隆盛を見たが、戦国時代以降には衰退の一途であった。『住吉松葉大記』寺院部・浄土寺条には、寺域の山林が田畑に開かれ、諸伽藍も再建されず礎石をさらしたままであったことを記す。荒廃の様子は前掲『住吉玉津島祠和歌会約之記』にも記され、特に元和の役・大坂夏の陣において甚大な被害に遭い、広大な庭園は戦災によって失われたという。また、「今、浄土寺ノ旧地ヲ検スルニ、古石多ウシテ虎踞ス」とある様に、江戸期の旧寺域には青石が散在していた様子がうかがわれる。近現代には周囲が悉く宅地化されたため、残念ながら、旧寺域における痕跡は全く見出すことができない。ただし、現在の荘厳浄土寺や住吉大社の境内にも青石が散在しているので、現状について順に紹介を試みる。

1、荘厳浄土寺境内の青石

現在の荘厳浄土寺境内には計一五個の青石が確認できる。

先ず、寺院境内中で最も大きな青石は参道正面に直立する寺号標柱である（図4）。正面には「朝日山荘厳浄土寺」と刻され、自然石を活かした石柱全体の趣ある佇まいは、古刹である荘厳浄土寺に相応しい存在である。いうまでもなく、創建当初に建立されたものと推察するのみだが、戦後の境内整備に際して、山門の移動にともない街道の程近くに移されたという。なお、石柱の背面には塩竈《しおがま》地蔵が祀られる。紀州和歌浦では玉津島と並び鎮座する塩竈神社が知られるが、これまた所縁を感じさせる地蔵である。

図4　荘厳浄土寺標柱

次に、よく知られた告磯石《つげそいし》が挙げられる。元禄十四年（一七〇一）刊『摂陽群談』をはじめ、寛政年間刊行の『住吉名勝図会』『摂津名所図会』等の地誌では、荘厳浄土寺に関連して必ず挙げられる一名所で、玉津島伝説の所縁を伝える大切な石として語り継がれてきた。その『摂陽群談』には次のように説明する。

図５　告磯石

告磯石《ツゲソノイシ》　住吉ノ郡住吉ノ邑《ムラ》浄土寺院内ニアリ、当院開基《タウインカイキ》ノ時《トキ》、礎《イシズエ》・壇石等《ダンセキトウ》ヲ玉津嶋《ツシマ》ニ求《モト》ム、神惜之ヲ惜シミ玉ヒ、津守《ツモリノ》国基《モトワ》和歌《カ》ヲ捧《サヽ》グ、神是《コレ》ニ感得《カンドク》シ玉ヒテ、好ム所ロノ石《イシ》、住吉ノ磯《イソ》ニ之ヲ寄スベキノ告在《ツゲア》ツテ、寺既《テラスデ》ニ成レルヲ以ツテ之ヲ号ク、

現在、告磯石と伝えられる青石は、現・本堂に向かって右側、旧庫裏玄関の脇に立つ大石である（図５）。『住吉名勝図会』挿図「荘厳浄土寺図」には本堂の東側に「告磯石」の名が付される。住職の話によれば、戦後の境内整備によって現在の位置に移されたものという。同図では告磯石を含めて三個の庭石が見えており、前掲『荘厳浄土寺境内古図』には、同所の庭園と思しき空間に五個の庭石が描かれる。おそらくは、これらも青石であったのであろう。

標柱・告磯石に次いで大きな青石は、現・阿弥陀堂に向かって左側、本坊と連絡する廊下の南側にある石で、住職が「扇石」と呼称する大ぶりな青石である。それ以外の青石は、旧庭園にあったものを移したものもあるが、中には境内整備の際に土中に埋まっていた石を再設置したものも数点あるといい、かつての葛石であった可能性も考えられる。

ところで、寺院の東方には青石を用いた二基の石橋が架けられていた。石は驚くほど大きく、滑らかな岩肌の大石で、別名を「不動石」と称したという（『住吉松葉大記』摂末部・龍王宮条）。荘厳浄土寺の立地としては、古の磯歯津道の後継とされる住吉街道に南面して建立され、東方には仁王門が建立され、大和国・南都の方向を正面に、海側の住吉社を背面にしていたことになり、仁王門・大石橋・庭園・伽藍の配置によっても、計画的に景観を造成したことが考えられるのである。

石橋の「不動石」には、その名称の由来と思しき逸話が伝えられる。前掲『摂州住吉荘厳浄土寺略縁起』によれば、将軍足利義満がこれに目をつけ、他の名石と共に自邸に運ばせようとしたが、阿倍野あたりで何らかの怪異に遭い、そのために諦めて戻したという。前掲『住吉玉津島祠和歌会約之記』にも同様の記事があり、

　応安中、大将軍源義満、東門ノ石橋ヲ京師第園ニ移ス、其夜怪事アリテ本寺ニ之ヲ還セリ、

と見えており、石橋の怪異として逸話が伝承されていたことがわかる。

図6　「正印殿之図」（『住吉名勝図会』）

2、住吉大社境内および正印殿の青石

住吉に運ばれた青石は、住吉社神主の居館である正印殿の庭園にも運び込まれたという。『住吉松葉大記』氏族部・津守国基条には、荘厳浄土寺の記事に関連して、

　此ノ寺内及ヒ神主館ノ庭上ニ古石多シ、是皆応徳年中、国基ノ紀州弱ノ浦ヨリ取ル所ナリ、又池上ニ笠松アリ、国基手《テツカラ》之ヲ栽ト云フ

とあり、正印殿の庭園は寺院造営と同時期の出来事と伝えるのである。

戦国期に荒廃した荘厳浄土寺の庭園に対して、正印殿の庭園はその後も優美な景観を維持していたと思われ、文禄年間（一五九二～九六）豊臣秀吉の住吉詣に際して当地を訪れ「神主館ニ入御シテ泉水ノ笠松ヲ覧賞ス」（『住吉松葉大記』行幸部）というように、たいそう庭園を愛でたものと伝えられる。

ちなみに、大坂冬の陣では、徳川家康の本陣が津守神主館（正印殿）に置かれている。家康が大坂城攻撃のため茶臼山に本陣を移した際、住吉本陣の留

守役は、作庭で名高い小堀遠州《こぼりえんしゅう》であった（『台徳院殿御実記』慶長十九年十二月六日条）。

正印殿の庭園の様子については、『住吉名勝図会』の「正印殿之図」（図6）でもその様子を窺われるが、なおその全容を把握するには史料が限られている。そして、『史蹟調査報告第十二輯　歴代天皇聖蹟』（文部省、一九三九年）には、

正印殿の土地は、明治二十年頃家屋取除かれし後は空地となり、園池等は猶そのまゝに保存されてあつたが、昭和四五年の頃整理住宅地となすに当り、旧正印殿の泉池と云はるゝものも、此の際埋められたのである。

という通り、残念なことに明治から昭和初期にかけて大半が失われてしまった。その後に顕彰運動もあって、現在はごく一部が正印殿跡として区画されるのみである。それにしても、正印殿の青石は一体何処に消えたのであろうか。実はその一部を移したと思われるものが住吉大社境内に散見される。

現在の住吉大社境内には計一二個の青石が確認できる。近世までの史料によれば、国基によって青石が荘厳浄土寺や正印殿へ運ばれて庭園に配置されたことを見たが、神社境内に運んだ云々という記述は全く見られない。そのため、現在の住吉大社境内に存在する青石は、正印殿の旧庭園等から一部を移したものと考えられる。

図7　魚鱗鶴翼碑

先ず、境内において最も大きな青石は、藤澤南岳《ふじさわなんがく》の揮毫による石碑である。（図7）反橋が架けられた神池の南端、池側に北面して畔に立つ。碑文には「魚鱗鶴翼　南岳」と刻されるが、その建立年代は不明である。南岳は宮司津守国美《くによし》とは昵懇の間柄であったことからも明治期の建立であろうか。現存する中では最大級の青石で、全長は約二七〇センチ、地表に露出している部分の最長は約一四〇センチ、幅は約二〇〇〜四〇〇センチの規模を誇る。周囲の端には青石独特の筋目があるが、平面部に凹凸はありながらも滑らかな岩肌

図8　社務所中庭の大青石

図9　津守国美歌碑

が特徴である。

次に大きな青石は、社務所中庭の北部にあるもので、全長は約二六〇センチ、地表部は約一一〇センチ、幅は約三〇～四〇センチの庭石である（図8）。庭園の土中に埋もれている部分も考慮すれば、右の魚鱗鶴翼碑の石とほぼ同じ規模と思われる。目を驚かすほどの大きさ、滑らかな岩肌の様子、その他の石の雰囲気は両方ともに非常に似ている。もしかすると、この二つの大石こそは、かつて荘厳浄土寺東方にあった石橋を移したものかもしれない。

また、魚鱗鶴翼碑と同様に石碑として再利用されたと思しき青石もいくつか存在する。その一つが第四本宮の南西、幸福門の斜路の北脇にある歌碑で、美しい青石の前面に、

幾千世も　むつひかわして　二本の　松の緑は　栄えゆくらん

七十一老　正四位国美書（印）

との和歌が刻される（図9。口絵にも掲載）。高さと横幅の最長が共に約九〇センチで、約二〇～三〇センチの厚みを持つ。詠者の「正四位国美」とは津守国美（一八三〇～一九〇二）のことで、津守家第七四代、幕末から維新時の住吉社神主であり、維新後の官制では初代宮司を奉仕した人物である。背面には「□□□《明治参》拾□□《七年》五月拾日建之／□□《奉納》者　海苔商組合」とあり、また「七十一老」は明治三十三年（一九〇〇）にあたるので、晩年の

図10　うつぼ碑

図11　高木石子句碑

詠歌を刻したものになる。国美は、実際に正印殿に居住した人物であるので、その所縁によって正印殿の青石を転用した可能性が考えられる。

次に、乾《いぬい》参道の北鳥居より北東、衛士室北側に「うつぼ」と刻された碑がある（図10）。地表の高さ約一五〇センチ、横幅は約八〇センチ、約二〇センチ前後の厚みのある立派な青石である。背面に「石工大阪　みかけ屋／明治三十一年　四月三日　てんま植八」とあるが、建立の詳しい経緯は不明である。

さらに、正面参道の南にある神苑の南東附近には、地表高が約一五〇センチ、幅は約八〇センチ、厚みが五〇センチ前後ある見事な石碑があるが、これも青石を転用したものである（図11）。正面に「住吉の松にちりばめ初霰　石子」、背面に「高木石子／住吉大社献詠選者／俳誌未央主宰　ホトトギス同人／一九八七　十一月二十三日　未央同人会建立」と刻される通り、住吉大社の献詠俳句選者であった俳人高木石子《せきし》の句碑で、境内にあった青石を提供したという。

ところで、住吉大社境内にある住吉武道館にも二個の青石が確認できる。一つは同館玄関の北側、巽《たつみ》参道の脇にある（図12）。また、同館中庭の片隅にも割れた青石が一つ存在する。そもそも住吉武道館（昭和五十六年開館）は、旧宮司官舎があった場所である。つまり、正印殿（住吉神主の居館）の廃絶後、官制下で着任した宮司が居住するための宮司邸が当地に建てられていた。造成時に青石が移されたのであろうか。『住吉松葉大記』等に伝えるところによ

図12　住吉武道館前の青石

図13　幸福門参道石組の青石（左から２つ目）

れば、中世には「住吉の釣殿《つりとの》」が建っていた場所とされ、釣殿の廃絶後は、神主の神拝始《じんぱいはじめ》において仮屋を設けるなど神聖視された特別な場所でもあり、荘厳浄土寺・正印殿と同様に青石が配置されても不思議ではないと感じる。

その他にも、社務所中庭の北部には前述の大岩とは別に筋目の多い一枚岩がもう一個ある。さらには、中庭南部には三個あり、そのうち一つはやはり筋目の多い一枚岩である。さらに、津守国美歌碑の立つ斜路の石組には、他の石に混じて大ぶりの青石が組み込まれている（図13）。この参道は、昭和四十五年七月十五日の昭和天皇皇后両陛下の住吉大社御親拝のために造成したもので、行幸に関する事前通知の後、比較的に短い工期で造成されたため、境内に散在した石材を集めて用いたものであった。その際、あまり気に留められずに転用されたのであろう。

3、その他現存する青石

以上、荘厳浄土寺・住吉大社の両境内の青石について紹介したが、これ以外の住吉近辺の青石を若干紹介する。

住吉における名勝旧跡の一つに若松御所跡《わかまつごしょあと》がある（図14）。承久三年（一二二一）二月四日、後鳥羽院の熊野御幸に際して第四六代津守経国《つねくに》が造営した行宮所とされる旧跡で、現在の止止呂支比売命《とどろきひめのみこと》神社（大阪市住吉区沢之町一丁目一〇番四号）の境内にその顕彰碑が立つ。基台に向かって左脇の石組中には、一際目を引く青石が組み込まれている。当社は維新まで住吉大社の摂社であり、正印殿より南東に直線約五〇〇メートルで、若松御所が存在したという土地柄も考慮すれば、青石が置かれたことも充分に考えられる。

図14　若松御所跡（左から２つ目）

図15　霰松原万葉歌碑

図16　安立町役場跡碑

一方、住吉大社境内より運び出されて石碑に転用された青石二個が確認できる。南へ約八〇〇メートルの霰松原《あられまつばら》公園（住之江区安立二丁目）にある二基の顕彰碑である。両基共に昭和五十五年六月の建立で（財団法人住吉名勝保存会および霰松原旧跡・安立忠魂碑整備委員会の建立）、忠魂碑をはさんで道路側に霰松原万葉歌碑（図15）、公園側に安立町役場跡碑（図16）が一対で立つ。両基共に人の背丈ほどある大きな一枚岩の青石である。当時、依頼に応じて神社から提供して転用したものだが、別石に刻した碑板を表裏両面にはめ込むために、青石の岩肌が穿《うが》ち掘られてしまったのが残念である。両碑ともに、現存する青石の中でも大ぶりで優美な一枚岩なだけに、実に勿体なく感じられる。

むすびにかえて

神主の津守国基の活動によって、住吉社の神徳は歌神として大きく興隆した。そして、紀州和歌浦に坐す玉津島明神を住吉へ勧請することは、実に重要な役割を果たすこととなった。それを象徴するように、玉津島から青石を運び寄せ、荘厳浄土寺や正印殿の庭園などに活用したのであった。

今回、住吉玉津島社の来歴と、住吉大社および荘厳浄土寺と周辺に散在する青石の現状を報告したが、現在もなお住吉の地には青石が存在しており、その記憶をひっそりと伝えていることは非常に感慨深いものである。往古の歌人たちは、玉津島社と住吉社を和歌両神として並び尊崇してきたが、両神をつなぐ青石に想いを寄せる時、国基の並々ならぬ信念に気付かされるのである。

付記　本稿の執筆にあたり、真言律宗総本山西大寺宗務部長で荘厳浄土寺の住職・松村隆誉氏のご助言、そして鶴﨑裕雄氏のご教示をたまわったことに深く謝して御礼申し上げる。

住吉大社・荘厳浄土寺・東大寺　境内青石位置図

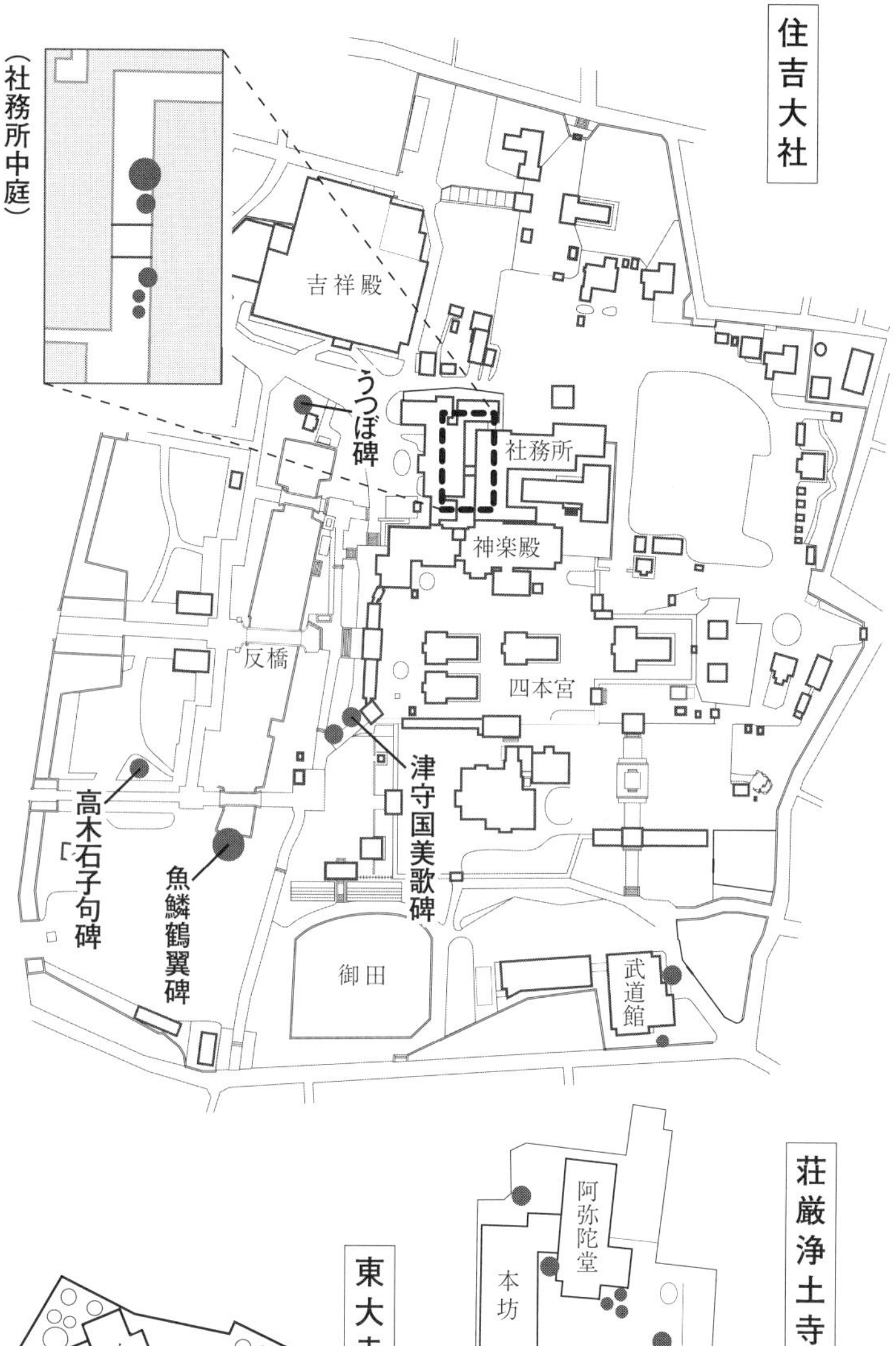

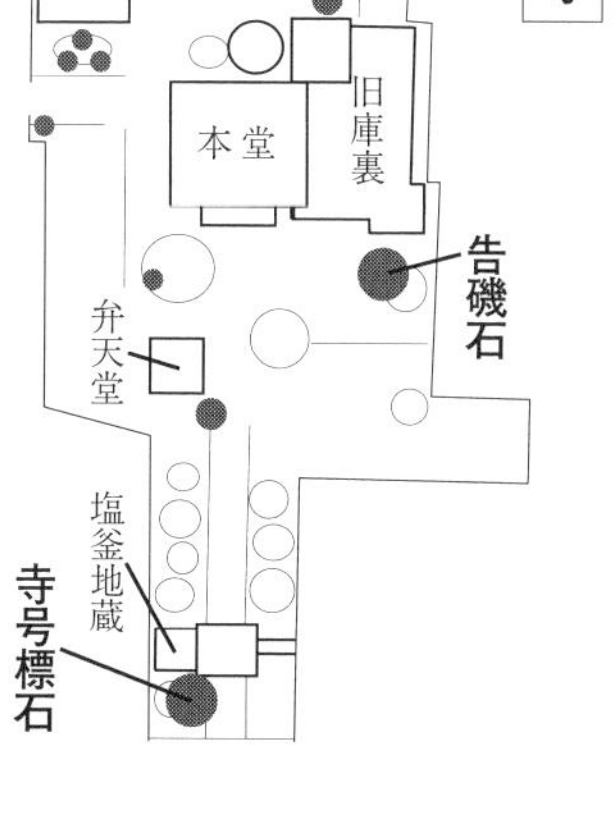

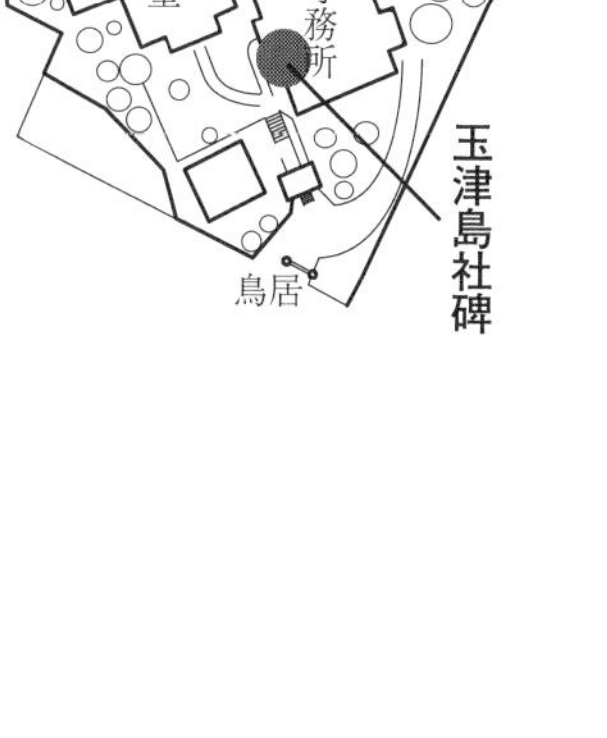

資料紹介
付　荘厳浄土寺蔵『宝暦二年住吉玉津島社奉納和歌』（翻刻）

荘厳浄土寺には住吉玉津島社に関係する二巻の巻子が伝来する。住職の許しを得て披見の機会が得られたが、近世における住吉玉津島信仰を知るための重要な資料と思われるので、今回は紙幅の都合により和歌巻を翻刻して内容を紹介する。なお、内容によって史料名を『宝暦二年住吉玉津島社奉納和歌』とする。

青表紙本で別々に木箱に納められるが箱書は無い。巻子の表紙には若干の虫食いと退色が見られるが、本紙の状態は極めて良好である。縦幅二四・一センチ、全長四六五・八センチで、全七枚の料紙を継ぐ。

巻首に「奉納　摂津国住吉朝日山荘厳浄土寺　艮岳　玉津嶋神社　詠名所月和歌」、巻尾には「宝暦二壬申年八月十二日」とある。よって、これは中秋を控えた宝暦二年（一七五二）八月十二日、荘厳浄土寺の北東にある浄土寺山に祀られる住吉玉津島社に於いて、名所月を詠題として行われた奉納和歌であることが判明する。

歌は全八〇首が記載され、「尚綱」なる人物から始まり「広能」までの詠者の名と歌が列記される。そのうち女性の詠者が二九人も含まれることにも注目される。

和歌とは別巻の『住吉玉津島祠和歌会約之記』を参考にすれば、歌会の主催者は「広能」で、大坂天満住の石川広能という人物である。寛延四年（一七五一）七月十二日、純芳・祇董・祐之と共に荒廃した住吉玉津島社の再興を志し、荘厳浄土寺にて歳暮と春日の歌会を開き玉津島明神の祠に奉納し、ついには小祠を修造するに至ったが、宝暦四年（一七五四）夏に病死したため、後事を託された松下弘毅が略歴を記したものという。

本資料は、まさしく国基の勧請による住吉玉津島社の信仰が、近世に至るまで民間で継承され、その社殿再興のために献詠の歌会が催されて貴重な証ともいうべきものである。

奉納
摂津国住吉朝日山荘厳浄土寺
艮岳　玉津嶋神社
詠名所月和歌

1玉津嶋曇なき世になか月のつきまちいてゝあふく諸人　尚綱
2さたかなるひかりもそひて玉津嶋みかける影は住のえの月　尹綱
3雲はれて波も静に住の江のまつの葉こしに澄る月影　泰幸
4今宵しも雲もかゝらぬ玉津嶋ひかりをみかく月のさやけさ　直房
5浦遠く波路曇らて澄月になをひかりそふ玉津嶋山　栄祢
6まつといはゝ如何答む玉津嶋波にみかける月のさやけさ　道高
7なみの上は塵も曇らす住のえの松をくまなるあきのよの月　守納
8あふき見む曇なき世に住吉のまつにかひある秋のよの月　史比
偏休

9いく秋もあかす契らむ住吉のまつの木のまに澄る月かけ　親房
10住吉のまつかひありて澄月を見るにあかすや玉津しま姫　頼匡
11月影は見るめさやかに住のえのきしによるなみよるとしもなき　三楽
12松かせの音さへ夜半に住よしのうらなみ遠く照す月かけ　為山
13若の浦に月のみ船のほのみへてみかゝれ出る玉つしま山　登茂女
14所からみかく光もたまつしまくまなくはるゝ秋のよの月　登和女
15すみのほる影はさなから玉津しまひかり照そふあきのよの月　喜寛
16ちゝの秋みかく光も玉津しま見るめことなる波の上の月　亨弁
17たま津嶋波にうかめる月影をおもしろしとや神もめつらん　安道
18照月の影も一しほすみの江の雲ふきはらふ岸の松かせ　氏奥
19そのかみにしつめまつりし玉津嶋今宵の月にひかりそふらん　喜和女

20しほひかた玉も今宵はかりてなん名もすみのえの月の光に
喜佐女

21円居してくるゝをまつの木のまより月すみよしそ光ことなる
政庸

22難波なるみつの浜風おさまりてそらすみのほる秋のよの月
見純女

23名にめてゝ空も一しほ住のえの松にいさよふ月そさやけき
惠海尼

24なれて見ん幾秋こゝにわかの浦まつを照して有明の月
純芳

25更行や浦漕船はほのかにてつきにそちかき淡路嶋山
祇董

26ゆく月も住吉といふ里のなにめてゝ永居の浦伝ふらむ
定貞尼

27曇なき御世のしるしやかゝみ山むかふかひある秋のよの月
等明女

28あきかせに雲となみとをわかの浦月の出しほは空も静けき
奈乎女

29幾秋の光もそはむたまつ嶋そら行月は所からなる
那都女

30浮雲はよそにさそひて天津風ふけゐの浦の月そさやけき
麻佐女

31きの国や風吹上に雲はれてくまなくすめる秋のよの月
範祐

32しつの海雲は一葉も波の上にみつの秋しる浪華江の月
千世女

33又たくひ明石の浦にすむ月のなみにうつらふ影もさやけき
良武女

34難波かた空晴渡るあきの月ひかりをよもにみつの浜風
朝栄

35あふかめやいつくはあれと玉津嶋世々に曇らぬ秋の月影
武免女

36草の葉に霜をく計秋さえてなみまに氷る難波えの月
光之

37住吉の浦より遠も雲晴てやそ嶋うかむ月のさよなか
同妻

38すみよしの永ゐの浦に船とめて月を夜すからなかめあかさむ
右門

39よる波の音しつかなるなにはかたつきのゆふへは又たくひなき
武明女

40墨吉の岸の姫松神さひてくもらぬ空にすめる月影
祐之

41罔《(ママ)》るよりかたふくまても住吉の月にくまなき名呉の浦かせ
祐友

42 みつしほに見るめも清きあま衣いく秋かけし住のえの月　通少

43 船とむる磯の松風ふきはれてくまなき空に住吉のつき　同妻

44 曇なくさえ行月は鏡やまみねの梢にてそり渡るらん　麻知女

45 玉津嶋あふく心のかひ有て月にさしよる若の浦舟　宗方

46 わかの浦世々に出たるなかめにもこゝろをみかく秋のよの月　伊佐女

47 たひ衣今宵はこゝに明石かたうらめつらしき有明の月　正朋

48 墨のえの松の秋風吹はれて月すみわたる淡路嶋山　同妻

49 秋かせの吹ふくからに雲はれて月すみのほる須磨の浦浪　智栄

50 見渡せは船こきよする難波えのあしま〳〵に月そうつろふ　同孫

51 すまの浦あまのとまやも晴る夜はおもひくまなく月やすむらん　賢隆

52 白露をかせふきはらふ住よしの松よりまつにうつる月影　同妻

53 浦かせにあしの葉分の音そひてつきさしのほる難波江の秋　定隆

54 よさの海なみ路も遠く晴る夜の月に見わたすあまの橋立　通山

55 をのつから名も住の江の松高き木のまくまなる夜半の月影　孝則

56 若の浦松吹風もおさまりてなみ路を照す月そ静けき　伊久女

57 秋もやゝふけ行まゝに難波かたあしまにやとる月そ隈なき　冬真

58 住吉のはまの真砂地月清みあきも一しほよそにことなる　弘斉

59 まさこ路に秋の霜かと墨吉の松のゆきあひにもるゝ月かけ　義晨

60 あとたれて神のましまし玉津嶋光も清くつきはすみけり　知晴尼

61 をしてるや浪華の浦の雲まより影さえのほるあきのよの月　妙寿尼

62 風さそふ空もゆたかに照月のひかりつきせぬわかの浦浪　斉倉女

63 月はいま出しほなるらし波晴て空もひとつに住吉のそら　見津女

歌神64

64あきの夜の更行まゝに月影もさやかに見ゆるわかの浦なみ
修広

65秋は猶ひかりをそへて住吉のうらの見るめも晴るよの月
佐登女

66冴わたる空も長閑に住吉の浦はにうかむ秋の夜の月
朋矩

67墨吉の浦ふく風に霧はれてゆふなみきよくすめる月影
治時

68すみの江の岸の姫松浦かせに葉色もみゆる秋の夜の月
景俊

69秋ことに光やまさん住吉のこのまさはらぬ月のさやけき
宜周

70いくめくり影は曇らぬ住吉の松にやとりて月そ久しき
秀誠

71なかめやる果もあらしな須磨の浦波路のすゑにさゆる月影
利当

72住吉の浜の真砂地幾千世も月にみかけるかけそさやけき
三保女

73月はれておき行船も数みゆるあきは千里の住吉のうら
重忠

74かくはかりさえ行よはの月かけにわかのうら船さすか静けき
古求

75はれわたる磯の松風こゑそへて月かけきよき須磨の浦浪
恰曹女

76秋かせに雲はれ行てみしま江のあしまさやけき月の初しほ
伊安

77すま明石月にあゆみて見渡せはまさこに霜のあとも曇らし
定賢

78波の音に心もさえてふくる夜の月を友なる須磨の浦ひと
稠昌

79須磨の浦やもしほの煙吹はれてふけ行月の影そさやけき
広能

80雲わけて月ははる〳〵たか照すひかりさやけきあまのかく山

宝暦二壬申年八月十二日

和歌三神柿本人麿と「柿本神社（島根県益田市）」

芦田耕一

一、人麿のこと

柿本人麿《ひとまろ》は持統朝（六九〇〜九七）を中心に活躍した人物で『万葉集』第一の歌人として高く評価されているが、その経歴についてはまったく知られていない。柿本氏は和邇《わに》氏と同族であったとされ、出生は斉明朝（六五五〜六六一）あたりにおかれている。下級官人として出仕したが具体的な職掌は明らかでない。その生涯は後にさまざまに伝説化されて語られているが、唯一の伝記資料であるはずの『万葉集』自体からすでに伝説化がなされようとしているのである。

人麿の評価は周知のごとく、『古今集』（九〇五年成立）の「仮名序」に、

いにしへよりかくつたはるうちにも、ならの御とき（筆者注、平城天皇）よりぞひろまりにける。かのおほむ世やうたのこころをしろしめしたりけむ。かのおほむ時におほきみつのくらゐかきのもとの人まろなむうたのひじりなりける。これはきみもひとも身をあはせたりといふなるべし。（中略）。又山の辺のあかひとといふ人ありけり。うたにあやしくたへなりけり。人まろはあかひとがかみにたたむことかたく、あか人は人まろがしもにたたむことかたくなむありける。

とあり、山部赤人（生没年未詳。活躍年次は人麿より少しあとの聖武天皇のころ）と優劣がつけられぬほどの優れた歌人であると述べているが、人麿は赤人とは違って「うたのひじり」、歌聖とされている。ただし、「おほきみつのくらゐ」、正三位と冠するのは明らかな誤りであり、高官であれば必ずや和歌以外の資料が残っていたであろう。このように伝説化が進んだように窺知されるが、あくまでも歌聖であり、決して和歌の神として崇敬されてはいないのである。では「歌神」とされ、祀られるのは何時のことであろうか。『十訓抄《じっきんしょう》』第四によれば、藤原兼房（一〇〇一～六九）が和歌上達を願って人麿を祈念していたところ、夢に現れたのでその姿を絵師に描かせて拝んでいると願いが叶ったというのであるが、その人麿の姿態は、「年高き人あり。直衣に薄色の指貫、紅の下の袴を着て、なえたる烏帽子をして、烏帽子の尻、いと高くて、常の人にも似ざりけり。左の手に紙をもて、右の手に筆を染めて、ものを案ずる気色なり」とみえる。兼房は藤原道長の兄道兼の孫にあたり、能因法師と交流がある数奇人の歌人として知られる。ここに「常の人にも似ざりけり」とされているのは神の姿なのであろう。その絵像を「宝にして、つねに礼しければ」とあるので和歌の神として祀られた最初と思しい。

人麿を「歌神」として崇敬することで著名なのは「人麿影供《えいぐ》」（「影供」とは神仏や故人の絵像に供物を供えること）と呼ばれる祭祀である。(1) 元永元年（一一一八）六月十六日、修理大夫《すりのかみ》藤原顕季《あきすえ》（一〇五五～一一二三）が六条東洞院の自邸で催行したのがその創始である。その記録が藤原敦光《あつみつ》（一〇六三～一一四四）の手に成る「柿本影供記」として残されている。これを基にして詳細に記した『古今著聞集』巻五により、その次第をうかがってみると、敦光作の序と讃を付した人麿の絵像を掲げ、その前に作り物の飯・菓子・さまざまな魚や鳥を供え、顕季の勧めによる源俊頼《としより》（一〇五五ころ～一一二九ころ）の初献のあとに三献があり、人麿讃を講じてから参加者一同が「水風晩来」の題で和歌を詠じたという。参加者は他に藤原実行・藤原長実《ながざね》・藤原顕輔《あきすけ》・藤原顕仲《あきなか》・藤原宗兼・藤原道経・藤原為忠らで、長実（一〇七五～一一三三）と顕輔（一〇九〇～一一五五）は顕季の男、他は顕季の親近の歌人達である。『十訓抄』第四によれば、絵像は兼房が描かせた絵を顕季が模写させたものであり、顕仲清書の讃を付したその絵像を本尊として初めて影供したと説明している。この絵像はその後、六条藤家《ろくじょうとうけ》に歌道相承の証拠として、顕輔、清輔《きよすけ》（顕輔男、一一〇八～七七）、経家《つねいえ》（顕輔孫、重家男、一一四九～一二〇九）へと順次受け継がれていくのであるが、その目的は、人麿を歌神として祀ることで歌道家としての権威を誇示することにあったといってもよいだろう。

この「人麿影供」を利用して人麿を別の面からさらに注目させようとしたのが清輔である。『清輔集』の集尾に、

　　やまとの国いそのかみといふところに、かきのもと寺といふ所のまへに、人丸が墓ありといふをきゝて、そとばをたてけり。かきのもとの人まろ墓としるしつけて、かたはらにこの歌をなむかきつけゝる

よをへてもあふべかりける契りこそこけのしたにも朽ちせざりけれ

　其後むらのものどもあまたあやしき夢をなむみたりける（四四四）

とあり、清輔によって発見されたと思しい墓のことを述べている。[2] この墓のことについては、清輔の義弟顕昭《けんしょう》（生没年未詳）が寿永三年（一一八四）に注した『柿本朝臣人麻呂勘文』に詳述されている。本書は人麿の種姓・官位・時代・歌仙・家集・渡唐・妻妾・墓所の内容から成り、最後の「墓所事」に、

万葉を考ふるに、人丸は石見の国において死去し了んぬ。其の間の和歌等、度々前に注し了んぬ。而るに清輔語りて云はく、大和の国に下向の時、かの国の古老民云はく、「添上郡石上寺の傍らに杜有り、春道の杜と称す。其の杜の中に寺有り。柿本社と称す。これ人丸の堂なり。其の前の田中に小塚有り。人丸の墓と称す。其の塚霊所にして常に鳴る」と云々。清輔これを聞きて、祝を以て行き向かふのところ、春道の杜は鳥居有り。柿本寺はただ礎ばかり有り。人丸の墓は四尺ばかりの小塚なり。木無くして薄生ふ。よりて後代のために卒都婆を建つ。

図１　歌塚

其の銘に柿本朝臣人丸墓と書く。其の裏に、仏菩薩の名号、経教の要文を書く。又、予の姓名を書く。其の下に和歌を注付す。

　世をへてもあふべかりける契こそ苔の下にも朽せざりけれ

帰洛の後、かの村の夢に咸《ことごと》く云はく、衣冠を正すの士三人出来す。この卒都婆を拝して去ると云々。其の夢南都に風聞す。人丸の墓決定の由を知ると云々。（原漢文）

とある。『柿本朝臣人麻呂勘文』の方がより詳細であり、たとえば墓の場所が具体的に説明されており、かつ「あやしき夢」の内容が紹介されており、また夢でこの塚が人麿の墓であることが確実になったとする。この墓は現在、奈良県天理市櫟本《いちのもと》町（旧、添上《そえかみ》郡）の和爾下《わにした》神社に隣接する柿本寺跡の東方にある歌塚のこととされる。和爾下神社は柿本氏と同族とされる和邇氏を祀ったといわれており、この歌塚は依羅《よさみの》娘子《おとめ》が石見《いわみ》（現、島根県西部）から人麿の遺骨を持って来て葬ったと伝えられている。鴨長明（一一五五か～一二一六）の『無名抄』には「人麻呂の墓は大和の国にあり。初瀬へまゐる道なり。「人麻呂の墓」といひて尋ぬるには、知る人もなし。かの所には「歌塚」とぞいふなる」とあり、地元では「歌塚」として通っているという。

　そもそも清輔は人麿には関心があり、『袋草紙』上には「人丸勘文」という論考がある。現存する和歌勘文としては最古のもので、人麿の生存年代と『万葉集』の撰集時期について清輔の意見を披陳し上申した（崇徳院に献じたか）もので、聖武朝（在位七二四～四九）説を主張し、桓武朝（在位七八一～八〇六）・平城朝（在位八〇六～九）説を否定する内容となっている。祖父顕季は歌道の宗匠家としての道を歩み始める象徴とするべく「人麿影供」を催行し人麿を和歌の神として祀ったが、清輔は人麿の墓を取り挙げて六条藤家の歌道をさらに世に知らしめようとしたのではないだろうか。「やまとの国いそのかみといふところに、かきのもと寺といふ所のまへに、人丸が墓ありといふをき、て」と述べるにすぎないが、想像を逞しくすれば、清輔は墓を積極的に探しつづけていたと考えたくなるのである。卒塔婆を建て、それに人麿との深い契りを詠む歌を書き付け、その歌徳を提示するというのは祖父の遺志を多分に汲み取っての所為に違いない。この話を集尾に置いたことの意図は明らかであろう。

この清輔の企図は効を奏し、その後、歌人たちが墓参するのである。いくつか紹介しよう。

まず、『寂蓮法師集』に、

　人丸のはかたづねありきけるに、柿の本の明神にまうでてよ
　みける
古き跡を苔の下まで忍ばずはのこれるかきのもとをみましや（七七）
　かくてぞ思ひもかけずたづねまかりたりける
おもひかねむかしの末にまどひきぬとどめし道の行へしらせよ（七八）

とある。これは三三八〜三三九番にもみられ、詞書もほぼ同じ。七六番歌に「礒の上寺にまうでて」とあるので、本歌も大和での詠と思われ、「人丸のはか」は清輔のいう墓と同じであろう。寂蓮（一一三九ころ〜一二〇二ころ）の奈良行は出家（一一七二年ころ）後のことである。人麿の事跡を尋ね歩かなかったならば柿本明神を参詣することができなかったであろうと詠み、さらに、行き詰った自身の歌道の上達を祈念することを歌っているが、ここで「柿の本の明神」と神とされていることを確認したい。

次に、『殷富《いんぷ》門院大輔《もんいんのたいふ》集』を挙げよう。

　人まろのはかにて経くやうすとて、ひとびとの御うた申しぐ
　してよみあぐるついでに　ふるきを思ふ心を
いにしへのなのみのこれるあとに又ものがなしさもつきせざりけり（一二三四）

この「ひとびとの御うた」のことは二四〇番歌にみえ、その詞書に「このひとびとの御うたかきたる物を、院の御かたの女ばうたち、かりてかへすとてかきつけられたりし」とあり、女房仲間の「少納言」が詠んでいる。人麿の墓前で読み上げる歌を多くの人に呼びかけたようである。これに応じた一人に藤原長方《ながかた》（一一三九～九一）がおり、『長方集』に、

おなじ大輔、人麿はか見にまかるとて、その心を人人すすめてよませ侍りしに

塵となる跡とふまではかたけれど誰も忍ばぬ柿のもとかは（二〇一）

かのはかにて仏事をおこなひて

かきつめしこと葉の露も数ごとに法の海にはけふやいるらん（二〇二）

とみえる。墓を最後まで見届けることはできないけれども誰もが人麿を偲ぶことであると歌い、集めた歌の歌詞一つ一つが供養によって仏法の海に流れ入るであろうと詠む。「おなじ大輔」は二〇〇番歌の「皇后宮大輔」で、「皇后宮」は大輔（未詳～一二〇〇ころ）が出仕した後白河院皇女殷富門院亮子内親王（一一四七～一二一六）のこと。

この墓参のことは『楢葉和歌集《ならのは》』雑三にみえる。詞書の一部を挙げると、「元暦二年五月ならの人人殷富門院大輔にさそはれて、おなじ人のはかにまかりて、そとばたててかへりけるに……」とあり（九二八）、「おなじ人のはか」は、九二七番歌の「かきのもとのまうち君のいそのかみのはか」をうける。これにより墓参が元暦二年（一一八五）五月であり、また卒塔婆をたてたことも分かる。これらは大輔の主導で行われたが、大輔は歌人グループ歌林苑《かりんえん》の会衆の一人であり、また何よりも清輔に評価されていたと思われ、清輔が永暦元年（一一六〇）七月に催行した、撰歌合である『太皇太后宮大進清輔朝臣家歌合』に唯一の女性歌人として「女房大輔」で三首採用されている。

最後に、十四世紀初頭の成立とされる、後深草院二条（一二五八～未詳）作の『とはずがたり』巻五を挙げよう。

二条が『新後撰集』に採用されなかったことを墓前で亡父に訴えたところ、夢の中に現れて、いつかは選ばれることもあるからと更に歌道に精進するようにと告げたので、

これより、ことさらこの道をたしなむ心も深く成りつゝ、このつゐでに人丸の墓に七日参りて、七日といふ夜、通夜して侍しに

契りありて竹の末葉にかけし名のむなしき節にさて残れとや

この時、一人の老翁、夢に示し給事ありき。この面影を写しとどめ、この言の葉を記し置く。人丸講の式と名づく。「先師の心にかなふ所あらば、この宿願成就せん。宿願成就せば、この式を用いて、かの写しとゞむる御影の前にして行なふべし」と思ひて、箱の底に入て、むなしく過ぐし侍に、又の年の三月八日、この御影を供養して、御影供といふ事を執り行なふ。

と記す。墓に七日詣でたところ、夢に人麿が現れたのでその姿を写し、その言葉を書き記したというが、これは前述の『十訓抄』の兼房の話と似ており、既にパターン化されていたかと思われる。そして「又の年」の嘉元三年（一三〇五）三月八日に人麿影供を行うのである。

このように、歌神としての人麿は不動の位置を占めるのであるが、このことを『正徹《しょうてつ》物語』（一四四七年ころ成立）で確認しよう。

人丸には子細ある事なり。和歌の絶えんとする時、必ず人間《じんかん》に再来して、この道を続《つ》ぎ給ふべきなり。神とあらはれしことも度々の事なり。

二、和歌三神としての人麿

後に歌神人麿は和歌三神の一として崇敬されるようになる。和歌三神とは、諸説あるが一般的には住吉明神、玉津《たまつ》

島《しま》明神そして柿本人麿とされており、和歌三神のことがもっとも早くみられるのは寺島良安《りょうあん》の『和漢三才図会』（一七一二年自序）であろう。「和《わ》歌三神《かのさんじん》」として「玉津島神」(3)「住吉大明神」(4)「柿本人麿」を挙げている。当時、これらが三神として認められていたのは、有職故実に精通する伊勢貞杖《さだたけ》（一七一八～八四）が『和歌三神考』においてこれらを挙げていること―俗説として退けてはいるが―からも分かる。

この三神のおのおのについては、早くに藤原俊成《しゅんぜい》（一一一四～一二〇四）が取り挙げているのである。『千載集』（一一八八年ころ成立）序に、

　この集、かくこのたびしるしおかれぬれば、すみよしのまつのかぜひさしくつたはり、玉つしまの浪ながくしづかにして、ちぢのはるあきをおくり、よよのほししもをかさねざらめや、文治みつのとしのあき、ながつきのなかのとをかに、えらびたてまつりぬるになんありける

とあり、住吉明神と玉津島明神がみえる。そして建久六年（一一九五）一月二十日に吉田経房《つねふさ》家で催行された「民部《みんぶ》卿家歌合」跋において、判者俊成は「すべて歌の莚には、かけまくもかしこき住吉の御神もてらしのぞみ玉ひ、道を守る人丸の卿のなきたまもかよひかけるわざなれば、なほき道を思ひ、よこさまなる事をばしるさざる物なり」と述べており、ここに住吉明神と人麿が挙げられている。俊成においては、歌神としてこれら三神が意識されていたのであろう。

「和歌三神」の他の二神については本書で別に論じられるので、ここでは「柿本人麿」を問題にしよう。「柿本人麿」は『和漢三才図会』に「播州明石ノ大倉谷ニ在リ」（原漢文）とみられ、現在の「人丸山柿本神社」（兵庫県明石市）のことをいうのであろう。そして、

　人丸大明神ハ作者部類云、柿本ノ太夫《マフキンタチ》人丸〈太夫ハ五位以上ノ通称也〉、姓氏録ニ云、天ノ足彦押人ノ命之《ミコトノ》後裔也、敦光ガ人丸ノ像ニ讃シテ云ク、人丸者持統文武両朝ノ仕官也、石見ノ国ノ人〈伝、石見及播州之社ニ詳〉、

一代、詠ズル所ノ和歌皆秀逸ナリ〈多万葉和歌集ニ載〉（読点は私に付す。〈　〉は割注である）と詳細に述べる。「作者部類」は『勅撰作者部類』、「姓氏録」は『新撰姓氏録《しょうじろく》』、「敦光ガ人丸ノ像ニ讃シテ」は藤原敦光の「柿本朝臣人麿画讃」である。

人麿を祀る多くの神社の中で最も著名なのは「人丸山柿本神社」(5)と島根県益田市の「柿本神社《かきもと》」である。特にここで俎上に載せたいのは「柿本神社」で、益田市には地名を冠して「戸田柿本神社」（戸田町、旧村社）と「高津《たかつ》柿本神社」（高津町、旧県社）として区別する両社があり、前者は出生地、後者は終焉地とされている。本論では多くの和歌が奉納されている「高津柿本神社」（以下、「柿本神社」という）を対象にしていきたい。

まず、「柿本神社」社務所発行の「柿本神社縁起」の「御由緒」をすべて挙げよう。

当神社に鎮まります御祭神柿本人麻呂命は、孝昭天皇の皇子天足彦国押人命の後胤小野氏族の分れである柿本族の支族が、石見国小野郷の地へ小野族の縁戚をたよって移住、小野の地に御生れになりました。青年時代、都に上られ、持統天皇文武天皇の両朝に宮廷歌人として仕えられました。後、生国石見国の役人として赴任なされました。そして　鴨山の岩根し枕ける吾をかも知らにと妹が待ちつつあらむ　の歌を残して逝去されました後、国司が勅命を奉じて、終焉地たる鴨島の地に社殿を建立したのが起原であります。万寿三年（筆者注、一〇二六）の断層地震による大津波のため社殿と島とが海中に陥没したと伝えられています。この時人麻呂公の尊像は松崎に漂着なされたのでこの地に社殿を再建したのでありますが、延宝九年（注、一六八一）、亀井藩主により現在の鴨山に移転再建されました。当社は全国柿本神社の本社として歴代皇室の御崇敬厚く、中御門天皇の享保八年（注、一七二三）、柿本人麻呂公の一千年祭にあたり特に、正一位柿本大明神の神階と、神位を宣下せられました。更に、宣命、位記、太政官符を御下されるにあたり畏くも勅使参向下向の沙汰があるなど、和歌の道に於て特に当社を尊ばれた御聖旨によるものであります。人麻呂公の一千年祭に、霊元上皇御宸筆の御製以下五十首の短冊を御法楽として御奉納され「国家安全、歌道繁栄」の御祈禱を申し渡されるなど皇室の勅願所と仰がれました。とあり、この一部については後に詳細に述べる。万寿三年の地震と大津波の伝承が科学的に正しいことは一九九三年の地質的調査で証明された。人麿は産業開発の神としても広く信仰されており、同じく「御祭神の御事績」に、

（略）人麻呂公が、役人として石見国に赴任され、重要な任務達成のため石見国の産業開発民生のために尽されました。当時租税の重要な役割を持つ紙（石見半紙）は、人麻呂公が人々に楮を作り紙を漉くことをおしえられたのがはじまりで、中国、四国地方製紙業の源ともなつた《ママ》と伝えられています。此の地方では紙漉業の神と仰がれ、昔より毎年紙初穂を奉納する所があります。又養蚕製糸業をおしえられたと伝える地方もあります。

とみえる。さらに石見国での伝承を『正徹物語』にみていこう。

人丸の木像は石見国と大和国にあり。石見の高津といふ所なり。この所は西の方には入海ありて、うしろには高津の山がめぐれる所に、はたけなかに宝形造の堂に安置申したり。片手には筆を取り、片手には紙をもち給へり。木像にておはすなり。一年《ひととせ》大雨の降りし頃は、そのあたりも水出でて、海のうしほもみちて海になりて、この堂もうしほか波かにひかれて、いづちともゆきかたしらずうせ侍りき。さて水引きたりし後、地下《ぢげ》の者その跡に畠をつくらんとて、鋤鍬《すきくは》などにて掘りたれば、なにやらんあたるやうに聞えしほどに、掘り出だしてみれば、この人丸なり。筆もおとさず持ちて、藻屑の中にましましたり。ただごとにあらずとて、やがて彩色奉りて、もとのやうに堂を立てて安置し奉りけり。この事伝はりて二三ヶ国の者ども、みなみなこれへ参りたりけるよし、人の語りしを承り侍りし。この高津は人麿の住み給ひし所なり。万葉に、石見野や高津の山の木の間より我ふる袖をいも見つらんか　といふ歌は、ここにて詠み給ひしなり。ここにて死去ありけるなり。自逝の歌も上句は同じ物なり。石見野や高津の山の木の間よりこの世の月を見はてつるかな　とあるなり。（略）

人麿は高津に住み、そこで没したという。水難に遭った人麿の木像は片手に筆、片手に紙を持っていたのであるが、

これは兼房が描かせたのと同じ構図である。

旅中に高津を取り挙げた作品を二例紹介しよう。武人としてだけでなく学芸全般に通じた知識人の細川幽斎（一五三四～一六一〇）は九州への旅の途次、天正十五年（一五八七）五月に高津沖を舟で通る。『九州道の記』に、

七日。浜田を出でて行くに、「高角《たかつ》といふ所なり」と言ふを舟より見やりて、「石見潟高角の松の木の間より浮き世の月を見果てつるかな」と人丸の詠ぜし事思ひ出でて、移りゆく世々は経ぬれど朽ちもせぬ名こそ高角の松の言の葉　とかくして長門国に至り、（略）

とある。「石見潟」詠は『正徹物語』の「石見野や……見はてつるかな」と同じ歌かと思われるが、出典未詳であり、伝承歌であろう。幽斎は既に天正二年（一五七四）六月十七、八日に三条西実枝《さんじょうにしさねき》から古今伝受を受けており、しかも古今伝受と人麿とは切り離せないにもかかわらず（後述）、人麿に関しては高揚する感じもなくごく淡々とした筆致である。

いま一例は駿河国天竜の庄屋で「風土記翁」とされる国学者内山真《ま》龍《たつ》（一七四〇～一八二一）の『出雲日記』[6]である。『出雲国風土記』の実地検証のため出雲等を旅するが、天明六年（一七八六）二月末日のころ高津を訪れる。

けふハ鴨山を踏こえて高津に宿る。あるじよく物いふ。人麿神の在し昔を尋ぬれバ爰より二里あなた戸田の宮田村にあれまして戸田津和野わたりを知しけん。されバ宮田村に本つ社の有と云を、つとめて高津の社に詣て石文を見れば、大神の生ませし時代詳ならず。氏ハもと綾部也。津和野戸田わたりを知したり。蓋戸田村の辺り角の浦と云所に人万呂寺有て其所に墓所有しを、此寺六百年前湮没而墓所のみ残れりしを、今の高津に移しまつる。戸田にませし時代を考るに享保八卯年ぞ千年に当る云云。津和野城主亀井能登守なん曰置とやうに男文字に書たり。（句読点、濁点は私に付す）

人麿の生きていた時代を尋ねたり、神社で碑文を見て、人麿の素姓と墓所のことや享保八年（一七二三）が千年忌に

あたるなどと記しており、考証学者の面目躍如たるものがある。

三、「柿本神社」への奉納和歌

ここで「柿本神社」への奉納和歌について説明しよう。

前出のように人麿の千年忌が享保八年（一七二三）三月十八日に行われる。林道春『国史実録』巻七では神亀元年（七二四）三月十八日没としている。柳田國男によれば、没年について、養老七年（七二三）三月十八日および大同二年（八〇七）八月二十四日の説があり、後者ではあまりにも長命ということで前者がふさわしいとされたという。三月十八日については、もともと観音の御縁日であり、小野小町や和泉式部の忌日であったとすることから精霊《せいれい》の季節とする慣行があったのではないかといい、そしてまた人麿を眼病の神とする信仰があったと説き及んでいる（『一目小僧その他』所収「目一つ五郎考」）。現在では、没年は平城京遷都（七一〇年）前くらいとされている。この千年忌に先立って二月一日に人麿に柿本大明神という神号と正一位の神位を贈る宣旨がくだされる。これは『続史愚抄』同日条にみえるが、より詳しい『高津町誌』（島根県美濃郡高津町小学校編、一九三八年）所収の「柿本社並真福寺由緒明細記」から摘記すると、

此年（筆者注、享保八年）二月朔日神階宣下アリテ正一位ヲ贈賜フ。即チ禁中ニ於テ勅使ノ儀式厳重ニテ宣命、位記、官符ヲ当寺へ納賜ハル。此時神号モ改テ柿本大明神ト勅許アラセラレ寺号モ真福寺ト改メ勅シ玉フ。時ノ御伝奏ハ中院前大納言通躬卿、中山前大納言兼親卿、御諸司代ハ松平伊賀守殿ナリ。諸司代ヨリ当御家へ御指紙ヲ以テ当寺ヲ被召登諸事、諸司代ヨリノ御指図ニテ令勤玉フ。同時法皇御所ヨリモ御法楽ノ和歌五十首ノ御短冊ヲ納メ玉ヒ巻頭御宸翰ニテ其余ノ公卿モ皆御自筆ナリ。

である。少し補足すると、「真福寺」の前名は「人丸寺」で「柿本神社」の別当寺で廃仏毀釈により廃寺となり、文

書等は「柿本神社」に納められた。そして二月十八日には「神階官符」の位記と宣命が贈られるのである。なお、「人丸山柿本神社」には同内容の女房奉書が贈られる。他の二神をうかがうと、住吉明神は、『日本後紀』大同元年（八〇六）四月二十四日条によれば従一位を授与され、その後まもなく正一位に叙せられており(7)、玉津島明神は『日

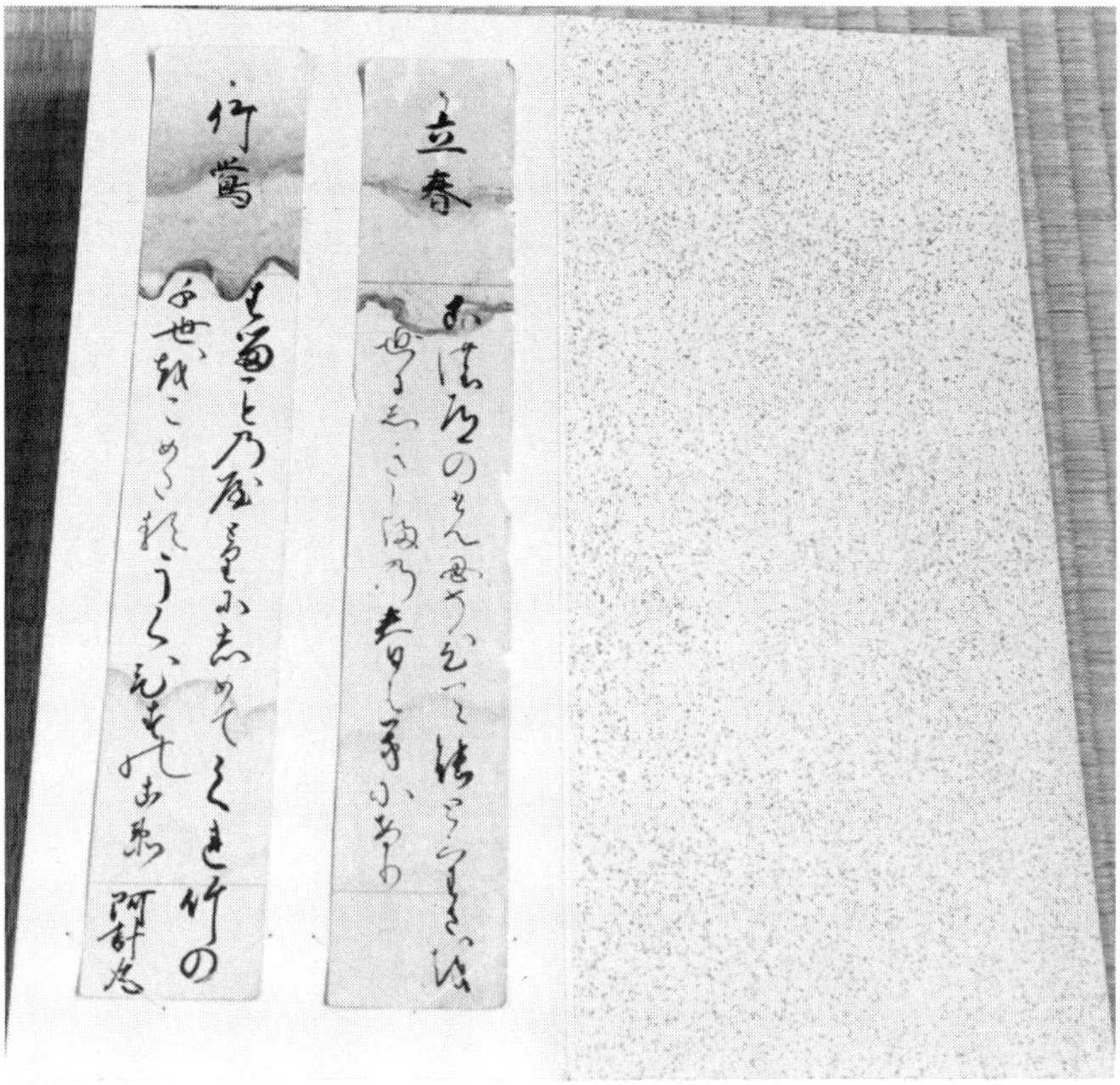

図2　享保8年3月18日御奉納百首和歌（柿本神社蔵）

本紀略』延喜六年（九〇六）二月七日条によれば従五位上に叙せられているが、「紀伊国神名帳」では極位は従四位上であり、いずれにしても既に神階が与えられていた。この遅ればせの神号と神階により人麿は公的に和歌の神として認められ、「法皇御所ヨリモ御法楽ノ和歌五十首ノ御短冊ヲ納メ玉ヒ巻頭御宸翰ニテ其余ノ公卿モ皆御自筆ナリ」と説明される千年忌の法楽和歌が奉納されるのである。ここに柿本大明神として初めて法楽和歌の対象となったと言い得るのである。この巻頭は「法皇」の霊元院（在位一六六三～八七）自筆の「御宸翰」で、その参加者は院に近しい皇族および堂上《とうしょう》であり、当時の堂上歌壇や霊元院歌壇の一斑を窺知しうる好個の資料となる。この奉納された短冊の歌を冊子体の形でまとめたものが写本として「柿本社御法楽和歌」「人麿御奉納百首和歌」等の名称で伝わっている(8)。これ

によると、「三月十八日」の日付で「柿本神社」「人丸山柿本神社」の両柿本社に奉納されていることが分かるが、前者には当該の短冊が現存するものの後者には見出せない。

この千年忌の折には和歌奉納の企画が多くあった。たとえば江戸堂上派歌人の指導者連阿法師（一六七一～一七二九）の勧進による「柿本神社」への『人丸千年忌詠百首和歌』の奉納がある。[9] また、和歌発祥の地とされる出雲からも奉納される。主宰したのは釣月《ちようげつ》法師であるが、釣月の略歴については、筆者が執筆した『和歌文学大辞典』から引用しよう。

> 〔江戸時代中期歌人〕万治二1659年～享保一四1729年二月二三日、七一歳。明珠庵・白翁・然住斎と号する。江戸の生まれ。歌道のため、三二歳で出家し上洛、清水谷実業に入門。一時帰国後、宝永七1710年頃に出雲に来るがまた上洛し、その後は出雲に定住する。二条家流の和歌を広め、また歌道伝授を行なうなど、出雲の和歌隆盛に大いに貢献した。（「参考文献」略）

紙幅の関係で言及できなかったが、釣月の歌道伝受について少し補っておこう。[10] 釣月自身は実業（一六四八～一七〇九）からは「詠歌要意」、松井幸隆（一六四三～一七一七以降）からは「古今伝受」などの伝受をうけており、釣月は出雲において「詠歌要意」「古今伝受」「伊勢物語口決」「源氏物語三箇之大事」などを松江の豪商小豆沢常悦《あずきざわじようえつ》（一七〇六～七六）を筆頭とする「皆伝の好士六七輩」に伝受している。いずれの場合でも口承形式で行い、教戒により記すことを禁じていたが、伝の消滅を惜しんで常悦は聞書《ききがき》を残すのである。

釣月の「柿本神社」への奉納は自著『鴨山参詣記』という紀行文にみられる。[11] 冒頭に、

> ことし享保八のやよひ十あまり八日は、此みちの先聖柿本のまうちぎみの十かへりの松のはなさく春にあたりたまへば、かけまくもかたじけなき天つすべらぎ、みことのりましまして陣の儀おこなはせたまへ（ママ）て、正一位の神階宣命を石見の国鴨山の社にをくらせたまふとかや。（句読点、濁点は私に付す。以下同じ）

と千年忌と神階のことが述べられており、釣月はこのことを堂上との人脈で知ったのであろう。「鴨山」は人麿終焉の地とされる伝承地で、「鴨山の社」は「柿本神社」のこと。三月十九日に出雲市大社町を老齢（六十四歳）のため船で出発したが、同行者は北島国造《こくそう》（出雲大社の神主のこと）家の一人で要職にあった同志の北島孝和だけであった。二十六日にようやく和歌を奉納できたが、その様子は、

二十六日つとめて奉納すべき二巻をとりしたため、宿の翁あないして人丸寺の坊にゆく。宗旨は古義の密宗とかや。住持の法印にたいめんして奉納のあらましを物語しければ、ことさらによろこびて弟子の僧をそへられぬ。みやしろにまうでて一軸の箱どもを広前にそなへ奉りてあまたたびぬかづきて

あとたれしかみのゐがきのもとにきてあふぐ千年の松の栄へを

とみえる。「人丸寺」は「柿本神社」の別当寺である（前述）。その奉納和歌は、冒頭部分に、

千とせふべき松江の府、神のます素鵝の里、八雲のみちにこころをよする人々をすすめて言葉の林をわけ、こころのいづみをくみ、鳥のあとにまかせ、もしほ草かきあつめて、かれこれをのをのふたももちの和哥をふた巻として鴨山の社におさめたてまつる。

とあり、松江や大社で和歌を嗜む人々から募集したところ各二〇〇首の計四〇〇首も集まり、二巻にして奉納したという。ただ残念ながら、旅中での二人の歌は多く記されているが、当時の出雲歌壇をうかがう貴重な資料となるはずの奉納した和歌のことは他にもみられず、また「柿本神社」にも現存しない。大社の草庵に無事に帰着したのは三十日で、「ふなでせし日かずかさねてあまごろもきづきのうらにかへるうれしさ」とその喜びで旅行記を閉じている。

最後に、天皇による古今伝受後の著名な御法楽和歌の柿本神社への奉納を簡略に述べてみたい(12)。

まず桜町天皇（在位一七三五～四七）の御法楽和歌である。これは桜町天皇が延享元年（一七四四）五月に烏丸光栄《みつひで》（一六八九～一七四八）より古今伝受をうけ、そのあと八月二十八日に堂上等の柿本社御法楽和歌五十首を短冊で奉納

する。この短冊は「柿本神社」「人丸山柿本神社」に現存している。住吉明神と玉津島明神には六月一日に奉納されており、現存する。次帝の桃園天皇（在位一七四七～六二）は宝暦十年（一七六〇）二月十九日に有栖川宮職仁《よりひと》親王（一七一三～六九）より古今伝受をうけ、そのあと五月十八日に同様の柿本社御法楽和歌五十首を奉納する。この短冊は「柿本神社」には現存するが「人丸山柿本神社」にはみられない。住吉明神と玉津島明神には三月二十四日に奉納されており、現存する。次帝の後桜町天皇（在位一七六二～七〇）は明和四年（一七六七）二月十四日に有栖川職仁親王より古今伝受をうけ、そのあと前回と同じ五月十八日に同様の柿本社御法楽和歌五十首を奉納する。この短冊は「柿本神社」には現存するが「人丸山柿本神社」にはみられない。住吉明神と玉津島明神には三月十四日に奉納されており、現存する。次帝の後桃園天皇（在位一七七〇～七九）は病弱で二十二歳で崩じたため古今伝受はなされなかったと思しい。次帝の光格天皇（在位一七七九～一八一七）は寛政九年（一七九七）九月十五日に後桜町上皇より古今伝受をうけ、翌十年の三月三十日に同様の柿本社御法楽和歌五十首を奉納する。この短冊は「柿本神社」には現存するが「人丸山柿本神社」にはみられない。住吉明神と玉津島明神には九年十一月二十六日に奉納されており、現存する。最後に、次帝の仁孝《にんこう》天皇（在位一八一七～四六）を挙げよう。天保十三年（一八四二）五月に天皇は父光格上皇より古今伝受をうけるが、実は上皇は二年前の十一年十一月に崩じており、その直前に古今伝受を遺されていたが、服喪のために二年後にうけたというのである。翌十四年の六月十一日に同様の柿本社法楽和歌五十首が奉納されている。この短冊は「柿本神社」には現存するが「人丸山柿本神社」にはみられない。住吉明神と玉津島明神には十三年十二月十三日に奉納されており、現存する。

これらの御法楽和歌には、当然のことながら三神に因む固有名が詠み込まれており、住吉明神は「住吉の浜」「住吉の松」など、玉津島明神は「玉津島」、「柿本神社」では「(石見のや) 高津の山」「高津のみや」など、「人丸山柿本神社」では「明石の浦」である。

五天皇に関わる古今伝受後の御法楽和歌の催行と奉納を述べてきたが、実は同様の御法楽和歌がこれら以前にも行われているのである。寛文四年（一六六四）五月に後水尾《ごみずのお》法皇（在位一六一一～二九）は後西《ごさい》上皇（在位一六五四～六三）・烏丸資慶《すけよし》（一六二二～六九）・中院通茂《みちもち》（一六三一～一七一〇）・日野弘資《ひろすけ》（一六一七～八七）に古今伝受を授け、六月一日に堂上等の御法楽和歌五十首を短冊で住吉明神と玉津島明神に奉納する。天和三年（一六八三）四月に後西上皇は霊元天皇（在位一六六三～八七）に古今伝受を授け、六月一日には同様の御法楽和歌五十首を短冊で住吉明神と玉津島明神に奉納する。ここでこれらが柿本神社には奉納されていないことに注意したい。これは、既に述べたように享保八年（一七二三）三月十八日の千年忌に伴って柿本大明神の神号と正一位の神階が贈られ、人麿は初めて公的に神として認められたのであるが、これ以前に催行された御法楽和歌においては奉納の対象にならなかったゆえと考えられるのである。

そもそも人麿は特に古今伝受とは深いつながりがある。たとえば、前述の天正二年（一五七四）六月十七日から翌日にかけて行われた三条西実枝（一五一一～七九）から細川幽斎への古今伝受の場（十七日に切紙《きりがみ》十八通、翌日には切紙十通を伝受される）において、「座敷者殿主上檀東面、人丸像掛之隆信筆着色、置机子於正面、香爐、洗米、御酒備也、手箱仁三種神器在也」と設定されており[13]、人麿の画像が掲げられているのである。これが室町時代中後期の一般的作法であったかと思われ、これはまた江戸時代の古今伝受の場においても踏襲されていたであろう。

古今伝受後の御法楽和歌の奉納に絞って説明してきたが、これ以外にもたとえば和歌御会後の御法楽和歌など多くの和歌が「柿本神社」に奉納されているのであるが、割愛せざるをえない[14]。

注

（1）山田昭全「柿本人麿影供の成立と展開―仏教と文学との接触に視点を置いて―」（『大正大学研究紀要』五一輯、一九

六六年三月)、佐々木孝浩「六条顕季邸初度人麿影供歌会考」(『国文学研究資料館紀要』第二一号、一九九五年三月)などに詳しい。

(2) 佐々木孝浩「人麿展墓の伝統—人麿信仰の一展開—」(『国文学研究資料館紀要』第一八号、一九九二年三月)に詳しい。

(3) 神道宗紀「近世における奉納和歌について—玉津島社・住吉社・明石柿本社・高津柿本社の場合—」(『帝塚山学院大学 日本文学研究』第四一号、二〇一〇年二月)。なお、同氏は大著『和歌三神奉納和歌の研究』(和泉書院、二〇一五年)を刊行されたが、以下の各御論がそのままの形では所収されていないので、あえて初出で示した。あわせてお読みいただきたい。鶴崎裕雄・佐貫新造・神道宗紀編著『紀州玉津島神社奉納和歌集』(私家版、一九九二年)

(4) (3)の神道論文。神道宗紀・鶴崎裕雄編著『住吉大社奉納和歌集』(東方出版、一九九九年)

(5) (3)の神道論文、神道宗紀「柿本人麻呂と神位神号—月照寺蔵『神号神位記録』を基に—」(『帝塚山学院大学 日本文学研究』第三六号、二〇〇五年二月)、神道宗紀「月照寺蔵本「御奉納石見播磨柿本社御法楽」成立の背景」(『帝塚山学院大学 日本文学研究』第三九号、二〇〇八年二月)。鶴崎裕雄・神道宗紀・小倉嘉夫編著『月照寺明石柿本社奉納和歌集』(和泉書院、二〇一一年)

(6) 本文は眞龍研究会編『出雲日記』(天竜市文化協会、一九九六年)による。

(7) 正一位に叙せられたことは、西本泰『住吉大社』(学生社、一九七七年)による。

(8) 神道宗紀「月照寺蔵本「御奉納石見播磨柿本社御法楽」成立の背景」(『帝塚山学院大学 日本文学研究』第三九号、二〇〇八年二月)、芦田耕一「島根大学附属図書館蔵『人麿御奉納百首和歌』—紹介と翻刻—」(『山陰地域研究』伝統文化第八号、一九九二年三月)

(9) 松野陽一「連阿勧進享保八年『人丸千年忌詠百首和歌』—翻刻と紹介—」(『研究と資料』第十一輯、一九八四年七月)

(10) 芦田耕一「明珠庵釣月」(『江戸時代の出雲歌壇』今井出版、二〇一二年)を参考のこと。

(11) 本文は、吉田政博編著『釈釣月 鴨山参詣記』(私家版、一九九六年)の写真版による。

(12) (3)の神道論文、芦田耕一「柿本神社(益田市)「堂上御奉納和歌」—紹介と翻刻—」(『山陰地域研究』伝統文化

第九号、一九九三年三月）
（13）横井金男『古今伝授の史的研究』（臨川書店、一九八〇年）
（14）神道宗紀「高津柿本神社蔵書目録」（『帝塚山学院大学　日本文学研究』第三七号、二〇〇六年二月）を参考のこと。

付記　和歌の引用は、『清輔集』は拙著『清輔集新注』（青簡舎、二〇〇八年）、他は『新編国歌大観』による。『柿本朝臣人麻呂勘文』は『日本歌学大系』、『正徹物語』『無名抄』は『角川ソフィア文庫』、『十訓抄』『九州道の記』は『新編日本古典文学全集』、『とはずがたり』は『新日本古典文学大系』による。
末筆ながら、写真等の掲載をお許しいただいた柿本神社の中島匡博宮司に厚く御礼申し上げます。

江戸時代前期における歌人たちの人麻呂意識

——和歌三神奉納和歌からの考察——

神道宗紀

はじめに

江戸時代の御所において古今伝受が行われた際には、伝受された天皇が皇族・堂上《とうしょう》方と、いわゆる古今伝受後御法楽五十首和歌を和歌三神である住吉明神・玉津島《たまつしま》明神・柿本人麻呂に奉納するのが習わしであった。御所伝受としての古今伝受は七度行われていて、その時の御法楽五十首和歌短冊は、七点全てが住吉社と玉津島社に奉納されている。そして、江戸時代中期以降の五点は柿本人麻呂（播磨国明石と石見《いわみ》国高津の柿本社）へも奉納されるのである。

本稿では、人麻呂に奉納のなかった時期つまり江戸時代前期の堂上歌人が、歌神柿本人麻呂に対してどのような意識を持っていたのか、また、どのような経緯で人麻呂への奉納が始まったのかを探ってみようと思う。

なお便宜上、江戸時代の二六四年間を三期に分けて、

・前期＝一六〇三年～一六九一年　・中期＝一六九二年～一七七九年　・後期＝一七八〇年～一八八七年

と見ることにする。

一、御所伝受の流れと古今伝受後御法楽五十首和歌

『古今和歌集』の難解な歌や語句の解釈を、秘伝として師から弟子に授けることを相伝と言い、弟子が師より受け継ぐことを伝受と言った。この古今伝受は、平安時代末頃から各歌道の家々で独自のものが伝承されていた。しかし、一般的には、室町時代後期に二条宗祇流と二条堯恵《ぎょうえ》流が成立してからを言う。堯恵流は後に断絶するが、宗祇流は三《さん》条西《じょうにし》家に相伝され、実隆→公条《きんえだ》→実枝《さねき》を経て、細川幽斎へと伝承される。そして、幽斎から伝受した八条宮智《とし》仁《ひと》親王は後水尾《ごみずのお》天皇へと相伝。ここから御所における古今伝受、すなわち御所伝受が始まることとなる。

江戸時代に御所で行われた七度の古今伝受、および古今伝受後御法楽五十首和歌の奉納は、次の表のとおりである。表中②③と⑤⑥の各間の罫線は、各々前期と中期、中期と後期の境を示している。

なお、和歌三神各社へは歌題と詠者の異なる同様の一式（一部重複するものもある）が奉納された。

表　古今伝受後御法楽五十首和歌

①寛文四年（一六六四）
五月、**後西《ごさい》上皇**が**後水尾法皇**より古今伝受
六月、後西上皇他、御法楽五十首和歌短冊を住吉社・玉津島社に奉納

②天和三年（一六八三）
四月、**霊元天皇**が後西上皇より古今伝受
六月、霊元天皇他、御法楽五十首和歌短冊を住吉社・玉津島社に奉納

人麻呂千年忌
（享保８年〈1723〉）
霊元法皇
中御門天皇
正一柿本大明神の
神位と神号を授与

③延享元年（一七四四）
五月、**桜町天皇**が烏丸光栄より古今伝受

六月、桜町天皇他、御法楽五十首和歌短冊を住吉社・玉津島社に奉納
八月、桜町天皇他、御法楽五十首和歌短冊を高津・明石両柿本社に奉納

④宝暦十年（一七六〇）
二月、**桃園天皇**が有栖川宮職仁《よりひと》親王より古今伝受
三月、桃園天皇他、御法楽五十首和歌短冊を住吉社・玉津島社に奉納
五月、桃園天皇他、御法楽五十首和歌短冊を高津柿本社に奉納
六月、桃園天皇他、御法楽五十首和歌短冊を明石柿本社に奉納

⑤明和四年（一七六七）
二月、**後桜町天皇**が有栖川宮職仁親王より古今伝受
三月、後桜町天皇他、御法楽五十首和歌短冊を住吉社・玉津島社に奉納
五月、後桜町天皇他、御法楽五十首和歌短冊を高津柿本社に奉納
六月、後桜町天皇他、御法楽五十首和歌短冊を明石柿本社に奉納

⑥寛政九年（一七九七）
九月、**光格天皇**が後桜町上皇より古今伝受
十一月、光格天皇他、御法楽五十首和歌短冊を住吉社・玉津島社に奉納
十年三月（四月カ）、光格天皇他、御法楽五十首和歌短冊を高津柿本社に奉納
十年三月、光格天皇他、御法楽五十首和歌短冊を明石柿本社に奉納

⑦天保十三年（一八四二）
五月、**仁孝《にんこう》天皇**が光格上皇より古今伝受
十二月、仁孝天皇他、御法楽五十首和歌短冊を住吉社・玉津島社に奉納
十四年六月、仁孝天皇他、御法楽五十首和歌短冊を高津・明石両柿本社に奉納

表中①〜⑦の、ゴシック体で記した上皇と天皇を繋ぐと、江戸時代における御所伝受の流れを捉えることが出来る。細川幽斎 → 智仁親王 → 後水尾天皇と受け継がれた古今伝受は、御所伝受として、

後水尾法皇 → 後西上皇 → 霊元天皇 → 桜町天皇 → 桃園天皇 → 後桜町天皇 → 光格天皇 → 仁孝天皇

のごとく伝受されたことが窺える。

さて、表中の①と②を見ると、この時の古今伝受、つまり江戸時代前期においては、古今伝受後御法楽五十首和歌が奉納されたのは住吉明神と玉津島明神だけで、柿本人麻呂には奉納されていないことが分かる。しかし、①の寛文四年六月奉納の時には住吉社と玉津島社以外にも奉納された場所がある。この時の各御法楽和歌の冒頭と跋の部分について、『近代御会和歌集（十一）』（内閣文庫蔵　写真複製）には、

ア　寛文四年六月朔日　水無瀬御法楽詠廿首　新院御奉納　／題者　飛鳥井大納言　奉行　烏丸大納言

イ　寛文四年六月朔日　住吉御法楽詠五十首　新院御奉納　／題者　飛鳥井大納言　奉行　烏丸大納言

ウ　寛文四年六月朔日　玉津島御法楽五十首　新院御奉納　／題者　飛鳥井大納言　奉行　烏丸大納言

と記される。住吉社と玉津島社だけでなく、第一例ア傍点部のごとく水無瀬社にも二〇首が奉納されているのだ。水無瀬社は、和歌界への貢献が高かった後鳥羽天皇を祀り、宗祇・肖柏・宗長の御法楽連歌『水無瀬三吟百韻』でも有名な、和歌に縁のある神社である。古今伝受後御法楽和歌がこの地に奉納されることに別段問題はなかろう。だが、歌神柿本人麻呂には奉納されていない。そこに腑に落ないものがある。

ところが、表中③延享元年の古今伝受、すなわち江戸時代中期以降には、人麻呂にも古今伝受後御法楽五十首和歌が奉納されるようになるのだ。そのような流れになったのは、②天和三年の古今伝受と③延享元年の古今伝受の間に、何か重要な出来事があったからに相違ない。一体何があったのだろう。それは、江戸時代中期、享保八年（一七二三）に催された柿本人麻呂の千年忌だ（表中②と③の間、縦罫線下の囲みを参照）。

二、人麻呂千年忌と柿本社への古今伝受後御法楽五十首和歌

1、人麻呂千年忌の概要

享保八年の人麻呂千年忌は、霊元法皇の主導で中御門天皇により行われた。播磨明石と石見高津に祀る両柿本人麻呂に、神位〈正一位〉と神号〈柿本大明神〉が授与された時の一連の祭事をこのように言う。これ等の出来事については、実際に法皇御所に召された月照寺《げつしょう》七世別仙《べつせん》が記した『神号神位記録』に詳しい（七世別仙の記録を十三世天応《てんおう》が書写。鶴崎・神道・小倉『月照寺明石柿本社奉納和歌集』和泉書院、二〇一一年を参照）。

別仙の『神号神位記録』により、人麻呂千年忌の一連の〈流れの大略〉を見ると、次のようになる。

ア　享保八年二月一日＝高津と明石の両柿本社に祀る人麻呂に、神位正一位と神号柿本大明神を授ける旨、中御門天皇の宣旨が下される。清涼殿と紫宸殿の間に仮宮を造営し、この儀式が行われる。

イ　二月十一日＝月照寺僧別仙と真福寺僧（高津柿本社別当）が霊元法皇御所に召される。鳥山上総介・山本但馬守・藤木因幡守と面会、神社内の様子や祭祠などの儀式について尋ねられる。

真福寺僧は、毎年七月二十八日から八月五日まで神事があって、大勢が参加する旨を申し上げた。一方、明石の方には祭礼と言えるものがなかったので、別仙は返答に窮してしまった。

また、神輿等はあるかと問われる。真福寺僧は、城主から神輿・神具ともに寄付され不足のない旨を申し上げた。明石はどうかと問われ、ない旨を申したところ、神輿がなくては祭礼らしくないので、ぜひ神輿はあってほしいものだ、との言葉があった。

さらに、今年三月は人麻呂没後千年になるので、千年忌の祭礼を勤め、その後も永く三月の祭礼を勤めるように、との言葉があった。

ウ　二月十六日＝中院諸大夫小川土佐守・山本志摩守から、用事があるので明後十八日五ッ時に中院亭へ参上するように、との書付が届く。
エ　二月十八日＝別仙と真福寺僧は中院亭に伺う。中山前大納言と中院大納言の両伝奏より、「神位正一位、神号柿本大明神と御沙汰があった。石州へは位記と宣命とが授けられ、明石へは女房奉書が授けられる。紛失なきよう永く御護りするように」との口上があり、これ等を授与される。
オ　右同日＝別仙と真福寺僧は東園《ひがしぞの》亭に伺う。坊城《ぼうじょう》大納言と東園大納言の立合のもとに御法楽五十首和歌短冊を賜わる。その時に「この度、院御所より丸三年の御法楽御祈禱を命じるにつけ、五十首和歌短冊を御神納なさるについては、宝祚《ほうそ》延長・歌道繁栄の御祈禱を丹精尽して執り行うように」、「五十首和歌短冊の巻頭は御製で、殊に御宸筆なので極力大事にするよう」との口上があった。
カ　享保八年六月一日＝霊元院御所からの使者があり、当六月より享保十一年五月まで三箇年の御祈禱を行うように、との御命令がある。使者は御撫物《おんなでもの》を持参し、幣帛《へいはく》として白銀一枚が神納される。
キ　享保十一年五月十六日＝霊元院御所からの使者があり、幣帛として判金一枚が神納される。また、「当五月が三箇年の満散となるので、一七日《ひとなぬか》の御祈禱を行うように」との御命令があった。
ク　五月二十八日＝七日間の御祈禱を勤め終え、別仙は二十三日に明石を出立。二十六日に京へ着き、この日霊元院御所に参上して御礼を申し上げる。
ケ　享保十一年六月六日＝別仙は再び院御所に召されて『三十六歌仙式紙《（ママ）》』を賜わる。

このように、霊元法皇のご意向のもと中御門天皇によって、明石・高津両柿本社に祀る人麻呂に〈正一位柿本大明神〉の神位神号が授与された。そして、この人麻呂千年忌をきっかけに、両柿本社への奉納和歌、特に地下《じげ》歌人からの奉納が激増する。

2、千年忌を享保八年三月十八日とした理由

霊元法皇の主導した人麻呂千年忌において、法皇や中御門天皇たちは、なぜ享保八年の三月十八日としたのだろうか。

実は、柿本人麻呂については『万葉集』に詠まれた歌や題詞から僅かなことを知る程度で、生没年等は良く分かっていない。例えば、巻二・一三一番歌「柿本朝臣人麻呂、石見国より妻を別れて上り来る時の歌二首并せて短歌」（『新編日本古典文学全集　萬葉集』小学館、下同）からは、人麻呂が国司として石見国に赴任していたらしいことが知られる。辞世歌である巻二・二二三番歌「柿本朝臣人麻呂、石見国に在りて死に臨む時に、自ら傷みて作る歌一首」からは、傍点部「死」の表現により彼が六位以下の下級役人であったことが分かる。死については「薨・卒・死」などの表記を用いたが、「死」の表記は「令《りょう》」によれば、六位以下と庶民の死去の場合に用いる、と規定されている（「喪葬令第廿六」『日本思想大系3　律令』岩波書店）。

また、人麻呂は持統朝・文武朝の歌人とする説がある。しかし、『万葉集』中には人麻呂の編集した『柿本人麻呂歌集』からの引歌が見られる。「柿本朝臣人麻呂が歌集に出でたり」とする歌の中には、例えば、巻十・一九九六～二〇三三番（秋雑歌「七夕」）の歌があり、最後の二〇三三番歌の左注に「この歌一首、庚辰の年に作る」と記している。傍点部「庚辰の年」は天武天皇九年（六八〇）である。伊藤博は、この頃人麻呂は少なくとも二十五～六歳で、既に宮廷歌人の集う七夕賀宴において中心的な役割を占めて詠歌していた、と推測している（伊藤『萬葉集全注巻第二』有斐閣、一九八三年・同『萬葉集釋注二』集英社、一九九五年、二九番歌「近江荒都歌」の解説）。

すなわち人麻呂は、天武・持統・文武の三代に亙って活躍した歌人であると言えよう。この時期をどう捉えるかにより、彼の没年の推定も変わってくる。

次に、『万葉集』中に人麻呂作と明記される最初の歌を見てみよう。それは「近江荒都歌」と称される、巻一の二

九・三〇・三一番歌「近江の荒れたる都に過《よぎ》る時に、柿本朝臣人麻呂が作る歌」で、長歌とそれに添えた二首の短歌である。この歌は持統天皇二年（六八八）の頃に詠んだと考えられていて（伊藤博前掲二書、神野志隆光「柿本人麻呂」『スーパー・ニッポニカ2001ライト版』小学館、二〇〇〇年、CD-ROM版）、彼の年齢は伊藤説に従えば三十代半ばであったことになる。

これ等のことを前提にすると、人麻呂の年齢は、都が平城に移った和銅三年（七一〇）に五十代半ば、『日本書紀』が撰進された養老四年（七二〇）に六十代半ば、ということになる。当時の平均寿命は四十歳前後であったであろうことを鑑みて、人麻呂の没年は平城京遷都の前と見るのが妥当だろう。(1)

江戸時代中期の、霊元法皇を中心とした人々の、柿本人麻呂の没年を養老七年（七二三）とする判断には納得しがたいところがある。しかし霊元法皇側にも、機を逃してはいけないという差し迫った事情があったに違いない。

続いて、柿本人麻呂の忌日を三月十八日としたことについて考えてみよう。

御所における人麻呂千年忌の神位神号授与の儀式は、〈第二節1項〉『神号神位記録』による〈流れの大略・ア〉で記したとおり享保八年二月一日に行われた。石見高津に授けられた位記と宣命にもその日付が明記されている。そして、〈流れの大略・オ〉において、二月十八日に霊元法皇より御法楽五十首和歌短冊を賜っている。高津柿本社御法楽を例にすると、和歌短冊五〇枚の一番上に置かれたのは霊元法皇の「立春」短冊で、最後五〇枚目に置かれたのが中院通躬《なかのいんみちみ》の「祝言」短冊である。この通躬短冊の裏面には、御法楽の次第が「御奉納　享保八年三月十八日　石見国　柿本社　御法楽」と記されている。この御法楽和歌短冊が堂上方臨席のもとに披講されたことは分かっているが、それはこの五十首和歌短冊が月照寺と真福寺の僧に渡される二月十八日よりも以前のことであった（神道宗紀『和歌三神奉納和歌の研究』和泉書院、二〇一五年〈第三章二節3項〉を参照）。

和歌三神各社に残る古今伝受後御法楽五十首和歌短冊の場合も、同じように披講された。次いで、御所での各社御法楽の儀式が催され、その時の日付を五〇枚の最終短冊の裏面に記す。かくして後日、伝奏を通じ各社に渡されるのが常であった。

だが、人麻呂千年忌の際の御法楽五十首和歌短冊は、右に述べたごとく、両柿本社別当の僧に渡された日より以降の日付になっている。これは、奉納の日付が三月十八日でなければならなかった、つまり人麻呂の忌日を三月十八日と定めたかったからに外ならない。霊元法皇は、この特別な日にちと両柿本社の人麻呂を結び付けることによって、歌神人麻呂をより印象深いものとして確立させたかったのである。

このようにして、明石・高津両柿本社に祀る柿本人麻呂こそが歌神なのだ、という風潮が浸透して行ったものと考える。では何故に、三月十八日と結び付けたのだろうか。

3、柿本人麻呂と観世音菩薩

およそ、観世音菩薩は衆生を救済するために示現《じげん》したという。その起源を、例えば、浅草観音で有名な浅草寺の縁起では、推古天皇の御代、三十六年（六二八）三月十八日の早朝に、檜前《ひのくま》浜成《はまなり》・竹成《たけなり》の兄弟が現隅田川で漁労中に一躰の観音様の御尊像を得たことに始まる、とのごとく記している（「あさくさかんのん浅草寺《せんそうじ》」のＨＰ「浅草寺縁起（由来）」http://www.senso-ji.jp/about/index.html　2017.2.21）。

また、月照寺所蔵資料の中には、嘉暦二年（一三二七）五月筆、元和六年（一六二〇）九月書写の奥書を持つ『人丸縁起』があって、次のように記される。冒頭には「夫播州赤石郡人丸大明神謂者奉尋深本地忝十一面観音薩捶《（ママ）》化現。」とあり、末尾には「人丸之縁日　三月十八日」と書かれている（前掲書　鶴崎・神道・小倉『月照寺明石柿本社奉納和歌集』）。すなわち、明石柿本社に祀る人麻呂の本地仏は十一面観世音菩薩で、化現した三月十八日は、人麻呂の縁日に当たると言うのである。ちなみに、同柿本社別当寺であった月照寺の本堂東隣の観音堂には、この十一面観世音菩薩が安置されている（「人麿山月照寺略年表」および口絵『月照寺寺伝』月照寺、一九七二年・「人麿山月照寺栞」月照寺）。

その他にも、聖徳太子を観世音菩薩の化身としたり（「和宗総本山四天王寺」のＨＰ「聖徳太子とは」http://www.shitennoji.or.jp/shotokutaishi.html 2017.2.22）、北野天満宮に祀る菅原道真の本地に泊瀬《はっせ》の観世音菩薩を当てたりと（『醒睡笑』〈北野の本地〉岩波文庫）、観世音菩薩は様々な神や人と関連づけられているようだ。

ところで、霊元法皇が弱年の頃より広く学問を好み、特に歌道に優れ、歌集『桃蘂集』や歌論書『一歩抄』『作例初学考』など、多くの著述を残し、和歌御会なども定期的に開催されていたことはよく知られている。

法皇は、寛文三年（一六六三）に十歳で後西天皇より践祚、天和三年（一六八三）四月に三十歳で後西上皇より古今伝受を受けた（〈第一節〉表中②を参照）。その後、貞享四年（一六八七）に三十四歳で東山天皇に譲位し上皇となる。さらに、正徳三年（一七一三）には六十歳で落飾し法皇となった。

そして上皇の時に、元禄三年（一六九〇）六月から同六年五月の三年間、引き続き元禄六年六月から同九年五月の三年間、計六年間にわたり仙洞御所で月次《つきなみ》和歌御会を催している。つまり、三十七歳から四十三歳の間に、公家衆と計七四回の和歌御会を行ったのである。この時の、いわゆる仙洞御所月次御法楽和歌は、前者三年間の一八五〇首が『玉津島社月次御法楽和歌（巻子上下）』として玉津島社に奉納された。後者三年間の一八五〇首は『住吉社月次御法楽和歌（巻子上下）』として住吉社に奉納されている。

このように、歌道の研鑽に余念のなかった霊元法皇であるから、歌神人麻呂と観世音菩薩との関連などは、月照寺等を通じて知っていたのではないか。ゆえに、観世音菩薩が示現した三月十八日を、人麻呂千年忌の忌日にしようと思ったのではないか。

古昔の歌人、大伴家持や三条西実隆が柿本人麻呂を歌の師とし神として敬ったように（このこと後述〈第三節〉を参照）、霊元法皇もまた人麻呂を敬慕した。次いで観世音菩薩と人麻呂を結び付けた。その上『人丸縁起』などにより、観世音菩薩が人麻呂の本地仏であることを確信した。このごとく、観世音菩薩の示現した三月十八日を人麻呂の忌日と結び付けることによって、享保八年三月十八日を人麻呂千年忌と定めた。それは、堂上歌人たちや地下歌人たちの、歌神人麻呂への意識をさらに強固なものにしたかったからに相違ない。

かくして、柿本人麻呂と特に縁のある播磨明石・石見高津に祀る人麻呂を「正一位柿本大明神」として、新たな歌神として誕生させるのである。ちなみに、前者は「ほのぼのとあかしの浦の朝霧に島隠《しまがく》れゆく舟をしぞ思ふ」（『古今和歌集』巻九・四〇九）（『新編日本古典文学全集　古今和歌集』小学館、下同）や、「天離《あまざか》る鄙《ひな》の長道《ながち》ゆ恋ひ来れば明石の門《と》より大和島見ゆ」（『万葉集』巻三・二五五）などの歌で有名。後者は人麻呂終焉の地とされ、津和野藩主の熱心な人麻呂信仰が窺える場所である（〈第二節1項〉『神号神位記録』による〈流れの大略・イ〉を参照）。

法皇は、このような意図を以て人麻呂千年忌を主導したものと考える。

4、柿本社への古今伝受後御法楽五十首和歌

前述の人麻呂千年忌の儀式が、二月一日に内裏で、および三月十八日に月照寺（明石）と真福寺（高津）で催されて以降（〈第二節1項〉の〈流れの大略・アイ〉）、両柿本社への奉納和歌、特に地下歌人からの奉納和歌が激増することは、〈本節1項〉の終わりにも触れたとおりである。ちなみに、人麻呂千年忌以前に両柿本社に奉納された和歌関係資料で、年月の分かっているものは次のとおりである。

【明石柿本社（月照寺）】

ア　寛永十三年（一六三六）季秋……松花堂卅六歌仙巻　松花堂昭乗

イ　慶安三年（一六五〇）九月……和歌折本　樋口信孝

ウ　延宝二年（一六七四）八月……明石浦人麻呂社法楽　賦御何連歌　西山宗因の独吟百韻

エ　天和三年（一六八三）三月……明石人丸社奉納百首和歌　含俳諧発句　吉岡信元
オ　宝永八年（一七一一）三月……奉納　人丸太明神社頭三十首和歌　梅月堂宣阿撰
カ　宝永八年三月……奉納　人丸太明神社頭二十首和歌　梅月堂宣阿撰

【高津柿本社（真福寺）】
ア　寛文元年（一六六一）九月……柿本集・赤人集　多胡真益
イ　正徳三年（一七一三）八月……日本名所並国名和歌集　全　平川一往之次

明石柿本社の和歌関連資料は四五点、高津柿本社和歌関連資料は九一点であるから、人麻呂千年忌以降、いかに多くの奉納があったかが窺える。

そして注目すべきは、人麻呂千年忌以降に催された、江戸時代中期以降の古今伝受後御法楽五十首和歌が、〈第一節〉の表「古今伝受後御法楽五十首和歌」に見るごとく、③延享元年（一七四四）の古今伝受以降、全てが明石と高津の両柿本社に奉納されていることである。

なお、霊元法皇と両柿本社（別当月照寺・同真福寺）との親しい関係は、前述〈第二節1項〉、月照寺七世別仙の記した、人麻呂千年忌に関連する記録『神号神位記録』に詳しい。

三、和歌三神としての柿本人麻呂

ここでは、江戸時代前期の歌人たち、特に堂上歌人たちが人麻呂をどのように捉えていたのか、ということを考えてみよう。

およそ、和歌三神のそれぞれが神格化するのは平安時代頃からと推察されるが、人麻呂の場合を見ると、彼は歌の上手として同じ万葉歌人たちにより既に意識され目標とされていた。

例えば、聖武朝に越中守として下向していた大伴家持は、『万葉集』巻十七・三九六九番歌の題詞に「未だ山柿の門に逕《いた》らず」と言い、傍点部のような語を用いている。これは、山上憶良（山部赤人とも）や柿本人麻呂を意識しての用語である。また、同じく越中守時代に詠んだ万葉歌に左のようなものがある。

夜ぐたちに寝覚めて居れば川瀬尋め心もしのに鳴く千鳥かも（巻十九・四一四六）

傍点部の「心もしのに」「千鳥」は、人麻呂の歌にも詠まれた表現であった。

近江の海夕波千鳥汝が鳴けば心もしのに古思ほゆ（巻三・二六六）

ちなみに、「心もしのに」という語は『万葉集』中九例を数えるが、その内「千鳥」と共に用いられるのは、人麻呂と家持の二例だけである。すなわち、奈良時代の万葉歌人家持が、いかに人麻呂を敬慕し目標としていたかの一端を知ることが出来る。

次いで、平安時代においては、『古今和歌集』で歌人紀貫之が、

正三位柿本人麿なむ歌の聖なりける（仮名序）

と評している。

さらに、室町時代後期の歌人三条西実隆の日記『実隆公記《さねたかこうき》』（『続群書類従本』同完成会）には、正月一日における自宅の恒例行事として、例えば、

朝膳之後於柿本影前詠二首和歌矣（明応六年〈一四九七〉正月一日条）

などと、人麻呂の肖像画の前で和歌の上達を願いつつ歌を詠んだ旨の記事がよく見られる。

このように柿本人麻呂は、同じ万葉歌人たちの目標とされ、後には歌聖と謳われ、且つ歌神と評されるようになって行く。殊に、三条西実隆の日記の例は、人麻呂が歌の上手として既に神格化されていたことを示唆するものであろう。

ところで、和歌山市立図書館では平成二十八年に、夏季特別展（七月～八月）として「玉津島―衣通姫と三十六歌仙―」が催された。そこには、次のような和歌三神の肖像画が展示された（図録『特別展 玉津島―衣通姫と三十六歌仙―』和歌山市立博物館、による）。

『和歌三神図』（寛文三年〈一六六三〉　狩野探幽筆　個人蔵）

『和歌三神図』（元禄四年〈一六九一〉　京都市立芸術大学芸術資料館蔵）

前者は柿本人麻呂・住吉明神・衣通姫《そとおりひめ》を描き、後者は柿本人麻呂・衣通姫・山部赤人（住吉明神の代わりに赤人を入れて和歌三神とする説もある）を描いている。両者とも江戸時代前期に描かれたもので、ともに人麻呂が描かれている。すなわち、当時の人々は柿本人麻呂を歌神として捉えていたことが分かる。

続いて、「細川家の至宝―珠玉の永青文庫コレクション―」（平成二十二年～二十四年、東京国立博物館・京都国立博物館・九州国立博物館他）の際の、同『図録』に見える写真について考えてみよう。それは冒頭に、

後水尾院より飛鳥井一位雅章卿へ古今御伝受之時神壇の図なり　依懇望令写之畢

と記された、いわゆる〈古今伝受の図〉の写真である。上半分に祭壇の図を描き、下半分にはこの祭壇の前で古今御伝受の儀式が行われた旨を記す。この写真では年月日などの部分が確認出来ないが、傍点部、飛鳥井《あすかい》雅章《まさあき》が後水尾院より古今伝受を受けたのは、明暦三年（一六五七）なので（『和歌大辞典』明治書院、一九八六年）、この時の様子、つまり、江戸時代前期の古今伝受の様子を描いたものであることが分かる。ただし跋文には、

右雅章卿之図写之畢　　兼熙

とあるから、冒頭の文言「依懇望令写之」も加味し、後年に鷹司《たかつかさ》兼熙《かねひろ》が依頼を受けて誰かに描き写させたものであると推知する。なお、兼熙はこの古今伝受が行われた二年後、万治二年（一六五九）に誕生している。

この図で特筆すべきことは、図の上半分に描かれた祭壇に、「信実筆」（藤原信実、鎌倉時代中期の歌人・画人）と注

記された柿本人麻呂の御影が掛けられていることである。これは、連歌会の折に会場の床の間などに祭壇を設えて菅原道真公の御影を掛けるのと同じ意図であろう（例えば、桜井市の長谷寺所蔵『与喜山天神絵巻（天神祭礼絵）』―昭和六十二年四月調査―などに見られる）。

すなわち、江戸時代前期の堂上歌人たちは、人麻呂が歌神であり古今伝受の一連の儀式には必須の神であることを知っていたことになる。それであるのに、なぜ〈第一節〉表中①②の古今伝受後御法楽五十首和歌が柿本人麻呂には奉納されなかったのだろうか。

前述のごとく、彼らは人麻呂が歌神であることは確かに承知していた。そして、室町時代後期の歌人三条西実隆が和歌の上達を人麻呂の御影の前で願ったように、彼らもまた個人的には上達を願って詠歌し、人麻呂に和歌を捧げていた。しかし、神社への奉納という段になると、人麻呂を祀る何処の社に奉納したらよいのか図り兼ねていたものと推察される。

ところが、霊元法皇の主導した人麻呂千年忌が契機となり、柿本人麻呂と言えば明石と高津に祀る人麻呂だ、という風潮になっていったのである。人麻呂千年忌以降、明石・高津両柿本社への奉納和歌が急増し、古今伝受後御法楽五十首和歌も奉納されるようになる、という二つの事実は、このことを如実に物語っていよう。

おわりに

和歌三神各社に残る和歌関連資料、古今伝受後御法楽五十首和歌、人麻呂千年忌の際の御法楽五十首和歌や『神号神位記録』、また和歌三神の図や古今伝受の図などを総合的に捉え考察した結果、江戸時代前期の歌人たちの柿本人麻呂への敬意は、決して低いものではなかったことが分かった。それにも拘わらず、人麻呂を祀る神社への奉納がなかったのは、奉納すべき場所が分からなかったからに外ならない。

その場所が特定される切っ掛けとなったのが、江戸時代中期、享保八年（一七二三）に霊元法皇の主導で行われた人麻呂千年忌であった。それまで、どの神社に祀る人麻呂へ奉納したものか、と考えあぐねていた堂上歌人や地下歌人たちは、これ以降、御墨付を得たとばかりに明石と高津の両柿本社への奉納を始めるようになる。

ちなみに、歌人たちが迷ったであろう人麻呂関連の場所として、明石・高津両柿本社以外に、当時からよく知られていたのは、益田市戸田町「戸田柿本社」（人麻呂生誕地だという）、天理市櫟本町「柿本寺（跡）」（柿本氏の氏寺で人麻呂の遺骨を葬ったという）、葛城市柿本「柿本社」（石見で没した人麻呂を改葬したという）などである。

最後に、考察の結果を次のとおりまとめ直しておく。

ア　江戸時代前期の堂上歌人たちは、人麻呂を歌神と崇めつつも、どこに祀る人麻呂へ奉納したら良いのか定め兼ねていた。

イ　しかし、霊元法皇の明石・高津両柿本社に祀る人麻呂への思いが影響して、江戸時代中期頃からは歌神人麻呂と言えば両柿本社に祀られる人麻呂だ、という意識が強くなって来る。

ウ　この意識のもとに、江戸時代中期以降は明石・高津の両柿本社へも古今伝受後御法楽五十首和歌が奉納されるようになる。

注

（1）当時の人々の寿命を推測するにあたって、次の人物の年齢を確認してみよう。万葉仮名を駆使して和歌を書き留められるようになったであろう舒明天皇の頃から平安初期の桓武天皇までの、各天皇の崩じた年齢（『日本書紀』や『続日本紀』に生没年を記される人物は限られているので）を『広辞苑』によって記してみる。なお、頭のゴシック体数字は即位の順である。

34舒明49歳　35 37皇極・斉明（女）68歳　36孝徳59歳　38天智46歳　39弘文（大友皇子）25歳自殺
40天武？歳　41持統（女）58歳　42文武25歳　43元明（女）61歳　44元正（女）69歳　45聖武56歳
46 48孝謙・称徳（女）53歳　47淳仁32歳　49光仁73歳　50桓武70歳

その他、天武天皇が吉野離宮で鸕野讃良《うののさらら》皇后と六皇子を集めて「六皇子の誓約」を行った時の皇子の薨じた年齢を『日本書紀』の記載順に見ると、次のようになる。

草壁皇子28歳　大津皇子24歳刑死　高市皇子43歳　川島皇子35歳　忍壁皇子？歳　志貴皇子？歳

以上から分かることは、概して女性は長命である、49光仁天皇と50桓武天皇は特別扱いすべき年齢である、ということだろう。さて、女帝と光仁天皇・桓武天皇、および没年齢の分からない「？歳」とした人物、さらに自殺や刑死した人を除いた人物の平均没年齢は、四十一、四歳となる。天皇・皇族や貴族たちの栄養状態・健康状態と、六位以下の役人のそれとは当然違うであろうから一概には言えないが、一往の目安とした。

追記　本稿は、平成二十八年十二月十日に住吉大社吉祥殿で催されたシンポジウム「歌神と古今伝受」に於いて口頭発表した拙論、「江戸時代前期における歌神柿本人麻呂―和歌三神奉納和歌からの一考察―」を基に加筆修正したものである。

歌神の周辺

住之江から和歌浦へ
──歌神と古今伝受の土壌──

鶴﨑裕雄

一、地理的環境

平成二十八年十二月十日、大阪市住吉区の住吉大社でシンポジウム『歌神と古今伝受』が行われ、私もパネラーの一人として参加し、本稿と同じ「住之江から和歌浦へ─歌神と古今伝受の土壌─」の演題で講演を行った。本稿はその時のレジュメに従って稿に纏めたものである。

まず大阪を語る時、河内湾・河内潟・河内湖・河内低地という地理学的な概念を理解することが必要である。これは地理学史上の言葉であって、現在も「河内低地」は存在するが、「河内湾」「河内潟」「河内湖」は現存しない。河内湾というのは、大阪湾の東、上町台地に仕切られるようにしてもう一つ、海水を湛えた湾があった。地理学史上、この湾を「河内湾」と呼ぶ。河内湾には北東より淀川が、南東より大和川が流入した。この二川は土砂を運び、上町台地の北部で大阪湾から流入する海水の出入り口も狭まって、河内湾は海水と淡水の混じった汽水の「河内潟」となり、次には海水の流入は途絶え、淡水だけの湖水となり、地理学史では「河内湖」と呼んだ。これらの地域は、現在の寝屋川市・四條畷市・大東市・守口市・門真市・東大阪市・八尾市・柏原市、及び大阪市の東、鶴見区や平野区一帯である。

河内湾はおよそ四〇〇〇年前まで、河内潟は二〇〇〇年前まで、河内湖は一六〇〇年前までと推定されている。[1] これらの推定は、一に地質学的調査で、地中に深くボーリングして、深層から採取する魚介類の遺物、特に海水の貝殻や淡水の貝殻によって推定される。二に考古学的調査で、「河内湖」跡の周辺から内部への古代人の住居遺跡の移動によってである。二五〇〇年前までの縄文遺跡は生駒山の麓、東大阪市の日下《くさか》貝塚や上町台地西部の森の宮遺跡などで、二〇〇〇年前以降の弥生遺跡は大阪市旭区の森小路遺跡や平野区の瓜破《うりわり》遺跡である。つまり河内湖の陸地化が進むに従って、古代人の住居跡は河内湖の湖底の内部へと進むのである。およそ歌神や古今伝受と関係のない地質学や考古学の話題であるが、目的は大阪が川の国・水の国であることを述べたいためである。「河内」は川や水の国を意味した。それは、西の大阪湾、上町台地を境とした東の「河内湾」「河内潟」「河内湖」、淀川と大和川が流れ込む、まさに川の国・海の国であった。

明治以前の日本の旧国名では、大阪府全域と神戸市周辺（兵庫県東南部）の地は摂津・河内・和泉の三国に属していた。この三国はもともと河内国の一国であったが、飛鳥時代に摂津国が別れて二国になり、奈良時代に和泉国が別れて三国となり、まとめて「摂河《せっか》泉《せん》」と称されるようになった。

近年に刊行されたデジタル標高地形図（日本地図センター、二〇〇六年）は海抜の高低差がわかり、水害時の浸水被害が一目瞭然ということで好評販売中というが、この標高地形図を見ると、上町台地の南に位置する住吉大社の西南に大阪湾の入り江がある。現在、細井川が流れ、住吉公園の広がる一帯である。さらに大和川の南、堺市堺区（旧堺市街）を南北に走る路面電車、阪堺線の線路は長く伸びる砂堆の上にある。この場合、大和川は宝永元年（一七〇四）に川筋が付け替えられたので、無視しなければならない。つまり住吉大社の鎮座する住之江から堺までは陸続きで、堺区の中心地には住吉大社の御旅所《おたびしょ》があり、毎年、七月晦日

	（飛鳥時代）	（奈良時代）
河内	摂津	摂津
	河内	河内
		和泉

（現在の三十一日）から八月一日には神輿が渡御する夏祭が行われた。住之江の入り江と堺の砂堆に漁村が形成され、海の神を祀り、港町となり、海上交通の交易を盛んにして、商業が発展したのである。

二、和歌両神、住吉明神と玉津島《たまつしま》明神

保元二年（一一五七）ごろの成立という藤原清輔《きよすけ》の『袋草紙《ふくろぞうし》』（『新日本古典文学大系29』岩波書店）の「神仏感応歌」に、住吉大社の第三九代神主津守国基《つもりのくにもと》の歌を挙げて、

　　としふれど老もせずしてわかのうらに幾代になりぬ玉津嶋姫

これは堂建立の時、壇の石取りに紀伊国に渡るに、若浦の玉津嶋に神社あり。尋ね聞けば、衣通姫のこの所をおもしろがり給ひて、神と現じて跡を垂れ給ふなりと云々。かの渡りの人申したりければ、よみて奉るなり。その夜の夢に、唐髪上て裳、唐衣きたる女十人許出で来て、嬉しき慶びに云ふなりとて、取るべき石どもを教ふ。夢覚めて、教への如くこれを求むるに、夢告《むごく》の如く石有り。石造りをしてこれを破《わ》らしむるに、一度に十二顆《つぶ》に破々て、壇の飾り石に刻《きざ》むと云々。

とある。私は『袋草紙』に見る夢想和歌について論じたことがある。[2] その中でこの国基の夢想歌は印象深い。国基の『津守国基集』にも次のように記す。

住吉の堂の壇の石取りに、紀伊の国にまかりたりしに、和歌の浦の玉津島に社おはす。尋ね聞けば、「衣通姫のこの所をおもしろがりて神になりておはすなり」と、かのわたりの人の言ひはべりしかば、よみて奉りし、

　　年経れど老いもせずして和歌の浦に幾世になりぬ玉津島姫

かくよみて奉りたりし夜の夢に、唐髪上げて裳唐衣着たる女房十人ばかり出で来たりて、うれしきよろこびに言ふなりとて、取るべき石どもを教へらる。教へのままに求むれば、夢の告のままに石あり。石作りして割らすれ

ば、一度に十二にこそ割れてはべりしかば、壇の葛石にかなひ侍りき。

『津守国基集』は康和初年（一〇九九）ごろ成立というので『袋草紙』に見える国基の説話は『津守国基集』より半世紀も後のこととなる。津守国基は、治安三年（一〇二三）生まれ、第三九代目の住吉社の神主で、上洛しては盛んに朝廷や公家社会と交わり、住吉社の発展に努めた。また白河朝の歌人としても著名で、『後拾遺和歌集』ほか勅撰集に二〇首も入集している。没年は康和四年（一一〇二）、八十歳であった。

片桐洋一は、「いささか大胆な仮説」と断りながら、

祭神に神功皇后と衣通姫を加えて津守国基が住吉第四の社に勧進し、海上の安全の神である住吉明神を和歌の神としようとしたのではなかったか……

と説く。(3) この片桐の説は、島津忠夫が『大阪府史』(4) の古代の文学の「住吉歌神の成立」の分担執筆で、住吉の神は、いつしか和歌の神として、後には玉津島・人丸と並んで和歌三神の一ともされるにいたった。……住吉歌神の生成については、神主津守国基の力が大きかったのではないかと思われる。

と記す。このように『大阪府史』によって、国基により和歌神となったという片桐の説は、広く知られるようになった。さらに竹下豊は、源俊頼《としより》の『俊頼髄脳《としよりずいのう》』や顕昭《けんしょう》の『袖中抄《しゅうちゅうしょう》』などを資料を加えて、片桐の「和歌神としての住吉の神成立」説を支持する。(5)

なお、鵲が羽を並べて織女と牽牛を会わせるという中国の七夕伝説を詠んだ『古今和歌六帖』巻六の、

夜や寒き衣や薄き鵲《かささぎ》のゆきあひの橋に霜や置くらむ

という歌の「鵲」を「片削《かたそ》ぎ（千木《ちぎ》）」に詠み替えた『袋草紙』や『新古今和歌集』神祇の部に載る、

夜や寒き衣や薄き片そぎのゆきあひの間より霜や置くらむ

の歌は、歌神住吉明神の歌として有名である。

国基の玉津島参詣で注目されるのは『津守国基集』や『袋草紙』に見える「堂の壇の石取り」である。これは国基が住吉大社の御堂荘厳浄土寺《しょうごんじょうどじ》の礎石にするため「紀州の青石」と呼ばれる緑泥石片岩《りょくでいせきへんがん》を採取した。住吉大社の周辺には、現在もこの緑泥石片岩が大量にある。それらが皆、国基の時代に運ばれたものかはわからないが、今回、本書『歌神と古今伝受』所収の小出英詞「住吉玉津島社と紀州青石　付　荘厳浄土寺蔵『宝暦二年住吉玉津島社奉納和歌』（翻刻）」は今まであまり注目されることのなかった紀州の青石についての論考である。

　ここで注目したいのは近世の歴代天皇の内、後西天皇（古今伝受の時は上皇）・霊元天皇・桜町天皇・桃園天皇・後桜町天皇・光格天皇・仁孝天皇の七帝が、古今伝受の後、廷臣たちと五十首の続歌《つぎうた》を詠み、勅使が参詣して住吉大社(6)と玉津島神社(7)に奉納した短冊が両神社に現存していることである。両社への奉納の年月日は次の通りである。

後西《ごさい》上皇　寛文四年（一六六四）六月一日
霊元《れいげん》天皇　天和三年（一六八三）六月一日
桜町天皇　延享元年（一七四四）六月一日
桃園天皇　宝暦十年（一七六〇）三月二十四日
後桜町天皇　明和四年（一七六七）三月十四日
光格《こうかく》天皇　寛政九年（一七九七）十一月二十六日
仁孝《にんこう》天皇　天保十三年（一八四二）十二月十三日

　宮中における和歌尊重、古今伝受重視の傾向は、大坂夏の陣直後、元和元年（一六一五）七月十七日に家康・秀忠によって定められた「禁中幷公家諸法度」に強く影響されている。第一条に「天子御諸芸能之事、第一御学問也」とある。和歌を含めて学問の奨励は朝廷の政治からの分離となる。

三、住之江・和歌浦間の道中

平安時代、国基によって住吉明神の歌神の性格が強められ、住之江の住吉明神と和歌の浦の玉津島明神の和歌両神への信仰が強められ、ともに深い関係を保つようになった。この両神への参詣にはどのようなルートがあったか。ここで順序として堺について触れなければならないが、堺が歴史上に注目されるようになるのは中世後期なので、後程に扱うこととして、先に泉南地方を見ることにする。

まず、藤原公任《きんとう》の私家集『公任集』(『新編国歌大観　三』角川書店)より玉津島詣でを見る。興味深いことは、住吉より乗船して海路を取っていることである。『公任集』のこの紀行の正確な年代は不明である。藤原公任は康保三年(九六六)、関白太政大臣藤原頼忠の長男として生まれ、従兄弟の道長に従い、権大納言按察使《あぜち》になった。『大鏡』には漢詩・和歌・管弦に優れて「三船の才」と賞賛され、長久二年(一〇四一)七十六歳で没した。『公任集』には、淀川を下って難波に着き、住吉社に参詣し、船にて「ひなみの湊」に上陸する。

　ひなみの湊、松原の程にてしばしやすらひて、かさきよりこえ《（越）》てつくゐ松を見れば、げにゆゐなくはあらず。ここにてこそはくらさめといふ。そのよ《（夜）》は岸づらにとまり《（泊）》て暁に出でて、いとおもしろ《（面白）》かるなる所々見んとて、玉津島に詣でむとてあるに、みち《（道）》おぼつかなしなどいふ《（言）》ほど《（程）》に、かみびと《（神人）》たちたものさき《（先）》につかうまつらんとて出できたるなり。あひの松ばら《（原）》よりゆけば、まこもくさ《（真菰草）》おひしげり《（茂）》、さは《（沢）》にこま《（駒）》のあるもをかしう、みどり《（緑）》の松こぐらき中より、しら《（白）》波の立つも見とほ《（通）》さる。やうやうみやしろ《（御社）》にいたる《（至）》程に、入り江のほとりにあま《（海人）》の家かすかにて、ふね《（舟）》どもつなぎ、あみ《（網）》どもほし《（干）》などしたるを、都にかはり《（変）》てをかし。

とある。この『公任集』中の玉津島社参詣の紀行について、三木雅博「藤原公任の和歌浦訪問をめぐって」[8]の中には詳しい注釈が書かれているが、その中で「ひなみの湊」を、「浪」は「根」、「日浪の湊」は「日根の湊」ではないかと推定する。私はかつて泉佐野市の日根に隣接する田尻町の『田尻町史』(9)の執筆に携わったので、この推定には大いに関心があり、賛成したい。平安時代、紀伊国への下向は住之江辺りから乗船し、日根湊で下船して陸路を紀伊路へ向かうのである。例えば、高野山参詣の記録ではあるが、久安三年（一一四七）仁和寺門跡覚法法親王は『高野山御参籠日記』（『田尻町史　歴史編（古代・中世）』二〇〇六年、鶴崎執筆担当）の往路、京都から淀川を下り、難波の窪津に上陸し、住吉で泊り、日根湊まで海路を乗船し、上陸して新家《しんげ》（大阪府泉南市）に泊り、紀伊国に入って名手《なで》（和歌山県紀の川市名手市場）から高野山へと進む。帰路も名手―新家―日根湊のルートを通っている。

住之江を南下する参詣者が総て海路を取って日根湊に上陸した訳ではないが、乗船して日根湊まで海路を取った者もあった。そして陸路を進むと泉佐野市長滝の蟻通《ありとおし》神社に着く。この神社は太平洋戦時中、陸軍飛行学校の敷地内にあり、飛行場拡張工事のため移動を余儀なくされ、昭和十九年八月に現在地に遷宮した。

蟻通神社にまつわる説話は、一般に二つがよく知られている。一は清少納言『枕草子』第二四四段にある話で、唐土の帝から出された、曲がりくねった穴に緒を通すという難問を老人の智恵で蟻を使って解決する話である。二は『貫之集』第九（『新編国歌大観　三』〈前掲〉）に見える。

紀の国にくだ《（下）》りて、かへ《（帰）》りのぼ《（上）》りし道にて、にはかに馬のしぬ《（死）》べくわづらふ《（患）》所にて、道行人立とまりていふやう、これはここにいますがるかみ《（神）》のし給ふならん、年ごろ社もなくしるしもみえねど、いとうたてある神なり、さきざきかやうにわづらふ《（患）》人々あるところなり、いのり《（祈）》まうしたまへといふにみてぐら《（幣）》もなければ、なにわざ《（技）》すべくもあらず、たゞ手をあらひ《（洗）》てひざまづきて、神いますがりげもなきやま《（山）》にむかひて、そもそもなに《（何）》のかみ《（神）》とかきこえんととへ《（問）》ば、ありとほし《（蟻通）》の神となんまう《（申）》すといひければ、これをきき《（聞）》てよみ《（詠）》てたてまつりける、そのけにや

馬の心ちもやみにけり、

かきくもり《（曇）》あやめもしらぬおほ《（大）》空にありとほしをば思ふべしやは

という歌を奉った。「蟻通」という神の名を聞いて貫之は、空が曇って星があるとは気がつかなかったと詠んだ。「蟻通」と「有りと星」の掛詞である。気付かなかった不注意を詫びたのである。これが謡曲『蟻通』の典拠である。シテは蟻通神社の宮守、ワキは紀貫之、ワキ連は貫之の従者である。本来、能の後場では、祭神はシテとなって姿を現すのであるが、この能では祭神は姿を現さない。本書にはそれぞれ関心の異なる見地から廣田浩治論文と山村規子論文をお寄せいただいている。

謡曲『蟻通』（『日本古典文学大系40　謡曲集　上』岩波書店）の詞章は、ワキ貫之の名乗りから始まる。

ワキ　ワキ連　和歌の心を道として、和歌の心を道として、玉津島根に参らん。

ワキ　そもそもこれは紀の貫之にて候、われ和歌の道に交じはるといへども、いまだ玉津島に参らず候ふほどに、只今思ひ立ち紀の路の旅に志し候。

ワキ　ワキ連　夢に寝て、現《うつつ》に出づる旅枕、現に出づる旅枕、夜の関戸の明け暮れに、都の空の月影を、さこそと思ひやる方の、雲居は後に隔たり、暮れ渡る空に聞こゆるは、里近げなる鐘の声、里近げなる鐘の声。

ワキ　あら笑止《しようし》や、俄に日暮れ大雨降りて、しかも乗りたる駒さへ伏して前後を忘《ばう》じて候ふはいかに、ともし火暗《くろ》うしては数行虞氏《すこうぐし》が涙の雨の、足をも引かず騅行かず、虞いかがすべき便りもなし、あら笑止《しようし》や候。

（ここでシテの宮守が橋掛から登場）、

シテ　瀟湘の夜の雨頻りに降つて、煙寺の鐘の声も聞こえず、なにとなく宮寺なんどは、深夜の鐘の声、ご燈《とう》の光なんどにこそ神さび、心も澄み渡るに、社頭を見ればともし火もなく、すずめの声も聞こえず。

静かであるが、怪奇に満ちた暗闇の神域の中、貫之の、「蟻通」と「有りと星」の掛詞の「……ありとほしをば思ふべしやは」の歌が詠まれ、許されて旅は続けられる。

謡曲では、貫之の名乗りにあるように和歌の心を求めて玉津島神社へ参ろうというのであり、狂言の『業平餅』

（『日本古典文学大系43　狂言集　下』）も在原業平が和歌の心を求めて玉津島神社へ参詣する。その道中、

亭主　これは、この家の亭主でござる。今日も往来の人に餅を売ろうと存ずる。

と餅売りの亭主が餅を売る所に業平・随身・長柄《ながえ》持ちらが登場する。

業平・随身ら　和歌の心を種として、和歌の心を種として、玉津島詣急がん。

業平　これは朝臣在原の業平にて候。我、和歌の道に交はるとは申せども、いまだ玉津島の明神へ参らず候ほどに、このたび思い立ち、玉津島詣とこころざし候。

住み馴れし、都の空を立ち出でて、都の空を立ち出でて、名所名所を見ながらに、知らぬ里にも着きにけり。

業平　急ぎ候ほどに、知らぬ里に着きて候。イヤ見れば休息所とみえて賤の家がある。しばらく輿立てて、休もうずるぞ。汝らもそれへ寄つて休息をせい。……

かくて業平一行は餅売りの所で休息し、業平と餅売りの亭主とのユーモアに満ちた会話があり、亭主の娘が見合わされると、業平は従者の長柄持ちに娘を譲ろうとするが、長柄持ちは娘を断り、娘もまた業平を慕う。業平は娘を嫌うが、娘は業平を求めて、「まず待たせられい。まず待たせられい」と橋掛かりを追って狂言は終わる。

能の『蟻通』の蟻通神社は現在も泉佐野市長滝にあって、太平洋戦争中に陸軍飛行学校建設のため移転はしたが、旧境内の跡地も近くに記念碑を建てて保存されている。狂言の『業平餅』は京都から玉津島神社のある和歌の浦までの何処かで、場所は特定されていないが、何となく蟻通神社に近い場所が想像されてしまう。

四、和歌浦行幸と住之江・和歌浦の景観

和泉国の陸路を南に進み、和泉葛城の山地を越えると紀伊国の国府（和歌山市府中）である。さらに紀ノ川を渡ると、雑賀《さいか》の地（和歌山市中）となり、玉津島明神の鎮座する和歌浦に至る。この和歌浦に奈良時代の聖武天皇と称徳

天皇、平安時代初頭の桓武天皇の三帝が行幸した。

まず聖武天皇の行幸は、『続日本紀』神亀元年（七二四）十月十六日の条（『新日本古典文学大系13　続日本紀二』岩波書店）に、

詔《みことのり》して曰《のたま》はく、「山に登り海を望《のぞ》むに、此間《ここ》最も好《よ》し。遠行《ゑんかう》を労《いたは》らずして、遊覧《いうらむ》するに足《た》れり。故《ゆゑ》に弱浜《わかのうら》の名《な》を改《あらた》めて、明《あ》光浦《かのうら》とす。守戸《しゆこ》を置《お》きて荒穢《くわうわい》せしむること勿《な》かるべし。春秋《しゆうしう》二時に、官人《くわんにん》を差《さ》し遣《つかは》して、玉津嶋《たまつしま》の神、明《あ》光浦《かのうら》の霊《みたま》を奠祭《でんさい》せしめよ」

とある。山に登って海に望み、その景観の素晴らしさに感銘した。それまでの「弱浜」という地名を「明光浦」と改め、役人を置いて景観を守った。この行幸に随行して詠んだ山部赤人の長歌一首と短歌二首が『万葉集』巻六（『日本古典文学大系5　万葉集二』岩波書店）に載る。長歌は五・七・五・七・五・七……と続いて、最後に七・七で終わる。

神亀元年甲子の冬十月五日に、紀伊国に幸《いでま》す時に、山部宿禰赤人《やまのべのすくねあかひと》の作る歌一首幷《あは》せて短歌

やすみしし我が大君《おほきみ》の常宮《とこみや》と仕へ奉《まつ》れる雑賀野《さいかの》ゆそがひに見ゆる沖津島清き渚《なぎさ》に風吹けば白波騒ぎ潮干れば玉藻刈りつつ神代よりしかぞ尊き玉津島山

反歌二首

沖つ島荒磯《ありそ》の玉藻潮干《しほひ》満《み》ちい隠りゆかば思ほえむかも

若の浦に潮満ち来れば潟をなみ葦辺をさして鶴《たづ》鳴きわたる

殊に「若の浦に潮満ち来れば」の歌が名高い。村瀬憲夫は赤人が歌を詠んだのは詔が出された「十六日」ではないかと想定している。十六日は大潮の日で、潮の満干の差が激しい。まさに「白波騒ぎ潮干れば」の風景である。

称徳天皇の行幸は、『続日本紀』天平神護元年（七六五）十月十九日の条に（『新日本古典文学大系15　続日本紀四』岩波書店）、

南の浜、海を望《のぞ》む楼《たかどの》に御《おは》しまして、

とある。この時の行幸は十三日に奈良の都を出発して、飛鳥を経、紀ノ川沿いを進み、十八日に玉津島に着いた。十九日は浜に出て高楼から海を望んだのである。

桓武天皇の行幸も、『日本後紀』延暦二十三年（八〇四）十月十一日の条（『新訂増補国史大系』吉川弘文館）に、

上御船遊覧（御船に上《の》り遊覧《いうらん》まします）

とある。この時の行幸のルートは、十月三日の夕刻、難波に着き、翌日、船遊びをして、五日には和泉国で狩猟を楽しみながら、行く先々で地方官たちと会って行政を監督している。行幸は遊覧だけが目的ではないが、やはり和歌浦では海の景観への関心が高い。

聖武天皇は山上から、称徳天皇は高楼から、桓武天皇は乗船して海上から、和歌浦の景観を楽しむ。桓武天皇は和歌浦に着く前、難波で船遊びをしている。住之江辺りであろうか。私は以前から住之江を「平面的な景観」、和歌浦を「立体的な景観」と考えている。

歌神玉津島神社への信仰は近世の後西天皇・霊元天皇・桜町天皇・桃園天皇・後桜町天皇・光格天皇・仁孝天皇の七帝が古今伝受を受けた後、廷臣たちと五〇首ずつの続歌を詠み、住吉大社とともに奉納していることは第二節で述べた。

なお和歌の浦の景観・歴史などについては、和歌山県教育委員会篇『和歌の浦学術調査報告書』(10)が詳しい。

五、中世都市堺と古今伝受（堺伝受）

二で、住吉大社の住之江を述べた後、すぐ泉南の日根の湊に飛んでしまったが、ここで堺に戻っておきたい。中世の港湾都市堺についてである。いわゆる「堺伝受」が行われた堺では、主に連歌師たちが中心となって活躍した。こ

の連歌師たちを呼び寄せたのは堺の経済的発展にほかならない。私はその源は応永八年（一四〇一）に始まる遣明貿易によることが大きいと考えている。遣明貿易は天文十六年（一五四七）まで一九回行われ、応永十一年（一四〇四）以降は勘合貿易となる（『国史大辞典』吉川弘文館　参照）。実は中世都市堺及び堺伝受の土壌については最近の私の論文ですでに論じているが、(11) 本稿にも是非書いておきたいので、重複するがお許しいただきたい。

第一回以来、遣明貿易は明国への朝貢の形を取り、幕府の主導の下で運営され、それに西国の大名大内氏が参加して、船団は博多に集結して明国へと向かった。しかし応仁の乱勃発の応仁元年（一四六七）以降、細川氏の勢力の強い幕府の船は瀬戸内海航路が困難となり、大阪湾から土佐沖に出て一気に東シナ海を直行して明国に向かう航路を取った。このため堺が文明八年（一四七六）、第一三回以降の遣明貿易を独占することとなった。この時、堺の商人湯川宣阿《ゆかわせんあ》が貿易を請負、巨万の富を得た。

次の文明十五年（一四八三）の遣明船には甘露寺親長《かんろじちかなが》の弟取龍首座が居座《こざ》として乗り込んだ。居座は五山の僧侶で、貿易船の中心人物である。兄の甘露寺親長は堺まで出向き、弟を見送った。『親長卿記』文明十五年三月六日条に、

今日予書付太刀十二振、分書付渡鎮蔵主本蔵主了、用脚千借用、龍首座令用意太刀、令渡唐也、帰朝時一用脚可返遣也、（今日予太刀十二振分を書き付く。書付《かきつけ》は鎮蔵主《ちんぞうしゅ》に渡しおはんぬ。用脚《ようきゃく》千疋借用す。龍首座《りゅうしゅざ》に太刀を用意せしむ。唐に渡しせしむ。帰朝の時、一陪の用脚返遣《ようきゃくへんけん》すべきなり。）

とある。これは弟を見送りに来た親長が千疋を借用して、太刀（日本刀）を一二振注文した。これを渡明する船に託して中国の物品を入手し、持ち帰って日本で売却すると倍以上の儲けになって返ってくるというのである。弟を見送りに行った親長は、弟を見送るだけでなく収入の伝手《つて》を求めている。遣明貿易は、周囲の者に余財をもたらし、堺に富をもたらした。また四月十一日条には、

南庄柚川千阿死去、七十七云々、希代之徳人也、（南庄の柚川千阿《ゆかわせんあ》死去す。七十七という。希代の徳人《とくじん》なり。）

とあって、翌日、四月十二日条に、

千阿今日茶毗、見物成市、（千阿今日茶毘《だび》なり。貴賤の見物市を成す。）

とある。文明八年（一四七六）の第一三回の遣明貿易を請け負って巨万の富を得たという湯川宣阿の葬送の記事である。堺の人々にとって「希代之徳人」であり、「貴賤の見物は市を成した」のである。

堺伝受と関わりの深い牡丹花《ぼたんか》肖柏《しょうはく》も堺にいた。肖柏は、嘉吉三年（一四四三）、准大臣中院通淳《なかのいんみちあつ》の庶子の子として生まれた。歌人で連歌師で、宗祇や宗長との『水無瀬三吟』『湯山三吟』は連歌の手本として名高い。歌集・連歌集に同名の『春夢草《しゅんむそう》』がある。幼くして宮廷に出入りしていたが、応仁の乱勃発の頃より摂津の池田氏に庇護されて池田に住み、永正十五年（一五一八）以後、和泉国堺に居住し、裕福な堺衆に古今伝受（堺伝受）を伝えた。

同時代の歌僧に招月庵正広《しょうげつあんしょうこう》がいた。正広も池田と堺に庵を持ち、『松下集《しょうかしゅう》』という歌集がある。肖柏の歌集『春夢草』は四季や恋・雑などに分類された部立集であるが、正広の『松下集』は日次《ひなみ》集もあって、詠まれた歌会や同座の人々が判る。正広の『松下集』の詞書から池田と堺の歌会の場所や参加者を比較すると、二か所の歌会の性格は異なることが判る。長享二年（一四八八）の一年間だけであるが、各詞書の頭に「池田」「堺」と印を付け、一覧にまとめて比較してみよう。この一覧は国人領主の支配地域と堺のような中世都市の説明に便利なので既に拙稿に掲載していることをお断りしておく。[12]

『松下集』（長享二年）

池田　二月四日、池田若狭守正種かたより迎来たるにまかり侍る、

池田　同六日、兵庫助正盛すゝめにて一座ありし

池田　九日、民部丞綱正すゝめにて三首うた合に

池田　十五日、藤原正種すゝめにてうた合ありしに（池田氏は藤原を称す）

堺　（二月）廿七日、引摂寺但寮にて

堺　三月三日、人にさそはれて、浦のしほひを見侍て、かへさに観乗と云人のところにて一座ありしに

堺　九日、草庵会に

堺　二十二日、引摂寺月次三首に

堺　卯月廿日、細川阿州よりすゝめ給ふ

堺　五月十三日、引摂寺のうた合に

堺　廿九日、本国寺住持日円、堺の末寺成就寺へ下られ侍に見参し、短冊を出し、一首所望に

池田　（七月）九日、池田若狭かたよりむかひ来て下侍る、同名彦次郎正誠過し二日死去、中陰のうちに、名号歌三十六首すゝめられし

堺　廿三日に、さかいの草庵へかへり侍る

堺　八月十五夜、人々来て一座ありしに

堺　廿日、草庵月次に

池田　九月十日、池田若狭守方より、可来とてむかひあり、同十一日、京より飛鳥井新中納言宋世、上原豊前守、その外あまた同道ありて若狭所へ下給ふ、十三日、三十首続歌ありし中に

堺　十月六日、引摂寺月次六月分歌合沙汰有に

堺　十四日、宗椿すゝめにて

堺　廿四日、草庵へかへり侍る

堺　十一月七日、引摂寺月次当座褒貶

堺　八日、細川阿州より法楽とて題を給はる

堺廿八日、草庵月次当座褒貶のうたに

堺十二月十日、引摂寺月次うた合に

以上、『松下集』の詞書より池田と堺における正広の歌会を見ると、池田の場合、正広出座の歌会は総て国人領主池田氏に関わる会であり、池田氏同名の人々である。九月十日の歌会には公家の飛鳥井新中納言宋世《そうせい》（雅康《まさやす》・二楽軒）や管領細川氏の被官上原豊前守と同座しているが、これは「若狭所へ下給ふ」都の客人であって、有馬の湯にでも旅行の途中に池田に立ち寄ったのかも知れない。池田若狭守正種が正広を呼び寄せて飛鳥井宋世や上原豊前守を歓迎する歌会を催したのである。七月九日の場合は、過日死去した同名正誠の追悼名号歌三十六首歌の献詠である。このように池田においては正広は池田氏専属の歌人といえよう。

ところが堺においては、歌会の会場は引摂寺《いんじょうじ》・正広の草庵・日蓮宗の成就寺、詠歌の内容も和泉守護の細川阿波守頼久主催の歌会や法楽歌会・引摂寺月次《つきなみ》の歌合わせ・宗椿依頼の歌会など様々である。場所といい、参加者といい、池田とは違って自由な顔ぶれである。後年、耶蘇会士たちが本国に堺を自由都市として報告したことが思い起こされる。

堺について、さらに注目したいのは宗祇の最も古い弟子の一人、宗友の存在である。宗友については金子金治郎『新撰菟玖波集の研究』[13]に詳しい研究があり、角川書店の『俳文学大辞典』[14]の「宗友」の項には、

宗友　連歌作者。生没不詳。明応九（一五〇〇）・七・八以前没〈『下葉』〉。本名、石井与四郎。行本法師。堺の町人。寛正元年（一四六〇）ごろから宗祇と交友があり、『新撰菟玖波集』に「読人不知衆」として七句入集。句集に『下葉』がある。文明一六〜一八年（一四八四〜八六）、宗祇から古今伝授を受け、『古訓《こきん》和歌集聞書』（書陵部蔵）を遺す。同一八年二月六日、住吉白州《しらす》亭『何人百韻』、長享元年（一四八七）一〇月九日〜一一日、『葉守千句』、延徳二年（一四九〇）九月二〇日『山何百韻』に宗祇と同座。［島津忠夫］

とある。右のように、後の肖柏や宗長・宗碩たちのようには宗祇の周辺に度々現れないが、明応九年七月八日、宗祇が最後に京都を発って越後に赴こうとする時、宗友の句集『下葉《したば》』の奥書を記した。宗祇と宗友の交渉は寛正元年ごろとあって、宗祇が東常縁《とうのつねより》から古今伝受を受ける以前である。後、宗祇は宗友に古今伝受を伝えた。宗祇は何処で宗友と初めて知り合ったのかは不明であるが、最も古い弟子であり、京都を去る最後に奥書を認めたことは、堺、宗祇、宗友、肖柏、古今伝受といった絡みの中で、連歌師たちにとって中世都市堺の魅力は大きく、それが堺伝受の源であったことが想像できよう。

国文学研究資料館の調査研究で和泉国中庄（大阪府泉佐野市中庄）の新川《にいがわ》家の所蔵文書から、堺伝受と関わりが深いと思われる聞書類が発見された(15)。古代と近世の時代は隔たるが、堺伝受には住之江から和歌浦への土壌が感じられる。

注

（1）大阪府史編集専門委員会『大阪府史1　古代Ⅰ』（大阪府、一九七八年）。梶山彦太郎・市原実『大阪平野の生い立ち』（青木書店、一九八六年）。
（2）鶴﨑裕雄「夢想連歌―学際的研究を目指して―」（『国文学』一〇一、関西大学国文学会、二〇一七年三月）。
（3）片桐洋一「和歌神としての住吉の神―その成り立ちと展開―」（『すみのえ』一七五、住吉大社、一九八五年、新年号）。
（4）島津忠夫『大阪府史2　古代Ⅱ』第三章平安時代　第十二節　文学、分担執筆（大阪府史編纂専門委員会、一九九〇年）。
（5）竹下豊「住吉の神の歌神化をめぐって」（『上方文化研究センター研究年報』創刊号、大阪女子大学上方文化研究センター、二〇〇〇年三月）。

(6)　神道宗紀・鶴崎裕雄『住吉大社奉納和歌集』（東方出版、一九九九年）。
(7)　鶴崎裕雄・佐貫新造・神道宗紀『紀州玉津島神社奉納和歌集』玉津島神社、一九九二年。
(8)　三木雅博「藤原公任の和歌浦訪問をめぐって」村瀬憲夫・三木雅博・金田圭弘『和歌の浦の誕生　古典文学と玉津島社』（清文堂出版、二〇一六年）。
(9)　田尻町史編纂委員会『田尻町史　歴史篇』（田尻町、二〇〇六年）。
(10)　和歌山県教育委員会篇『和歌の浦学術調査報告書』（和歌山県教育委員会、二〇一〇年十月）。
(11)　鶴崎裕雄「中世堺と堺古今伝受の土壌」堺伝受と和歌・連歌―中庄新川家文書研究会報告 二―『調査研究報告』三七、国文学研究資料館、二〇一七年三月）。
(12)　鶴崎「中世堺と堺古今伝受の土壌」（前掲（11））、鶴崎裕雄「戦国前期、多田院周辺の和歌・連歌―史料としての文芸作品」（『多田院御家人関係報告書』猪名川町教育委員会、二〇一八年）。
(13)　金子金治郎『新撰菟玖波集の研究』（風間書房、一九六九年）。
(14)　『俳文学大辞典』「宗友」島津忠夫執筆担当（一九九五年）。
(15)　小高道子「堺伝受における『古今和歌集』講釈―中庄新川家蔵　古今和歌集聞書（仮題）をめぐって―」（『中京大学文学会論叢』三、二〇一七年三月）、小高道子「和歌両神と古今伝受―和歌両神への奉納和歌―」（『文化科学研究』二八、中京大学文化科学研究所、二〇一七年三月）、鶴崎「中世堺と堺古今伝受の土壌」（既出）、小高道子「解題と翻刻―中庄新川家蔵　古今和歌集聞書―堺伝受と和歌・連歌―中庄新川家文書研究会報告 二―」（前掲（11））。

海神から歌神へ
――住吉・堺・和歌の浦――

吉田　豊

一、海神住吉

住吉神の基本的・原初的性格は海神であろう。ここではその二つの側面、航海守護の神、禊《みそ》ぎの神について、簡単ではあるがまず確認しておきたい。

住吉神は航海守護の神として、古代より近代に至るまで広く認識されてきた。『日本書記』神功《じんぐう》皇后摂政元年二月条には、住吉三神が「往来《ゆきかよ》ふ船を看《みそなは》さむ」とある。遣唐使が航海に際して、住吉神に祈る場面は多かったようであり、『万葉集』四二四五番には、天平五年（七三三）「入唐使に贈る歌」のなかで「住吉のわが大御神」と詠まれている。同じところにある歌（四二四三番）で、「住吉に　斎《いつ》く祝《はふり》が　神言と　行くとも来とも　船は早けん」とあるのは、遣唐使の命がけの航海の無事を祈った本人か家族に対して、住吉神の言葉として「行きも帰りも船は無事に早く航行する」と告げたことを示している。延暦二十五・大同元年（八〇六）には、「遣唐使祈」を以って従一位を授けている（『日本後紀』同年四月丁巳条）。

時代の下るものとしてはたとえば、江戸時代後期の北前船《きたまえぶね》関係の船絵馬に、住吉社が描きこまれているものが多い。なお、航海の安全は漁民にとっても重要であるが、直接的に漁業の神という性格はそれほどみられないように思う。

次に禊ぎの神としてであるが、記紀神話にイザナギ（伊弉諾）の尊《みこと》が黄泉国《よみのくに》から戻って禊ぎをした時に住吉神が出現したことによってか、住吉神は禊ぎの神、禊祓《けいふつ》の神でもある。禊ぎもイザナギのように海の水でおこなうものであるとすれば、航海守護とともにどちらも海神の一面であるということであろう。

ただし、航海守護の面は古くからずっとみられるが、禊ぎは『住吉大社神代記』にみえる六月晦日の開口《あぐち》神社での御解除《みはらえ》が早い記録である。

イザナギが海水で洗った時、その海のなかから産まれたのは住吉神だけではない。住吉神とほぼ同時に出現した綿《わた》津見《つみ》神も、安曇《あづみ》氏という海人族が祀る神であり、住吉神を祀る津守《つもり》氏とも関係がある。『古事記』で山幸彦は、海中の綿津見神の宮へ行き干珠《かんじゅ》・満珠《まんじゅ》をもらっている。海中に行くのを手助けする塩椎神《しおつちのかみ》は、『日本書紀』では塩土老翁《しおつちのおじ》であり、堺の開口《あぐち》神社などの主神として住吉神と同一視されることもある。

干珠・満珠が示すようにもともとは潮を操ること、海の神であることの方が重要であり、そこから潮による禊ぎになったのかもしれない。穢れを祓うというよりも、海・潮から生命・活力が生じるということであろう。住吉祭（南祭）で神輿《みこし》渡御《とぎょ》する堺宿院《しゅくいん》御旅所《おたびしょ》の飯匙堀《いいがいぼり》には潮干珠《しおひるたま》の伝承が、そして北祭の祭場とも関連する大海《だいかい》神社社前の玉の井には潮満珠の伝承がある。

田中卓『住吉大社史　中巻』（三七五頁）によれば、「住吉大神の場合はみそぎであつて、はらへはともなつてゐないやうに思はれる。はらひには別に祓所（戸）の大神がましますからである。元来、禊は身についた穢れを水によつて殺《そ》ぎとる意味と思はれ、祓は神に祈つて罪や穢れや災厄を払ふこと」であり本来は別の神事であるという。

六月晦日と十二月大晦日には、かつて宮中などで祓いの行事があったので（大宝令で卜部が解除をした）、六月晦日の住吉祭もお祓い祭、夏越《なごし》祓えの祭と言うが、神輿洗い神事や飯匙堀での行事などにみられるように、祓えよりも本来は海水による禊ぎのまつりが主ということであろう。

二、住吉の現人神

海神であることと関連するが、別の一面である国家守護神として、また現人神《あらひとがみ》としての住吉神についてみていきたい。住吉神は、威力の強い現人神として軍神であり外交の神でもあり、国家守護の神である。このことの初見は、記紀神話などでの神功皇后との関係にみられるところである。また、神功皇后の子どもである応神天皇、孫である仁徳天皇は、歴代天皇のなかでもエポックとなる天皇であるが、神功皇后との関係が強い住吉神は皇室の神として、後々まで朝廷によって尊崇されたのである。

『日本書紀』仲哀紀・神功皇后摂政前紀によれば、新羅への出兵を前に神々の言うことを信じなかった仲哀天皇は、その夜に突然死去し、皇后が代わって男の装束をして出征し、その時既に身ごもっていた皇子が、次の天皇（応神）になったという。これらの神々がまさに、力の強い現人神であることを強く示した場面である。

それにしても、『古事記』『日本書紀』が天皇権を強めていた天武・持統朝に編纂されたことを考える時、『書紀』の一書にいわくでは熊襲《くまそ》の矢で死去したともしているが、本文で「神の言を用ゐたまはずして、早く崩《かむあが》りましぬる」と記していることに驚く。この神が、天照大神、その妹（あるいは分身）、事代主神《ことしろぬし》、そして住吉神の四神である。『古事記』では、天照大神の御心であり住吉大神であるとする。

天武・持統朝頃になると、天照大神（伊勢神宮）が皇室守護の神として国家守護神となっていくが、住吉神はそれ以前からの皇室守護神ということになろう。『玉葉』治承五年（一一八一）八月四日条には「住吉社、殊に鎮護国家の神明、其名異域に聞こえ、其験新なり」とある（『住吉大社史　下巻』三七頁）。

このような住吉神の国家守護神としての性格、現人神であるところが、のちに住吉神が和歌神ともなることに関係していく。『万葉集』一〇二〇番「石上乙麿卿の土佐国に配されし時の歌」では、「大君の　命恐《みことかしこ》み　さし並ぶ　土佐

の国に　出でますや　我が背の君を　懸けまくも　ゆゆし恐し　住吉《すみのえ》の　現人神《あらひとがみ》　船の舳《へ》に　領《うしは》き給ひ　着き給はむ島の崎崎　寄り賜はむ　磯の崎崎　荒き波　風に遇《あ》はせず　恙無《つつみ》く　病あらせず　急《すけや》けく　還《かえ》し賜はね　本《もと》の国辺に」とある。天平十一年（七三九）に、平城京から土佐国への配流に際して、無事に航海して早く戻ってこれることを、住吉の現人神に祈っている。

『伊勢物語』一一七段には、昔みかどが住吉社に行幸し、「我みても久しくなりぬ 住吉の 岸の姫松 いくよ経ぬらむ」と詠んだ時に、おほん神が現形《げんぎょう》し給ひて、「むつましと 君は白波 瑞垣の 久しき世より いはひそめてき」と応えたという。文徳天皇の頃のこととされており、『伊勢物語』の作者は在原業平（八二五～八八〇）とも紀貫之（八六六～九四五）ともされ、あるいはその後十一世紀ころに増補・整理されたともいわれる。

『土佐日記』（土左日記）では、紀貫之が「この住吉の明神は例の神ぞかし」と記している。『土佐日記』は承平五年（九三五）頃の成立で、国司として九三〇から九三五年にかけて土佐国に赴任した紀貫之一行が、船で都に戻る時のものである。天気も良く石津《いしづ》から北上した住吉あたりで、突然に風波が強くなり沈没しそうになったので船頭が、「この住吉の明神はれいの神ぞかし。ほしきものぞおはすらむ」というので、貴重品の鏡を海に投げ入れたところ、鏡のように穏やかになった。住の江、忘れ草、岸の姫松などと歌われた優しい神ではないなあという話である。

貫之が中心になり、延喜五年（九〇五）に醍醐《だいご》天皇に奏上された『古今和歌集』以後の話であるが、この時期はまだ和歌の神のイメージは少ない。

また、寛弘五年（一〇〇八）前後に執筆された『源氏物語』においては、「須磨」「明石」巻で、須磨で暴風雨にあった光源氏が住吉の神に祈ったところ嵐がおさまり、異形の人（住吉の神）の夢告で、舟で迎えに来た明石入道のところに行くことができたことが記されている。

次に、『袋草紙《ふくろぞうし》』についてみていきたい。本書は六条家流の歌人である藤原清輔《きよすけ》が著した歌論書で、保元年間（一一五六〜一一五九）の成立とされている。このなかに仏神の誦文歌《しょうもんか》などを集めた希代歌の項目があり、そこに仏神感応歌として九件の記事がある。その一つに、赤染衛門の歌とそれにまつわる話が記されている。赤染衛門は文章博《もんじょう》士・大江匡衡《まさひら》と結婚し大江挙周《たかちか》（一〇四六年没）や江侍従《ごうのじじゅう》を設けたが、子の挙周の和泉守への任官に尽力し成功させている。和泉での任を終え京に戻った挙周は重病を患うが、その原因が住吉の祟りではないかとの話を聞き、赤染衛門は住吉社に三本の幣を奉り、そこに「かはらむと　おもふ命は　をしからで　さても別れむ　事ぞ悲しき」（息子に代わって死んであげたい、と思う私の命は惜しくはないけれども、その祈りが叶って息子の挙周と別れることになるのは悲しい）など、計三つの歌を記した。その時の夢に、白髪老翁が社中よりいできてこの幣を取って入っていき、その後、病は平癒したという。

『赤染衛門集』（流布本系の家集）をもとにしているようであるが、『袋草紙』の「白髪老翁」が『赤染衛門集』では住吉の「ひげいと白き翁」として登場している。著名な話であったようで『今昔物語』『古本説話集』『宝物集』『十訓抄《じっきんしょう》』『古今著聞集』『沙石集』などの説話集にも部分的に載せられ、歌の一部は『詞花和歌集』『後拾遺和歌集』に入集している（鈴木徳男「『続詞花和歌集』の一考察―赤染衛門と和泉式部の入集歌をめぐって―」『相愛女子短期大学研究論集、国文・家政学科編』三〇号、一九八三年二月）。

なお九件の仏神感応歌の記事のなかには、この他に住吉神主津守国基《つもりのくにもと》の「若浦の玉津嶋」の記事があり、『津守国基集』などにもほぼ同様の記事と歌がある。

住吉・住之江の歌には、松を詠んだものが圧倒的に多いが、能においても世阿弥（一三六三〜一四四三）による著名な脇能物「高砂」に登場する。相生《あいおい》の松によせて夫婦愛と長寿をめで、人の世を言祝《ことほ》ぐ能であり、古くは「相生松」などとも呼ばれた。松は雌雄別株であることから、夫婦を連想させるところがあるという。

醍醐天皇の御世の延喜年間（九〇一〜九二三）、九州阿蘇宮の神官（ワキ）が都見物の途中、播磨の国の名所高砂の浦に立ち寄る。そこに老夫婦（シテとツレ）が来て、松の木陰を掃き清める。神官は、高砂の松について問いかける。二人は神官に、この松こそ高砂の松であり、遠い住吉の地にある松と合わせて「相生の松」と呼ばれていると教える。老人は『古今和歌集』仮名序を引用して、和歌が栄えるのは、草木をはじめ万物に歌心がこもるからだと説き、命あるもの、自然の全ては和歌の道に心を寄せるという。

老夫婦は、自分達は高砂・住吉の「相生の松」の精であることを告げ、夕波に寄せる岸辺で小船に乗り、追風をはらんで沖へと姿を消して行く。神官もまた月の出とともに潮に乗って舟を出す。ここで「高砂や　この浦舟に　帆を上げて　月もろともに　出潮《いでしお》の　波の淡路の　島影や　遠く鳴尾の　沖過ぎて　はや住吉《すみのえ》に　着きにけり」の歌となり、松の精を追って住吉に辿り着く。

「われ見ても　久しくなりぬ　住吉の　岸の姫松　いく代経ぬらん」（『伊勢物語』）の歌に返して、男体の住吉明神が姿を現し、美しい月光の下で舞い、君民の長寿を寿ぎ平安な世を祝福するのであった。

世阿弥は、紀貫之『古今集』仮名序の「たかさご・すみのえの松も相生のやうに覚え」という一節を題材として、老夫婦の睦まじさ、松の長生のめでたさを、和歌の道の久しい繁栄になぞらえ、優れた作品を創りあげている。

以上、現人神としての住吉神の事例について、古い時代のものをいくつか見てきた。江戸時代のものは高砂図（翁・嫗《おうな》と浜松）を中心に、掛軸に描かれた物が数多い（堺市博物館『住吉大社―歌枕の世界―』一九八四年、九一～九六頁）。現人神として人間の姿（通例は翁）に描かれることで、天皇や貴族と和歌のやり取りをおこなうことができ、あるいはまた柿本人麻呂や衣通姫《そとおりひめ》と同列に和歌三神として知られていくことになるのではないだろうか。

ただし、現人神であることは、和歌神になる条件の一つであるとは思うが、住吉の地が歌枕として著名になることとそれとが結びつくことによって、歌神になっていくのであろう。

三、歌枕としての名所住吉

歌枕とは、古くから和歌に詠まれた景勝地などの名所、あるいは詠まれるのがふさわしいと思われた名所であり、その地名、地名を伴う松などの景物のことである。

名所として最大の要素は、行ってみたいと思う場所であることであり、特に和歌を詠む貴族などが思い、実際に行くことも多い風光明媚な場所であろう。あるいは、たとえば柿本人麻呂など過去の著名人が称賛したといった伝来があればさらに望ましい。では、住吉はどのように和歌に詠まれ、誰が行った名所、歌枕であったのだろうか。

住吉の付近は、歌枕の密集地であった。それも『万葉集』以来のものが多く、不確実なものまで数えると、歌枕としての住吉関連の地名・景物は四〇に近い。「住吉」の読みは、奈良時代までは「すみのえ」が大半であり、平安時代は「すみのえ」「すみよし」が併存するが、だんだんと「すみよし」になる。『五代集歌枕』によれば、「すみのえ」は入江など、「すみよし」は社、神などに使われたというが、併存していた平安時代において、厳密な区別基準はなかったようであるので、本稿でも一括して扱いたい。

ここではまず、『平安和歌歌枕地名索引』（ひめまつの会編、大学堂書店、一九七二年）によって、平安時代においてどの歌枕を詠んだ和歌が多いのか、住吉は何番目くらいなのかについて、点数を数えて比較してみたい。

採録されている平安時代の歌集は、勅撰集・私撰集・百首歌・歌合・私家集から計七百余集であり、採録歌数は一万数千首である。勅撰集はいわゆる八代集で、鎌倉初期の『新古今』については初出歌人のものを対象としている。この索引には、歌枕でない地名も掲げられているが、数の多い地名はほとんどが歌枕である。同名ではあるが異なる場所を詠んだかもしれないものがあったり、関連地名かどうか判断がつきにくいものもあったりするが、概数を以下に記したい。

第一位が吉野（大和）であり九四六首ほどある。そのうち「よしの」五五九首、「みよしの」三八七首である。

第二位が住吉（摂津）で六五一首ほどあり、「すみよし」が四七三首、「すみのえ」が一七八首である。どちらも松を歌ったものが多い。

第三位が春日（大和）で五六〇首ほどあるが、「春日」だけだと三六七首である。関連する「三笠山」（若草山の別称、付近の山々を含めて春日山ともいう）二〇三首と合計した。どちらも詠んだものが一〇首ほどある。

この他に多いと思われるのは、難波《なには》（摂津）が五三八首ほどあり、そのうち「難波」四九一首、「津国難波」四七首である。逢坂《あふさか》（山城境、近江）は四七九首ほどあり、「逢坂関」二六三首、その他の逢坂二一六首である。龍田（龍田川、龍田山など、大和）が三五八首ほどである。これらに続くのが、志賀（近江）、須磨（摂津国西部）などである。

次に、『和歌の歌枕・地名大辞典』（吉原栄徳著、おうふう、二〇〇八年）によって、みてみたい。本書は、歌枕の所在地を掲載する歌学書を比較検討したものだが、併せて室町時代の『新続古今和歌集』までの勅撰集（二十一代集）、および『万葉集』を採録範囲としている。ここでは、勅撰集（二十一代集）と『万葉集』の数字を記していくが、これもどこまで含めるかなど厳密には集計できなかったところがあり概数である。

勅撰集の順位でみていくと、第一位が吉野で、勅撰集四〇一首であり、内訳が「よしの」二三六首、「みよしの」一六五首、そして『万葉集』は六八首（よしの三一、みよしの三七）である。第二位が春日で、勅撰集二七八首であり、「春日」一六九首、「三笠山」一〇九首であり、『万葉』は六九首（春日五三、三笠山一六）である。第三位が難波（なには）で、勅撰集二六一首であり、『万葉』は四三首である。

第四位が住吉で、勅撰集二三二首であり、「すみよし」一八二首、「すみのえ」五〇首であり、『万葉』は四九首（全て「すみのえ」）である。第五位が逢坂（あふさか）で、勅撰集二三一首であり、『万葉』は六首である。次が龍田で、勅撰集一五二首、『万葉』は一八首である。

次に、家永三郎『上代倭絵全史』（改訂版、墨水書房、一九六六年）によって、奈良時代のものを一部含むが、摂関時代を中心に平安時代に名所絵として描かれた名所をまとめているので（ほとんどがその名所を詠んだ歌であり、一部が詞書など）、それを数えてみたい。名所絵として取り上げられている場所は、『上代倭絵全史』によれば計一一三箇所あり、著者がそれぞれに解説を付けたあとに、姉妹本である『上代倭絵年表』に掲載した年次別の歌の通し番号を列挙している。ただ、数を数えることが主目的ではなかったためか、『上代倭絵全史』に漏れているものも多かったため、今回『上代倭絵年表』によって数え直してみたが、はっきりしないものもみられ、こちらについても概数である。このうち、一箇所で五点以上描かれた名所を掲げる。

第一位が吉野で一八点。このうち吉野山一六、吉野川二である。第二位が住吉で一六点。このうち浜・松一四、神社二である。第三位が春日・春日野で一三点。春に若菜摘む女性の歌をともなう名所絵が多いが、春日祭や冬の松などもある。

次に、八点が描かれた名所であるのが、稲荷・稲荷山（伏見稲荷・山城）、逢坂関、志賀・志賀山、須磨・須磨浦である。七点が、浮島五・塩竈《しおがま》浦二（松島・陸奥）、大井川（山城）、嵯峨野（山城）である。六点が、しかすがの渡（三河）である。五点が、天橋立（丹後）、宇治網代《あじろ》（山城）、鏡山（近江）、佐保山・佐保川（大和）、高砂（播磨）、長柄橋《ながらのはし》（摂津）、難波である。龍田は詠まれた歌の数は多いが、名所絵は四点ほどである。

以上は、障子《しょうじ》や屏風に描くために詠まれた歌のなかに、特定の名所が詠まれているものであり、その総てについて詠まれた名所を描いているかどうかは、それらの障子や屏風がいま一点も残っていないので不明であるが、確率としては高いと思われる。

以上、平安時代和歌集、勅撰集（二十一代集）、『万葉集』、上代（平安時代）倭絵名所の四項目で数えてみた。吉野は全てで第一位である。春日は、三笠山を含めると住吉を上回る項目もあるが、三笠山を二分の一加算で計算すると、住吉が第二位、春日が第三位、難波が第四位になる。三笠山を完全に分離すると、難波が三位、春日が四位になるので、ここでは春日、難波ともに第三位としたい。逢坂が第五位、龍田が第六位である。これ以外は計算していないが、志賀、須磨が続くものと思われる。

畿内とその近国である大和・摂津・近江からが多いのは当然であるが、名所絵にはあるが和歌の歌枕上位に山城国のものが入って来ないのが不思議である。日常の範囲を少しはずれた場所ということになるからなのか、あるいは万葉の飛鳥・奈良時代の名所がその後も親しまれたということなのだろうか。

一位の吉野、二位の住吉、三位の春日、いずれもがなぜか、神仏と関係する地である。ではなぜ、このなかで吉野の神や春日の神は和歌神にならなかったのだろうか。

吉野では、金峯山寺の本尊である蔵王権現《ざおうごんげん》（金剛蔵王菩薩）が知られる。開基は役小角《えんのおづぬ》と伝えられ、陰陽道や修験道の拠点となっていった。吉野にも神社があり神が坐しているが、吉野は『万葉集』での持統天皇の行幸や柿本人麻呂以来、役小角、さらに弘法大師の孫弟子にあたる聖宝《しょうぼう》（八三二―九〇九）により、山岳仏教の地となったことで知られたのであろう。また春日は、まさに摂関時代の中心であった藤原氏の氏神である春日大社がある地であった。寺院においても、皇室と関係深い東大寺よりも藤原氏と関係する興福寺の方が、勢力を持った場所である。ただ、そこに藤原氏に時々みられるバランス感覚が働き、自分たちの氏神を和歌神とすることに積極的ではなかったのかもしれない。奈良時代の初め、常陸の鹿島神宮、下総の香取神宮、河内の枚岡神社から祭神を勧請した歴史も影響しているのだろうか。それと、今回はほとんど考えなかったが、春日神にも春日明神として現人神の一面は見られるようだが、住吉神ほど強くはなかったように思われる。

次に、和歌に詠まれた名所の絵として鎌倉時代前期になるが、後鳥羽上皇による『最勝四天王院障子和歌』を見てみたい。これは「最勝四天王院」という寺院の障子に貼られることを目的に、承元元年（一二〇七）に詠まれた和歌である。

藤原定家を中心に、全国四六箇所の名所が選定され、一〇人の歌人が各一首ずつ、計四六〇首が詠まれたものである。そして、一〇首のうちからそれぞれの名所について一首が選ばれ、その歌が名所絵とともに障子に記された。もっとも多いのは一〇人のなかには、異例ながら後鳥羽院自身も参加しており、四六箇所のうち八箇所に採用された。関白藤原兼実《かねざね》異母兄の大僧正慈円で一〇首、藤原定家と家隆が各六首であった。

この寺院は、鎌倉幕府の調伏を願って後鳥羽院の勅願寺として、元久二年（一二〇五）に京都の三条白河に造営されたが、情勢切迫のため承久二年（一二二〇）に取り壊され、その翌年には承久の乱が起こり、院は隠岐島に流されることになる。

四六面の障子に描かれた名所は、以下のとおりであり、これまでの研究によって一般的には八グループに分類されている。なお、3の冒頭の二つを2に含めて摂津・紀伊とする分類もある。また、近江国ではあるが山城境の逢坂関を5に入れる分類もある。

1、春日野・吉野山・三輪山・竜田山・初瀬山（大和）
2、難波潟・住吉浜・葦屋里・布引滝《ぬのびき》・生田森（摂津）
3、和歌浦・吹上浜・交野《かたの》・水無瀬川・須磨浦・明石浦・飾磨市《しかまのいち》（畿内近国）
4、松浦山・因幡山・高砂・野中清水・天橋立（西国）
5、宇治川・大井川・鳥羽・伏見里・泉川・小塩山《おしおやま》（山城）
6、逢坂関・志賀浦・鈴鹿山・二見浦・大淀浦（伊勢路）
7、鳴海浦・浜名橋・宇津山・更級里・清見関・富士山・武蔵野・白河関（東国）
8、阿武隈川《あぶくま》・安達原・宮城野・安積沼《あさか》・塩竈浦（陸奥）

以上について、平安時代の和歌名所、歌枕絵と比較してみると、こちらにも吉野・住吉・春日・難波が入っている。その他についても、大きな変動は見られないようである。ただ、後鳥羽院の政治的な意図によってであろうが、東国・陸奥が少し多いのが特徴であろう。

少し後のことになるが、宝徳二年（一四五〇）頃までに成立した『正徹《しょうてつ》日記』の二五段で歌枕について、「人が『吉野山はどこの国にあるのか』と尋ねましたら、『花には吉野山を詠み、紅葉には竜田山を詠むと思って読んでいるだけですので、伊勢の国か、それとも日向の国であろうか分からない』と答えるのがよいでしょう。どこの国にあるのかという知識は覚えても役に立たないことである。吉野山の場合、無理に覚えようとしなくても、自然に覚えられるので、大和国にあると知っているのである」と記している（小川剛生訳『正徹物語』角川ソフィア文庫、二〇一一年）。住吉の場合、これは松であることが多く、あるいは浜松や浪であろう。春日は、時代、場所によって異なるようである。吉野も平安時代以後は山と花（桜）になるが、それ以前は川が多く、宮や雪もあった。

四、和歌の神へ

航海守護神、国家守護神として出発した住吉明神も、そこで守護を願う遣り取りには何らかの意思表示が必要である。その最も簡明な手段の一つとして和歌が用いられ、それに現人神として住吉神が呼応することで、ついに和歌の守護神になっていったと思われることは、これまでの研究によって知られるとおりである。ここでは、いくつかそれを確認するに留めたい。

まず、和歌を詠む皇族・貴族として、どのような人が住吉社に参詣したかであるが、ここではまず皇族について、『住吉大社史　下巻』三八頁を参考に示したい。

天武天皇が同十四年（六八六）に、聖武天皇が神亀元年（七二四）十月に紀伊国から、桓武天皇が延暦八年（七八九）に、宇多上皇が昌泰元年（八九八）十月に、醍醐天皇が延喜八年（九〇八）に、花山院が正暦三年（九九二）熊野詣の途中、東三条院詮子《せんし》が弟の左大臣藤原道長らとともに長保二年（一〇〇〇）三月石清水・住吉・四天王寺に、上東門院彰子が長元四年（一〇三一）九月八幡・住吉・天王寺に弟の関白藤原頼通らとともに、後三条院が延久五年（一〇七三）二月住吉・天王寺・八幡宮に、太皇大后定子が応徳元年（一〇八四）九月天王寺・住吉神社に、崇徳院が近衛天皇朝（一一四一～一一五四）頃熊野・住吉に、鳥羽院が仁平二年（一一五二）九月天王寺・住吉に、後白河院が承安元年（一一七一）六月熊野・住吉に、それぞれ参詣している。

最初の方の記事は大半が正史に載っておらず、真偽不詳のものもある。上東門院・藤原道長らの参詣の様子は、『栄華物語』に詳しく記されている。

次に貴族の場合であるが、西暦一〇〇〇年頃に記された藤原公任《きんとう》の歌集『公任集』（大納言公任集）には、若浦・粉河《こかわ》への訪問記が記されているが、その途中で住吉にも詣でて和歌を奉納している。

長元八年（一〇三五）には藤原頼通邸（賀陽院《かやのいん》）で「関白左大臣頼通歌合」があり、勝者が御礼参りに石清水と住吉明神に参詣している。全員で、住吉明神に感謝する歌を社前で詠むとともに、一行は景勝の素晴らしさに帰路を忘れる如きであったという。

関白頼通自身は、先述の長元四年（一〇三一）の他に、永承三年（一〇四八）高野山参詣の途中にも住吉社に参詣し、帰路には和歌浦に寄っている。平範国《のりくに》の『宇治関白高野山御参詣記』に記しているところであるが、この時に初めて「若浦」から「和歌浦」に表記が変わったという（『和歌の浦の誕生―古典文学と玉津島―』清文堂、二〇一六年所掲の三木雅博論考九〇頁、金田圭弘論考一六六頁による）。これらは、住吉の和歌神化の年代とも関係する指摘である。

住吉神が和歌神として中央貴族に知られていく過程で、住吉神主三九代津守国基（一〇二三～一一〇二）の存在が大きいことは、これまでも言われている。『住吉松葉大記』所収の狛《こま》氏系図では、彼を「神主定任始」「歌家始」とし、津守家中興の祖ともする（拙稿「中世の住吉社―氏族と職役―」『住吉大社事典』国書刊行会、二〇〇九年、一四〇頁）。国基は、中央貴族との結びつきを維持強化するためにも、和歌を強調したのではないかと推測する。国基は、住吉と玉津島を結び付けることにも関係している。

藤原俊成（一一一四〜一二〇四）は文治六年（一一九〇）に、春日・日吉・太神宮（伊勢）・賀茂・住吉の五社に各百首ずつを奉納している。また、先述の『最勝四天王院障子和歌』に最多の一〇首を採用されている天台座主《ざす》慈円は、建久二年（一一九一）に住吉社に詣でて、住之江殿で百首を詠み、それを俊成に添削してもらい住吉社に奉納している。宝徳二年（一四五〇）『正徹日記』では、俊成卿が老後になって、歌道ばかりで来世のための仏道をしていないことをどうすればいいか、住吉の御社に七日間こもって祈念したという。すると七日目の夜、夢中に明神が現れ、和歌と仏道に区別はないとのお告げがあったので、いよいよ歌道に励んだことが記されている。

藤原定家（俊成の子・一一六二〜一二四一）の『後鳥羽院熊野御記』建仁元年（一二〇一）条では、初めての住吉社参拝において、後鳥羽院と共に住吉神を和歌の神と尊んでいるように思われる。『毎月抄』でも、元久（一二〇四〜一二〇六）の頃、「住吉参籠の時、汝月あきらかなりと、冥の霊夢を感じ侍りしによりて、家風にそなへむために、明月記を草しをきて侍る事、身には過分のわざとぞ思ひ給ふる」、などと記している。

先に記した歌合であるが、その後は弘長三年（一二六三）に、定家の子である藤原為家によって住吉社歌合、玉津島歌合が相次いで開催されている。

藤原為顕《ためあき》（藤原為家の庶子、定家の孫）は、『竹園抄』披講座席の条で、人丸を右、住吉明神を左に掛けて和歌を披講することを作法としている。二条為世（為家の孫、二条為氏の長男・一二五一〜一三三八）は、『和歌庭訓』で和歌三首以上披講の所には、住吉・玉津島明神影向し給ふ、とする。歌道の家となっていく俊成・定家の御子左家《みこひだりけ》（二条・京極・冷泉家）において、住吉・玉津島の神を和歌神とする形が整いつつあったことが窺える。

五、堺の開口神社と住吉

堺のまちの総鎮守である開口《あぐち》神社と住吉御旅所《おたびしょ》が歴史的な堺のまちである西方低地の中心部にあり、東方の台地、現在三国ヶ丘と呼んでいるあたりには、神功《じんぐう》皇后の孫である仁徳天皇や曽孫である履中天皇の墓とされる巨大古墳がまちを見下ろしている。そこから始まる堺のまちの歴史は、住吉大社と表裏一体の関係にあった。しかし江戸時代、宝永元年（一七〇四）に大和川付け替えで両者が分断されて以後、その一体性が今は想像すらつきにくくなっている。

奈良時代・平安時代前半期までの堺について記した文献史料は、『住吉大社神代記』（六五九年注進・七〇二年縁起・七三一年言上・提出とされる）のみである。ここに、「子神……田蓑嶋神、開速口《あきはやくち》姫神」とある。これは、二九件ある子神のうち、二五番目と二六番目に記されたものである。『神代記』にはもう一つ、「一、六月御《みなつきみ》解除《はらへ》開口水門《あきくちみなと》姫神社〈在和泉（監）〉、四至〈限東大路、限南神崎、限西海棹及限、限北堺大路〉、九月御解除田蓑嶋姫神社〈在西成郡〉」とある。和泉監《いずみのげん》は七一六年から七四〇年の間、河内国から半独立して存在したが合併され、さらに七五七年に和泉国として再分置され、明治時代の初めまで続いた。

この開速口姫神、開口水門姫神社が、堺のまち（旧市域）で唯一の式内社である開口神社である。口が開き流れが速い水門と表現されたこの神社の所在地として最も相応しいのは、現在の宿院の住吉御旅所付近と考えられる。神功皇后と住吉神に関する伝承の地でもある。

『神代記』に開口神社の北の境界とされている「堺大路」は、いまのところ堺という地名の初見であり、長尾街道（大津道か）につながる道で、和泉国と摂津国の国境であろう。もともと国郡制以前、摂河泉《せっかせん》はいわゆる凡河内国《おおしこうちのくにの》造《みやつこ》の支配する一つの地域であったが、孝徳朝（六四五－六五四）以降に摂津国が摂津職《しき》所管の特別な地域として、難波宮と難波大津（御津）がある難波地域を中心に住吉郡も含めて河内地域（原河内地域）から分置される。天武十二年（六八四）ころには、全国的な国境画定作業がおこなわれている。

ところが、河内国から摂津国を分けるにあたっては、大きな山川など自然の明白な境界がほとんどなかったため、成務紀五年九月条「山河を隔いて国県を分つ」といったやり方はできなかったであろう。元浅香川や石津川を国境とする選択肢もあったと思うが、飛鳥の都方面と結ぶ東西道である長尾街道で分けている。

長尾街道の南側を、竹内《たけのうち》街道がほぼ平行して東西に通っているが、これが『日本書紀』天智十一年（六七二）の「大津・丹比両道」であると考えられている。竹内街道（丹比《たじひ》道か）や長尾街道は、当時の首都である飛鳥地方と瀬戸内海を結ぶ国道一号線であり、堺は飛鳥・藤原・奈良が首都だった時代の首都の外港ということになる。元の河内地域全体の中心的な大社であった住吉社が、これ以降だんだんと摂津地域の神社となる。この摂津国南西部と河内国西部にこの時に作られた境界線が堺大路でもあったことにより、住吉と関係深い開口神社が河内国（のち和泉国）に留まり、住吉社の属することになった摂津国と分けられてしまった。

『土佐日記』や『更級日記』に住吉や石津、『万葉集』に浅香浦・浅香潟・得名津《えなつ》などは見えるが、堺という地名は出てこない。平安時代前期、十世紀頃までの堺のまちは、歌枕の地として歌人の興味をひくような所ではなく、住吉大社や住吉津の一部として独立性が弱かったのであろう。

開口社や住吉社の宿院御旅所のある辺り以外、平安時代までは低湿地であり、漁港であったと思われる。飛鳥の都は、長尾街道や竹内街道などの東西道や、難波大道などによって堺や住吉、難波と結ばれ、瀬戸内海とつながっていた。熊野街道や紀州街道などの南北道が海岸に沿ってできるのは後のことであり、古くは船の道が主であったと考える。

住吉と堺の間にあった榎津《えなつ》（摂津国住吉郡榎津郷）は、考古学的な知見によれば七世紀から八世紀まで港湾として繁栄していたがそれ以後は衰退したようである。難波・住吉地域より南部（和泉国大鳥郡塩穴郷、開口里）で次の時代に発展したのが堺津であった。それが、もとより住吉社と深く関係する開口社を中心とする地域であるということで、一〇〇〇年ころまでには成立した『住吉大社神代記』の記事に反映したのであろう。

六、堺と名所住吉

平安貴族たちにとって、行ってみたいと思う名所とは、それまで和歌に詠まれ、また自分も詠むことのできる名所である。さらに、日帰りで行けない場所については、宿泊設備や遊興的な要素もある方がいいだろう。今でも、観光地であれば宿泊と飲食、遊興は必須であろう。平安時代の堺は、どうであろうか。

結論的なことをまず記すが、堺のまちの起源として一般的にいわれるのは潮湯（塩湯）、すなわち湯治《とうじ》の場所として初めは知られていたということである。これこそが、海、潮の神である住吉と関係するということを示している。

集落名としての堺の初見は、藤原定頼（九九五〜一〇四五）の『定頼卿集』所載の和歌「すみよしの　ながゐのうらもわすられて　都へとのみ　急がるゝ哉」の詞書である「九月ばかりさか井と云所に、しほゆあみにおはしけるに、ひめぎみの御もとに」（『群書類従』一三七）や、同じ定頼の『玄々集』にある「和泉のさかゐといふところにて、おきつかぜ……」（『群書類従』一五八）にみえる堺である。そして前者に、さかいでの潮湯浴みがみえる。これは西方の低地、歴史的な堺のまち（旧市域）にあった施設であろう。

また、平安時代の地名には「和泉堺」が多く摂津堺と記すものはほぼないことから（『角川日本地名大辞典二七　大阪府』一九八三年、「さかい」の項）、西部の低地にあった堺のまちの北側は南側に比べて低湿地であり、人家が少なかったのだろう。開口神社付近が微高地でそこから市街が発展していったことは、既に昭和戦前の『堺市史』でも指摘されている（一巻一四頁）。

永保元年（一〇八一）の熊野詣で藤原為房（一〇四九〜一一一五）は、熊野街道の近くにあったらしい「和泉堺之小堂」に泊まった。『為房卿記』には、「永保元年九月廿二日……申剋《さるのこく》住吉社に参り奉幣す、戌剋《いぬのこく》和泉堺の小堂に着す、住吉神主国元（基イ）障に依り、神主清経粮米等を送る」とある。

為房と懇意の三九代住吉神主が先述の津守国基であり、その歌集に「ある人のきのくにへくたるとて、住吉をすきて堺といふところにてととまり侍りしかは」（詞書）とあり、「住吉の　渡りにだにも　音せねば（ぬは）さかひの里を思こそやれ」と詠んでいる（『堺市史　一巻』一七一頁）。為房のことを言ったものであろうか。この小堂は開口宿院であり、「住吉の渡り」とは現在も続く堺渡御のことと思われる。先述のとおり津守国基は、一〇六〇年より足掛け四三年間におよび住吉神主を勤めた人物である。

また、建仁元年（一二〇一）の熊野御幸で後鳥羽上皇は、「境王子」のある熊野街道近くと思われる田の中で、禊ぎをしている（『堺市史　一巻』一七四頁）。近くに田地のあることから、熊野街道は東方台地ではなく西方低地を通っていた可能性が高い。『神代記』に解除《みそぎ》の神としてみえる開口神社近くでの禊ぎであろう。

禊ぎは、潮湯に入ることに類似する行為である。潮湯の施設もそこにあり、貴族にとって平安京や四天王寺・住吉大社に比べれば「小堂」であるが、開口神社は貴族が宿泊できる施設であった。

中世の堺のまちの中心も、市場（市之町）と湯屋（湯屋町）であった。温泉地以外で、市街地の中心部に湯屋の地名があるのは珍しい。湯屋町は『天王寺屋会記』永禄三年（一五六〇）三月九日条に見られ、明治五年には熊野《ゆや》町に名称変更し、その後徐々に熊野《くまの》町になり現在に至っているが、熊野町にある小学校は現在でも熊野《ゆや》小学校である。なお、文安二年（一四四五）『兵庫北関入船納帳』には兵庫津に「湯屋辻子」がみえるが、今はない。

堺の潮湯浴みは古代だけでなく、中世においても京都の公家に知られていた（『堺市史　一巻』一六四頁。鶴崎裕雄「堺、塩風呂と連歌―三条西実隆『高野山道の記』に見る都市の一面―」『ヒストリア』一〇〇号、一九八三年九月）。

堺の歴史において、古代では開口宿院付近での潮湯（塩湯）や禊ぎ、開口神社祭神の塩土老翁《しおつちのおじ》、塩穴郷の地名などが、相互に関連していることが推定できる。それは中世では、三条西実隆《さんじょうにしさねたか》の堺での塩風呂の記事や、住吉会《え》で「本朝市《いち》の始め」とされた堺浦浜市などとして、また近世においては、まちの中心にみえる湯屋町、堺名産の焼塩・焼塩壺、堺名産の春の桜鯛、江戸時代から明治まで魚と塩の問屋・仲買が多いことなどとして、さらに近代には、堺大浜に南海電鉄による潮湯施設や第五回内国勧業博覧会で東洋一といわれた国立の水族館ができたことなどであり、海神である住吉神とともに歴史を重ねた堺のまちの大きな個性であろう。一見無関係のようにみえるが、中世自由都市・国際都市堺の発展も、航海守護神である住吉神との関係が歴史の流れとしてはあるように思う。

住吉領としての堺は、開口神社を介して結びついている面が強い。元禄十五年（一七〇二）頃の『住吉松葉大記』において、その造営部に引用されている「正平九年注進状」には、浜市・浜油座などがあるが、これは堺（開口）の浜であろう。この時期に、住吉浜はそのような賑やかな港でないことは明らかであり、榎津の繁栄も古代のことである。このような比較的早い時期から、堺が本社諸職の一つとなっており、本社の浜（港）とされていたのだろう。特に正平九年（一三五四）前後は、後村上天皇の南朝が住吉社を拠点としていたころであり、堺も南北とも住吉社領とされていた時期であった（『堺市史　一巻』一九七頁）。

鎌倉末から南北朝初め成立の『住吉大社諸神事次第』にも、浦使《うらし》という言葉がみえるが、『住吉松葉大記』の神事部（正月九日条）には、今在家（堺ではなく住吉のか）の魚座を催促する役としてみえ、かつては堺・住吉・今在家・中在家・勝間などの下司《げし》、浜浦使のことであるとされる。

『拾芥抄』（『故実叢書　二二』所収）年中行事部には、「九月十三日、住吉相撲会」と記載されているが、この相撲会《え》（九月会・住吉会）について『天和三年年中行事記』は、次のように記している。住吉会は当社の大会である。昔この日堺浦において三韓よりの珍財によって市をおこない、浜市とよんだ。本朝市の始めである。この市などのために、ここに浜浦使・開口下司・小塩穴刀禰《こしおあなとね》・浦網使《うらあみし》・浜御油座使《はまのおんあぶらさし》をおき、堺浦を治め、賦税を取り、神用に勤仕していた。しかし、南北朝時代ころより神領の堺庄を掠略され、相撲会が衰微した。今は住吉（境内北部）の宿院に神輿を出すが、舞楽や相撲、競馬はなく、婦女が小升を子供の玩具として売るばかりであると。

この天和三年（一六一七）の年中行事記は、朝廷よりの勅問により住吉社第六七代神主津守国教が編集したものであるので、堺の事例を誇張しているとは思われない。南北朝時代より以前において、住吉社の神領として市が置かれていたという伝承が、この時期まで残っていたことが分かる。堺浦が住吉大社の必要とする物資調達拠点として、住吉社の門前町的な役割を果たしていたことが窺える。

同時代史料での裏づけが少ないのが難点ではあるが、古代・中世の堺が、住吉と関係しつつ発展してきたという一面が、以上によってかなり明らかなのではないかと思う。

七、和歌の浦と住吉・堺

玉津島神社のある和歌の浦も、住吉大社のある住吉《すみのえ》同様に、風光明媚であり天皇や貴族の遊覧地であった。淀川の川口に点在する島々に精霊を見、そこが神祭りの場所になったのと同様に（八十島祭）、和歌（若）の浦の入り江に連なり点在する「玉津島山」の景観に、古代の人々は精霊をそして神の存在を見た（村瀬憲夫ほか『和歌の浦の誕生―古典文学と玉津島社―』第一章「神代よりしかぞ貴き玉津島山」ほか、清文堂、二〇一六年）。

玉津島神社の成立は、『続日本紀』聖武天皇神亀元年（七二四）十月十六日条に、「春秋二時に、官人を差し遣して、玉津島の神、明光浦の霊を奠祭せしめよ」とある聖武天皇の詔《みことのり》を契機とするものである。聖武天皇はこの年の二月に即位し、十月五日に和歌の浦へ行幸している。この時に詠まれたのが山部赤人の「若の浦に 潮満ち来れば 潟をなみ 葦辺をさして 鶴鳴き渡る」（『万葉集』九一九）である。

持統天皇は、夫の天武天皇との思い出の場所でもある吉野（離宮）へ、三〇回以上行幸しており、そこでは柿本人麻呂が歌を詠んでいる。先述したとおり、吉野が後にも歌枕として最も多く詠まれた理由の一つであるが、村瀬前掲論考によれば、この吉野の歌と赤人の和歌の浦の歌には、関連があるという。地理的にも、吉野と玉津島は、紀ノ川の上流と下流である。

紀氏と丹生氏がともに神事をおこなう場所であったことが、玉津島での神霊の存在を意識させ、玉津島神社が成立する一因となったとする見方がある（伊藤信明「天野社・日前宮と玉津島」『和歌の浦—その原像を求めて—』和歌山大学紀州経済史文化史研究所、二〇一一年、九七頁）。玉津島一帯は、紀伊国一宮である日前《ひのくま》・國懸《くにかかす》神宮、およびそれに準ずる紀伊天野社（丹生都比売《にふつひめ》神社・高野山地主神）の御旅所と推定される地であった。

玉津島の祭神は、紀伊天野社同様、初め稚日女尊《わかひるめのみこと》であった。そして、この神を尊崇していた神功皇后を併祀する。さらに、和歌の浦という地名の縁で、和歌の神として允恭《いんぎょう》天皇の妃衣通姫を併祀している。それは、紀貫之が『古今集』仮名序で衣通姫を、小野小町の先蹤と称賛したことも影響しているようである。

和歌の浦は、交通や政治・経済上の要衝でもあった。吉野川を経て大和にも繋がる紀ノ川の河口にあった。現在の地形からは想像しにくいが、古墳・飛鳥・奈良・平安時代ころの紀ノ川は直線的に西流していたわけではなく、一端北に流れを変え、JR和歌山駅を越えるあたりから紀勢本線に沿って南流する和歌川の流路によって、和歌の浦に注いでいたようである（日下雅義「紀ノ川の河道と海岸線の変化」『歴史時代の地形環境』古今書院、一九八〇年）。

古代の港は、河口に多い。そこに、中世以降に雑賀や和歌山のまちが発展したのであろう。堺津も、開口・宿院の住吉御旅所付近が河口港（開口水門）だったのだろう。

日前・國懸宮、紀伊天野社の御旅所としての玉津島についてみてみたい。まず日前神宮であるが、同じ境内地に鎮座する國懸神宮とともに、伊勢内宮の八咫《やた》鏡と同等の鏡を神体とする。祭神である日前大神は天照大神の別名ともされる。準皇祖神の扱いをうけ、朝廷は神階を贈らない別格の社とした。これは、伊勢神宮以外は日前・國懸神宮しかなかった。『延喜式神名帳』名神大社であり紀伊国一宮、明治四年（一八七一）に官幣大社となる。現在の境内は、最盛期の約五分の一の広さという。

社伝の一つによれば、神武天皇二年、紀伊国造家（紀氏）の祖神である天道根命《あめのみちねのみこと》がこの鏡を神体とし、当初は、和歌川河口部左岸の名草郡毛見郷の名草浜宮に祀ったが、垂仁天皇十六年に現在地（秋月村）に遷座したという。伝旧社地付近には、今も濱宮《はまのみや》（浜宮神社）が鎮座する。

次に紀伊天野社であるが、神主の丹生祝《にうのはふり》氏は紀伊国造家と同族らしく、『紀伊続風土記』所引の文保二年（一三一八）和与状《わよじょう》などによれば、毎年九月に「玉津島御行」して、また翌日には日前宮門前の紀伊国造家屋敷内の草宮での祭祀にも参加していた。かつては二月や九月に、国造と丹生祝が和歌川河口部のお旅所で禊ぎをしていたのであろう。お旅所は、神が社殿に常住する観念以前の施設（仮屋）であり、それが名草浜宮、玉津島、草宮などへと変遷したものらしい（上井久義「丹生祝と国造の浜降り」『四日市市立博物館研究紀要』三号、一九九六年三月。のち『同著作集第一巻』収録。伊藤信明前掲論考「天野社・日前宮と玉津島」）。玉津島まで、天野社から四〇キロ、日前宮からは五から六キロほどある。

住吉大社	本社		景勝地・歌枕
開口神社	御旅所	堺・港町	潮湯
日前・國懸神宮	本社		
玉津島神社	御旅所	和歌の浦・港町	景勝地・歌枕

この表から明らかなように、堺と和歌の浦には類似点が多い。どちらも古代においては港町であり御旅所であった。住吉・日前という大社から五キロほど離れた港町に、御旅所があったということになる。しかし一方の堺は、経済都市としてあるいは潮湯浴みの遊興地として発展していくのに対して、一方の和歌の浦は紀ノ川河口の流路変化などによって経済的な発展はそれほどせず、豊かな自然が残された景勝地として歌枕の地となり、玉津島神社に和歌の神である衣通姫が祀られる、ということになったようである。

住吉神は、記紀神話に出てくるように航海守護の神、海神であった。それが、平安時代ころから和歌神としても知られるようになるのはなぜか。ここではそれを繋ぐものとして二つ、現人神としての性格、および歌枕としての住吉の地に注目してみた。

おわりに

また、住吉神が和歌神ともなる過程における堺と住吉御旅所の関係について、さらには和歌浦の玉津島神社・衣通姫との関係についても少しではあるが考えてみた。

住吉神の和歌神化については、『住吉大社史　下巻』（住吉大社奉賛会、一九八三年）を初め、これまで多くの研究書で論じられてきた。比較的最近のものとしては、真弓常忠『住吉信仰』（朱鷺書房、二〇〇三年）の「あら人神と歌の神」の項に分かり易くまとめられている。本稿は、これらの既存の研究成果を超えたり覆すものではないが、いささか別視点で考えた部分もある。筆者は昭和五十九年に堺市博物館で、特別展『住吉大社―歌枕の世界―』を学芸員として担当し展示図録を作製したが、その時は展示資料の簡単な紹介が主となってしまった。今回は、歌枕住吉について数字を使ってやや客観的に考えてみた。

なお、本稿のタイトルから、住吉神は海神から和歌神に変化したのかと思われるかもしれないが、そうではない。基本にある海神の要素に和歌神としての要素が加わったのである。ではなぜ、そのように表記しなかったのかといえば、古代においては圧倒的に史資料を残している平安貴族の視点でみた住吉社ということで考えたからである。たとえば鎌倉時代から武家の神となった八幡神が、蒙古襲来などで国家守護神的な役割を強くするが、それに比べると住吉の場合は和歌神としての要素が強くなったということもできるだろう。

筆者の年来の大きな関心は堺のまちの歴史であるが、潮湯や塩風呂などによってこの住吉神の和歌神化に堺のまちもいささかの寄与をしているものと、今回改めて考えることができた。

玉津島の部分については、平成二十三年から二十五年にかけて玉津島神社を会場にしておこなわれた「玉津島講座」のうち、主催者であった和歌山大学の故米田頼司教授に勧められて、二十三年十一月二十日のシンポジウムで「住吉と玉津島」と題して喋らせていただいたが、そのためにいささか調べたことをここに記している。その講座の成果は、『和歌の浦の誕生―古典文学と玉津島神社―』（清文堂、二〇一六年）として刊行されており、今回参照させていただいた。

文学、和歌方面には全く不慣れなため勘違いも多いと思うが、堺の歴史について考える時に和歌神住吉の存在は大きいと思い、筆を進めさせていただいた。ご教授・ご叱正を賜ることができれば幸いである。

衣通姫・茅渟宮伝承の形成
――伝承・地誌・歌神――

廣田浩治

はじめに

　大阪府泉佐野市上之郷中村に茅渟宮《ちぬのみや》跡という史跡がある。ここは古代の允恭《いんぎょう》天皇の時代の行宮《あんぐう》であった茅渟宮の故地であると伝えられている。允恭天皇は中国南朝の正史『宋書』にみえる倭の五王のうち倭王済《せい》に比定され、五世紀中期の大和王権の大王と考えられている(1)。奈良時代に編纂された朝廷の正史『日本書紀』には、允恭天皇は皇后の妹である衣通姫《そとおりひめ》（正しくは衣通郎姫《いらつめ》）を寵愛していたが、皇后を憚って衣通姫を茅渟宮に住まわせ、しばしば茅渟宮に行幸したと記されている。

　しかし、茅渟宮の所在地が泉佐野市上之郷中村とされるのは、後述するように近世（十七世紀）に地誌が書かれて以降のことである。しかも茅渟宮跡とされる故地では古代の行宮の存在を示す遺跡・遺物が発見されているわけではない。古代以降、一〇〇〇年以上もの長い間、衣通姫や茅渟宮の伝承は語られず、その伝承は近世になって突如現れたのである。この不自然な現象をどのように理解すべきであろうか。

　古代から中世・近世初期の間、茅渟宮と衣通姫の伝承が語り継がれなかったということは、この期間には伝承そのものが存在しなかったことを意味するのではないだろうか。とすれば衣通姫・茅渟宮の伝承は古代以来連綿と語り継がれたものではなく、近世になって生み出されたものと考えられる。また、そうだとすれば何故、茅渟宮の所在地が泉佐野市上之郷中村（近世の日根《ひね》郡上之郷村中村）とされたのだろうか。

衣通姫・茅渟宮の伝承の核心は衣通姫とその歌にある。茅渟宮に住んだとされる衣通姫は中世には紀伊の和歌浦の玉津島《たまつしま》神社の祭神とされ、和歌三神のひとつとなっている。ここで注目されるのは、上之郷の隣村である泉佐野市長滝《ながたき》（中世の長滝荘、近世の長滝村）には、近世に歌神とされる蟻通《ありとおし》神社が存在することである。そして後述するように、近世の蟻通神社における和歌文芸に関わった人物が、地誌の編纂を通じて衣通姫・茅渟宮伝承の形成に影響を及ぼしている。近世に歌神とされた衣通姫の伝承は、歌神であり和歌文芸の場となった蟻通神社と何らかの関係があるのではないかと考えられる。

このような観点から本稿では、衣通姫・茅渟宮の伝承がいかにして形成されたのか、またそれに歌神としての蟻通神社の文芸がどのように関係したのかを考察する。地誌編纂と歌神と和歌文芸との関わりのなかで、伝承が形成される歴史過程の謎に迫ってみたい。

一、『日本書紀』のなかの衣通姫・茅渟宮

始めに『日本書紀』のなかの茅渟宮と衣通姫の記事を見ておこう（以下『日本書紀』の引用、訓み下しは『新編日本古典文学全集3　日本書紀2』〈小学館〉を参考にした）。

允恭天皇七年冬十二月の宴で、皇后は天皇の求めに応じてやむなく「妾弟、名弟姫《おとひめ》」を差し上げた。この「弟姫」が衣通姫（衣通郎姫）である。衣通姫は「弟姫容姿絶妙無比、其艶色徹衣而晃之、是以時人号曰衣通郎姫也」（弟姫、容姿絶妙にして比無し、其の艶色、衣を徹して晃《て》れり。是を以ちて時人、号して衣通郎姫と曰《もう》す也）とされ、その美しさが衣を通して現れるほどの美女であった。「天皇之志存于衣通郎姫、故強皇后而令進」（天皇の志、衣通郎姫に存《か》けたまへ

り。故、皇后に強いて進《たてまつ》らしめたまう）とあるように、天皇は皇后に強いて衣通姫を召し出させたのであった。

衣通姫は姉である皇后の「嫉」を恐れて最初は天皇の命令を拒否したが、やがて天皇の求めに応じた。天皇は皇后の嫉妬を避けて衣通姫を宮中でなく藤原宮に置き、衣通姫のもとに行幸した。藤原宮の衣通姫は「恋天皇而独居」（天皇を恋いたてまつりて独り居《はべ》り）して天皇を想う歌を詠んでいる。しかし皇后の「嫉」「恨」に配慮し、天皇は「更興造宮室於河内茅渟、而衣通郎姫令居」（更に宮室を河内の茅渟に興造《つく》りて、衣通郎姫を居らしめたまう）つまり河内の茅渟に宮を造営して衣通姫を住まわせた。天皇は「屢遊獦于日根野」（屢《しばしば》日根野に遊獦《みかり》したまう）つまりしばしば日根野という地で遊猟を行い、茅渟宮に行幸した。茅渟宮行幸は、允恭天皇九年春二月、秋八月、冬十月、十年春正月と頻繁に行われた。

これに対して皇后は天皇に「妾如毫毛、非嫉弟姫、然恐陛下屢幸於茅渟、是百姓之苦、仰願宜除車駕之数也」（妾、毫毛ばかりも、弟姫を嫉むに非ず。然れども、恐るらくは、陛下、屢《しばしば》茅渟に幸すこと、是百姓の苦ならむ、仰ぎ願わくは車駕の数を除《や》めたまわむ）と「奏言」した。頻繁な茅渟宮行幸が百姓を苦しめているので、行幸の数を減らすように、ということである。このため天皇は「是後稀有之幸焉」（是の後に稀有《まれ》に幸す）つまり稀にしか茅渟宮に行幸しなくなった。

允恭天皇十一年春三月、天皇が茅渟宮に行幸した時、衣通姫は天皇に対して次の歌を詠んだ。

等虚辞陪邇　枳彌母阿閉椰毛　異舎儺等利　宇弥能波摩毛能　余留等枳等枳弘

（とこしへに　君もあへやも　いさなとり　海の浜藻の　寄る時々を）

これは海の浜藻が時々岸辺に打ち寄せるように、稀であっても天皇に会いたいという意味の歌である。天皇は衣通姫に「皇后聞必大恨」[2]ので、その歌を人に聞かせないように命じた。これにより人々は浜藻を「奈能利曽毛《なのりそも》」と呼んだという。

以上要するに、衣通姫（衣通郎姫）は允恭天皇の后の忍坂《おしさかの》大中《おおなかつ》姫命《ひめのみこと》の「弟姫」で、允恭の寵妃となっている。「衣通郎姫」の呼称はその美しさを讃えた美称である。以上にみた『日本書紀』の記述は允恭天皇と衣通姫との愛、皇后の嫉妬を中心とした物語である。ただし、皇后から諫められ「百姓之苦」を顧みて、衣通姫が住む茅渟宮への行幸を控える允恭の徳を讃える内容でもある。また衣通姫を迎える天皇の「忠臣」（中臣《なかとみの》烏賊《いか》津《つ》使主《おみ》）の働きも讃えられている。なお茅渟宮については『日本書紀』は単に「宮室」と記すだけで具体的な記述は全くない。

二、近世・近代における衣通姫・茅渟宮の地誌と伝承

冒頭に述べたように、衣通姫と茅渟宮についての伝承は十七世紀後半になってからようやく語られ始める。次にその伝承の展開を見ておこう。

①『和泉一国名所旧跡付』[3]

延宝九年（一六八一）刊行。和泉国の名所旧跡の地誌としては管見の限りでもっとも古い。上之郷中村に「衣通姫屋敷跡」があると記す。また和泉国の「七権者」（七人の権者（権現））の一人に「衣通姫」がいるとする。

②『泉州志』[4]

元禄十三年（一七〇〇）刊行。著者は日根郡下出村の石橋新右衛門直之。近世の和泉国の代表的な地誌である。「茅渟宮旧蹟」は「中村」にあるとする。次に衣通姫が茅渟宮で誕生したとする俗説を否定している。これによれば当時、茅渟宮を衣通姫の出生地とする伝承があったことになる。「村老」によれば、五〇年前には茅渟宮跡に「小社」と「池」があり「境内」は「方一町許」で毎年一月と七月に燈明を立てたが、近年に「糞田」（田地）となり「小社」も廃絶したという。現在は「小池」と池の傍らの「柿木」が残ると記している。また『日本紀』（『日本書紀』）の衣通姫の記述も引用している。上之郷の隣村である日根野にある比売《ひめ》神社の項では「余按茅渟宮

旧蹟近于此社、比売神者衣通姫歟」、つまり衣通姫を日根野の比売社（溝口社、現在の日根神社摂社の比売神社）の祭神と推測している。以上の『泉州志』の記述はこれ以後の衣通姫・茅渟宮伝承に頻繁に引用され最も影響を与えた。

③『和泉志』(5)

享保十九年（一七三四）刊行。『日本輿地通志畿内部《にほんよちつうしきないぶ》』（『五畿内志』）の一部。並河誠所《なみかわせいしょ》の編纂。允恭天皇と衣通姫の恋について触れ、『日本書紀』の衣通姫の歌を載せる。現地の伝承についての記述はない。

④『和泉名所図会』(6)

寛政八年（一七九六）の刊行。作者は秋里籬島《あきさとりとう》。『泉州志』『日本書紀』の記事を引用し、茅渟宮と衣通姫の挿絵を付け、衣通姫を玉津島神社の衣通姫像と同じく女房装束の姿で描いている。「衣通姫旧蹟」については『日本書紀』の記述を掲載し、『泉州志』の記事をそのまま引用して、五〇年前に茅渟宮跡に小社と池があったとするが、近年には壊されて田地となり小社も「惣墓」となり小池が残っているとする。また「土人、衣通姫の手習所といふ」という伝承を載せる。

⑤『かりそめのひとりごと』(7)

文政二年（一八一九）刊行。熊取谷（現熊取町）の庄屋の中盛彬《なかもりしげ》が編集した和泉の伝承記録。「珍努の宮」（茅渟宮）跡の状況は、「ちがや（茅）生いしげり」「あし踏み込むものもなかりき」と記す。また時期は不明だが「その地の土三尺ほりて、うへの山にあげしかば、あとは渟沼のやうになむなりたりし」つまり土を掘りそこが沼のようになっていたが、近世の正保年間（一六四五〜四八）に「糞田」（田地）になったと記している。「しるしの小祠も、ともに滅びたり」とする。『泉州志』と同じく日根野の比売神社の祭神が衣通姫であるとする。

⑥衣通姫歌碑（茅渟宮跡碑）(8)

天保五年（一八三四）の制作。『日本書紀』の衣通姫の歌を刻む。裏の碑文は岸和田藩士宮内清定《みやうちきよさだ》の撰で、その内容は『日本書紀』『泉州志』に依拠している。また碑文には茅渟宮の時代から一四〇〇年が経つが、茅渟宮跡は今では「僅余数十歩之地」で「蕪穢」の地となっていると記している。

⑦近世後期の上之郷村絵図[9]

天保八年（一八三七）頃の作成と思われる絵図である（現在、所在不明）。この絵図に、茅渟宮跡と思われる場所に「ソトオリ姫塚」が記される。この絵図では茅渟宮跡は衣通姫の「塚」つまり墓であると認識されている。

⑧『大阪府全志』[10]

大正十一年（一九二二）刊行。『日本書紀』『泉州志』を引用し、茅渟宮跡は「弐拾坪」の「円形」の地で「細流」が流れる「一矼」（石橋）があり、ここに⑤の衣通姫の歌碑があるとする。現在の茅渟宮跡の状況とほぼ同じである。その東方四、五〇間に「御手洗の淵」という小池があるとする。

⑨『大阪府史蹟名勝天然記念物』（第四冊）[11]

昭和六年（一九三一）刊行。「茅渟宮跡址」は「字衣通姫」にあるとする。「徳川時代」に「上之郷村民」が「毎年一回、宮址に於て祭典を行」っていたが今では廃絶しているとする。また『日本書紀』・近世地誌・衣通姫歌碑を引用して伝承の比較考証を行っている。『泉州志』の引き写しが多い『和泉名所図会』の記事は実地調査にもとづく記事ではないと批判する。また『和泉名所図会』の「小社」から「惣墓」への変化説や、『大阪府全志』にみえる「御手洗の淵」にある「巨石」を茅渟宮泉池の遺址とする説に対しても、根拠がないとして批判している。

以上のように、近世・近代における茅渟宮と衣通姫の伝承は、『日本書紀』と『泉州志』をもとにしており、特に『泉州志』が衣通姫・茅渟宮の伝承の原点となっている。しかしその『泉州志』にしても茅渟宮の存在を示す決定的な論拠を示してはいない。また近世以来の伝承には允恭期以降の古代・中世の伝承や記録が全くみられない。

なお⑨の『大阪府史蹟名勝天然記念物』などによれば茅渟宮跡の地字は「衣通姫」とされる。(12) しかしこの地字は⑨で初めて登場しており、古くからの地字とは思われない。これは衣通姫・茅渟宮伝承の成立の後に付けられた地字ではあるまいか。

三、二人の「衣通」姫と記紀・文学

ところでよく知られるように、もうひとつの古代の史書『古事記』には「衣通」の美称でよばれる別の女性が登場する。これは『日本書紀』の衣通姫とは全くの別人である。記紀神話のなかの悲恋の物語としてはこちらの女性の物語が有名である。

『古事記』において「衣通」とよばれたのは、允恭天皇と忍坂大中津姫命の王女・軽大郎女《かるのおおいらつめ》であり、その美称が「衣通郎女《いらつめ》」「衣通王《みこ》」である。軽大郎女こと衣通郎女（衣通王）は、皇太子である同父母兄の木梨軽王子《きなしかるのおうじ》と相通じ、同父母兄弟の相姦という禁忌を犯した。軽王子は皇太子をめぐる争いに敗れて伊予《いよ》に流され、衣通郎女は軽王子を想う歌を詠み、ともに死ぬ。この物語は『日本書紀』の允恭天皇の巻にも記されている。『日本書紀』も軽大郎女を「容姿佳麗」とし、木梨軽王子と軽大郎女が同父母兄弟でありながら密通したとする。ただし『日本書紀』は允恭天皇の后の妹「弟姫」を「衣通郎姫」とするためであろうか、軽大郎女を「衣通」の美称では呼んでいない。

このように『古事記』と『日本書紀』では「衣通」とよばれる女性が別々にいることになる。『古事記』『日本書紀』が編纂された八世紀前期には、允恭天皇の時期の「衣通」とよばれた女性について二つの記述または伝承が存在していた。和泉の茅渟宮の伝承が『日本書紀』に依拠し『古事記』を無視しているのはこのためである。

「衣通」姫の記述のように『古事記』と『日本書紀』では記述に不一致がしばしば見られる。やはりそれはよく指摘されるように『古事記』と『日本書紀』の性格の差異によるものであろう。一般に『古事記』は天皇家と各氏族の始祖の記述（始祖神話）に始まり、それ以降の記述にも説話的性格が強い。これに対して『日本書紀』は編年体の形式で天皇治世を記述しており、中国風の「正史」である六国史の始まりとされている。[13]允恭天皇の記述をみても『古事記』は軽王子と衣通姫の悲恋の物語を中心とした説話的性格が強く、允恭天皇の記述が欠落している。これに対して『日本書紀』は允恭天皇を中心とした編年記述になっていて、衣通姫の物語には説話的性格があるものの、天皇の徳を讃える内容である。『古事記』と『日本書紀』は全く別個の伝承に基づいて書かれたと考えられており、そのそれぞれの「衣通」姫の物語も別々の伝承にもとづくものであろう。

ちなみに現代文学では『古事記』と『日本書紀』の二人の「衣通」姫が同一人物のように造形されている。それが三島由紀夫の短編小説「軽王子と衣通姫」（一九四七年）である。[14]三島の「軽王子と衣通姫」は、衣通姫を允恭天皇の皇后の妹として、天皇の皇子である軽王子と衣通姫を甥と叔母の関係と設定する。小説のあらすじを要約すると、軽王子は父・允恭天皇の寵愛を受ける衣通姫の住む茅渟宮に忍んで、互いに愛し合うようになる。天皇の死後、軽王子は茅渟宮を離れなくなり群臣の支持を失い、弟の穴穂王子《あなほのおうじ》（後の安康天皇）に捕らえられて伊余の湯に流される。衣通姫は伊余に下り軽王子と再会し愛の日々を送る。しかし軽王子を即位させようとする挙兵の動きのなかで衣通姫は命を絶ち、それに衝撃を受けた軽王子も衣通姫とともに夜見の国への旅立ちを信じて自殺する。

三島の「軽王子と衣通姫」はアプレーゲルな戦後の風潮のなかの作品で、叔母（衣通姫）と軽王子（甥）の近親相姦を主題の一つとした小説と評価されている。[15]しかし現代と異なり古代では叔母と甥の愛は近親相姦には当たらない。三島の主観的な意図はともかく、その近親相姦に対する認識は歴史的にみれば成り立たない。

四、茅渟宮の実在をめぐる疑問

『古事記』『日本書紀』の編纂時期には二つの「衣通」姫の伝承が存在したことを見てきた。もとよりいずれの「衣通」姫の記事も史実として直ちに信用できるわけではない。言うまでもないが『古事記』『日本書紀』は古い時代の記述ほど、天皇神話、支配階級の物語として政治的に創作・潤色された記事が多い。『古事記』『日本書紀』については多くの古代史家が指摘しているように、考古学の成果や中国の史書と符合する部分以外は信をおけないと見るべきであろう。

同様に『日本書紀』の茅渟宮も史実としてそのまま信用することはできない。允恭天皇以降、奈良時代までの間、茅渟宮の存在を示す史料は見られない。『日本書紀』は允恭天皇が茅渟宮への行幸に際して「日根野」で遊猟を行ったとする。『日本書紀』は茅渟宮と「日根野」は互いに近いと想定しているのだろう。「日根野」は現在の泉佐野市日根野と推定されている。ただし「日根野」をより広く河内国（のち和泉国）の日根郡にある原野（「日根」の「野」という意味）とみることもできよう。しかし『日本書紀』以外に確実な史料が無い限り、茅渟宮の実在は疑問とせざるを得ない。

『日本書紀』は允恭天皇の後、雄略天皇十四年に日根（後の日根郡）の根使主《ねのおみ》が稲城を築いて抵抗したとする。根使主の反乱もそのまま史実と見なすことはできないが、これは日根の豪族がまだ大和王権に十分従属していなかったことの反映であろう。また紀伊には自立的な紀氏の勢力があり、日根にも勢力を持っていたと考えられている[16]。五世紀の日根や「日根野」付近はこうした情勢にあり、客観的にみて大王（天皇）が茅渟宮のような行宮を営むことは無理だったのではないだろうか[17]。

ところで、奈良時代の和泉（天平宝字元年〈七五七〉の和泉国分置までは河内国または和泉監）には行宮・離宮が置かれていた。霊亀元年（七一六）以降、珍努宮《ちぬのみや》（珍努離宮）という行宮が存在した。[18] また養老元年（七一七）以降、和泉宮（和泉離宮）という行宮が存在した。[19] 元正天皇・聖武天皇は和泉宮（和泉離宮）・珍努離宮に行幸している。[20] 奈良時代の珍努宮（珍努離宮）・和泉宮（和泉離宮）は和泉郡に所在したと考えられる。奈良時代の珍努宮との関わりから、茅渟宮の所在地を和泉郡とする説もある。[21] しかし允恭期（五世紀中期）に茅渟宮が実在した確証がなく、またかりに五世紀に茅渟宮が実在したとしても、珍努宮の奈良時代との間には二〇〇年以上もの断絶がある。茅渟宮と珍努宮を互いに連続する行宮と考えることはできないだろう。

奈良〜平安時代初期には日根郡にも行宮が存在した。天平神護元年（七六五）には深日《ふけ》行宮が造営された。[22] 平安初期の延暦二十二年（八〇三）、桓武天皇が日根野に行幸し、翌二十三年にも天皇は和泉・紀伊に行幸して日根野などで遊猟を行い日根行宮を用いている。[23] もとよりこの日根行宮も茅渟宮を継承する行宮とは思われない。ただし和泉には天皇の行幸・遊猟の地という性格があった。『日本書紀』の衣通姫・茅渟宮の記述はそのような遊猟・行幸の事情を反映して創作されたと見ることもできよう。

五、衣通姫・茅渟宮伝承と蟻通神社

衣通姫・茅渟宮の伝承は古代以来の伝統に基づくものではなく、近世になって現れたものであった。それではその伝承はどのように形成されたのであろうか。

すでに指摘されているように、『日本書紀』の衣通姫は中世には紀伊の和歌浦の玉津島明神であると見なされていた。[24]『平家物語』巻十では衣通姫は玉津島明神とされる。鎌倉時代の橘成季《なりすえ》の『古今著聞集』は、住吉社神官の津守国基が「和歌浦に玉津島の明神と申す此衣通姫也」と述べた説話を載せている。室町時代後期の禅僧季弘大叔《きこうだいしゅく》の日記『蔗軒日録《しょけんにちろく》』にも「玉津島明神者衣姫之霊也」（通）とある。[25] 中世では『古事記』より『日本紀』（『日本書紀』）が重視され、

『日本紀』の神々や皇祖は神仏習合・本地垂迹説のもとで本地仏と合体し神社に「垂跡」していた。衣通姫の玉津島垂迹もその一つである。

室町時代の世阿弥《ぜあみ》の作とされる謡曲『蟻通』は、平安時代の歌人・紀貫之《きのつらゆき》が和泉の蟻通明神に詣でた逸話をもとにしている。私歌集『貫之集』によれば貫之は紀伊からの帰路、蟻通明神に和歌を奉納しており、すでに蟻通明神と和歌の関わりが生まれている。(26) 謡曲『蟻通』は貫之の紀伊下向を「和歌の心を道として」玉津島明神に詣でたとしている。室町期には玉津島明神（衣通姫）は和歌の神とされていた。

謡曲『蟻通』において貫之は蟻通明神に対して「神慮をすずしめ」るために和歌を奉納しており、蟻通明神は和歌を受納する神と認識されている。このように蟻通明神も中世から近世にかけて和歌の神と見なされていく。近世初期の慶長三年（一五九八）には蟻通神社に近い日根郡中庄村の代官新川盛政《にいがわもりまさ》（領主の小堀遠州《こぼりえんしゅう》の家臣）が、二月二十二日に「玉津嶋奉納続歌十五首」を、翌二十三日に「蟻通明神法楽連歌」を張行している。「蟻通明神法楽連歌」は「花もありとおしいつれかはつ桜」の発句で始まる連歌会である。(27) これらの続歌《つぎうた》・連歌の会は和泉南部の地域有力者新川氏が都市堺の連歌師たちとともに二日続けて開催した歌会で、これが玉津島明神と蟻通明神に奉納された意義は大きい。(28) 蟻通神社は地域社会から玉津島神社と関わりをもつ和歌の神と見られていた。

近世にも蟻通神社における奉納和歌は盛んに行われた。近世中期の正徳二年（一七一二）には先述の石橋直之が『泉州志』の完成を記念して、畿内・近国の名士に呼びかけて蟻通神社への百首和歌（短冊帖と写一巻）を奉納した。(29) その後も、宝暦十二年（一七六二）には「蟻通社奉納和歌廿首」が奉納されている。明和三年（一七六六）にも「蟻通社奉納和歌竟宴」が催され和歌短冊が奉納されている。天明八年（一七八八）にも宮内九郎左衛門ら岸和田藩士により和歌が奉納されている。(30)

蟻通神社に百首和歌を奉納した石橋直之は『泉州志』の著者でもある。『泉州志』は先にも述べたように茅渟宮跡について初めて詳細に記し、後の衣通姫・茅渟宮伝承に最も影響を与えた地誌である。石橋直之は蟻通神社に和歌を奉納するとともに、衣通姫の故地である茅渟宮跡が上之郷村中村にあるという説を定着させたのである。

上之郷村中村には歌神としての玉津島明神（衣通姫）に関係する神社や故地はない。しかしここには茅渟宮跡があると見なされる様々な条件が存在した。先行する『和泉一国名所旧跡付』は上之郷中村に「衣通姫屋敷跡」があるとしていた。また近世の上之郷村は日根野村に隣接しており、日根野村は允恭天皇が遊猟したとされる「日根野」に当たるとされていた。しかも先述したように日根野の比売神社は「比売」神つまり「姫」であり、石橋直之はこの祭神を衣通姫とした。さらに上之郷村は衣通姫（玉津島明神）と同じ歌神である蟻通神社に近い。こうした条件が重なったことで、石橋直之により茅渟宮跡は上之郷中村に比定され、後の地誌に継承されていったと考えられる。

おわりに

衣通姫・茅渟宮の伝承は近世になって生み出されたものであった。近世は地誌の編纂により古代の史跡が「発見」されていった時代である。茅渟宮の「発見」と伝承の形成もそうした潮流の現れであろう。しかしその史跡の発見・顕彰においては、中世以来の歴史的伝統を持たない新たな伝承の創作・付会がしばしば見られた(31)。『泉州志』のような近世の民間地誌に、知識人が地域社会の歴史像を認識していく文化的営為の側面があったことは、評価すべきであろう。しかし近世の地誌編纂には幕藩体制の統治のための編纂事業としての性格(32)や、天皇およびその祖先である皇祖神を賛美する権威主義的・イデオロギー的性格が随伴していた。

また近世地誌の編纂に携わる知識人は、中世以来の神仏習合・本地垂迹説を批判し、衣通姫についても仏教的な「垂迹」「権者」の性格を否定していった。『和泉一国名所旧跡付』に見られた衣通姫の「権者」としての性格は継承されなかった。さらに玉津島明神の「垂迹」としての衣通姫の性格が茅渟宮伝承に採り入れられることもなかった。

近世後期には国学の台頭により皇祖や聖蹟への関心が一層高まり、それが近代の天皇制ナショナリズムの下でも受け継がれていった。衣通姫・茅渟宮伝承の近世から近代への継承にもそうした有り様をみることができる。

衣通姫・茅渟宮伝承には様々な疑問があり、そのまま信用するわけにはいかない。二人の「衣通」姫は伝承・説話上の悲劇の女性であり実在の人物とは考えられない。茅渟宮については『日本書紀』に具体的な記述がなく実在した確証がない。五世紀の客観的情勢からも当時の日根地域に大和王権の大王が行宮を営んで行幸していたとは考えられない。古代・中世・近世初期にかけての長期間、茅渟宮の伝承は存在しなかった。近世の地誌を見ても茅渟宮跡の実在を示す物理的痕跡の存在は示されていない。さらに衣通姫・茅渟宮伝承には天皇制賛美の側面があったことは否めない。現代的な歴史認識に立つ時、近世が生み出した衣通姫・茅渟宮伝承に対しても、それを自明視することなく相対化して冷静に評価する批判的視点をもたなくてはならないだろう。

注

(1) 倭王済は元嘉二十年（四四三）に中国南朝の宋に使を派遣して安東将軍・倭国王の号を認められ、元嘉二十八年（四五一）に安東大将軍の号を認められた（『宋書』）。
(2) 『日本書紀』の解釈は『新編日本古典文学全集3　日本書紀2』（小学館、一九九六年）に拠る。
(3) 小谷方明発行『和泉一国名所旧跡付』（和泉郷土文庫、一九三六年）。また大阪府立中之島図書館に延宝九年刊行の『和泉一国古跡名所』がある。歴史館いずみさの図録『泉佐野の街道と名所を往く』（二〇〇三年、廣田浩治編集）。
(4) 『大日本地誌大系35　五畿内志・泉州志　第二巻』（雄山閣、一九七六年）。
(5) 『大日本地誌大系34　五畿内志・泉州志　第一巻』（雄山閣、一九七一年）。
(6) 『和泉名所図会』（柳原書店、一九八六年）。
(7) 出口神暁発行『和泉史料叢書　拾遺泉州志　全』（和泉文化研究会、一九六七年）。

（8）後述の⑨『大阪府史蹟名勝天然記念物』（第四冊、一九三一年初版、一九七四年清文堂出版再刊）に、歌碑および碑文が掲載されている。
（9）絵図の写真図版・トレース図は大阪府埋蔵文化財協会『日根荘総合調査報告書』（一九九四年）に掲載。
（10）井上正雄『大阪府全志　巻五』（一九二二年初版、一九八五年清文堂出版再刊）。
（11）注（7）。
（12）注（8）『日根荘総合調査報告書』の上之郷一帯の付図（地籍図をもとに作成）でも、茅渟宮跡の地字は「衣通姫」である。
（13）神野志隆光『古事記と日本書紀』（講談社、一九九九年）。
（14）「群像」一九四七年四月に発表。『三島由紀夫短編全集　上巻』（新潮社、一九八五年）に収録。
（15）小林和子「三島由紀夫「軽王子と衣通姫」試論」（『茨城女子短期大学紀要』二八号、二〇〇一年二月）。
（16）栄原永遠男『紀伊古代史研究』（思文閣出版、二〇〇四年）の「和泉南部地域と紀伊」（初出二〇〇一年）、森昌俊「根使主の反乱伝承と紀臣氏」（『泉佐野市史研究』五号、一九九九年三月）。
（17）注（16）栄原論文は茅渟宮を日根県（和泉南部）に所在したとする。また古市晃「五世紀における茅渟の王宮」（『市大日本史』一五号、二〇一二年五月）は、茅渟宮を記紀の垂仁天皇期の茅渟菟砥《うど》河上宮（大阪府阪南市と推定）と同一の行宮とする。筆者は五世紀の和泉南部の情勢から茅渟宮や行宮の実在には疑問を感じる。かりに茅渟宮が実在したとしても、少なくともそれが直ちに泉佐野市上之郷中村に所在したことを意味するものではないだろう。
（18）『続日本紀』霊亀二年三月癸卯（二十七日）条・天平十六年（七四〇）十月庚子（十一日）条。
（19）『続日本紀』養老元年二月丙戌（十五日）・丁巳（二十一日）条など。
（20）『続日本紀』霊亀二年四月甲子（十七日）条、養老元年二月丁巳条・養老三年二月庚申（十一日）条、天平十六年（七四四）二月甲辰（十一日）条。
（21）吉田晶「和泉地方の氏族分布に関する予備的考察」（『小葉田淳教授退官記念国史論集』小葉田淳教授退官記念事業会、一九七〇年）。
（22）『続日本紀』天平神護元年十月甲申（二十六日）条。

(23)『日本後紀』延暦二十二年八月己酉（七日）条、延暦二十三年十月条。
(24) 和歌山県立博物館図録『和歌浦玉津島神社』（一九九二年）、和歌山市立博物館図録『玉津島―衣通姫と三十六歌仙』（二〇一六年）。
(25)『蔗軒日録』文明十八年（一四八六）四月十日条。
(26)『新編国歌大観三』一九「貫之集　九」。
(27) 大利直美「翻刻と解題　慶長三年二月「連歌・和歌会書留」・慶長五年「陪八月十五夜月宴歌合和歌」」（『国文学研究資料館調査研究報告』第三七号、二〇一七年）。大阪天満宮にも「蟻通神社法楽連歌」の写本がある。
(28) 中庄の新川氏については近藤孝敏「中世末～近世初期の「中庄新川家文書」」（『泉佐野市史研究』九号、二〇〇三年三月）、山村規子・大利直美「「難波草紙」再考」（鶴﨑裕雄編『地域文化の歴史を往く―古代・中世から近世へ―』和泉書院、二〇一二年）、廣田浩治「新川盛政あて沢庵書状」（『泉佐野の歴史と今を知る会会報』三三二号、二〇一五年八月）。
(29) 永野仁『堺と泉州の俳諧』（新泉社、一九九六年）の「阪南市域の俳諧と文化」（初出一九八三年）、「蟻通奉納百首和歌」（初出一九八三年）。
(30) 以上の奉納和歌はすべて蟻通神社所蔵。
(31) 並河誠所『五畿内志』による式内社比定顕彰の問題については、馬部隆弘「偽文書からみる畿内国境地域史」（『史敏』二号、二〇〇五年四月）。
(32) 白井哲哉『日本近世地誌編纂史研究』（思文閣出版、二〇〇四年）。

付記　末尾ながら、大阪天満宮および蟻通神社の所蔵史料を閲覧調査させていただいたことに、記して感謝申し上げる。

能「蟻通」と穴通し
——「目に見えぬ鬼神」(『古今和歌集』序)をめぐって——

山村規子

はじめに

『古今和歌集』(以下、『古今集』と記す)にかかわる能は多い(1)。先行研究によれば、能が依拠するのは、『古今集』そのものよりも『古今和歌集序聞書《ききがき》(三流抄《さんりゅうしょう》)』『毘沙門堂本古今注』などの注釈書である事が指摘されている(2)。『古今集』の中でも、特に仮名序は世阿弥が好み、『三流抄』を初めとする『古今集』の序注を意識的に用いている。『古今集』の序(以下、古今序と記す)関連の曲の大半が世阿弥、またはその周辺の作である(3)。

「蟻通《ありとおし》」もまた、後半に古今序にかかわる詞章を多く含み、世阿弥作、古今序関連の作品である。舞台の蟻通神社は住吉と玉津島の歌神を結ぶ途次に位置し、古くは「穴通」社と呼ばれていた。能「蟻通」は、古今序にいう「目に見えぬ鬼神」を歌で感ぜしめた貫之の歌徳がテーマであるが、この目に見える・見えないという点を軸に詞章をとらえ直すと、鮮明な明暗明の舞台転換があるのに気づく。作者は、蟻通明神の持つ蟻の穴通しの難題というもう一つの側面を、語らずして舞台であらわしているのではないか。本稿では「蟻通」について、古今序の「目に見えぬ鬼神」に着目して考察していきたい。

一、能「蟻通」について

1、「蟻通」の構成と作者

まず、能「蟻通」を概観しておこう。「蟻通」は宮守の老人（蟻通明神の化身）をシテ、紀貫之をワキとする四番目物・略初番目物《りやくしよばん》の能である。本作の作者は『五音《ごおん》 下』に3段や5段の部分を曲付者名なしで記し、『申楽談儀《さるがくだんぎ》』でも「世子作」とあるので、世阿弥と考えられる。『申楽談儀』に「増阿、世子の能を批判して云、……蟻通の初めより終りまで、喜阿。……「ありとをし共思ふべきかはとは、あら面白の御歌や」など、「是六道の巷に定め置ゐて、六の色を見する也」などやう成所、「何となく宮寺なんどは、深夜の鐘の声、御燈の光などにこそ」、「燈火もなく、すゞしめの声も聞えず」、かやうの所、皆喜阿がゝり也」との記述があり、音曲に秀でた田楽の名手、喜阿弥に強く影響された作品のようである。(4)

『五音 下』『三道《さんどう》』で世阿弥が自信をみせ、禅竹も『歌舞髄脳記』に「妙花風（九位の最高位）拉鬼体　蘭曲之位」にあてるなどして、「蟻通」は当初から重視された曲である。最初から五流すべてにあり、かく由緒正しい曲なのだが、上演回数は少ない。最古の記録は『證如上人日記《しようによしようにんにつき》』天文十年（一五四一）二月十三日石山本願寺の宮王大夫《みやおうだゆう》、その後、江戸期の記録すべてを合わせても四〇回しか認められない。(5) 先の『申楽談儀』にあげられた他の老体の能五曲と比べても、上演回数には大きな差がある。演じ手の側からみて、やりづらい点のある能なのかもしれない。(6)

その構成とあらすじは以下の通りである。(7)

〔1段〕ワキの登場＝都からの道行

『古今集』の撰者、紀貫之（ワキ）は「われ和歌の道に交はるといへども、いまだ玉津島に参らず候ふほどに、只今思ひ立ち紀の路の旅に志し候」と意を決し、従者（ワキツレ）とともに都より玉津島《たまつしま》への道に赴く。

〔2段〕ワキの詠嘆＝馬は伏し、困り果てる

にわかに日が暮れ、大雨が降り、乗っていた馬が気を失って倒れる。前後を忘じて困り果てる。

〔3段〕シテの登場＝雨の夜の社前の叙景

そこに傘をさし、松明をかかげた老人（シテ）が一人、ともし火もなく宮守もいない社頭を歎きながら現れる。

〔4段〕ワキ・シテの応対＝物咎めする神のこと

貫之は光をみつけて声をかけるが、老人はここには宿などないので、先に行くようにと答える。馬が動かなくなったことを貫之からきくと、下馬せずに物咎めする蟻通明神の前を通ったのかと驚く。ともし火のかげよりよく見れば鳥居・社壇があるので、貫之も驚く。

〔5段〕ワキ・シテの応対、物語＝貫之の献歌、和歌の栄えを語り合う。馬が立つ

老人から誰かと聞かれ、貫之で住吉玉津島に参るところだと名乗る。では歌を詠んで神慮をすずしめるようにと老人が勧め、「雨雲の立ち重なれる夜半《よは》なれば、ありとほしとも思ふべきかは」との歌を詠む。老人は「面白し面白し」と喜び、神も納受するだろうと歌を繰り返す。そこから地謡が古今序の言葉をふんだんに交えた［クセ］一段を謡いはじめる。六義《りくぎ》のこと、貫之の撰であること、歌の体のこと、そして邪のないこの歌が神の心にかなったものであると褒める。奇特に逢うように馬は元通り元気になり、歌に和らぐ神心のまことをたたえる。

〔6段〕シテの立働き＝祝詞を捧げ、神楽を奏する心

貫之は宮人なら祝詞《のりと》をあげるようと老人にすすめる。老人は祝詞をあげ、神慮をすずしめるには和歌が最上とたたえ、天の岩戸を彷彿とさせる神楽を奏し［立回リ］、舞歌の道をことほぐ。

〔7段〕結末＝老人は本性を明かして消える

宮守は「今貫之が、言葉の末の、妙なる心を、感ずるゆゑに、仮に姿を、見ゆるぞ」と「鳥居の笠木に立ち隠れ、あれはそれかと見しままにて、かき消すやうに」姿を消す。

貫之は喜び、夜が明け、旅立つ空に立ち帰る。

2、「蟻通」の典拠

「蟻通」の位置づけについては、伊藤正義が『新潮日本古典集成』の解題に記した一文「《蟻通》の本説が右『俊頼髄脳』の記事であることは疑いないが、いまひとつ、第5段には『古今集』仮名序・真名序に基づく和歌の徳を謡い上げていることが注目される。そのことを強調する《蟻通》の意図するところは、一曲の冒頭に置かれた「和歌の心を道として、玉津島に参らん」というワキ次第が明示している。即ち『古今集』仮名序には、天地を動かし、目に見えぬ鬼神をもあわれと思わせ、男女の仲を和らげ、武士の心を慰めるのが歌だというが、そのような「和歌の心」を体得し、実践せんがために玉津島詣でをするというのが、この［次第］の意味であり、その道中にあって、貫之が和歌によって「目に見えぬ鬼神をもあはれと思はせ」る実証を、蟻通明神の場合について描くことが、《蟻通》一曲の主題であると考えられる」（『新潮日本古典集成　謡曲集　上』新潮社、一九八三年）が定説となっている。

貫之の歌徳説話の初見は、『貫之集』にみられる。「紀の国に下りて、帰り上りし道」で馬が倒れ、「道行く人〳〵」に神前だと教えられ、「かきくもりあやめも知らぬ大空にありとほしをば思ふべしやは」と詠み、馬が蘇生する話である(8)。この話は、歌学の世界で受け継がれ、『袋草子《ふくろぞうし》』『奥義抄《おうぎしょう》』『歌林良材集《かりんりょうざいしゅう》』『色葉《いろは》和難集《わなんしゅう》』など、多くの歌学書がとりあげている。その中で「蟻通」が拠ったものは、禰宜が出ることや歌の一致などから『俊頼髄脳《としよりずいのう》』であることが、早くから吉田寛が指摘し、以降その説が定着している(9)。

一方、「蟻通」には『俊頼髄脳』にとどまらないもう一つの典拠がある。それが古今序である。6段と7段の後半部分にはふんだんに『古今集』の仮名序・真名序が折り込まれている。以下、「蟻通」に引用された「仮名序」「真名序」を比較検討する。（傍線部――は仮名序、‥‥‥は真名序。『古今集』の本文は岩波文庫『古今和歌集』一九八一年による）

5段［掛ケ合］シテ

能「万の言葉は雨雲の、立ち重なりて暗き夜なれば、ありとほしとも思ふべきかはとは、あら面白のおん歌や」

仮「和歌は、人の心を種として、万の言の葉とぞなれりける」

［下ゲ哥］地

能「およそ歌には六義あり、これ六道の、巷に定め置いて、六つの色を分かつなり」

仮「そもそも、歌の様六つなり」

真「和歌有六義」

［上ゲ哥］地

能「されば和歌の言葉は、神世よりも始まり、今人倫に普し」

仮「この歌、天地の開けはじまりける時より、いで来にけり」

能「たれかこれを褒めざらん。中にも貫之は、御書所を承りて、いにしへ今までの、歌の品を撰みて、」

真「御書所預紀貫之……部類所奉之歌、勒為二十巻、名曰古今和歌集」

能「喜びを延べし君が代の、直なる道をあらはせり」

仮「貫之らがこの世におなじくむまれて、この事の時にあへるをなむ、喜びぬる」

［クセ］地

能「およそ思つて見れば、歌の心素直なるは、これ以つて私なし、人代に及んで、甚だ興る風俗、長歌短歌旋頭、混本の類ひこれなり、雑体ひとつにあらざれば、源流やうやく繁る木の」
仮「ちはやぶる神世には、歌の文字も定まらず、すなほにして、言の心わきがたかりけらし」
真「爰及人代、此風大興、長歌短歌旋頭混本之類、雑体非一、源流漸繁」
能「花のうちのうぐひす、また秋の蟬の吟の声、いづれか和歌の数ならぬ」
仮「花に鳴く鶯、水に住むかはづの声を聞けば、生きとし生けるもの、いづれか歌をよまざりける」
真「若夫春鶯之囀花中、秋蟬之吟樹上、雖無曲折、各発歌謡。物皆有之、自然之理也」
能「歌に和らぐ神心、たれか神慮の、まことを仰がざるべき」
6段［ノット］シテ
能「そもそも神慮をすずしむること、和歌よりもよろしきはなし」
仮「力をも入れずして天地を動かし、目に見えぬ鬼神をもあはれと思はせ、男女のなかをもやはらげ、猛き武士の心をもなぐさむるは、歌なり」
真「動天地、感鬼神、化人倫、和夫婦、莫宜於和歌」
［立回リ］シテ
能「神の代七代」ワキ「質に人淳うして」シテ「情欲分かつことなし」
真「然而神世七代、時質人淳、情欲無分」

これらの比較から明らかな通り、「蟻通」は、多くの部分で古今序の文章をほぼそのまま引用している。右の場面はシテが貫之の歌に感心したところである。地謡は天からの声のようにこれら古今序の詞章を語る。まるで貫之の記した古今序に神がお墨付きを与えたかのごとくである。もっといえば、この啓示によって貫之が古今序を後から付記したともいいたげな印象さえ与えられる。

ところで、この内の［下ゲ哥］　地「およそ歌には六義あり、これ六道の、巷に定め置いて、六つの色を分かつなり」の部分については、「俊成忠度」にもみえ、天理図書館の吉田文庫にある『神祇陰陽秘書抄』が深く関連していることを、すでに島津忠夫・大山範子が注で指摘している。[10] 同書は、「大永六年二月廿八日　快尭（花押）」の書写で、神仏習合の立場から記された天地開闢、三種の神器はもとより、金札《きんさつ》の伏見造営、第六天魔王と天照大神の契約、神功皇后、源太夫、道行《どうぎよう》法師の剣奪取の話や複数の神歌などまでも含む、まさに中世日本紀の一本といえるものである。[11]「俊成忠度」ほどではないが、「蟻通」も短いながらほぼ同文である。「蟻通」後半に折り込まれた古今序関連の本文にこうした中世日本紀の一書とのかかわりがあることは指摘しておきたい。

二、蟻通説話と蟻通明神

1、『枕草子』と『神道集』の棄老・難題譚

蟻通明神は、能が扱う貫之の歌徳の話以外に別系統の説話の世界をかかえ持っている。『枕草子』が取り上げるもう一つの歌、「七曲《ななわだ》に……」につながる棄老・難題解決譚である。二二六段「社は」で、貫之の話の後に蟻通の名の由来として、昔、帝が四十歳以上の人を「失はせ給」ふ中、七十近い親を隠していた中将が、唐土の帝から与えられた難題を親の知恵で解決し、棄老を許され上達部《かんだちめ》大臣になる。神となったその人（中将か親かはあいまい）のもとに詣でた人に夜現れ、「七曲にまがれる玉の緒をぬきてありとをしとはしらずやあるらん」との歌を宣った、とするものである。難題は、一、丸く削った木の本末はどちらか、二、蛇の雌雄を当てよ、三、「七曲にわだかまりたる玉の、中とをりて左右に口あきたるがちいさき」に緒を通せというもので、三つ目の難題に対して、玉に「大なる蟻をとらへて、二つばかりが腰に細き糸をつけて、又それにいますこし太きをつけて、あなたの口に蜜をぬりて」解決したということで蟻通の由来とする。最後に「……と人の語りし」とあり、聞き語りの形をとっている。

棄老・難題解決の話を含むこのエピソードは、大陸からはじまり、日本に渡っても広範囲に、複雑に発展し、説話の大きな流れとなっている。加えて蟻通をめぐっては、この他にもうひとつ『神道集』が語る別系統の説話がある。『神道集』七―三八「蟻通し明神の事」は『枕草子』の話とは打って変わって玄奘三蔵取経譚になる。三蔵を助け、唐まで送り、日本から盗まれた宝珠も返した秦奢大王《じんじやだいおう》が日本に垂迹、蟻通明神となって、三種の神器の一つである神璽、すなわち玉を守護する神となるという話である。概略を記すと、

欽明天皇の時、唐から神璽の玉が大般若経と共に渡来した。この玉は天照大神が地上に降りた時、第六天魔王からもらって代々の天皇が継いでいたが、孝昭天皇の時、天《あめ》の朔女《さくめ》に盗まれたという。玄奘三蔵は大般若経を唐にもたらすため天竺をめざすが、途中流砂の岸で美女に阻まれ、藺の形で黄色、中の穴は七曲の「八坂の玉」に緒を通せという難題を課されるが、傍の木の機織り虫の「蟻腰着糸向玉孔」という鳴声を解し、大蟻を穴に押入れ解決した。美女は鬼王の姿になり、自分は大般若経守護の十六善神の一人、秦奢大王である。お前が過去七生経を取りに来たのを殺し、頸にその七つの髑髏をかけているが、このたびの深い思いに感じて守護してやると述べ、三蔵を天竺まで送って経を取らせ、唐に送り返す。日本に返すようにと玉も与え、自らは先に日本に渡って守護神になろうと誓う。この玉は三種の神器の一つである八坂の玉・宇佐八幡宮の鈴の御前と同種類のものである。秦奢大王は約束通り一足先に日本に来て、紀伊田辺の地に蟻通の明神となり鎮座した。……と記し、続けて貫之の話になって、貫之が「七わたに曲れる玉のほそ緒をば蟻通しきと誰か知らまし」と詠んで般若心経をとなえて法楽し、奉幣《ほうへい》して「かきくもりあさせもしらぬ大空に蟻通しとは思ふべしとは」と詠むと馬は蘇生した。……というわけで、我国の神々が内侍所を守護する時、蟻通の明神は玉を預かり守護するものである。赤藺は神璽に似ているので、赤藺の糸を数珠の緒にして祈念すれば所願成就する。

というものである。

「蟻通」にかかわる説話の流れについては、大陸の南伝ジャータカからチベット王の説話、孔子の物語、仏典や漢籍の諸書などから始まり、日本では『枕草子』以降「七曲に……」の歌の系統の話として、歌学書では『袋草紙』『奥義抄』『歌林良材集』『雑話集《ざつわしゅう》』など、また説話の世界では『古事談』『神道集』『大鏡』室町時代物語の『蟻通明神のえんぎ』『横座坊物語《よこざぼうものがたり》』『平家族伝抄』などが取り上げているが、貫之説話の有無、棄老譚の有無、難題が違っていたり、解決のヒントが違ったり、玉が法螺貝になったり、と様々な様相をみせ、色々と形を変えつつ広がっていっている。蟻通説話に関する先行研究は多い(12)が、廣田哲通や新井大祐が系統立ててまとめを試みている。それらによると、大きく分けて『枕草子』などにみられる棄老・孝子・難題系統の話と、『神道集』にみられる玄奘三蔵の取経にかかわる話が分けられている。蟻の玉通しなどの難題があって主人公が後に蟻通明神になるなどの共通点はあるものの、棄老・孝子系の話と取経譚とは別の系統の話である(13)。

日本の説話の中で、蟻の穴通しの難題を含む説話は『枕草子』『奥義抄』『神道集』『平家族伝抄』『蟻通明神のえんぎ』などである。また、『神道集』系統の話は、阿部泰郎が中世日本紀の秘書にもあることを指摘している(14)。

2、蟻通明神とその性格

難題を解決した者が蟻通明神になるという結末を記しながら、その神社がどこにあるのかについては、それぞれ相違がある。そもそも蟻通神社と号する社は、近畿地方に四社ある。和泉国では大阪府泉佐野市長滝（祭神　大巳貴命《おおなむちのみこと》、もと熊野街道沿いだったが昭和十七年に佐野飛行場建設のため現在地に移転(15)）、紀伊国では和歌山県伊都郡かつらぎ町（祭神　八意思兼命《やごころおもいかねのみこと》）と、田辺市湊（祭神　天児屋《あめのこや》根命《ねのみこと》）、大和国では奈良県吉野郡東吉野村の丹生川上神社中社（祭神　罔象女神《みつはのめのかみ》、大正十一年まで蟻通神社と称した）である。『神道集』の秦奢大王が垂迹したとするのは田辺で、能や『蟻通明神のえんぎ』では和泉国の蟻通神社が比定されている(16)。

この蟻通神社の祭神は、出雲系の荒ぶる神であるが、塞神《さえのかみ》的な性格を一面に持つことをいち早く指摘したのは、山内益二郎である。山内は「ありとほしとは思ふべきかは」の歌は、旅人を積極的に通す神であるはずの「有通神」に対する批難の歌という意味だとも解している。また『貫之集』の人々の言葉が馬上の非礼をとがめないことに注目し、蟻通明神に旅の安全を守る道祖神的性格を強調している森正人や山折哲雄、大和の蟻通神社の止雨芸能や鍛冶信仰に注目した金井清光や前登志夫の論、別の見方で虫としての「蟻」という小さくて見つけにくいが一面恐ろしい存在に着目した山本啓介や、他国からの侵攻と難題譚のかかわりに注目する佐藤健一郎・鳥井明雄の論などがある。(17)

三、「蟻通」の趣向

1、唐突な場面転換

蟻通明神にはさまざまな様相をみせる難題解決の説話が背景にあるのだが、能「蟻通」は、これらに一切触れようとしていない。ひたすら貫之の歌徳説話と古今序の世界のみで押し通している。(18)しかし、この能を見る中世の人たちは、おそらく蟻通明神に対しては『枕草子』から形作られている蟻の玉通しの話を知っていたであろう。正和五年(一三一六)「日根野《ひねの》村絵図」には「穴通」の名前が記されている。それを踏まえながら、本文を読み直してみると、面白いことに気づく。この能は貫之の歌を境に、暗から明へと大きく転換していることである。ここにはあえて難題譚にふれない作者の仕掛けがあるのではないだろうか。

「蟻通」の構造に大きな場面転換があることを指摘、強調しているのは、菅野覚明である。奉納された歌を境に、闇の世界からいきなり光の世界への転換をみてとり、そこに「世阿弥らが「面白」の語源として言及する高天原の岩戸開きの場面がふまえられている」と指摘した。(19)歌奉納直後の転換も唐突に見えるが、最初の場面でも舞台は急転換している。道行の道程もなくいきなり和泉国に到着、そこで「あら笑止やにわかに日暮れ大雨降りて」と、突然闇がおとずれる設定になっている。[20]その後の詞章には、闇の中で雨が降り、光がなく、何も見えない状況であることが何度も繰り返される。左の傍線部は、目に見えないということを現した表現である。

2段「ワキ／あら笑止やにはかに日暮れ大雨降りて、しかも乗りたる駒さへ伏して前後を忘じて候ふはいかに」と困惑、続けて「ともし火暗うしては数行虞氏が涙の雨の、足も引かず騅行かず」と『和漢朗詠集』橘《たちばなのひろみ》広相の「燈暗数行虞氏涙、夜深四面楚歌声」や『史記』の項羽の「力抜山兮気蓋世、時不利兮騅不逝、騅不逝兮可奈何、虞兮虞兮奈若何」の詩を引用する。

3段　シテ登場のサシでは「シテ／瀟湘の夜の雨頻りに降つて、煙寺の鐘の声も聞こえず、なにとなく宮寺なんどは、深夜の鐘の声、ご燈の光なんどにこそ、神さび心も澄み渡るに、社頭を見ればともし火もなく、すずしめの声も聞こえず、神は宜禰が慣らはしとこそ申すに、宮守ひとりもなきことよ、よしよしご燈は暗くとも、和光の影はよも曇らじ、あら無沙汰の宮守どもや」と、片手に傘、片手に燈を持った宮守の老人が、不満を述べながら登場する。貫之は「のうのうあの火の光について申すべきことの候」と老人の姿さえ見えぬが如く、人にではなくやっと現れた光に問いかける。宿を求め、「今の暗さに行く先も見えず、しかも乗りたる駒さへ伏して、前後を忘じて候ふなり」と事情を話し、ここが神前だと言われ、驚く。「ともし火のかげよりよく見れば、ワキ／げにも宮居は　シテ／蟻通の」と、よく見てやっと鳥居を確認する。宮守に促されて「雨雲の立ち重なれる夜半なれば、ありとほしとも思ふべきかは」と、雨夜の闇の中、星が見えなかったという歌を奉る。

7段　終末部、シテの宮守は実は蟻通明神だったと明かし、「仮に姿を、見ゆるぞとて　鳥居の笠木に立ち隠れ、あれはそれかと見しままにて、かき消すやうに失せにけり」と、姿を見せるか見せぬかの間に消えていってしまう。

「目に見えぬ鬼神（鬼）」という言葉を詞章に含む能には、「芦刈」「絵馬」「鉄輪」「山姥」「大会」「大江山」「通小町」「放生川」があるが、みな鬼神の属性としての言葉として使われるのみで、舞台上に目に見えぬ状況を設定しているわけではない。「蟻通」は、「目に見えぬ」という状況を作り出す事にかなりこだわっているという特徴がみてとれる。闇の中から小さな灯を持って現れた蟻通明神の化身であるシテは、神の正体を見せない。多くの神能では、後場で神体が後シテとして実の姿を現すのだが、「蟻通」にはそれがない。結局、姿を現すことないまま、鳥居の笠木に立ち隠れ、かき消すように消えてしまい、「目に見えぬ」イメージは繰り返される。鳥居の「笠木」は横木のことであるが、ひょっとしたら「笠着」といった、目に見えぬ隠形鬼《おんぎょうき》の姿の意味も含まれているのだろうか。「蟻通」で後シテが出ず、一場物である理由はここにあるのかもしれない。「目に見えぬ鬼神」を後シテとして目に見える形で現すわけにはいかない。古い形であるというより、ここは作者の一貫した意思で、あえて出さなかった可能性が考えられはしないか。(21)

2、舞台の上の穴通

「力をも入れずして天地を動かし、目に見えぬ鬼神をもあはれと思はせ、男女の中をもやはらげ、たけきもののふの心をもなぐさむるは歌なり」との一文は、まさに古今序の最初の部分に記される、重要な一節である。貫之は「和歌の心を道として」住吉から玉津島に詣でる歌道の旅の途中で、目に見えぬ鬼神を歌でもってあはれと感じさせ、力をも入れず、天変地異である大雨をしずめたのである。

貫之は登場の［名ノリ］で「われ和歌の道に交はるといえども、いまだ玉津島に参らず候ふほどに」と述べている。現行五流では「住吉と玉津島に」と明示している。「紀の国に下りて、帰り上りし道」に「住吉」からという一語を加えたのは、能が最初である。能はより強く歌道を意識したものといえる。(22)歌作自体が難題であることは、佐藤健一郎・鳥居明雄が早くから指摘している。「貫之の難題解決は、歌道体得の通過儀礼」として、「歌人としての聖性を保証し、強調するもの」だったのである。[23]「難題」の重要性が、この蟻通明神を登場させるきっかけになった可能性が考えられる。

貫之は闇の中の遭難状態で、歌を作って神をすずしめよという難題を解決し、光の世界に立ち戻る。「雨雲の」の歌が奉られた直後から、場面は天岩戸が開かれて光が面を照らし、「面白」となったことに象徴される光の世界に転換する。神は貫之を許し、馬は生き返り、祝詞があげられ、ことほがれる。暗から明へ、まるで穴の中の闇を通り抜けて光の世界に躍り出たかの如くである。その先にめざすのは風光明媚な玉のような光の世界、玉津島である。貫之は、難題を解決し、穴を通り抜けたように、歌道邁進への道に立ち帰っていったのである。玉津島は、万葉の時代から風光明媚な地であり、平安人の憧れであった。玉の緒を連ねるように島が並び、そこに鎮座するのは、美しい歌の神、衣通姫《そとおりひめ》である。[24][25]

「蟻通」はもう一つの説話である「七曲に……」の歌にかかわる蟻の玉の穴通しの難題譚を一切言葉にすることなく、舞台上に具現させているようにみえる。「高砂」や「志賀」などのように、古今序の世界を舞台に具現させることとは世阿弥が好んで試みたことであり、「蟻通」もそれらと同列にあげられるものと考えられまいか。祝意のない能、というわけではなく、ただ対象が「目に見えぬ鬼神」であったがために、後場で神を目に見える後シテの姿で登場させ、舞をみせるということができず、よくある脇能としての祝言の神能のようなパターンにはせずに一場物の形をとった。それゆえ扱いづらさというものも出てきてしまい、後の上演回数の少なさにつながっていったということなのかもしれない。[26]

富山泰雄は、特殊な上演の場があったかと推測しているが、[27]「蟻通」を世阿弥の一種の実験作と考える可能性を指摘したい。そして、なぜこの実験作に蟻通明神が選ばれたかということについては、まず和泉国の蟻通神社が住吉と玉津島の両歌神を結ぶ途上、ほぼ中央の位置にあること、次に蟻通明神が難題を出す神としてふさわしい説話をかかえ持っていること、そして山本啓介が言うように蟻通の神自体のイメージが「目に見えぬ鬼神」にふさわしい存在だったということ、また、『貫之集』の時代から歌に感応したという実績があり、「七曲に……」の歌を自ら霊夢で詠むほどの神でもある（『枕草子』）ことなどから、六義の秘説を与えても（もしくは、口ずさんでも）違和感のない存在であったことなどが考え得るのではないだろうか[28]。

目に見えぬ鬼神を浮かび上がらせ、古今序の世界をちりばめ、難題を歌で切り抜け、まるで穴を通り抜けたように闇を抜けだし、歌の神玉津島に連なるもとの道へと立ち帰らせた、その背後に語らずして存在感を示すのは、玉のイメージである。田辺と長滝の違いはあれ、蟻通明神は、『神道集』や中世日本紀の中では、当時の人々の大きな関心である三種の神器の一つでもある玉というものを守る神社でもあった。

中世の人たちが、蟻の玉の穴抜けのイメージ、光の玉津島のイメージを全く思い浮かべることなくこの「蟻通」を見たとは考えにくい。海の底に沈んだ剣や焼けてしまった鏡と共に、玉は三種の神器の一つでもある。これらの宝に対する関心が非常に強かったことは、中世文学や記録に残された様々な記述から想像できる。中世の演能記録は僅少で、その後も上演の機会のさほど多くない能であるが、『申楽談儀』の記事をみると、最初はよくおこなわれたもののようである。当時の人たちが作者世阿弥の仕掛けに気づいていたという推測は可能といえまいか[29]。

四、歌神　蟻通明神

近世になると、歌に感じた目に見えぬ鬼神である蟻通明神自体が、歌の神としてあがめられるようになる[30]。長滝の蟻通明神には法楽連歌や奉納された和歌・連歌が複数存在する。慶長三年（一五九八）二月、和泉国日根郡中庄の新《にい》川盛政《がわもりまさ》は堺連衆とともに玉津島に詣で、当地で二度の連歌会を催した後、神前で和歌を奉納し、中庄に帰ってから自邸で蟻通神社への法楽連歌を行っている[31]。また、蟻通神社には万治三年（一六〇〇）に狩野玉信筆三十六歌仙絵馬が奉納されており、『泉州志』を上梓した石橋直之が正徳二年（一七一二）三月下冷泉為経《しもれいぜいためつね》に依頼し、平間長雅《ひらまながまさ》と蘆錐軒《ろすいけん》高倫《たかみち》の協力を得て公家や地下歌壇の作歌をとりまとめた百首和歌短冊（短冊）・百首和歌写（巻子本）・竟宴和歌懐紙も奉納されている(32)。泉紀子は蟻通明神が「和歌世界の中で権威づけられ、さらなる和歌文化を引き寄せ、新たに生み出す〈磁場〉と」なったことについて、熊野街道沿いに在った蟻通神社の貫之歌に関わる説話伝承と歌語りを指摘、これらの奉納は近世になっても「和歌文化の磁場であり続けた」事を示すものであると述べている(33)。本書「衣通姫・茅渟宮伝承の形成―伝承・地誌・歌神―」でも廣田浩治が近世地誌の編纂の潮流で衣通姫の故地、茅渟宮の伝承が蟻通明神の近隣に形成されていった過程を紹介している。

上演回数の少なかった「蟻通」は、平成二十六年から始まった長滝の蟻通神社の薪能で度々演じられている。難題を好んだ蟻通明神は、住吉と玉津島を結ぶ道の途上にある歌の神としての存在感を現在もアピールしつづけている。

注

（1）注釈書を通した『古今集』の歌を軸とする「難波梅」「采女」「女郎花」「松虫」、それらを詞章にしみこませた「葛城」「桜川」、古今序の注釈書の説くところを折り込む「高砂」「富士山」「淡路」「歌占」「金札」「伏見」「白楽天」「志賀」「和国」「蛙」「長柄の橋」、注釈書の記する説話を引用する「朝顔」「鵜飼」「田村」等々。

（2）片桐洋一『中世古今集注釈書解題　一～六』（赤尾照文堂、一九七一～二〇〇九年）、伊藤正義『中世文華論集　第一巻　謡と能の世界（上）』（和泉書院、二〇一二年）「能と古典文学」・二「和歌と能」他、大谷節子『世阿弥の中世』（岩波書店、二〇〇七年）序章「世阿弥の中世」・第四章「脇の能」など。

（3）大谷節子　注（2）二章「本説と方法」・四章「脇の能」。

（4）『日本思想大系二四　世阿弥　禅竹』（岩波書店、一九七四年）二六六頁。『申楽談儀』にはまた「祝言の外には、……蟻通、閑花風斗歟」（二八六頁）、「八幡　相生　養老　老松　塩竈　蟻通　箱崎　鵜の羽　盲打……泰山府君　是、以上、世子作」(二九一頁)、「能に、色どりにて風情に成こと、心得べし。蟻通など、松明振り、傘さして出づる、肝要こゝ斗也。扇などにしては悪かるべし」(二九五頁) との記事もある。『三道』では「一、大よそ、三体の能 (懸)、近来押し出だしてみえつる世上の風体の数々。八幡　相老　養老　老松　塩釜　蟻通　如此老体　数々」(同書　一四二頁) と記し、『五音　下』では、蘭曲に分類し、[サシ] 3段全てと5段の「雨雲の」の歌以降、[クセ] の最後までを記名なしで載せる (同　二一五頁)。

(5)『申楽談儀』にあげられた老体の能を、単純に国文学研究資料館の演能データベースに出てくる点数で比較すると、「蟻通」八二点、「高砂」一四七一点、「弓八幡」五八六点、「養老」六九三点、「老松」七五九点、「融」四五〇点で、他曲と大きく差をあけられている。同じ日の上演が複数の記録に載せられているのを整理すると、蟻通の上演は三九回だが、データベースに漏れている『言経卿記』慶長六年五月二十六日に八条宮智仁親王主催で紫宸殿にて渋兄弟が上演した記録があり (湯川敏治氏ご教示による)、計四〇回が認められる。

(6)『観世』四五巻六号の　特集・座談会 (一九七八年六月)「蟻通をめぐって」片山慶次郎　田中重太郎　岡緑蔭　前西芳雄　で、シテ方の片山は「役者自身の中味の充実がないと何にも出てこない……謡っていてもあまりおもしろくない、その上、後の方の祝詞のところは、割合にむつかしいので、(素人の稽古も) どうしても少いです……観世の傘の柄は短いのですが、他流では長柄で、下に突いて出て来るのもあるようです……傘をさしているとかなり重くてつらいから、誰か袂に入れる添木みたいなものを作って腕を支えたとかいうことです。はずすときにどうするのかと思いますが……左手に傘をさし、右手に松明をかかげて出てきますから、松明だけの時のように、おかまいなしに松明を振るわけにはいけません。実際にやってみるとそういうところは扱いにくいと思います……この曲は歌問答のおもしろさと、曲の雰囲気が判る状態でないとおもしろくない。そして尚かつ、ワキは現在能のようで、そこへ化身の老人が出てくるというのですから、シテとワキの二人でそういう雰囲気を作り出せる者でないと、とてもじゃないがおもしろくない。その謡はシテの方で、いや、ワキの方でとか言ってるようでは様にならんでしょうな……この舞台面には神々しい、おどろ〳〵した雰囲気も必要。その辺の兼ね合いがむつかしい」と述べている。

(7) 構成・あらすじは『日本古典文学大系　謡曲集』(岩波書店) による。以下、本文引用は同書による。

(8)『貫之集』(『和歌文学大系一九』明治書院、一九九七年)。

（9）吉田寛「謡曲「蟻通」の出典をめぐって」（『文学論集』五号、一九六四年二月）、森正人「作品研究「蟻通遡源」」（『観世』四五巻五号、一九七八年五月）。吉田はさらに『俊頼髄脳』異本のうち、島原松平文庫本『唯独自見集』では、「あま雲の立ち重なれる夜半なればありとをしをも思ふべきかは」とあって、謡曲所引の形に酷似することを指摘している。

（10）島津忠夫「俊成忠度考」『島津忠夫著作集　一一』和泉書院、二〇〇七年）、（大山範子「謡曲《俊成忠度》考……作品構想とその趣向をめぐって」（『藝術研究』一一号、広島芸術学会、一九九八年七月）。本文は「歌ニ六儀有、是ハ六道ノ衢ト故リ、千和耶布留ノ神代、歌ハ文字ノ数モ定無、其後、盞烏命ヨリ三十一字ヲ定給、末世末代ノタメシ也、故ニ素《ソ》戔嗚命《サノヲミコト》、出雲国御跡垂御坐、大宮作リシ給、八丈雲立ヲ見、稲田姫ノ依由来御歌ニ云、八雲立出雲八重墻妻篭テ八重墻造ル薗八重墻、神明モ忝モ今ノ世ノタメシナルヘシ」とある。

（11）漢文体でぎっしりと記された文章には、ほぼ切れ目がない。途中目移りの間違いがあり、書写されたものと考えられる。

（12）山内益二郎「蟻通説話の形成」（『平安朝文学研究』七、一九六二年一月）、君島久子「日本の説話と中国の民間伝承―竹取・浦島・蟻通・姥皮・シンデレラ―」（『日本の説話　二』（東京美術、一九七三年）、佐藤健一郎・鳥居明雄「「蟻通」とその周辺　一〜三」（『宝生』二七巻一〜三、一九七八年一〜三月）、森正人　注（9）、工藤茂「現代文学における「姨捨」の系譜（二・三）―蟻通明神のこと（一・二）―」（『別府大学国語国文学』二二・二三、一九八〇・一九八一年十二月）、石破洋「敦煌資料と『枕草子』―蟻通明神縁起説話をめぐって―」（『古典の変容と新生』明治書院、一九八四年）、徳江元正「九曲の珠―「蟻通」小考」（『銕仙』三三二、一九八五年十月）・「汲水閑話　五四「蟻通」補遺」『能楽タイムズ』四七三、一九九一年八月・「汲水閑話　六八「〈蟻の風流〉小考」（『能楽タイムズ』四九六、一九九三年七月）、福田俊昭「『枕草子』の蟻通明神説話の典拠について」（『国語国文』五五―五、一九八六年五月）、廣田哲通「「蟻通の普遍と個別」」（『新日本古典文学大系　月報』二五、岩波書店、一九九一年）、山折哲雄「「物咎めする神」と和歌による鎮魂の作法」『鐵仙』五一八号、二〇〇三年十一月）、新井大祐「「蟻通明神縁起」の系譜」（『日本文化と神道　二』國學院大學、二〇〇六年二月）、山本啓介「蟻通明神説話」（鈴木謙一編『鳥獣虫魚の文学史　日本古典の自然観　三　虫の巻』三弥井書店、二〇一二年）など。

(13) 廣田哲通 注(12)は「1 中国の王が日本征服のため難題を提示、頭中将が解決し昇進、死後和泉国の蟻通明神となる御伽草紙『蟻通のえんぎ』等の系統、2 帝の難題を親孝行の息子が親の知恵で解決、棄老をやめさせる棄老説話の系統、3『神道集』にみる玄奘三蔵取経説話系統」の三系統に、その後、新井大祐 注(12)は「1 智者救国型縁起（『枕草子』『奥義抄』『蟻通明神のえんぎ』等、唐と日本の緊張関係の中で知恵者が日本を救って蟻通明神となる系統）、2 三蔵取経型縁起（『神道集』他の中世文学・神祇書にみられる三蔵の天竺取経譚の中で語られる蟻通明神の本地を深《じん》沙《じゃ》神に求める系統）の二つに分けている。

(14) 阿部泰郎は「日本紀と説話」（本田義憲ほか編『説話の講座　三　説話の場―唱導・注釈』勉誠社、一九九三年）の七「蟻通の玉・野守の鏡」で、「蟻通―神璽玉説と共通する所説は、彰考館蔵「神祇金五代日本記聞書」なる日本紀伝授の切紙抜書にも見えているが、まとまった形では、叡山文庫天海蔵『天地灌頂記』「日本記加行次第」（弘治二年写）のなかの「神璽灌頂」条に、一箇の独立した口決として載せられ、それは『神道集』とよく似た形であることが注目される」と記されている。

(15) 注(6)の座談会で、岡緑蔭は「元は大阪府泉南郡長滝村大字蟻通にあったのが、太平洋戦争が激しくなったため、ここを泉南飛行場にするとの軍部の命令で、昭和十七年に現在の、泉佐野市長滝町天王の地に、強制移転させられました。……移転をするというので、昭和十七年の秋に、最後の記念として「蟻通」の能の奉納があり、私も見に行きました。前を馬に乗って通っただけで物咎めをするような神さんやのに、移転なんかさすとは、これじゃ戦争は負けやと云うてたんです。そしたら案の定負けてしまいました」と述べている。

(16) 吉田寛 注(9)、前登志夫「蟻通考」（『同朋』一一〇号、一九八七年二月）、徳江元正 注(12)、山中美佳「『平家族伝抄』「〈十五〉十一巻分神璽宝剣内侍所事」の蟻通明神―増補記事に見る吉田神道系三十番神思想をめぐって」（『日本文芸研究』五六―四、二〇〇五年三月）、廣田哲通 注(12)、泉紀子「蟻通明神説話考―和歌と能に見る―」（『堺学から堺・南大阪地域学へ：南大阪地域の文化基盤：公開シンポジウム報告書』大阪府立大学、二〇〇六年）。

(17) 和泉国の蟻通神社は、正応二年（一二八九）書写『和泉国神名帳』「日根郡十九社」には「正五位　有通社」とあり、正和五年（一三一六）の「日根野村絵図」には「穴通社」とある。山内益二郎は注(12)で「和泉国神明帳には「有通神社」と書いてあるが、蟻通神社は本来「有通」であったと思われる。塞神（さへのかみ）が道中の障礙を遮り止めて旅人の安全を計るのに対し、積極的に道を通す神として「有通神」があったとしても不思議ではない。貫之集の場合でも、道を遮って通さない神を「ありとほしとも思ふべしやは」と批難したので、神も理に折れて道を通してやったと解釈して始めて歌徳説話が生きてくる。有通的性質から前記の祭神を眺めると、何れも道案内、渡河等の性格がある事に気がつく。元冠のような逼息状態を打開し、八方塞りの状態から抜け出るのも有通的性質と通じるようである。本来「有通神」であったのが音訓が通じるところから「蟻通神」と転じ、やがてジャータカに由来する蟻通難題譚が習合せられたのではないかと思われる。貫之集でも普通「ありとほし」とかな書きされているようであるが、これに蟻通的意味を与えたのは清少納言が始めてであったかもしれない」といわれている。そもそも長滝にある社が日根野村の絵図に記されていること自体が境界に位置する塞神であることを示すといえよう。他に金井清光は「能の作品　蟻通」『能と狂言』（明治書院、一九七七年）で、丹生川上社で白馬を献納して止雨を祈る神事芸能を遡源とする。前登志夫　注(16)も丹生川上社の鍛冶の信仰や上代吉野の国つ神への畏怖を述べている。また、森正人　注(9)は『源平盛衰記』巻七の藤原実方が奥州の笠島道祖神を侮蔑して下馬せず通って蹴殺された話に注目、蟻通明神にも道祖神的性格をみてとり、貫之の歌徳は、他郷に入るに際して土地の神と交感し荒ぶる神を鎮め、これからの旅の安全を約束される意味を持ち、最後の留めが「旅だつ空に立ち帰る」ワキというのも旅の前途を祝福する意図と指摘している。加えて山折哲雄　注(12)は和歌による鎮魂の作法は物咎めする神（蟻通明神が「物咎め」する神である事は、『俊頼髄脳』に記されている）をしずめるための伝統的な作法とする。別個、蟻という視点から山本啓介　注(12)は、蟻という存在への親近感と畏怖に注目される。蟻は親しみ深い小さな昆虫だが時に人命を奪い、集団で発生して様々な害をなす不可解で不気味な存在であるという点からの指摘で、『万葉集』の「あり通ふ」で有りの意味は、行為の継続、通い続ける意味で、蟻がたびたび大量発生して行列をなすような地が祟り神の座す場所とされ、やがて蟻通の神として恐れられた、そのような想像も可能といわれる。また別の見方で、佐藤健一郎・鳥井明雄　注(12)は『枕草子』の他国の侵略にからむ難題説話を住吉社と同じ大阪湾の海辺にあることで、他国への侵攻、あるいは防御の役割を持っていた点に注目している。

(18)　森正人　注(9)は「別伝承の投影はささやか」「多様な伝承世界を切り捨て、俊頼髄脳一篇を選択することによって成立」していると指摘されている。

(19)　菅野覚明は「謡曲における歌徳の位相―「蟻通」の主題をめぐって―」（『日本文学』三八―六、一九八九年六月）で、

「旅を行く貫之が背後に負っているものは、「みやこの空の月影」である……貫之は、光を失い「前後を忘じ」た闇の中で、いわば遭難している。あらゆる規定性を失った裸形の姿でたたずむ貫之に忍び寄るのは、「騅行かず」に象徴される滅亡と死の影である……ワキとシテは同じ闇を共有する……その同じ闇が、シテ（宮守、神）の側からは「燈火」や「すずしめ」の欠如として、即ち光を引き出す力の欠如とそれへの不満として捉え直されている……この闇の状況は、「風姿花伝」の中で舞歌の道の起源譚として重視されている天の岩戸隠れの闇と比喩的に重ね合わされている……困惑の闇から「面白し」へのこの転換は、世阿弥らが「面白」の語源として言及する高天原の岩戸開きの場面がふまえられている。ここでは、場面の色調そのものが「雨雲」の暗から「関の清水に影見ゆる、月毛のこの駒」に暗示される明へと変化する……「蟻通」という曲は、「鬼神をもあはれれと思はせ」る歌の徳を、それの生起する場において描き出すことを狙いとしている。しかも、その描き方には、世阿弥が能の目標とした「面白」の境地の把握が重ね合わせられていることがわかる……遭遇の唐突さは、「星」と「蟻通」のだしぬけとも見える重ね合わせを介して、緊張から弛緩へ、困惑・怒りから笑いへと転位される」と、暗から明への転換に注目している。

(20) 注（6）の座談会で、田中重太郎が「「あら笑止や」からいきなり和泉国に舞台が変わり……俄に日が暮れて大雨が降る」と述べている。

(21) 松本雍は「能の素材（六）」（『国立能楽堂』六一、一九八八年九月）で「「目に見えぬ鬼神をもあはれと思はせる」ことを視覚化したもの」と言い、泉紀子注（16）も「とりわけ『蟻通』には、和歌が目に見えぬ鬼神をもあわれと思わせるものだという強い主張が認められます」と、着眼している。

(22) 最古の下村識語本（能楽研究所蔵）は、ここでは「住吉」とは記さず、住吉からの途次であることが述べられるのは第5段の［問答］部分である。

(23) 佐藤健一郎・鳥居明雄 注（12）は「蟻通明神伝承にみられる明神と難題の連関は、貫之説話にあっても極めて重要な意味をもつものと思われる。難題の設定とその解決が一種の通過儀礼であることは周知であろう。このことを貫之説話におしあてて考えてみると、蟻通明神の発する難題と貫之の和歌奉納による解決は単なる貫之の神域通過だけの問題ではないと考えられる……玉津島神社参詣の途上、蟻通明神で遭難する貫之は、既にここで歌道体得の端緒をつかみ、或は与えられていることになるのである。馬が倒れ伏したことは、再び述べるまでもなく蟻通明神の発した難題である。

課された課題は貫之の歌道探求者的側面に向けられたものであって、その解決は、貫之の歌人としての聖性を保証し、強調するものなのであった。貫之の難題解決は、歌道体得の通過儀礼といってもよく、その意味でも貫之説話に難題譚的要素は欠かすことのできないものなのである」と指摘されている。

(24) 玉津島神社には、都から離れた地の美しい、光り輝く玉のようなイメージが古代から持ち続けられていたことは、村瀬憲夫・三木雅博・金田圭弘『和歌の浦の誕生—古典文学と玉津島神社』(清文堂、二〇一六年)の第一部、第二部一・二章に詳しく述べられている。

(25) 住吉と玉津島が歌神化したのは、住吉大社の神主、津守国基《つもりのくにもと》(一〇二三〜一一〇二)の衣通姫の住吉大社への勧請活動以降である(注(24)第二部)。その後、文治二年(一一八六)、藤原俊成の邸内に新玉津島神社(下京区に現存)が灌頂されるほどになり、熊野詣もさかんになり、両歌神を結ぶ道沿いにあって、貫之歌徳譚・蟻通の難題譚をもつ和泉国蟻通明神は、人々に認識されるようになっていたはずである。なお、世阿弥時代の新玉津島神社の動きをみると、貞治二年(一三四六)再建、応永二十四年(一四一七)再修、永享六年(一四三四)に焼失とある(『平凡社地名辞典』)。

(26) 「蟻通」には祝意がない、というわけではないことは、森正人も注(9)で「神の退場でなく旅だつ空に立ち帰るワキを描いて留めるところに、貫之の旅の前途を祝福する意図を汲み取ることができる」と指摘している。大谷節子は注(2)第四章で脇能の定義を明確にし、神能でない脇能「難波梅」を論究、神能即脇能でないことを説いた。「蟻通」も「阿古屋松」「葛城」と同様、脇能でない神能の一つのサンプルにあげられるものである。オーソドックスな世阿弥の祝言の脇の能には、終曲部分に舞楽名があげられ、舞が披露されるのだが、「蟻通」は目に見える後シテを出せないがために、それはない。それゆえ神能であり、貫之の歌道邁進を言祝ぎながら、どうしても初番に置けない扱いづらさが出てくるようだ。注(6)の座談会で片山慶次郎も「本来は四番目物的な曲ですが、それにしては少し固い。今のような二番、三番立ではどうしても略脇能として初番に置くより仕方がないでしょうね」と述べている。

(27) 富山泰雄「蟻通考」(『藝能史研究』一四三号、一九九八年十月)では、「「蟻通」が単式能の形態をとるのも、このように舞をシテに舞わせなかった結果」で、「めでたさに対する、神の側からの保証」である舞がないため、「「蟻通」の語りが神の保証を受けるほどにはめでたくないということになる。この点で、「蟻通」が祝言を目指していないことが改めて確認される訳だが、その一方で、急に入ると、詞章の上で、舞のイメージが頻出し始める」「実際に舞を舞う事の代わりを舞のイメージに担わせようとしたもの」「古作を模したものだというより、やはり、世阿弥の老体の能の形を下敷きにした、その応用」「老体の能の一つの可能性を試みた作品」と述べている。そして、作能の動機について、「蟻通」が作られた経緯がまるでわからなくなってしまっている現在では、尚更慎重な態度が必要になる。結論を明確に出すということには無理がある」と言う。「上演の必要性に迫られて、実際の上演の場を想定して作られたもの」「かなり特殊な場での上演を想定して作られたのではないか」「素材に祝言性が内在しているにも拘わらず、作品として祝言能として仕上げなかったのも、その特殊な上演の場のせいではないか」と推測している。

(28)　注（12）山本啓介は蟻通明神について『貫之集』にいう「「年ごろ社もなく、標も見えねど、いとうたてある神」「神坐すがりもなき山」と存在が顕然としたものでないにも関わらず、たいへん気味が悪い神」であり、「身近の卑小で愛すべき存在とされる一方で、人の命を奪うことさえあるもの……注意しないと見逃してしまうほどなのに、時には人知を越えた大害をなす存在、そうした蟻のイメージと「蟻通しの神」の存在とは通じ合うものがある」「蟻通明神説話が広く長く享受された背景には、意識的であれ、無意識であれ、我々のそばに常に居る、蟻という存在への親近感と畏怖が同居したような奇妙な感覚が影響している」と言う。

(29)　田辺の蟻通神社に結びつく『神道集』の三蔵取経型縁起は、信仰と結びつかず、その後の広がりを見せなかったことを新井大祐は注（12）で指摘している。神璽守護への関心がさめてしまった時代には、この玉のイメージも少し薄れてしまったのかもしれない。

(30)　蟻通明神自身も「七曲に」の歌の神詠をおこなっていることが、『枕草子』から記されており、『袋草紙』でも「希代歌」として「神明御歌」の項で取り上げている。しかし、玉津島や住吉のように奉納の対象の歌神として崇拝されはじめるのは、近世以降である。

(31)　大利直美「翻刻と解題―慶長三年二月「連歌・和歌会書留」・慶長五年「陪八月十五夜月宴歌合和歌―」」（国文学研究資料館『調査研究報告』三七号、二〇一七年三月）。

(32)　永野仁「蟻通奉納百首和歌―翻刻」（『大阪経済大学教養学部紀要』1、一九八三年十二月）。

(33)　泉紀子　注（16）。

奉納和歌

古今伝受から御所伝受へ
――歌神と古今伝受後奉納和歌――

小髙道子

古今伝受は『古今和歌集』についての解釈を継承する、中世歌学において最も尊崇された秘伝であった。近年、古今伝受前史ともいうべき東常縁《とうのつねより》以前の秘説や、宗祇との関係が明らかではない「宗祇流」とする古今伝受についての研究が盛んである。しかしながら、それらの秘説と東常縁あるいは宗祇との関係は必ずしも明らかではない。本稿では東常縁から宗祇に相伝した道統《どうとう》を継承する古今伝受と詠歌について検討を加えたい。

一、古今伝受ということ

古今伝受については古く横井金男が『古今伝授沿革史論』（一九四三年、大日本百科全書刊行会、以下『沿革史論』と略す）を著し、古今伝受史を概観した。その後、宮内庁書陵部の資料をもとに、「古今伝受」（『図書寮典籍解題　続文学篇』一九五〇年、養徳社、以下『続文学篇』と略す）が記され、古今伝受について実証的に明らかにされた。同書は古今伝受を「古今伝受は師から古今集についての講釈解読をうけつぐ伝承形式である」として、古今伝受における東常縁と宗祇を次のとおり位置づけた。

いふが如く古今伝受は師から古今集についての講釈解読をうけつぐ伝承形式である。随つて授ける相伝と受ける伝受との二要素が必ず存し、この両者は明かに区別せられた古今伝受は普通、東常縁にはじまると謂はれる。しかしこの命題は常縁以来、これに対する世人の関心がたかまり、盛行しはじめて喧伝されたと言ひかへるべきであろう。古今伝受は常縁から宗祇に伝つた常縁に於て在来の切紙口伝の秘説には一応の形式的整備がなされ、宗祇によつて一層の潤色が加へられ、一条兼良、吉田兼倶等からうけた神道的儒教的色彩はより強く表面化したと考へられる。（中略）後世いはれる如き不純なものではなかつたらう。

東常縁から宗祇に相伝された古今伝受は、宗祇の門弟により書写されて伝わる。常縁自筆などとする資料をもとに検討すると、常縁から宗祇への古今伝受は、次のように行われた。まず、教えられたことを口外しないことを誓う誓状を提出した。常縁筆とする誓状案文が三条西実隆《さんじょうにしさねたか》により書写されて宮内庁書陵部に伝わる。その後『古今和歌集』の講釈が行われ、相伝終了を示す奥書が宗祇に与えられた。その後の古今伝受にみられる相伝形式が、この段階で略確立していたと想定される。(1) 宮内庁書陵部には、「常縁文之写」すなわち常縁自筆の資料を三条西実隆が書写したとして、古今伝受と伊勢伝受の誓状の案文が伝わる。また、宗祇が常縁の講釈聞書《ききがき》を整理した両度《りょうど》聞書が伝わることから、常縁から宗祇への古今伝受において、相伝形式が確立していたといえよう。また、常縁自筆として継承された三条西実隆書写、『古今相伝人数分量』（早稲田大学図書館蔵）が伝わる。本書によると、常縁はたかだか七割しか相伝していないという。門弟を選び、その門弟に秘伝を伝える、ということが、常縁から宗祇への古今伝受において行われていたと推測される。

常縁から古今伝受を受けた宗祇は、肖柏《しょうはく》・近衛尚通《ひさみち》・三条西実隆に古今伝受を相伝し、その他数名に『古今和歌集』の講釈をした。宗祇が相伝した古今伝受資料は、細川幽斎により収集され、宮内庁書陵部に伝わる。三条西実隆・肖柏が伝受した古今伝受においては、道統を示す系図が伝えられたが、それぞれの系図は、次の通り、自らが伝えられた一流についてのみ記されていた。

○宗祇――→三条西実隆

左金吾―五条三品―京極黄門―中院―二条―御子左―頓阿―経賢―尭尋―尭孝―常縁―宗祇

○肖柏――→宗訊

左金吾―五条三品―京極黄門―中院―二条―御子左―頓阿―経賢―尭尋―尭孝―常縁―宗祇―肖柏

それぞれの系図では、師に至る道統が記されているが、門弟の名は記されていない。古今伝受を相伝するに際して、自らの道統が正しいことを示し、門弟に伝えたことは、証明状によって示したのであろう。

二、三条西実枝から幽斎への古今伝受

三条西実隆に相伝された古今伝受は、公条《きんえだ》・実枝《さねき》と三条西家の系図通りに相伝された。ところが、実枝が六十歳になった元亀元年（一五七〇）に公国はわずか十五歳であり、年齢が離れていたために、実枝は公国《きんくに》に直接相伝することができなかった。そこで、公国の成人後に公国に相伝することを条件に、幽斎に古今伝受を預けた。宗祇から三条西実隆への古今伝受と、実枝から幽斎への古今伝受を比較すると、両者は異なる点が多い。特に、古今伝受に際して提出した誓状は大きく異なっている。古今伝受は相伝を繰り返して継承されるから、一代ごとに変化はしているが、大きな変化には然るべき背景があったはずである。その変化を追い、背景を考察することで、古今伝受の実態を明らかにすることができよう。次に、三条西実隆が宗祇に提出した誓状と、幽斎が実枝に提出した誓状とを比較してみよう。誓状提出とはいうが、誓状の文案は、弟子が勝手に起草するのではなく、師から与えられた案文を清書して提出されていた。そのため、両者の内容が異なるのは、実枝の意向によると推定される(2)。

○宗祇←――三条西実隆（早稲田大学図書館蔵『古今相伝人数分量』）

古今集事、伝受説々更以不可有聊爾候儀、此旨私曲候者可背

両神天神之冥助者也。仍誓文如件
文明十九年（一四八七）四月十八日
（古今集の事、伝受の説々、更に以って聊爾《れうじ》あるべからず候ふ儀、此の旨私曲《しきよく》候はば、両神天神の冥助《みやうじよ》に背《そむ》くべき者也。仍《より》て誓文件《くだん》の如し。）

○実枝――幽斎（宮内庁書陵部　古今伝受資料）

古今集御伝受之事、二条家正嫡流為御門弟請御説之上者、永如親子不可存疎意候、於義理口伝故実、他言口外之儀、曾以不可在之候、又与他流令混乱、是非之褒貶禁制之段、如道之法度其旨候、将又御伝受之後、不蒙免許者、聞道説道之義、努々不可有聊爾候、若此条々令違背者、大日本国中神、祖神幷天満天神、梵釈、四王、殊和歌両神之冥罰忽其身上ニ可罷蒙者也、仍誓状如件
元亀三年（一五七二）十二月六日
（古今集御伝受の事、二条家正嫡流御門弟として御説を請《う》くるの上は、永く親子の如く、疎意に存ずべからず候ふ。義理口伝故実においては、他言口外の儀、かつもってこれあるべからず候ふ。又、他流と混乱せしめ、是非の褒貶禁制の段、道の法度《はつと》の如く其の旨に候ふ。はたまた御伝受の後、免許をうけざる者、道を聞きて道を説くの義、努々《ゆめゆめ》聊爾あるべからず候ふ。若《も》し、此の条々に違背せしむれば、大日本国中の神、祖神ならびに天満天神、梵釈《ぼんしゃく》、四王、殊に和歌両神の冥罰《みやうばつ》、忽ち其の身上にまかりかうむる者也、仍て誓状件の如し。）

実枝は、三条西家内での相伝ではなく、三条西家の外に秘伝を出すことから、「二条家正嫡流為御門弟請御説之上者、永如親子不可存疎意候」との一文を付加したのであろう。秘説を伝受した後も、「永如親子」関係であり、「疎意」になることを禁止している。また、三条西実隆の誓状が「両神天神」のみに誓ったのに対して、幽斎が「若此条々令違背」すると、「大日本国中神、祖神幷天満天神、梵釈、四王、殊和歌両神之冥罰」を「忽其身上ニ」受ける

と記した。実枝はさらに、「与他流令混乱」することと、「是非之褒貶」を禁じていた。三条西家に伝わる秘伝を、「他流」と混乱することなく、そのままの形で公国に伝えることを求めたのである。こうした誓状の文案から、実枝が幽斎に相伝した時には、古今伝受が三条西家の秘伝になっていたことが推測される。天正四年（一五七六）十月十一日、実枝は幽斎への古今伝受を終了し、三条西家に三代続いた古今伝受は、幽斎に預けられた。実枝は天正七年一月二十四日に没した。

三、古今伝受後の幽斎

幽斎は実枝の没後半年と経たないうちに公国への古今伝受を開始し、翌年相伝を終了した。この時の誓状と証明状が智仁《としひと》親王により書写され、宮内庁書陵部に伝わる。(3)

○誓状

古今集事、伝受之説、三光院被申置候以筋目、更不可有聊爾之儀、此旨私曲候者、可背　両神天神冥如者也、仍誓文如件

天正七年（一五七九）六月十七日

（古今集の事、伝受の説、三光院申し置かれ候筋目を以って、更に聊爾あるべからざるの儀、此の旨私曲候はば、両神天神の冥如に背くべき者也。仍て誓文件の如し。）

○証明状

古今集事

三光院殿当流相承之事、対本家可還申之由、任御遺戒、不胎面受口決等、謹奉授大納言公国卿訖

天正八年七月日

（三光院当流相承の事、本家に対し還《かへ》し申すべきの由、御遺戒《ゆいかい》に任せて、面受口決《めんじゆくけつ》等貽《のこ》らず、謹んで大納言公国卿に奉授し訖《をは》んぬ。）

証明状の端裏書きに「三条大納言殿へ古今相伝一紙案文三光院殿証明ノ御一紙案文写進之」とあるから、この証明状の案文は「三光院殿」すなわち実枝により用意されたことがわかる。実枝は幽斎に古今伝受を伝える際に、「対本家可還申之由、任御遺戒」と明記した公国への証明状まで起草し、三条西家が「本家」であることを強調した。ここにも古今伝受を三条西家に戻そうとした実枝の遺志が窺えよう。幽斎は実枝の指示通りの方法で公国に古今伝受を返した。実枝の努力が実り、幽斎は一時預としての役割を果たし、全て順調に進んだ。ところが、天正十五年に、公国は三十二歳の若さで早逝した。返し伝受の形式まで幽斎に指示して万全を期した筈の実枝ではあったが、四十五歳年下の公国が十年足らずで自分の後を追うことは予想できなかった。かくて実枝の苦心は水泡に帰したのである。

一方、公国に返し伝授をした幽斎は、「与他流令混乱、是非之褒貶」を禁じた実枝への誓状から解放され、自由に古今伝受資料の収集を始めた。幽斎が書写収集した古今伝受資料は、智仁親王により書写され、宮内庁書陵部に伝わる。また幽斎は天正十二年には近衛尚通の聞書と切紙《きりがみ》とを入手し、書写した。天正十四年には肖柏が宗訊《そうじん》に相伝した古今伝受資料を入手し、書写した。こうした幽斎の収集活動により、宗祇の古今伝受を直接継承する三条西家・近衛家・肖柏に伝えられた三流の古今伝受は、ほぼ集成された。

公国が没したのは、こうした収集活動が一段落した後の天正十五年である。幽斎は五十四歳、公国の子実条《さねえだ》は十二歳であった。幽斎は自らが収集した古今伝受の継承者として智仁親王を選び、慶長五年（一六〇〇）に古今伝受を相伝した。途中で関ヶ原の戦の前哨戦で幽斎が田辺城に籠城し、幽斎は城中から智仁親王への相伝終了を示す証明状を送り、智仁親王を後継者と見なした。慶長七年に、智仁親王は幽斎から預かった古今伝受資料を書写収集し、名実ともに幽斎の古今伝受を継承した。幽斎が三条西実条への古今伝受を相伝したのは、智仁親王への古今伝受が完了した後、慶長九年閏八月であった。幽斎が実条に与えた自筆証明状は早稲田大学図書館に伝わる。

古今集事

三光院殿当流相承説事、奉対　本家三条宰相中将殿、不残伝授、口决幷切紙之外口伝等相授之畢。不及免許可守給　御家法度事、肝要存候。仍契状如件

慶長九年（一六〇四）閏八月十一日

（三光院殿当流相承の説の事、本家三条宰相中将殿に対し、残らず伝授奉る。口决ならびに切紙の外口伝等これを相授し畢《をは》んぬ。免許に及ばず守り給ふべき御家の法度の事肝要に存じ候ふ。仍て契状件の如し。）

実枝が用意した公国への証明状と比較すると、「奉対　本家三条宰相中将殿」とはあるものの、その内容が異なっていることに気付く。それまで誓状を提出して証明状を受け取って終了していた古今伝受が、実条に対しては同日に両者を取りかわして終了した。「他流」の古今伝受資料を収集した幽斎にとって、その中の一流に過ぎない三条西家の古今伝受は、「御家法度」に過ぎなかったのであろう。智仁親王親王は、幽斎からの古今伝受が終了すると、三条西家に礼をしている。智仁親王が細川幽斎の古今伝受を継承するまでは、古今伝受の道統は三条西家において継承されていた。だが、智仁親王が三条西家に礼をした時から、古今伝受は智仁親王により、御所において継承されることになったのである。

智仁親王に相伝されるまで、古今伝受は三条西家において継承されていた。年齢的にも智仁親王より実条の方が年長である。それにも関らず幽斎は智仁親王を自らの古今伝受の後継者に選んだ。このことは実条にとっては不満だったようで、実条は中院通茂《なかのいんみちもち》に、法皇の流ではなく、自らの流派こそが正統であると語っている。

一　幽斎ハ家へ返ス契約ハカリにて、他所へ伝受ノ免許はなかりし也、老蒙〔耄〕せられてなと右府かたられしよし也、法皇之流無免許云々、（京都大学蔵『古今伝受日記』(4)）

四、智仁親王から後水尾天皇への古今伝受

細川幽斎からの古今伝受を終了した智仁親王は、寛永二年（一六二五）十一月に後水尾《ごみずのお》天皇への古今伝受を開始した。智仁親王は四十七歳、後水尾天皇は三十歳であった。この古今伝受により、古今伝受は御所において継承されることになった。いわゆる御所伝受である。(5)

講釈が開始される前月に智仁親王は後水尾天皇の和歌を添削している。『沿革史論』は「古今伝授と云ふ歌学教育の最終的な歌道教育、歌人育成の本義が形式化されたものではなかつたらうか」として、「御所伝授の行儀」の一つに数えられた。しかしながら、この三十首には、詠作された日も、添削された日も記されていない。しかも、古今伝受に先立ち、師が弟子の和歌を添削することは、実枝から幽斎、幽斎から智仁親王への古今伝受でも行われ、その資料が現存する。こうしたことから、和歌の添削が御所伝受においてのみ行われたとすることはできない。

智仁親王から後水尾天皇への古今伝受においては、まず日次勘文《ひなみかんもん》が行われ、その後、講釈が開始された。講釈は一四回で、春上から仮名序まで行われた。講釈の時には、勅使阿野実顕《あのさねあき》が別室で聴聞していた。講釈が終了すると再び日次が勘文され、十二月十四日に神事が行われ、切紙が相伝された。そして、翌日に誓状が提出され、御礼が届けられた。この時の誓状は実顕のもののみが伝わる。御礼は太刀、馬などであった。ここに智仁親王から後水尾天皇への古今伝受は終了し、古今伝受は御所において継承されることになった。

後水尾天皇への古今伝受を終了して一年あまり経った寛永四年三月、智仁親王はかつて願をかけた住吉大社に御礼参りに行き、和歌を詠んだ。この願いは聞き届けられ、古今伝受は御所伝受として江戸時代末まで継承された。

住吉の社に歌道之事願、成就の後にまうて侍りて

あふく哉わか身におはぬ敷島の道まもります神のたすけを（宮内庁書陵部蔵『智仁和歌』）

寛永六年三月七日、智仁親王は五十一歳でこの世を去った。智仁親王により収集された古今伝受資料は、その子智《とし》忠《ただ》親王により整理され、封印された。そして勅命による以外には開封されることなく、御所伝受とともに継承されていった。

五、後水尾院と宮廷歌壇

智仁親王から古今伝受を受けた後水尾天皇は、古今伝受を受けた四年後の寛永六年に明正《めいしょう》天皇に譲位した。以後、延宝八年（一六八〇）に八十五歳で没するまで、宮廷歌壇の指導者として活躍した。古今伝受が御所伝受として発展した背景を考察する時、後水尾院が果たした役割はきわめて大きい。後水尾院は好学の上皇として知られる。廷臣を集めて「御学問講」を開催し、稽古のための和歌会を開いていた。そして明暦三年（一六五七）には妙法院尭《ぎょう》然《ねん》法親王などに古今伝受を相伝し、寛文四年には後西《ごさい》院・中院通茂・日野《ひの》弘資《ひろすけ》・烏丸《からすま》資慶《るすけよし》に古今伝受をした。それまでも在位中の天皇が古今伝受を受けたことはあるが、後水尾院は、自らが授ける立場に立った。後水尾院から後西院へ、御所から御所へと相伝されることによって御所伝受が確立したのである。

後水尾院が古今伝受をした時は、二回とも、複数の門弟が同時に伝受している。それ以前の古今伝受においては、すでに伝受を受けた者が講釈を聴講することはあっても、複数の門弟に同時に古今伝受をすることはなかった。宗祇や幽斎の門弟は多いが、古今伝受はそれぞれの門弟ごとに行われている。しかも『古今相伝人数分量』によれば、相伝する時期ばかりではなく、相伝する秘伝の「分量」さえも、門弟により異なっていた。また、宗祇から伝受した近衛尚通・三条西実隆・肖柏の古今切紙を比較すると、その内容は大きく異なる事がわかる。相伝する内容が異なるために、同時に相伝することが出来なかったのである。一人ずつ別々に相伝することによって、最も優れた弟子を自分の後継者として選ぶことができた。そして、門弟随一の弟子にのみ、すべての秘伝を伝えたのである。しかしながら、智仁親王から後水尾天皇に相伝されると事情は大きく変化する。後水尾院の活躍と御所の権威とが重なり、その後継者が皇族であることは明らかであった。後継者が決まっている以上、門弟間の実力を比較する必要はない。そこで、複数の門弟が同時に古今伝受を受けることが出来たのであろう。

後水尾院の宮廷歌壇については、柳瀬万里が『新明題和歌集』、『新題林和歌集』に収められている歌の数を歌人別に集計し、それぞれ五〇首以上を収められている歌人一九人、同一〇〇首以上一九人の名前を挙げ、整理し、概観した。(6)

近世前期に堂上歌壇というものが存在しているとするならば、左に記すような形態が推定できる。

(1)　後水尾院（中心）

(2)　後水尾院の側近――古今伝受授グループ――（略）

(3)　準古今伝授グループ（略）

(4)　(3)の外縁部に位置する歌人たち

阿野実顕、三条西実教、柳原資行、園基福、下冷泉為景たち

右の形態を鳥瞰図で描くならば、円錐形の山の頂上に(1)があり、(1)の周辺に(2)があり、(2)の周辺に(3)があり、(3)の周辺、裾野のあたりに(4)がある、という形態として描かれるであろう。

それまでの古今伝受が、氏から弟子へと門弟を選んで歌学指導を行い、樹木図のように継承されたのに対して、御所に入ると、後水尾院を中心にした宮廷歌壇において、歌壇の構成員が同様に後水尾院の歌学指導を受けることになった。その中の一部の歌人が古今伝受を受けることになるが、古今伝受を受けた歌人も、その後古今伝受を受けることを期待する歌人たちも、ともに後水尾院の添削を受け、歌会に和歌を出詠したのである。

六、和歌両神への古今伝受後奉納和歌

古今伝受が御所に入り、歌壇及び古今伝受のあり方が変わると、御所伝受の一課程として、古今伝受終了後に和歌両神に和歌を奉納することになった。和歌両神すなわち住吉大社・玉津島神社（後に、柿本社を加え和歌三神に奉納している）には古今伝受後に奉納された和歌が伝わる。これらの和歌は、鶴崎裕雄・神道宗紀により、研究・翻刻されている[7]。両氏によると、奉納和歌は勅使により奉納される、宮廷歌壇における一大事であったことがわかる。両氏の研究から、古今伝受後に和歌が奉納された七回の古今伝受を掲げておこう。いずれの古今伝受においても、歌壇の中心になるべき天皇、あるいは上皇が伝受していることがわかる。そして、同時に古今伝受を受けた歌人のみならず、後に古今伝受を受けることが期待される歌人、及び柳瀬の論によればそのさらに周辺の歌人まで、和歌を奉納していることがわかる。これらの奉納和歌を検討することにより、御所伝受及び宮廷歌壇の実態を伺うことができるであろう。次に、両氏の研究により、奉納和歌が行われた年時と主な歌人を記しておく。

A　寛文四年（一六六四）六月朔日御法楽（後水尾法皇──→後西《ごさい》上皇他　後西上皇・八条宮穏仁《やすひと》親王・照高院道晃《どうこう》法親王）

B　天和三年（一六八三）六月一日御法楽（後西上皇──→霊元天皇　後西上皇・霊元天皇・有栖川宮幸仁《ゆきひと》親王）

C　延享元年（一七四四）六月一日御法楽（烏丸光栄《みつひで》──→桜町天皇・有栖川宮職仁《よりひと》親王　桜町天皇　閑院宮直仁《なおひと》親王・伏見貞建《さだたけ》親王・京極宮家仁《やかひと》親王）

D　宝暦十年（一七六〇）三月廿四日御法楽（有栖川職仁親王──→桃園天皇　有栖川職仁親王・桃園天皇・京極宮家仁親王・閑院宮典仁親王）

E　明和四年（一七六七）三月十四日御法楽（有栖川職仁親王──→後桜町天皇　後桜町天皇・有栖川職仁親王・有栖川織仁親王・京極宮家仁親王）

F　寛政九年（一七九七）十一月廿六日御法楽（後桜町天皇──→光格天皇　後桜町天皇・光格天皇・有栖川織仁親王・閑院宮美仁《はるひと》親王）

G　天保十三年（一八四二）十二月十三日御法楽（光格上皇──→仁孝《にんこう》天皇　仁孝天皇）

類題和歌集には編集された時点までの和歌が収められているのに対して、奉納和歌は、奉納する時に、出詠しなければならない。そのため、奉納和歌を検討することにより、それぞれの奉納時における歌壇の実態を窺うことができよう。奉納和歌については稿を改めて検討を加えたい。

注

（1）東常縁の古今伝受については「東常縁の古今伝受」（『和歌文学研究』四四、一九八一年八月）で検討を加えた。
（2）三条西実枝の古今伝受については「三条西実枝の古今伝受」（『和歌の伝統と享受』一九九六年、風間書房）
（3）返し伝受については「二つの返し伝受」（『梅花短期大学国語国文』二号、一九八九年七月）で検討を加えた。
（4）引用は海野圭介・尾崎千佳「中院文庫本『古今伝受日記』解題・翻刻㈠」（『上方文藝研究』二、二〇〇五年五月）による。ただし、一部表記を改めた。
（5）御所伝受については「御所伝受の成立について」（『近世文芸』三六、一九八二年五月）、「御所伝受の背景について」（『近世文芸』三八、一九八三年五月）で検討を加えた。
（6）柳瀬万里「後水尾院宮廷の歌人」（『国語国文』一九八〇年八月）
（7）鶴崎裕雄・神道宗紀『住吉大社奉納和歌集』（東方出版、一九九九年）、『紀州玉津島神社奉納和歌集』（玉津島神社、一九九二年）など。

三藐院近衛信尹詠「住吉法楽一夜百首」のこと

大谷俊太

三藐院《さんみやくいん》近衛信尹《のぶただ》（永禄八年〈一五六五〉～慶長十九年〈一六一四〉、五十歳）が詠じた「住吉法楽一夜百首」について、陽明文庫所蔵の資料によって紹介する。信尹は本百首のほかに、同じく歌神である北野天神に捧げた法楽百首であり一夜百首でもある「北野法楽百首」も遺している。そして、信尹の二種の百首に対して、信尹の父近衛前久《さきひさ》（天文五年〈一五三六〉～慶長十七年〈一六一二〉、七十七歳）は、各々に批評の言葉を残し、二百首に応える形で百首和歌を詠んでいる。これらの百首をめぐる営為は、歌神への「法楽和歌」として、彼等にとって少なからぬ意義を有するものであったろう。但、紙幅の都合上、本稿に於いては「住吉法楽一夜百首」の紹介に止まり、他については別稿を期す。

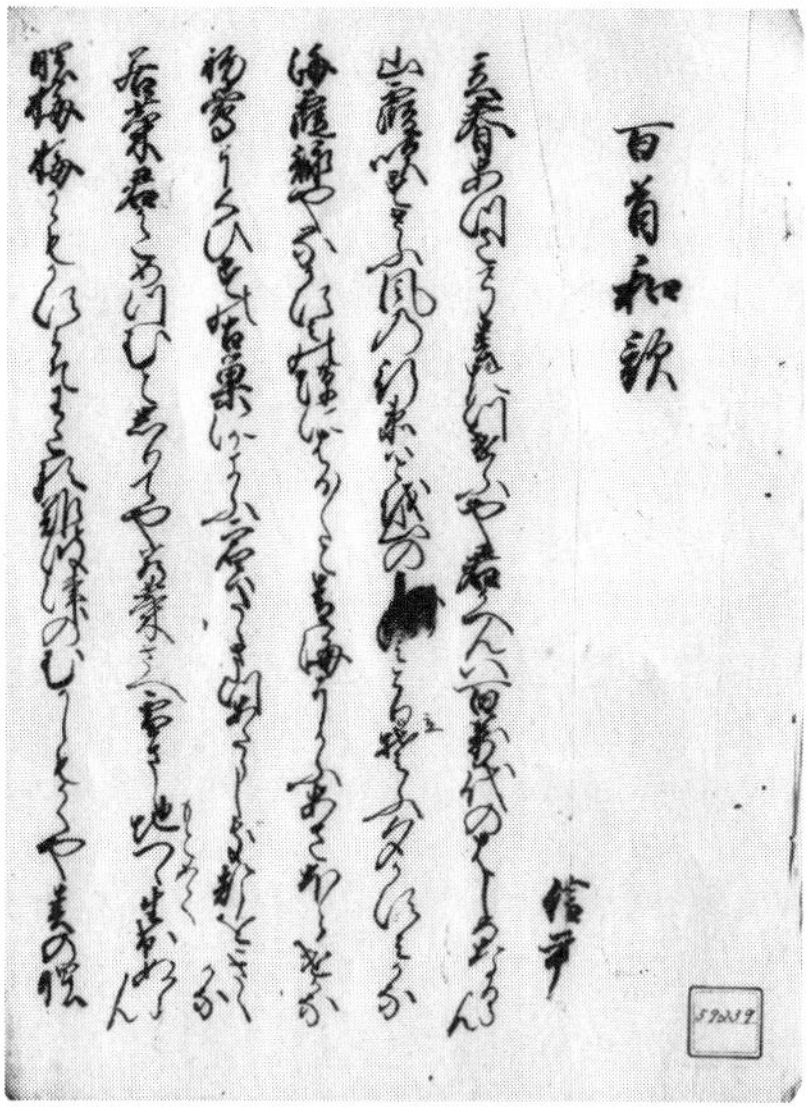

図１【Ａ１】「住吉法楽一夜百首」冒頭

先ず、近衛信尹詠の「住吉法楽一夜百首」（陽明文庫一般文書目録整理書名は『信尹公御詠草』59239）を翻字する【Ａ1】。その書誌事項は以下の通り。

写本。大本《おおほん》。一冊。楮紙。袋綴。仮綴。縦二七・八糎、

横一九・八糎。表紙なし。外題なし。内題「百首和歌」。墨付七丁。遊紙《あそびがみ》、後一紙。題と和歌一首を一行に記す。信尹自筆ではなく筆者不詳ではあるが、書き入れは信尹筆の可能性があり、信尹の指示のもと周辺人物が筆写したものと考えられる。翻字に当たっては、文字は通行の字体とし、清濁を判ち、挿入語句は本文に組み込み、百首に番号を付した。また、原本では題と和歌が続けて一行に記されているものを、改行して示した。丸括弧内は私の補記。

【A1】

百首和歌　信尹

立春
1あづさ弓春たつけふや君がへん八百万代のはじめなるらん
山霞
2吹すさぶ風の行ゑはとを山のうす《ふか》みどり立そふ夕かすみかな
海霞
3詠やるかすみの隙にはる〴〵と青海うかぶあさぼらけかな
初鶯
4うぐひすの古巣にかよふ宿はたゞまづあたらしき声をきくかな
若菜
5君がためつむとしりてや若菜さへ雪まゝちつゝ《もとめて》生出ぬらん
曙梅
6梅がゝもかすみぞわたる難波津のむかしもかくや春の曙

紅梅
7かきほゆふ麻の衣も梅さけばくれなゐにほふたもとゝやなる
河柳
8はやき瀬に生てながれぬ乱もやかげもふしぎの青柳のいと
春雨
9こほりとく水のひゞきに音きかぬ軒ばの春の雨をしるかな
春月
10うき雲をはらひ尽して半天《（なかぞら）》の朧月よにたゆる春かぜ
帰雁
11行かりはおなじ越路もあかつきのならはしとてやつらにわかるゝ
尋花
12春あさき山よりおくを尋ぬれば雪さへとけぬ花の下ひも
朝花
13よこ雲の色きえ残る木ずゑより花のにほひをちらす山かぜ
落花
14あらし吹高ねの雪の隙そへばふもとのゝべは花ぞふりゆく
春駒
15いばふ声いさむや野べの春草になるゝけ色も青のわか駒
苗代

16くれ竹のかけ樋の水の行末もつゞくはながきしめの苗代

躑躅

17雪ふれば花さくと見し白妙の色かよひけるいはつゝじかな

歎冬

18くちなしの色ともいはじさき出てなのるばかりのやまぶきの花

松藤

19はひのぼる藤のしなひのながければ松の下枝にさきくだるかな

暮春

20くるかたにかへるとならば相坂の関路にしばし春やとめまし

首夏

21たちかふる衣のみかはをく露もしらかしは葉のしらかさねせり

卯花

22垣ねこす水のまに〳〵よせきつゝかへらぬなみの花卯木かな

山葵

23色〳〵の花を手折し山口におなじあふひをかざすもろ人

菖蒲

24かりてふく軒もふるやはいとゞしくあやめにしげる蓬生のかげ

時鳥

25行かたはいづくなるらし時鳥なくや五月の雲をへだてゝ

早苗

26 賤士の女のをのがさま〴〵うへわたすさかひもいまやわか苗の色

夏草

27 日にそひてしげる末葉は行あひてさすがにのこる草の下道

夏月

28 雲の波ふくかぜならで夏の夜や月の御舩の追手なるらん

梅雨

29 葉がくれにもるゝをみれば実さへ又むべくれなゐの梅の雨かな

鵜川

30 かゞりびのうすき川瀬の鵜飼舟月をのせてやさしかへる覧《らん》

夕顔

31 すむ人はたれとゝはむもあやなしや花ものいはぬ夕顔のやど

夕立

32 はるかなる真砂地過る夕立は海ならぬしほのひがたなりけり

杜蟬

33 なく蟬の声々そへば村雨となれるけしきのもりの木づたひ

納涼

34 夏しらぬ身となりにけりまどゐする中の亀井の水結ぶ手は

夏祓

35夕川のすゞしさならしかへるかなさばへなす神をはらへ尽して

立秋

36よる波も今朝は冷しく立田川水のしらべも秋をしらせて

残暑

37まねけども西ふくかぜは音もせで入日の色に夏ぞのこれる

七夕

38さだめをきて稀にあふ夜や七夕のうれしさたえぬ契りなる覧

暁荻

39手枕に又みつぐべきあかつきの夢にはうとき荻の声かな

萩盛

40にしききる心地してゆく秋のゝのたもともおなじ萩が花ずり

夕薄

41花すゝき波よるばかり吹かぜは下葉にしばしつたふ夕露

山鹿

42あくる夜のしるべなりけりきけば猶声とを山にさをしかの鳴

松虫

43さく花は千種ながらも秋のゝにたゞ一もとの松むしの声

初鴈

44こえてこし跡はいく重の北のみね南にかへるはつかりのこゑ

秋田
45みねよりもおりゐる雲のなみよるとみしは山田の稲葉也けり
待月
46いづかたの雲地廻れば待よひの空にはをそき秋のよの月
湖月
47こぐ舟は木の葉のおきとみるからに月もこぼれる秋の浦波
惜月
48有明のつれなき心かよひけりおしむかひなき月の行ゑは
夕霧
49かげたかき野中の松を小嶋にて夕は霧の海をなすかな
擣衣
50あさ衣うつ音きゝて夜もすがらねられぬまゝにねぬ人をしる
野分
51春の山もわするばかりの色草をあはれ野分にまかせてぞみる
江鶉
52舩よする入江の波の声かへてうづら鳴也真野の夕暮
秋霜
53朝な夕な霜をく野べは草と共にうらがれ渡る虫の声かな
黄葉

54時雨せしは山のかげはあさもよひ昨日今日かつ色まさり行

暮秋

55ねぬる夜を長月といひて秋も今暮るひかりのかげぞみじかき

時雨

56そめ〳〵し木の葉もちれば色みえぬ松に時雨のかへる声かな

木枯

57くち残る草のかづらももろ共に枝にはれゆく峯の木がらし

落葉

58山かぜのさそふ木のはゝみる〳〵もあしたのしもの上にふりしく

枯野

59冬のきて秋みし草の花はみなあだの大野の霜さゆる比

田氷

60小山田の岩まづたひにをと絶ぬ水は氷の下樋なりけり

寒月

61秋よりもくまなきかげは久かたの月のかつらの落葉すらしも

千鳥

62ひとりねてあかしの浦のさ夜かぜに鳴音のみ我友千どりかな

水鳥

63芦鴨のうはげの霜はさえながら青葉の色ぞ水にうかべる

篠霰
64さゝの葉のさらに音してたまらねばしのにくだくる玉あられかな
初雪
65有明のかげしく庭とみしはたゞ今朝はつ雪の色にぞ有ける
深雪
66ふるまゝに馬場の松はうづもれて道しろたへの雪の明がた
埋火
67夜もすがら炭さし添て埋火をひとりふすまのたよりとぞする
鷹狩
68はし鷹はいく木の梢つたふらんさしはなつ火のかゞりたとらで
神楽
69八度をく霜の真砂の色も猶そふや雲ゐのあかほしの声
歳暮
70くれて行年はおしまじ年へてぞ君が千とせの数はかぞへん
初恋
71心からしらぬ恋路をふみ初てまよふ行ゑをたれにとはまし
忍恋
72夕〳〵ながむる軒の草の名も思ひわすれば人やとがめん
聞恋

73吹かぜの音にきゝつと告やらばあひみてこそといふよしもがな

見恋

74わたつ海のみるとはすれどみるめかるあまならぬ身をいかにとかせん

尋恋

75やどゝふもかひこそなければはゝき木のそれとみるべきしるべなければ

祈恋

76神がきにあはれかけをくみしめなはうけ引末をたのむばかりに

契恋

77つれなさをつくしゝ後の心こそかたき契りのたよりなりけれ

待恋

78まてとのみ夕つけ鳥のしだりおのながきは人のこぬまなりけり

遇恋

79暁のわかれおもへば憂事のあふうれしさに又ぞそひぬる

別恋

80一たびはなびきし夜はの山かづらかけはなれ行袖ぬらすかな

顕恋

81くるとあくと常に馴にしみすのうちもへだてられぬる中となりにき

稀恋

82彦星にあらぬ物ゆへ年にまれの契りゆゝしき身をいかにせん

忘恋

83 かねごとをわすれけりやととはゞ思ひ出ぬとだにも人のいへかし

恨恋

84 大かたのうきは心にくたしてもこと葉にあまる恨なりけり

絶恋

85 谷せばき《み》道うちはらふ青つゞらことづてだにも絶はてにけり

関鶏

86 あかつきのとりの八声もまち侘ぬ都にかへる関路入には

山家

87 人とはぬすみかもよしやあしひきの山井の水をひとりくむみは

田家

88 道芝のしばしが程にもりすつる冬田の庵をとなりとぞすむ

嶺松

89 深山木の中にまぎれず生出しよや年たかきみねの松かげ

籬竹

90 折かく《か》る竹のすゑ葉にまばらなるかきねのうちもふかく成行

路苔

91 ふむ跡をのこして生る苔の色やしらぬ山路のしほりなるらん

岡篠

92ほすとなき露も日影にかはく也篠分こえし岡のべの袖
沼芦
93みだれあふま菅の下にかくれぬも芦の末葉にあらはれにけり
嶋鶴
94ふる雨にぬれじとてこそあし鶴のたみのゝしまのかたに行らめ
樵夫
95薪こるをのゝやいばのとき色もふかき山路の霜にそふらし
旅行
96都出てけふはいくかの旅衣うらをへだてゝ山もこえけり
野宿
97こしかたも猶行末もとをければ野守の庵をかり枕せり
眺望
98あけわたるおまへの沖にうかび出てあらはれそむるあはぢしま山
神祇
99わきてたゝあふぐにも猶道まもれ大和ことばの玉津嶋ひめ
祝言
100日本にこまもろこしの人もはたすみよしとてやすみはつく覧

本資料（【Ａ１】）には、巻軸歌に「すみよし」の名が詠み込まれているものの、住吉法楽和歌であることを示す確

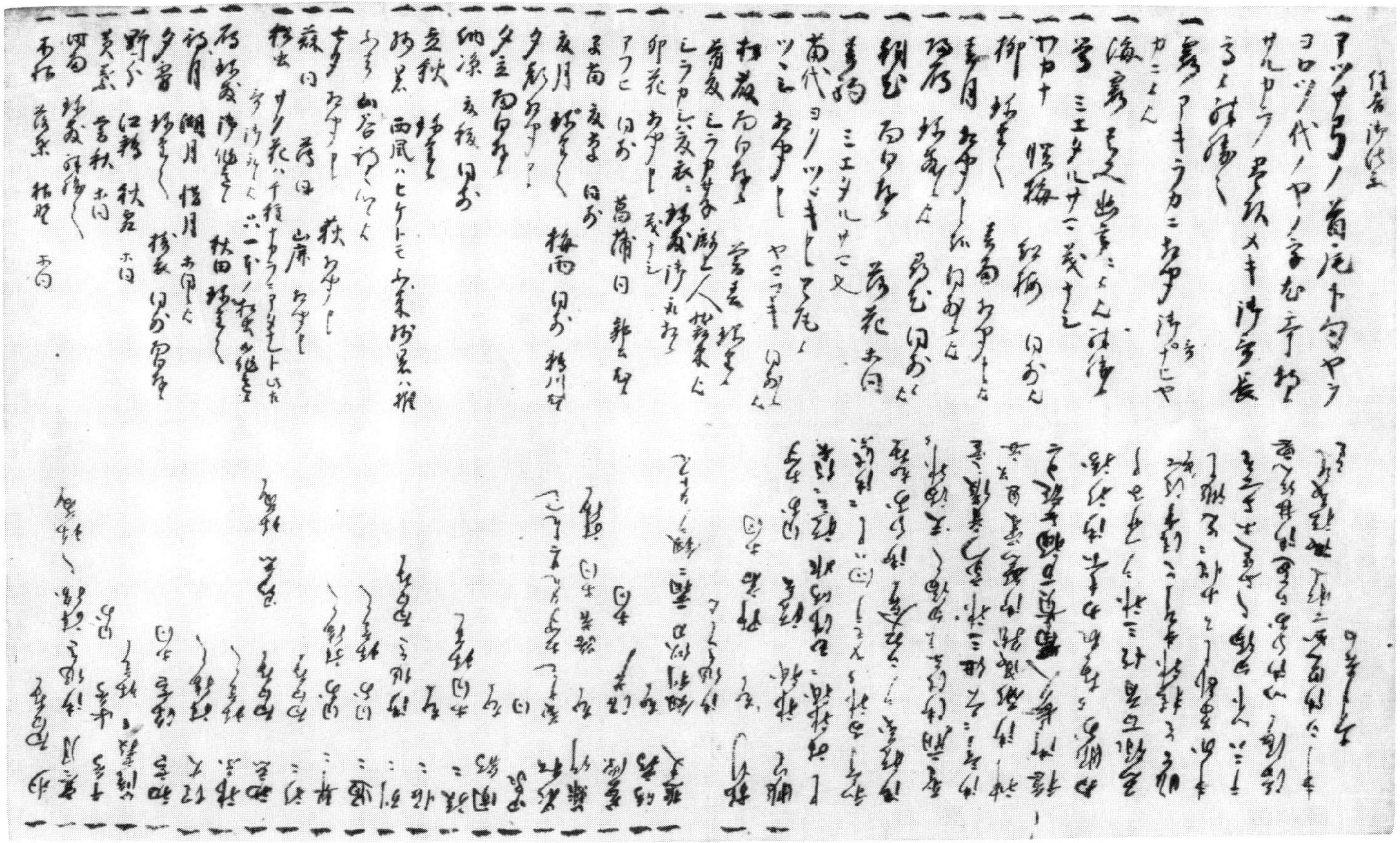

図２【Ａ２】「住吉法楽一夜百首批言」

かな記載はない。が、宮内庁書陵部所蔵『百首五ヶ度』（501・882）所収の「杉」（信尹の一字名）による「詠百首和歌」と同じ百首であり、その端作《はしづくり》の下に「於住吉社一夜」とある。さらに、父近衛前久による本百首に対する批言（陽明文庫一般文書目録『前久公御書状』2284）【Ａ２】の端作に「住吉御法楽」とあるので、住吉法楽百首和歌と知られる。前久による「批言」（写。楮紙。縦三一・七糎、横五〇・六糎。折紙。一紙。十一月吉日付。前久自筆）は以下の通り。翻字に際しては、清濁を判ち句読を断じた。

【Ａ２】

住吉御法楽

一、アヅサ弓ノ首尾、下句ヤヲヨロヅ代ノヤノ字、尤奇特候。サルカラ巻頭メキ御哥長高候。殊勝々々。
一、霞　アキラカニ相聞。御哥ナビヤカニ候歟。
一、海霞　是又幽玄ニ候歟。殊勝候。
一、鶯　ミエタルサマ、義ナシ。
一、ワカナ　曙梅　紅梅　同前歟。
一、柳　弥重々々。春雨　相聞申候歟。
一、春月　相聞申候趣、同前候歟。
一、帰鴈　弥敷候歟。尋花　同前候歟。
一、朝花　面白存候。落花　等同。
一、春駒　ミエタルサマ也。
一、苗代　ヨクツヾキ申候。首尾候。
一、ツ、ジ　相聞申候。ヤマブキ　同前候歟。

一、松藤　面白存候。暮春　弥重候。
一、首夏　シラカサネ、殿上人装束歟。シラカシハ、夏衣ニ弥敷御取相候。
一、卯花　相聞申候。義ナシ。
一、アフヒ　同前。菖蒲　同。郭公　尤候。
一、早苗　夏草　同前。
一、夏月　弥重々々。梅雨　同前。鵜川　尤候。
一、夕顔　相聞申候。
一、夕立　面白存候。
一、納涼　夏祓　同前。
一、立秋　弥重候。
一、残暑　西風ハヒケドモ不来、残暑ハ推不去。山谷詩之心候歟。
一、七夕　相聞申候。荻　相聞申候。
一、萩　同。薄　同。山鹿　相聞申候。
一、松虫　サク花ハ千種ナガラニアダナレド、此古哥御取候歟。只一本ノ松虫、御作意候。
一、鴈　弥敷御作意候。秋田　弥重々々。
一、待月　湖月　惜月　等同候歟。
一、夕霧　弥重々々。擣衣　同前。面白存候。
一、野分　江鶉　秋霜　等同。
一、時雨　弥敷殊勝々々。

一、木枯　落葉　枯野　等同。
一、氷　面白存候。
一、寒月　御作意殊勝々々。弥敷候。
一、千鳥　水鳥　同前。
一、篠霰　弥重候。
一、初雪　深雪　等同。
一、埋火　殊勝々々。
一、神楽　弥重々々。
一、初恋　面白存候。　尋恋　弥敷候。
一、祈恋　面白存候。
一、契恋　同前。殊勝々々。
一、遇恋　同前。弥重々々。
一、別恋　御作意面白存候。
一、恨恋　尤候。
一、絶恋　等同。弥重候。
一、関鶏　尤候。
一、田家　同。
一、嶺松　義ナシ。相聞タルサマナルベシ。
一、籬竹　尤候。路苔　等同。殊勝候。

一、岡篠　沼芦　等同。
一、嶋鶴　尤候。
一、樵夫　釵利似刀　霜ニ釵ヲタトフル御作意候歟。
一、旅行　尤候。野宿　等同。
一、眺望　神祇　祝言　同前。相聞申候。殊、神祇ニ玉津嶋姫、祝言ニ住吉、和哥両神候。オモテ向ハ申候ニ、御法楽、御祝義ヲ被相含候。御分別尤存候。聖廟御法楽ニハ勿論々々、天満神ト御哥ニ候へバ、併三神、家門守護之霊神御願成就御繁栄息災安穏御長久富貴万福無疑事、可為眼前ト存候故、為貴所御祈禱愚詠百首、彼三神ヲフサネ申、昨今令精神書付候。令清書雖可進候、事外草臥申候間、小姓ニ先誂申候。テニハ以下勿論々々、不足等不可有際限候。以御分別被遂御再覧、悪事被御覧出可承候。誠祝義斗候。已上。

十一月吉日

さて、この住吉法楽百首はいつ詠まれたのか。それを示す資料が以下の『信尹公御詠草』（2065）【A3】である。竪紙。一紙。縦二九・六糎、横四六・六糎。鳥の子薄様料紙。竪詠草で巻頭の一首のみ記され、左半分は余白のままに差し置かれたものである。これも信尹自筆ではないと思われるが、信尹の指示を受けて記されたものであろう。端作の下には「慶長五五　自八日至九日」とあって、慶長五年（一六〇〇）五月八日から九日にかけて詠まれたとある。

【A3】

百首　慶長五五　自八日至九日

信尹

立春

あづさ弓春たつけふや君がへん
八百万代のはじめなるらん《らまし》

この時信尹は実際に大坂へ下向しており、『鹿苑日録《ろくおんにちろく》』慶長五年五月八日条に拠れば、その夜は住吉の社家に宿している。

（上略）今午捧庵并陽明殿下社家へ光駕ト云々。社家風俗亦同事。恰如合符節。事由聞之大笑有故。自亜相一書来。披之見。則水一荷乞之。則助五郎ニ云付テ遣。助五郎汲テ向予曰。陽明殿下今夕御一宿ト云々。佐々木二郎作亦光駕ト云々。不審。明朝可問訊之。洗衣之衆先今日大坂相済故ニ帰去。明日可上色也。

先述の宮内庁書陵部所蔵『百首五ヶ度』（501・882）所収本の端作りの下に「於住吉社一夜」とあるのとも符合して、本百首が大坂の住吉社において八日から九日に掛けて一夜で詠まれた一夜百首であったことも確定する。

十六日　天晴、（中略）女御殿へ見舞申、近衛殿大坂御上洛ノ後初而参上、住吉法楽百首御詠被見セ
（『時慶卿記《ときよしきようき》』慶長五年五月十六日条）

同月十六日以前に帰洛した信尹は西洞院《にしのとういん》時慶にこの百首を披露した、そのことが書き留められていることに、歌神住吉社への法楽一夜百首に対する信尹の格別の思いを読み取ることができるであろう。

以下、信尹「北野法楽一夜百首」および前久の「法楽一夜百首」と合わせての考察「近衛信尹・前久詠「法楽一夜百首」攷」（『女子大国文』一六三号、二〇一八年九月刊行予定）を参照されたい。

追記　資料の閲覧・翻字・掲載のご許可等、陽明文庫長名和修氏にご高配賜りました。期して深謝致します。
なお、本稿は科学研究費基盤研究（C）一般、課題番号15K02277の研究成果の一部である。

後桜町天皇御製「御法楽五十首和歌」（住吉大社蔵）をめぐって

小林一彦

一、はじめに——二つの法楽奉納和歌短冊——

和歌の祭神でもある住吉大社は、古来より歌人たちの崇敬を集めてきた。それゆえに、歌道に勤しみ上達を願う人々から、おびただしい和歌が奉納されてきた歴史をもつ。住吉大社への奉納和歌は、すでに諸先学の手により、多くの業績が積み重ねられてきた(1)。

こうした奉納和歌の中にあって、とりわけ目を引くのが、江戸時代に歴代の天皇が古今伝授を受けた後に、公家衆と君臣一体となって五十首の和歌を詠みあげ、清書して奉納した、御製《ぎょせい》をふくむ五十枚一組の和歌短冊である。住吉大社では社宝とし、現在も大切に保存がなされている。もとより学術的にも貴重で、高い価値を有していることは言うまでもない。それらはいずれも、短冊の最終五十枚目の裏面に墨書された年月日などにより、奉納の期日が特定できる。

ところで、直近最後の女性天皇として知られる後桜町天皇は、一方で古今伝授の正統な継承者であり、江戸時代の後期御所伝授の枢要に位置した、和歌史上に残る歌人でもあった(2)。後桜町天皇の場合も、明和四年（一七六七）の二月十四日、和歌の師である職仁《よりひと》親王（有栖川宮、一品宮《いっぽんのみや》）から古今伝授を受けた後、臣下たちと共に詠じた五十首

（うち御製五首）の和歌短冊が、住吉大社に伝えられている。

五十枚の短冊は「後桜町天皇御宸筆御短冊　五枚　明和四年三月十四日／御法楽ノ分」（「明和」以下小字双行）と書かれた包紙の御製五枚と「冷泉為村卿以下短冊　四拾五枚　明和四年三月十四日／御法楽ノ分」（同）と書かれた臣下の四十五枚とに分かたれて、さらに上包の紙に包まれた状態で、柳筥《やなぎばこ》《やないばこ》に収められている。その臣下の最終短冊の裏面には、

御奉納明和四年三月十四日　住吉社御法楽

と墨書があり、奉納年時を知ることができるのである。

実はこれとは別に、後桜町天皇の法楽奉納五十首和歌短冊は、もう一組、住吉大社に現存していた。「後桜町天皇宸筆御短冊　五十葉」の包紙につつまれた、年月不詳の御法楽和歌五十首である。五十首のすべてを天皇自らが、単独で詠じたものであり、きわめて貴重である。しかしながら、法楽の年月日も不明、またどのようにして住吉大社にもたらされたのか、奉納の次第も社伝もなく、資料からはその経緯を覗うことができない。これまでの研究でも、

ところで、一連の御法楽五十首和歌において、天皇・上皇の御製短冊は共に詠者を記さず、さらに上皇の短冊は、二行目の第一文字、つまり第四句目を一字下げて記している。今回の御製短冊五十枚は、全て二行目を一字下げて書いてある。譲位して上皇となった明和七年（一七七〇）十一月以降の奉納か。今はこの五十首和歌を古今伝授後の御法楽とは見ないでおく。天皇の時のものか、上皇の時のものかについては、女性が二行目を一字下げて書くこともあったので、断言はできない(3)。

と謎に包まれてきた。

後桜町天皇によって奉納された、この年月不詳の住吉社法楽五十首和歌短冊が、いつ、どのように詠まれたのか。その成立の時期を明らかにするのが、小稿の目的である。

なお、以下、小稿では後桜町天皇の二種の奉納和歌短冊について、混同混乱を避けるために、明和四年に古今伝授が無事に終了した後、公家衆と共に君臣一体となって詠じた奉納和歌五十首の短冊を「古今伝授後五十首」、年月不詳の独詠五十首和歌の短冊を「御法楽和歌五十首」と便宜上、呼ぶこととしたい。また、古今伝授は「伝受」と表記するのが古態であることが、諸先学により説かれている。(4) 後桜町天皇の場合は、後に詳しく引く宸翰《しんかん》の御集（家集）『後桜町院天皇御製』、御記（日記）『後桜町天皇御記』（いずれも東山御文庫蔵）が、すべて「伝授」と書かれていることから、宸翰（自筆）の一次資料を尊重し、小稿においては「伝授」の表記を統一して用いるものとする。

二、歴代の古今伝授後の法楽奉納和歌との比較から

住吉社に奉納された、歴代の古今伝授後の法楽奉納和歌五十首の短冊について、いくつか確認しておきたい。まず、歌題である。五十首の概要を示すと、以下の通りである。

寛文四年（一六六四）後西《ごさい》天皇　「立春、江霞、旧巣鶯　…　山家隣、庭苔、海路、社頭祝」
春一二首・夏七首・秋一二首・冬七首・恋六首・雑《ぞう》六首

天和三年（一六八三）霊元天皇　「早春、竹鶯、江上霞　…　浦船、旅行、述懐、寄松祝」
春一〇首・夏七首・秋一〇首・冬七・恋一〇首・雑六首

延享元年（一七四四）桜町天皇　「初春松、浦霞、旧巣鶯　…　眺望、旅行友、述懐、寄松祝」
春一二首・夏七首・秋一二首・冬七首・恋六首・雑六首

宝暦十年（一七六〇）桃園天皇　「初春、雪中鶯、橋辺霞　…　旅行友、眺望、述懐、寄松祝」
春一二首・夏七首・秋一二首・冬七首・恋六首・雑六首

明和四年（一七六七）後桜町天皇　「早春、竹鶯、江上霞　…　浦船、旅行、述懐、寄松祝」

春一〇首・夏七首・秋一〇首・冬七首・恋一〇首・雑六首

寛政九年（一七九七）光格天皇　「早春、竹鶯、江辺霞　…　浦船、旅行、述懐、寄松祝」

春一〇首・夏七首・秋一〇首・冬七首・恋一〇首・雑六首

天保十三年（一八四二）仁孝《にんこう》天皇　「初春、海霞、梅風　…　海路、旅宿、眺望、神社」

春一〇首・夏七首・秋一〇首・冬七首・恋八首・雑八首

煩瑣になるので、掲出は冒頭と末尾の部分に限ったが、歴代の五十首では、それぞれで歌題が異なっている。そのなかにあって、明和四年三月十四日に奉納された後桜町天皇の「古今伝授後五十首」の題は、霊元天皇の時のそれと、すべての歌題が一致していた。両者の歌題は、次のようであった。

早春　竹鶯　江上霞　雪中梅　岸柳　春夕月　帰雁　初花　花埋路　雲雀　新樹　郭公　盧橘　夏草　夏月涼
野夕立　水辺蛍　七夕　聞荻　薄露　秋田　雨夜虫　月契秋　瀧月　擣衣　菊久馥《きくひさしくかをる》　黄葉《もみぢ》　初冬　時雨　寒草
氷初結　冬月　積雪　鷹狩　寄月恋　寄雲恋　寄山恋　寄河恋　寄門恋　寄床恋　寄草恋　寄木恋　寄車恋
寄鏡恋　暁寝覚　山家　浦船　旅行　述懐　寄松祝

五十首のうち、伝授を受けた当今の天皇は必ず第一首目を詠じるのが常であった。「立春」「早春」「初春」など歌題は微妙に異なるものの、後西天皇以来、歴代の天皇は、おしなべて蒼古な歴史をもつ和歌の祭神、住吉社への法楽であることを意識し、春の訪れを言祝《ことほ》ぐ御製を認め、奉納された短冊の束、五十枚の冒頭一葉を飾ってきた。いずれも、古来より名高い住吉の松や瑞垣《みずがき》などを詠み入れ、住吉社を讃える内容である。[5]

後西天皇　立春　すみよしやあふくめくみの春たちてさきいてむはなをまつのことの葉
霊元天皇　早春　はるかにも霞そめけりすみよしや神代の春のおきつしら波
桜町天皇　初春松　春はまつかすみわたりて神かきのまつも色そふすみよしの浜

桃園天皇　初春　住よしの浦はのまつのことの葉のいろそふ千世をいはふはつ春
後桜町天皇　早春　すみよしの松ふくかせもさらにけさ千世の声そふ春はきにけり
光格天皇　早春　まつの葉の去年のみ雪も忘草生てふ岸の霞む初はる
仁孝天皇　初春　みつかきのまつのみとりも一しほにみえてかすめる春はきにけり

さて、後桜町天皇の「古今伝授後五十首」だが、全五十首のうち、先の「早春」を含め「夏草」「菊久馥」「積雪」「述懐」の五題五首が御製である。ちなみに歴代の御製は、以下に示すごとく、ほとんどが三首であった。

寛文四年　後西天皇　春「立春」／夏「梢蟬」／恋「忍恋」
天和三年　霊元天皇　春「早春」
　　　　　後西上皇　秋「月契秋」
延享元年　桜町天皇　春「初春松」／夏「菖蒲」／恋「契恋」
宝暦十年　桃園天皇　春「初春」／夏「里郭公」／秋「船中月」
寛政九年　光格天皇　春「早春」／冬「積雪」／恋「寄河恋」
　　　　　後桜町上皇　春「雪中梅」／秋「月契秋」／雑「浦船」
天保十三年　仁孝天皇　春「初春」／冬「雪深」／恋「逢恋」

天和三年の霊元天皇の一首が極端に少なく、目を引くものの、この時は後西上皇も御製一首を詠じていたために、あるいは上皇の歌数を上回らないように、との遠慮があったたか。なお、寛政九年（光格天皇）の時には、他ならぬ退位後の後桜町上皇が御製を詠じていたが、歌数は光格天皇と同じく三首であった。この時には、御製は三首、という意識が規範としてはたらいていたことがうかがわれる。

後桜町天皇の「古今伝授後五十首」の歌題は、霊元天皇のそれとまったく同じであり、「菊久馥」「黄葉」などの

「馥」「黄」の特徴的な用字までが、そっくり踏襲されている。上皇として同詠した光格天皇の時の御製三首の中に、天和三年の後西上皇が霊元天皇の御代に詠じた、ただ一首の題「月契秋」を、三首の中に含み入れていたのも、先例を重んじた故の所為であろう。

そのような後桜町天皇であれば、自らの「古今伝授後五十首」において、御製は歴代にならい、三首としたはずである。ところが、御製は五首で、突出して多い。右に一覧として掲げた歴代の三首では、まず冒頭一枚目の短冊、すなわち春一首が必ず詠じられ、そのほかに四季と恋から一題一首ずつ、計三題三首というのが通例であった（桃園天皇のみ四季三首）。後桜町天皇の場合は、冒頭の春、そして夏・秋・冬と四季のすべてから各一題で四首、残りは恋ではなく、雑から一首がとられていた。三首ではなく、あえて御製を五首に増やし、かつ恋ではなく雑、しかも「述懐」が選ばれた理由を、考えてみなければならないだろう。

三、「述懐」の御製

歌題としての「述懐」は、漢詩題から和歌に取り込まれてきた歴史をもつ。平安時代の後半から、わが身の不遇や沈淪《ちんりん》を嘆き詠むかたちで和歌史に定着した。『和歌文学大辞典』の「述懐歌」の項によれば、

身の沈淪を嘆くという性質から、晴儀の場にふさわしくないと忌避する意識があったが、その後、大治三1128年の『西宮歌合』以降は、神に向かって自身の不遇を愁訴することが一般化する。但し、『正治初度百首』の俊成・定家勘返状に「述懐之心詠之旁雖有其憚」と見えることから、帝・上皇への奏上には全面的には許容されていなかったらしい。(6)

という。

江戸時代の「述懐」題には、「寄月述懐」「寄玉述懐」「寄道述懐」など、さまざまな事物に寄せて思いを述べる形

式が盛行し、儒教思想の影響もあってか、自らを省みて、わが身のふがいなさや未熟さ至らなさ、後悔や懈怠《けたい》など自責の歌も数多く詠まれるようになっていた。「述懐」の歌は不遇沈淪を愁訴するものから、多様な感慨を述べるものへと、幅を広げていたことが知られるのである。「漢詩では、心中の思いを述べる自省的な内容ではあるが、その内容は多岐にわたっており」（『和歌文学大辞典』(7)）という記述を参観すれば、江戸時代の和歌では、本来の漢詩題の「述懐」へと先祖がえりしたと言うべきか。

古今伝授後の法楽和歌においては、「述懐」の題で、天皇の古今伝授という歌道の一大事をうけ、廷臣が（臣下を代表して）心中の思いを一首に表現することは、なかなか難しいものがあったに違いない。

後桜町天皇までの、歴代の古今伝授後の住吉社奉納五十首短冊で、「述懐」が歌題に採用されたのは三度、担当した歌人とその詠歌は、以下のごとくである。

天和三年（霊元天皇）　園《その》　基福《もとよし》　老すはと今日こそあふけ住吉のかみの手向けに身をもわすれて

延享元年（桜町天皇）　飛鳥井雅香《まさか》　あふくそよ言葉の道もさかへゆく世に住よしの神のめくみを

宝暦十年（桃園天皇）　冷泉為村　瑞籬の久しき世々のあとゝめてたむけかさなる君かことの葉

それぞれの担当歌人を見てみたい。天和三年の基福は前大納言で六十二歳、当今（霊元天皇）の外伯父であったし、雅香と為村の両人は歌道宗匠家の当主であった。特に為村は、当時すでに霊元院より古今伝授を受けた身で、歌壇の重鎮であった。しかるべき歌人が選ばれているといえよう。この「述懐」題を後桜町天皇は臣下にまかせず、自ら詠じていたのである。ちなみに明和四年、為村は五十六歳、堂上《とうしょう》公家衆の和歌指導者であり、全国に門弟数千人を抱え、いよいよ第一人者として健在であった。

ところで、後桜町天皇が奉納した「古今伝授後五十首」と年月不詳「御法楽和歌五十首」と、それぞれの歌題は同じではない。たとえば冒頭と末尾の五題を比べただけでも、

古今伝授後五十首　「早春、竹鶯、江上霞、雪中梅、岸柳　…　山家、浦船、旅行、述懐、寄松祝」
御法楽和歌五十首　「立春、浦霞、夕鶯、里梅、帰雁　…　旅行、旅泊、述懐、神祇、祝言」

という具合である。構成も前者が「春一〇首・夏七首・秋一〇首・冬七首・恋一〇首・雑六首」であるのに対し、後者のそれは「春一〇首・夏八首・秋一〇首・冬八首・恋七首・雑七首」と、恋が三首少なく夏・冬・雑がそれぞれ一首ずつ多くなっている。両五十首で完全に一致する歌題を拾ってみると、「帰雁」「七夕」「擣衣」「旅行」そして「述懐」のわずかに五首五題にすぎない。「御法楽和歌五十首」は、言うまでもなくすべてが後桜町天皇の御製であった。「古今伝授後五十首」の御製は五首のみ（残り四十五首は臣下詠）である。二種の住吉社への法楽五十首和歌における、後桜町天皇の御製は五十首と五首、あわせて五十五首だが、共通する歌題は「述懐」ただ一首のみに限られるということになる。その御製は、次のようなものであった。

述懐　まもれなを神のめくみにつたへきてあけくれあふくことの葉のみち（明和四年「古今伝授後五十首」）
述懐　まもります神のめくみのかしこさをあけくれあふくことの葉のみち（年月不詳「御法楽和歌五十首」）

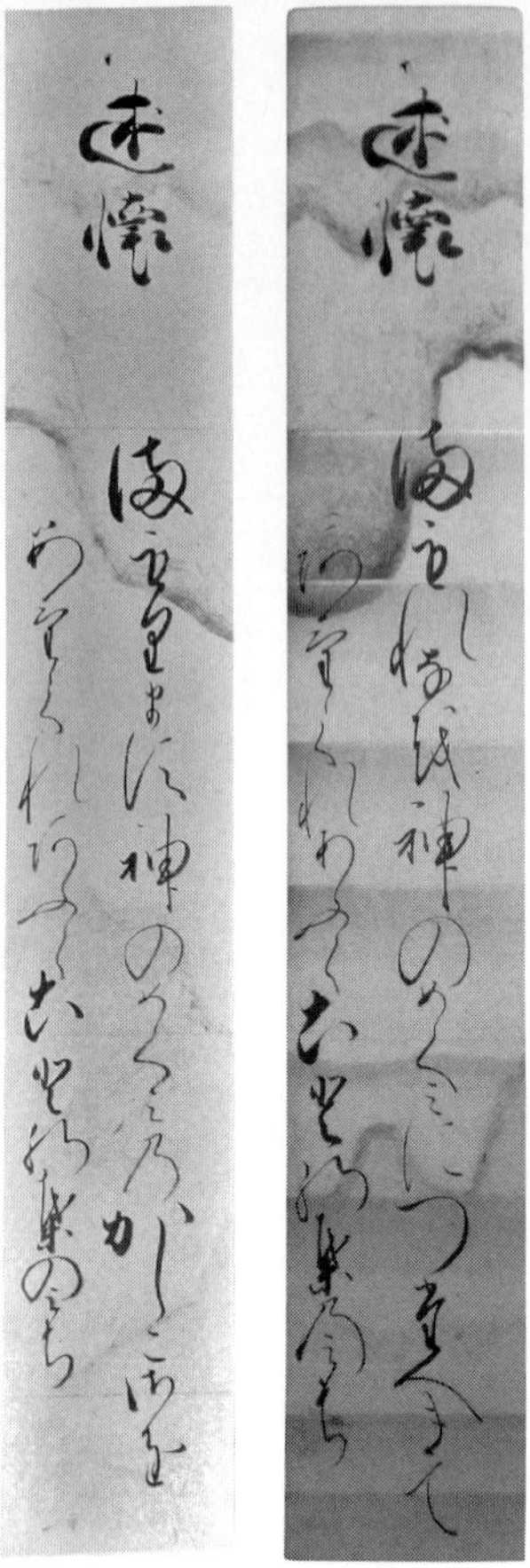

後桜町天皇御製「述懐」短冊
（住吉大社蔵）
右：古今伝授後五十首
左：御法楽和歌五十首

一見して、この二首があまりにも似ていることに、まず驚かされる。三十一文字のうち二十文字までがそっくり同じ、下句は相違が見られない。二句も助詞「に」「の」一文字が異なるのみである。漢字かなの書き分けまで同じである点など、二首はほとんど同じ時に詠まれたのではないか、とさえ思えてくる。

心中の思いを和歌にたくすのが、「述懐」であった。そうであれば、異なっている初句と三句とに、後桜町天皇のそれぞれの時点での、「ことの葉のみち」に対する思いの微妙な差異が、こめられているのではないか。そしてそこに、詠作時期をさぐる手がかりが潜むのでは、と考えてみるのである。

「古今伝授後五十首」では、三句は「つたへきて」であった。古今伝授が無事に済み、歌道の正統な継承者となった思いが表出されているのは事実であろう。一方の「御法楽和歌五十首」では「かしこさを」と一般的で、特に詠作時期を特定することはできない。初句はどうであろうか。「古今伝授後五十首」の「まもれなを」は、古今伝授以後も、変わることなく守護してほしい、との願いがこめられたうたい出しと解せる。「神のめくみにつたへきて」古今伝授を受け、天皇である私が敷島《しきしま》の道の大事を体得した身となったこれからも、いやそれだからこそ、以前と同じように未来永劫この国を「まもれなを」、守ってほしい、と願うのである。臣民の上にたつ君主としての素直な心情の吐露でもあろう。一方の「御法楽和歌五十首」の「まもります」は、「ます」を丁寧語ととれば、守護しています住吉の「神のめくみのかしこさ」への、畏敬の念が現れたものと解せる。

「御法楽和歌五十首」では、この「述懐」の後に、「神祇」と「祝言」の二首が配されていた。

神祇　みつかきの久しき世よりしき島の道まもります住吉の神

祝言　かしこしな神のまもりに日本の国ゆたかにもおさまれる世は

「しき島の道」すなわち歌道を守護していますす住吉の「神のまもり」のお蔭で、豊かに治まっている日本の国の現在のようすを言祝ぐ歌をもって、五十首は結ばれていたのだった。

後桜町天皇の「述懐」御製二首、よく似た両者の先後関係については、「御法楽和歌五十首」（年月不詳）の「まもります」の歌がまず詠まれ、さらにその後に「古今伝授後五十首」（明和四年）の「まもれなを」の歌が詠まれたと考えるのが、穏当ではないか。歴代の先例によらず、あえて御製を五首へと増やしたのは、この「述懐」の題で、住吉の神に対し自らの心情を詠むためではなかったのか、とさえ思われてくるのである。

四、東山御文庫蔵『後桜町院天皇御製』から

住吉大社蔵の年月不詳「御法楽和歌五十首」の歌題は、次のごとくであった。

立春　浦霞　夕鶯　里梅　帰雁　春月　尋花　見花　落花　款冬　待郭公　遠郭公　早苗　五月雨　鵜河　沢蛍
野夕立　納涼　早秋　七夕　籬荻　夜鹿　田上雁　山月　関月　竹間月　擣衣　紅葉　朝時雨　河落葉　残菊
冬暁月　嶺雪　杉雪　千鳥　歳暮　忍恋　祈恋　顕恋　不逢恋　待恋　別恋　絶恋　山家嵐　田家水　旅行
旅泊　述懐　神祇　祝言

ところで、東山御文庫には、後桜町天皇の御集『後桜町院天皇御製』七冊が伝えられている。(8) そのうち、外題「後桜町院天皇御製／宸翰　宝暦明和ノ間」（勅封番号一一三―一―一四）の一冊は、即位後の宝暦明和年間の御製をまとめ、春・夏・秋・冬・恋・雑の部立《ぶだて》ごとに部類し、各部立内においては年時順に配列し直した、自筆自選の家集である。当然、その冒頭の第一首目には、

松色春久（宝暦十四正廿四会始代始）いく春もなを色そへよすへらきのよゝのさかへを契る松か枝

の歌が配されている。（五丁ウラ）から（六丁表）の見開きには、明和四年二月の御製が、詠作された月日を示す行間小字の書き入れと共に並んでいる。「二　二　春日社法楽当座」「二　八　内〻当座」と書き入れられた御製の後に、次のように歌題だけが記載されている箇所が存在する。

二　住吉社法楽奉納　心願によつて也
立春　浦霞　夕鶯　里梅　帰雁　春月　尋花
見花　落花　款冬　この十首 歌 ほかの本ニ書写ス
同　玉津嶋社法楽奉納 同上
初春　海辺霞　鶯　梅風　柳　春雨　栽花
挿頭花　落花　款冬　藤　暮春　この哥 ほかの本に書写ス
同　柿本社法楽奉納 同上
早春　霞　鶯　梅　春雨　春月　柳　花
落花　暮春　この哥 ほかの本に書写ス
（五丁ウラ）

二月　古今伝授以前 中務卿より給ル三十首の歌の題
（六丁表）

さらに、該本には、同じような記載が、各部にも確認されるのである。

二　住吉社法楽　心願によつて五十首ノ内　／　待郭公　遠郭公　早苗　五月雨　鵜河　沢蛍　野夕立　納涼
（一五丁表）

二　住吉社五十首奉納ノ内　／　早秋　七夕　籬荻　夜鹿　田上鹿（ママ）　山月　関月　竹間月　擣衣　紅葉
（二三丁ウラ）

二月　住吉社法楽奉納　／　朝時雨　河落葉　残菊　冬暁月　嶺雪　杉雪　千鳥　歳暮
（二九丁表）

二　住吉社法楽ノ内　／　忍恋　祈恋　顕恋　不逢恋　待恋　別恋　／　絶恋　歌ハほかの本ニ書写
（三三丁ウラ）

二　住吉社法楽ノ内　／　山家嵐　田家水　旅行　旅泊　述懐　神祇　祝言　／　歌ハほかの本ニ書写

秋部において一箇所、「田上雁」とあるべきところが「田上鹿」（おそらく直前「夜鹿」に引きずられた誤写か）とある以外、すべて「御法楽五十首和歌」と歌題が一致する。つまり、住吉社への「御法楽五十首和歌」は明和四年の二月に詠まれていた、ということになる。さらに「住吉社法楽」の後に続いて、いずれの箇所でも「玉津嶋社法楽」「柿本社法楽」、また「古今伝授以前三十首」の、それぞれの歌題が記されていた。後桜町天皇の古今伝授は明和四年の二月十四日に執り行われていたから、それ以前の二月のいずれかの日に、住吉社と玉津島社と柿本社の、和歌三神に対して「御法楽五十首和歌」が詠ぜられていたと知れるのである。

なお、春には、住吉社・玉津嶋社・柿本社への各法楽の題に続き、丁をめくった次頁にあたる（六丁ウラ）には、次のような歌が記されていた。

三十四住吉社法楽
早春　すみよしの松吹かせもさらにけさ千世の声そふ春はきにけり　（三七丁表）

三月十四日に住吉社へと奉納された「古今伝授後五十首」の短冊、その第一枚目「早春」の題で詠まれた、まぎれもない御製が、載せられていたのである。以下、「夏草」「菊久馥」「積雪」の三首も、それぞれ「住吉社法楽　心願によつて五十首ノ内」などと書かれた「御法楽和歌五十首」の歌題の後に、収載されていた（「述懐」だけは雑部に見あたらない）。東山御文庫蔵『後桜町院天皇御製』は、宸翰すなわち後桜町天皇の自筆自選の家集である。これにより、従来、年月不詳とされてきた住吉大社蔵「御法楽和歌五十首」は、明和四年二月、それも古今伝授が行われた十四日よりも前のいずれかの日に、成立していたことが明らかとなった。前節において、よく似た二首の「述懐」御製を分析した際に、両者が間をおかずに詠まれ、おそらくは「御法楽和歌五十首」が「古今伝授後五十首」に先んじて詠まれたのではないか、と推定した通りであった。

後桜町天皇の御集「後桜町院天皇御製／宸翰　宝暦明和／ノ間」が載せるのは、歌題だけであり、歌については

「ほかの本ニ書写ス」とあるのみであった。その「ほかの本」とは、外題「後櫻町院天皇御製／宸翰　従明和四年／到　五年」（勅封番号一一三―一―一五―三）の一冊を指すらしい。該本は、和歌の師である有栖川宮職仁親王の添削指導の筆まで記録した、詠草集成とでもいうべき家集である。その（一九丁ウラ）から（二七丁表）には、「御法楽和歌五十首」の推敲の跡を残す歌稿、各題につき二首ずつ詠み職仁親王に見せた計百首の和歌が、合点および添削の跡もそのままに、収められていたのである。

立春　　　　同　二　住吉社法楽（奉納／五十首／心願に依也）

＼神代よりよゝにさかふる住よしのまつも色そふ春やたつらむ
　いつしかと春たちそめてふかみとりいくしほそはむ住吉の松　　（一九丁ウラ）

「述懐」題も二首が載せられている。

述懐

＼まもります神のめくみのかしこさをあけくれあふくことの葉のみち
　立居にもわすれぬはかり心をもよ《そ》せてそあふく《あふかむ》わかのうら波　　（二六丁ウラ）

職仁親王の合点は端（一首目）の歌に付されている。師の評価を受け、この歌が後桜町天皇により短冊に清書されて、いま住吉大社に現存する。選に漏れた奥（二首目）の歌にも、詠作時の思いが込められていることは、いうまでもない。「述懐」の題で、どうしても伝えたい心の思いが、この時の後桜町天皇にはあったはずである。「心をもよ《そ》せて」、心を寄すとは、専心する、という意味である。「よせて」は結句の「うら波」の縁語、また、名所歌枕の和歌の浦がしばしば歌道の意味で用いられるのは、和歌の常識であった。「立居にもわすれぬはかり」、日常のちょっとした立ち居振る舞いにも忘れないほど、一意専心して歌の道を仰ぎ精進しますという、古今伝授を目前に控えての、溢れんばかりの思いが見て取れる。前節において、端の歌については、「御法楽和歌五十首」の「述懐」「神祇」「祝言」

と続く配列から、「まもります」は「神」に懸かると読み解いた。けれども、奥の歌を勘案すれば、「まもります」とは、歌道をしっかりと守って参ります、という、古今伝授を控えての後桜町天皇自身の強い決意、誓いの発語ともとれなくはない。あるいは両義をこめるか。大方のご教示を乞いたい。

該本には、その後に「同　二　玉津嶋社法楽奉納」（二七丁表）、「同　二　柿本社法楽奉納」（三四丁ウラ）、「同　二　古今伝授以前／中務卿職仁親王より／三十首の題和哥」（四一丁ウラ）と、玉津嶋社と柿本社についても、すべての歌稿（各題二首計百首）が収載されている。

では、「御法楽五十首」が成立したのは、二月十三日までの、いずれの日であったのか。

五、東山御文庫蔵『後桜町天皇御記』から

後桜町天皇には、自筆の日記（宸記）『後桜町天皇御記』（勅封番号一〇七—七—九）も、東山御文庫に伝わっている。(9)「明和四年／正月元日ヨリ」と外題《げだい》のある宸記には、この年、古今伝授が行われることもあり、正月からたびたび神鏡を奉安する内侍所《ないしどころ》へと参上して、「てんしゆ《（伝授）》する〱とすミ候様に」願いをかけていたことが知られる。伝授の日は、なかなか決まらなかったらしく、「今日、日から《（日柄）》よく、一品宮へ議奏にて申つかはす、二月上旬中旬中、哥道くわんしやう《（灌頂）》の事、申遣候」（二月七日条）と、和歌の師である職仁親王（一品宮）と相談している記事も見える。二日、十四日、十五日、十六日、十八日が候補に上がったこともあったが、「女院様へ文上候、くわんしやう日けん《（限）》、十四日と内〻治定候事」（二月十四日条）と、一月ほど前になって二月十四日と定められた。「女院」とは母君の青綺《せいき》門院（二条舎子《いえこ》、桜町天皇女御、当時は皇太后）であり、古今伝授の日どりがいよいよ決定したことを、報告していたのである。この二月十四条には、さらに注目すべき記事が見える。摘記すると次のごとくである。

一、伝しゆ《（伝授）》以後、住吉、玉つしま法楽奉納たんさく《（短冊）》、先々の通、うちくもり《（内曇）》にていたし度《たく》伝、長ひつより出し、

　　哥ゝ一枚のかたにミせ候
　一、一品宮ニたんさく（短冊）下書ミせ候、かへし上られ候、所改書付有、三神法らくの也

最初の短冊は君臣共詠の「古今伝授以後五十首」を指していることは明らかである。住吉大社に現存する短冊は、歴代のそれと同じく、内曇に金泥で雲霞引きの料紙であり、まさにこの記述と合致する。一方、後者の一品宮（職仁親王）に下書きを見せていた短冊は、三神法楽、つまり歌神である住吉社・玉津嶋社・柿本社への「御法楽和歌五十首」のことであろう。二月一日条には「住吉法楽たんさく清書初ル」とあり、短冊の清書が開始されている。古今伝授がまだ済んでいない時期に、「古今伝授以後五十首」短冊が清書されるはずはなく、この短冊こそ、後桜町天皇がただ一人で五十首すべてを詠じ、また自筆で和歌を書き記した、住吉大社に現存する宸翰の「御法楽五十首」短冊、そのものと見て間違いない。

そして、二月十一日条である。そこには、和歌三神への法楽が記されていた。

　一、和哥三神へ内ゝ法楽、
　　常御所にて内ゝ法楽、
　　かゝりゆ、かミあけ（髪上）、うちき、はかま、
　　東向ハあしのつくゑ上のせ、惣たい女中ひかへ居候、三神様へ内ゝ法楽、
　　一度〳〵に手水拝、よミ上ル、三度共、同、

この日をもって、住吉社・玉津嶋社・柿本社の法楽五十首和歌は、成立を見たのであった。

なお、『御記』の三月十四日条には「一、住吉社、玉つしま社、法らく也」「うちくもり、てい付たんさく也、書やう前のとをり」と記されてあった。君臣共詠の住吉大社蔵「古今伝授後五十首」短冊は、五十枚目の短冊に「御奉納明和四年三月十四日　住吉社御法楽」と墨書されていたとおり、同日の法楽であったことが、確かめられるのである。

六、おわりに――玉津嶋社・柿本社「御法楽五十首」のことなど――

これまで年月不詳とされてきた、住吉大社蔵「御法楽和歌五十首」短冊は、明和四年二月十一日に法楽が行われたことが確定できた。なお、和歌三神の一つ、和歌山の玉津島神社にも、同じように後桜町天皇の御製五十首和歌短冊五十枚が伝存し、やはり年月不詳とされている[10]。けれども、住吉大社蔵「御法楽和歌五十首」と同様に、こちらも『後桜町院天皇御製』に収められた歌題が五十題すべて一致し、また合点や添削の跡をもつ、各題二首計百首の歌稿がそっくり残っていることに加え、『後桜町天皇御記』の記事にも「住吉社、玉つしま社、法らく也」と明記されていること等々をあわせ考えると、やはり明和四年二月十一日の法楽と、年時を確定してよいであろう。

玉津嶋社、柿本社への「御法楽五十首」についての詳細や、詠作動機の「心願によつて也」の意味するところなど、残された問題については、別に稿を立てたいと考えている[11]。

注

（1）①鶴﨑裕雄・神道宗紀編『住吉大社奉納和歌集』（東方出版、一九九九年）、②神道宗紀『和歌三神奉納和歌の研究』（和泉書院、二〇一五年）など。なお小稿をなすにあたり、両書からは多大な学恩を頂戴した。

（2）杉本まゆ子「御所伝受考―書陵部蔵古今伝受関係資料をめぐって―」（『書陵部紀要』五八号、二〇〇七年三月）、所功「後桜町女帝の政事・歌道に関する覚書」（『京都産業大学日本文化研究所紀要』一七号、二〇一二年三月）、所京子「後桜町天皇（女帝・上皇）の御生涯と御事績」（『藝林』二七二号、二〇一四年十月）など参照。

（3）前掲注（1）②神道著書、四三～四四頁。

（4）小髙道子「古今集伝受後の智仁親王（5）―目録の作成をめぐって―」（『梅花短期大学研究紀要』三七号、一九八九年三月）、川平ひとし「資料紹介　正親町家本『永縁切紙』―藤沢における古今伝授関係資料について―」（『跡見学園女子大学紀要』二五号、一九九二年三月）、および前掲注（2）杉本論文など参照。なお、杉本論文には、後桜町天皇宸筆切紙十八通のうちの、十八通目端裏に「十八　伝受之次第」とあることが、写真と共に紹介されている。

（5）小稿では以下、住吉大社蔵奉納短冊からの和歌の引用は前掲注（1）①編著によった。

（6）小山順子執筆（古典ライブラリー、二〇一四年）。中世までの述懐について、簡にして要を得た記述がある。

（7）前掲注（6）。

（8）飯塚ひろみ「東山御文庫蔵『後桜町院天皇御製』（宸翰）の紹介と翻刻：後桜町天皇の和歌活動（1）～（4）」（『京都産業大学日本文化研究所紀要』一二・一三合併号（二〇〇八年四月）、一四号（二〇〇九年一二月）、一六号（二〇一一年三月）、一七号（二〇一二年三月）に宝暦十二年十一月～十四年（明和元年）十二月までの、および「東山御文庫蔵『後桜町院天皇御製』：内親王時代の和歌」（『藝林』二七六～二七九号、二〇一六年十月～二〇一七年四月）に内親王時代の和歌の一部が、それぞれ翻刻されている。

（9）稿者も参加する後桜町女帝宸記研究会（代表所功）による一連の翻刻紹介がある。「『後桜町天皇宸記』明和元年大嘗会記事」（『京都産業大学日本文化研究所紀要』六号、二〇〇一年三月）、「宝暦十三年八月条」（七・八合併号、二〇〇三年三月）、「宝暦十三年九月条」（九号、二〇〇四年三月）、「宝暦十三年十月条」（一〇号、二〇〇五年三月）、「宝暦十三年十一月条（即位式直前まで）」（一一号、二〇〇六年三月）、「宝暦十三年十一月二十七日の即位式から十二月晦日条まで」（一二号・一三号合併号、二〇〇八年四月）、「宝暦十四年正月条・二月条」（一四号、二〇〇九年十二月）、「宝暦十四年三月一日条～六月一日条」（一五号、二〇一〇年三月）、「明和元年六月二日条～七月二十九日条」（一六号、二〇一一年三月）。

（10）鶴﨑裕雄・佐貫新造・神道宗紀編『紀州玉津島神社奉納和歌集』（玉津島神社、一九九二年）。

（11）『京都産業大学日本文化研究所紀要』三四号（二〇一九年三月刊行予定）に掲載の方向で準備を進めている。

付記　貴重な御所蔵資料の閲覧ならびに写真掲載をご許可いただいた住吉大社の関係各位、また御教示賜った小出英詞氏、若松正志氏、笹部昌利氏に心より御礼申し上げます。

古今伝受

「堺伝授」のふるさと「堺」をめぐって

倉橋昌之

はじめに

平安時代中期の、いわゆる「国風文化」の時代、京の「みやこ」を中心とする貴族社会において「和歌」の興隆をもたらしたが、このことは、日本における独自の文字である平仮名（と変体仮名）の完成に導いたことにつながっている[1]。このように、「和歌」という独自の文化は、日本の歴史上、多大な影響を及ぼしている。そのことは、明治以降に正岡子規（一八六七～一九〇二）が従来の和歌を批判したことにより傾向が代わっても、「五・七・五・七・七」で作られる「短歌」として、さらに平成の現在にも「短歌ブーム」のあかしとして、ＮＨＫ教育テレビの講座や書店においての歌集コーナーの存在など、現代の私たち日本人の脳裏から離れていない。

ちなみに、正岡子規が批判の俎上にあげたのが、第六〇代醍醐天皇（八八五～九三〇）が下した勅により、のちに「三十六歌仙」の歌人として称えられることになる紀貫之（八六八？～九四五）・紀友則（？～九〇七）・凡河内躬恒《おおしこうちのみつね》（生没年不詳）・壬生忠岑《みぶのただみね》（生没年不詳）の四人の選者が、延喜五年（九〇五）四月に撰集を開始、あるいは成立させたといわれている日本における最初の勅撰和歌集『古今和歌集』二十巻である。

この『古今和歌集』が、和歌の歴史上、最も重要な位置を占め続けていたことは、読者も当然ご存知のことと思われるが、その伝統を伝えてきたのが「古今伝授」ではないだろうか。しかし、筆者は国文学は門外漢の歴史学徒なので、「古今伝授」とは何ぞや、恥かしながら不承知である。そこで、歴史学でよく利用している『国史大辞典』から「古今伝授」の用語解説を引用したい。

古今伝授は、最初は『古今和歌集』の読み方、集中の難解な語の解釈、証本の授受といったようなことを指したかと思われる。室町時代になると、師匠がまず『古今和歌集』二十巻の講義をして、弟子に聞書きさせ、弟子はあとで聞書きを師の本で校訂し、師はそれに証明を与えるようになったが、秘事は講義からはずして、一事一紙にしたためて口授した（以下略）（『国史大辞典　第五巻』〈吉川弘文館、一九八四年〉六〇六頁）。

さて、このような「古今伝授」は、狭義には室町時代の歌人東常縁《とうのつねより》（一四〇一？～一四八四）から連歌師として著名な（飯尾）宗祇（一四二一～一五〇二）に相伝されて伝えられたものをいうそうであるが、宗祇以降、三つの「古今伝授」に系統が分かれるという。その一つが「堺伝授」である。前掲『国史大辞典』の省略箇所に触れられているが、堺市民向けの講演会で「堺伝授」を取り上げた西田正宏の解説の方が詳細でかつ理解しやすいのでこちらを要約紹介する。

宗祇から伝授された牡丹花肖柏（一四四三～一五二七）から、のちに堺の住民に伝授されたものが「堺伝授」で、近世を通じて形としては、一子相伝で伝授する基本的なものではなく、口授なしの秘巻の入った箱だけが伝わる「箱伝授」という「権威」の伝授と、地下歌人の交流の中で堺在住の蘆錐軒南浦（岡高倫・一六四九～一七三〇）が実際に和歌の秘密と伝書を伝授され、それを堺の地で別の人々に伝書として伝授していった「師資相承」の伝授という、二系統があり、ともに、松永貞徳（一五七一～一六五四）の流れを受けた歌人平間長雅（生没年不詳）が関わりを持っていた(2)。

さて、このように「古今伝授」に関して、大いなる意味合いを持つ「堺」については、筆者も当初はそうであったが、意外と知られていないように感じられる。

そこで、多少なりとも堺について見聞のある筆者が、雑駁ではあるが述べてみたいと思う。

一、「堺」の町のあり様について

現在の堺市は、面積が一四九・八一平方キロメートルで、地形から見ると、東南部の丘陵地帯と、西部の海浜平坦地から構成されており、地理的には、大阪府のほぼ中心でやや西よりに立地し、東は松原市、羽曳野市、富田林市、大阪狭山市に、西は大阪湾に、南は高石市、和泉市、河内長野市に、そして、北は大和川を隔てて大阪市と接する。また、堺が最大の面積を誇っていたのは、今から一五〇年前の慶応四年（明治元年〈一八六八〉）から、明治十四年（一八八一）大阪府に編入されるまで存在した「堺県」で、最大の領域（面積）は、現在の大阪府のおよそ半分にあたる大和川以南に、現在の奈良県の全領域を合わせたもので構成されていた。

しかし、以上のような堺は、作家城山三郎の小説『黄金の日日』（新潮社、一九七七年）の舞台となり、のち、昭和五十三年には市川染五郎（現在の松本白鸚）主演で、第一六作品めのNHK大河ドラマにもなった「堺」、つまり、中世に南蛮貿易などの国際貿易で栄え、「茶の湯」、いわゆる侘び茶を完成させたため「茶聖」と称えられる千利休（一五二二～一五九一）を誕生させ、文芸面では中世から近世にかけて前に触れた「堺伝授」を伝えた「堺」、この「堺」とは異なるものなのである。では、この「堺」とは如何なるものか。次から述べてみたい。

「堺」の町の外観は、一五六二年付ガスパル・ビレラの書簡で、

（前略）市街には悉く門ありて番人を附し、紛擾あれば直に之を閉づることも一の理由なるべし。（略）町は甚だ堅固にして、西方は海を以て、又他の側は深き堀を以て囲まれ、常に水充満せり。此町は北緯三十五度半の地にあり。（村上直次郎訳・『異國叢書　耶蘇会士日本通信　上巻』〈雄松堂書店、一九二八年初版・一九七五年年改訂復刻版

第三刷〉五六頁）

と記載されている、いわば「城塞」のような町である。

その内部のあり様は、一五六一年八月十七日付のガスパル・ビレラの書簡に、

（前略）堺の町は甚だ広大にして大なる商人多数あり。此町はベニス市の如く執政官に依りて治めらる。（以下略）

（前掲『異國叢書　耶蘇会士日本通信　上巻』二六頁）

とあり、ヨーロッパにおける「執政官」のような人物たちにより自治が行われていることがわかる。この「執政官」が、『蔗軒日録《しやけんにちろく》』文明十八年（一四八六）五月九日条に「会合衆十輩」（『大日本古記録　蔗軒日録』〈岩波書店、一九五三年、第一刷・一九七八年第二刷〉一七九頁）と記載のある「会合衆《かいごうしゆう》《えごうしゆう》」であろう。この「会合衆」は、

中近世移行期である室町期から安土桃山期の都市における自治組織を掌った門閥的な指導層にあたり、堺の場合は文明期では一〇人程度であったものが、のちの戦国末期頃には三六人となった(3)。

と指摘されている。

さらに、時期は前後するが、一五四九年十一月五日付フランシスコ・ザビエルの書簡に、

（前略）堺は日本の最も富める港にして国内の金銀の大部分集まる所なり。（以下略）（村上直次郎訳『新異国叢書　イエズス会日本通信　上』〈雄松堂書店、一九六八年初版・一九七八年第三刷〉一五頁）

とも記載されて紹介されている。つまり、「堺」は、世界に知られた国際貿易都市で自由都市であった。

しかし、このように中近世移行期である戦国時代に轟き渡った「堺」の名前そのものについては、平安時代の十一世紀前半頃に歌人貴族藤原定頼（九九五～一〇四五）の私家集『定頼集』に、

九月ばかり、さかひといふ所にしほゆあみにおはしたりけるに、

ひめぎみの御もとに

すみよしのながゐのうらもわすられてみやこへとのみいそがるるかな（『新編国歌大観　第三巻　私家集編Ⅰ歌集』〈角川書店、一九八五年〉三三〇頁。傍線は筆者）

とあることが初見とされている。考古学者で堺地域史研究にも精通した白神典之は、「堺」の地名について、古代から再検討を進め、

①　奈良時代までさかのぼる確実な史料で「堺」の地名が確認できないこと。
②　平安時代中・後期以降「堺」の地名が確認でき、その当初は海村と言える状況と考えられること。
③　和泉国堺と摂津国堺の両者がみられること。

という重要な見解を提示している（白神典之「「堺」地名起源考―埋蔵文化財からの回答―」『堺市博物館研究報告』〈以下、単に『研究報告』と記載する。〉第三三号〈堺市博物館、二〇一四年三月〉二五頁）。

これらの指摘から、「堺」は、平安時代中期頃からその存在を示し始めてはいたが、当初は都市、あるいは「まち」とはいえない状況であるところの「海村」のような存在であったことが分かるであろう。

この「堺」が町として発展していくのは、論者によって言い回しに多少の違いがあるようだが、基本的には、平安後期、すでに堺は市場・港湾の役割を果す場所として発展しつつあったと思われるが、明確に港湾としての発達を示す史料は「経光卿記」貞永元年（一二三二）五月分の紙背文書である日吉社聖真子神人兼燈爐供御人幷殿下御細工等解（後欠で年月日不詳）である。（中略）鎌倉時代のごく初頭に廻船業の発達に支えられて堺津が成立していたことは明らかである。（『日本歴史地名大系　第二八巻　大阪府の地名Ⅱ』〈以下、『大阪府の地名』と記載する。〉〈平凡社、一九八六年〉一二三八頁）

とあるのが、現在でのほぼ通説的見解といえるであろう。

二、「堺」の歴史的経過について

さて、ここでは、「堺」の領域と歴史的経過について述べておく。

そもそも「堺」は、上町台地西側に存在する南北方向の巨大な砂堆上に位置し、古代から開口《あぐち》神社や住吉社の宿院「御旅所《おたびしょ》」、塩穴薬師堂があり、古代の国道に当たる大津道（長尾街道）と丹比《たじひ》道（竹内街道）が合流して延長された「大小路」を境として、北側が摂津国住吉郡榎津《えなつ》郷に所在している。[4] 一方、南側は、奈良時代の霊亀二年（七一六）に河内国の和泉郡と日根郡、のちには大鳥郡の三郡をもって「和泉監《いずみのげん》」とし、天平十二年（七四〇）に河内国に再併合ののち天平宝字元年（七五七）に正式に「和泉国」が独立して設置されてから、和泉国大鳥郡塩穴郷に所在している。

つまり、「堺」は、のちに「大小路」と呼ばれる小路で摂津国と和泉国に分かれる、まさに「国境」に存在し栄えた町（都市）で、大小路の両側に市場が成立していく過程で都市として成熟していったようである。[5]

この北側、摂津国住吉郡榎津郷に成立してくるのが荘園「堺北荘」で、鎌倉時代から戦国時代に存在したものである。正中二年（一三二五）三月日付「最勝光院領荘園目録」（『東寺百合《ひゃくごう》文書』）から、当初は、皇室領の主要なものの一つ最勝光院領として始まる。最勝光院は、後醍醐天皇（一二八八〜一三三九）が嘉暦元年（一三二六）に所領（荘園）と共に東寺に寄進して、東寺が本家職を持つ領主「本所」となる。

また、「堺北荘」の領家職は、のちに大覚寺統（のちの南朝）に伝領された。その後、延元元年（一三三六）四月二十二日に後醍醐天皇が綸旨《りんじ》で住吉社神主に対して知行安堵を認めるなど、[6]「堺北荘」は住吉社との繋がりが深まると共に、住吉社を通じて南朝との関係が深くなった。

一方、のちの「大小路」にあたる国境の東西道の南側である和泉国大鳥郡塩穴郷に成立してくる荘園「堺南荘」は、

「もともと漁業従事者によって開拓が展開したものと思われ」（前掲『大阪府の地名』一二四六頁）ているが、正平十三年（一三五八）には南朝・後村上天皇（一三二八～一三六八）の綸旨により、南北朝時代には住吉社領となっているという（渋谷一成「開口神社の歴史」・図録『開口神社と堺』〈堺市博物館、二〇一二年〉五頁）。

なお、天福二年（一二三四）二月五日付「念仏寺一切経蔵等建立注文」に、「（前略）一、建保二年甲戌、国（遠カ）建立堂、摂津国内北庄ニ立（以下略）」（『開口神社史料』〈開口神社、一九七五年〉七二頁）から、鎌倉時代の初期には摂津国堺北荘と和泉国堺南荘が共に存在したものとされている。

『開口神社文書』を詳しく分析した渋谷一成の研究から、「堺南荘」の鎮守社となる開口神社の神宮寺念仏寺は、平安時代末頃の文治三年（一一八七）までにはおおもとが成り立ち、鎌倉時代前期の建保七年（一二一九）頃には伽藍の整備が進んだと指摘している（渋谷前掲論文・前掲図録・六頁～七頁）。さらに、「鎌倉時代堺津の港湾施設は堺南庄側に集中していたのではないかと考えられ」（前掲『大阪府の地名』一二四六頁）ている。

このように、摂津国「堺北荘」と和泉国「堺南荘」は、南北朝期には、所領関係を含め、住吉社と深い繋がりを持ち、南朝方の有力な拠点として存在したのである。

その後、前述のように、鎌倉時代には堺南荘側に集中していたとされる堺津の港湾施設は、「南北朝内乱期に、堺北庄の津が大阪湾南部の要港として発展していた」（前掲『大阪府の地名』一二四五頁）ため、南北両荘一体としての「堺」が、南北両朝の軍勢による主たる争奪戦場と化したのである。但し、考古学者で堺の歴史に精通した續伸一郎は、堺津の港湾機能そのものについては、

優れた港湾機能は持っていませんでした。町は、大阪湾岸で偏西風により形成された砂堆上に作られており、海岸線は遠浅の砂浜でした。従って、大型船の直接着岸は座礁するため不可能で、沖に停泊した船から小型船に荷物を積み替えて運ぶ形態をとっていたようです。（續伸一郎「慶長期の堺―発掘調査成果から―」・図録『激動の時代

「慶長」を掘る―よみがえる四〇〇年前の京都・大阪・堺―』〈堺市博物館、二〇一四年〉五六頁）
と指摘しており、その点について注意喚起をしておきたい。

さて、摂津国「堺北荘」と和泉国「堺南荘」、つまり、「堺」は、最終的には正平二十四年（一三六九）正月に、南朝方の総大将であった楠木正儀《まさのり》（生没年不詳・楠木正成の三男）が第三代室町幕府将軍足利義満（一三五八～一四〇八）に通じて幕府方に寝返ったため、南朝の影響力は衰弱し、北朝・室町幕府方勢力の影響力下となった。(7)

その後、応永六年（一三九九）に、本拠地周防《すおう》国・長門《ながと》国・石見《いわみ》国に加えて、室町幕府による全国統一事業や南北朝合体の斡旋などに功績を挙げたことにより豊前国・紀伊国・和泉国の守護計六ヶ国の守護を兼ねた西国の有力大守護大名大内義弘（一三五六～一三九九）が室町幕府に反旗を翻した「応永の乱」において、主戦場となったのが「堺」、これは南荘と北荘の双方を合わせたものと考えられるが、この時に、後述するように「堺」の町は戦火に見舞われた。

この「応永の乱」終結後、「堺北荘」は、第三代将軍足利義満が推し進めた父祖以来の政治志向であった将軍権力の一元化と公武二元体制の克服、さらには統治権の掌握等の課題克服へと向かう中で起こった様々な幕府内外の騒動等を経て、応永十五年（一四〇八）から始まる細川氏庶流による和泉半国守護体制が成立し、細川氏総領家が住吉郡守護を兼帯したことにより（『大阪府史　第四巻　中世編Ⅱ』〈大阪府、一九八一年〉一〇頁～一七頁）、室町時代を通じて、幕府の権力の中枢である管領細川氏一門の権威・権力の下、(8)都市として成熟していくのである。

また、「堺南荘」は、「応永の乱」終結後、京都相国《しょうこく》寺崇寿院領となる。

京都相国寺（京都市上京区今出川烏丸東入ルに所在）は、第三代将軍足利義満が永徳二年（一三八二）に創建した禅宗寺院で、寺内塔頭《たっちゅう》は歴代足利将軍の位牌所となると共に、塔頭鹿苑《ろくおん》院には幕府の五山官寺の統括機関「鹿苑僧録」が置かれて五山中枢となるなど、室町幕府の機構・組織上からも権威の上からも重要な位置を占める寺院であった。

それ故、京都相国寺崇寿院領の「堺南荘」は、実質的には幕府（将軍家）の直轄領的存在となり、応仁元年（一四

六七）から一一年に渡った「応仁・文明の乱」後も、この体制が続いたのである。(9)

以上、「堺」を摂津国「堺北荘」と和泉国「堺南荘」に分けて、その概要を掻い摘んで見てきた。そこからは、南北両荘共に、中近世移行期である室町時代から戦国時代にかけては、室町幕府の権力機構の実質的掌握者である幕府管領細川氏と室町将軍家の権威と権力を背景として、栄華を極めることになっていったことが分かる。これが、都市「堺」である。

さて、この当時の「堺」の町（都市）としての様子については、詳らかにはすることは叶わないが、前述の「応永の乱」のあり様を記録した当時の合戦記である『応永記』には、

（前略）戦合程ニ暁ニ至マデ。四方ノ矢櫓勢楼ヨリ火移テ。堺一万間一宇モ不残同時ニ焼ケレバ。上蒼ヲ焦シ。血ハ大海ヲ流ス。（以下略）（『群書類従　第二〇輯　合戦部』〈続群書類従完成会、一九三二年〉三一七頁）

とあるように、町の家屋敷一万軒が燃え尽きたと記載されている。『大阪府史　第四巻』では、「なおこの記事は、堺の人口がすでに当時数万人の域に達していたことを示す史料として、早くから注目されている。」（前掲書・一〇頁）というが、軍記では誇張される傾向があるようなので、ここまでは多くないと考えるほうが良いと思われる。しかしながら、それでも万単位の人口であった可能性は高いであろう。このことからも、かつての「海村」（前掲白神論文）とは程遠い町、都市へと変貌しつつあったようである。

この、「堺」の南北両荘は、一つの町を形成していたが、外面的には、属する国が摂津国と和泉国、南北朝の内乱が終結した後の領主は幕府と管領細川氏というように、近しい関係であっても同一ではなかった。このような状況下、一つの町としての紐帯となったものは何だったのだろうか。

このことについて、歴史学者で優れた堺地域史研究者の吉田豊は、「堺」に住吉大社の「御旅所」が宿院に存在していること、住吉社で最重要神事の「禊祓《みそぎはらえ》」が古代からの聖地とされる開口御旅所で実施されてきたこと等に着目し

て、住吉大社を内宮に位置づけると「堺」の南半分和泉国側の「堺南荘」の鎮守である開口神社（開口水門姫神社《あきくちのみなと》）と宿院御旅所が外宮に相当し、その門前町として五世紀頃から発展の核となったということを指摘し(10)、さらに、自由都市・国際商業都市「堺」の都市の運営の要である堺の会合について、「住吉大社の庄官を起源とし、南北庄の領主（本所）が異なってからは、一つの都市としてまとまった行動をするための諸集団の利害調整機関となった」（吉田豊「堺中世の会合と自由」『館報』第一七号〈一九九八年二月〉八頁）との指摘もある。

以上からは、「堺北荘」と「堺南荘」で構成されている「堺」の町の一体性は、和泉国の成立あるいは南北両荘の荘園としての成立以前にその起源があると推定され、その一体性はまさに「町（都市）」という名に相応しいものであったといえるようである。歴史事象を現代事象で例えることは難しいと思うが、一体化した「堺」と「堺北荘」・「堺南庄」の関係は、イメージとしては、「政令市と各区」の関係くらいであろうか。つまり、各々の支配関係や成立事情等からくる独自性はある程度存在しても、基本的には「堺」は一つで存在していたと考えてもよさそうではないだろうか。

そのような経過と状況を経て、戦国時代には、前掲フランシスコ・ザビエルの書簡で「堺は日本の最も富める港にして国内の金銀の大部分集まる所なり。」と、南蛮貿易を中心とする海外貿易等による経済力を称えられ、同じく前掲のガスパル・ビレラの書簡で「此町はベニス市の如く執政官に依りて治めらる。」と、堺の住民による自治を声高に賞賛された日本を代表する国際貿易都市で自由自治都市「堺」として、歴史上に君臨したのである。

三、現代から見た「堺」の町の実像

前節までで、「堺」のあらまし等について、紙幅の関係から雑駁となったが、一応説明を行った。では、当初の疑問に立ち戻って、このような経緯と歴史を持つ「堺」とは、如何なるものか、確認をしておきたい。

前述のように、「堺」は、上町台地西側の南北方向の巨大な砂堆上に位置し、「大小路」を境として、北側が摂津国、南側が和泉国に分かれる「国境」の町（都市）である。前掲のガスパル・ビレラの書簡に「堺の町は甚だ広大にして」と記されていることから、広大な土地を想像するかもしれない。

摂津国「堺北荘」と和泉国「堺南荘」を起源とする中世都市「堺」は、慶長二十年（一六一五）四月二十八日に徳川幕府と大坂豊臣家による戦国時代終焉の戦いであった「大坂夏の陣」に先立つ前哨戦で、徳川幕府方として活動することを否とした大坂・豊臣秀頼（一五九三〜一六一五）方の大野道犬《どうけん》（治胤《はるたね》）（?〜一六一五）に焼き討ちにされ、ほぼ全域が灰燼となった。

その後、江戸幕府により天領として復興したのが、近世都市「堺」であるが、(11)中世には日本最大の「商業（経済）都市」であったのが、近世には構造変換して「産業都市」に新しく生まれ変わっていくことに注意しておきたい。

さて、近世都市「堺」の環濠の一部に該当すると考えられる土居川と内川に囲まれるエリア（いわゆる「堺旧市街地」）において、宅地開発やビル建設などの近代都市化の開発の波により、昭和五十年（一九七五）から始まった埋蔵文化財発掘調査の成果から、現在の地表面からおよそ一メートルから四メートル程度の地下に、大火の痕跡である焼土層などと整地層が交互に積み重なった状況が認められ、それにより、十四世紀中期頃から十七世紀始め頃、つまり、中世から近世に当たる時期の都市の変遷等が「ポンペイ」の如く地中に残されている町跡の遺跡が確認されたのである。これが、現在、文化財保護法上の「堺環濠都市遺跡」（略称SKT）として認識されているところの遺跡で、中近世都市「堺」に当たるものである。その範囲は、地表面に近い近世都市「堺」が、現在の大小路を中心として東西約一キロメートル、南北約三キロメートル、面積にして、およそ三平方キロメートル（三百万平方メートル）である。

平成二十九年（二〇一七）七月三十一日にユネスコの世界文化遺産の国内推薦を得た「百舌鳥・古市古墳群」に所在している日本最大の面積を誇る前方後円墳「仁徳天皇陵古墳」の面積が約四十六万平方メートルであるので、その約六・五倍、東京ドーム換算では約六五個分の面積となる。この広さを狭小と考えるか広大と捉えるかは皆さんに委ねたいが、この範囲において、歴史上に名を残す都市「堺」が存在していたのである。

ちなみに、前述の江戸幕府の天領として復興を遂げた江戸時代の都市（近世都市）「堺」の北半分と南半分はそれぞれ約一・五平方位キロメートルで、両方併せて、堺市民の方は「堺旧市街」と呼んでいるのである。

なお、三十五年以上経過して、すでに一〇〇〇件以上に及んでいる発掘調査の成果で、中世都市「堺」は近世都市よりも一回り小さいことがわかってきており[12]、この領域を構成する世界で、様々な事象を歴史上の足跡として残していたのである。

四、「堺」を歴史上に浮かび上がらせたもの

そこで、次に、「堺」で起こった事柄を、いくつか列挙して見よう。

例えば、概要等一部重複する場合もあるが、次のようなものがある。

① 平安時代の後期頃には、日本各地に残る梵鐘などの銘文から、「堺」は市場と港湾機能を持つ重要な港町化し、鋳物師の集団である「河内鋳物師」の活動が確認出来るが、そこからは、西日本を中心に全国に知られた廻船鋳物師の拠点化していたこと。
② 鎌倉期の重要人物の一人で奈良西大寺の復興者、非人救済で著名な真言律宗僧叡尊《えいそん》（一二〇一〜一二九〇）の堺周辺での布教活動があったこと。特に弘安八年（一二八五）九月十九日から二十三日に開催された河内国長曽根荘清浄光院（現在の北区新金岡あたりで「堺」の北東方向）での大法会の記録があること。
③ 正平十八年（貞治二年・一三六四）堺浦の住人道祐居士による我が国最古の木版出版物『論語集解』（「正平版論語」）の出版、貞治五年（一三六六）、堺の比丘彦貞《げんてい》による『五灯会元』全二〇冊の仏教書刊行への資金集め、大

永八年（一五二八）阿佐井野宗瑞《あさいのそうずい》による明朝医書『新編名方類証医書大全附医学源流』の覆刻出版等、「堺版」と呼ばれる「堺」での刊行本の出版が相次いだこと。

④正平二十四年（応安二年〈一三六九〉）に南朝軍総大将楠木正儀が幕府に降伏したため、堺が室町幕府の支配下となり、これを契機に、永和四年（一三七八）には和泉守護所が堺に設置され、名実共に幕府側の和泉国の中枢部となったこと。

⑤戦国時代から安土桃山時代、つまり、十五世紀から十七世紀にかけては、「経済面」では、鉄砲生産日本一の地となり、日明貿易、琉球貿易、南蛮貿易、参考までに時代が下るが江戸時代初期の朱印船貿易をも含めて、対外貿易による莫大な利益を生み出し、日本最大の経済都市化したこと。

⑥同時代、「政治面」では、大永七年（一五二七）から天文元年（一五三二）六月まで存在した三好元長《もとなが》（?～一五三二）と細川晴元（一五一四～一五六三）が擁した足利義維《よしつな》（一五〇九～一五七三）の政権、いわゆる「堺幕府」の拠点として、あたかも首都のごとき政治的な位置を占めたこと。

⑦同時代、「国際面」では、フランシスコ・ザビエル（一五〇六～一五五二）等の日本に滞在した宣教師たちが「日本国内で最も裕福な都市」、「日本のベニス」と紹介したことにより国際的に知られる「自由自治都市」となったこと。

⑧同時代、「文化面」では、流行していた茶の湯を昇華させて「わび茶」として大成したことで、のちに「茶聖」として崇められた千利休（一五二二～一五九一）を生み出した土地であり、それは、まさに「茶の湯文化の開花」拠点として存在したこと。

さらに、この時代に宗祇から牡丹花肖柏《ぼたんかしょうはく》へと伝授され、さらに、近世期を通じて堺の地で堺の住民に伝授された「古今伝授」の一派「堺伝授」の拠点であったこと。

つまり、戦国時代から安土桃山時代は、時代の渦は「堺」を中心として回っており、そのため、時代における最先端の場所・存在であったことが再確認できるであろう。

さらに、前述のように、江戸時代初期に近世都市として復興した「堺」は、構造変換して「産業都市」に変化したが、そこでは、

⑨　約六年間の大坂奉行所支配時期を除く江戸時代の大部分に堺奉行の支配する江戸幕府の天領化した「堺」は、人口五万人前後の商工都市として、当時のブランド「堺打刃物」や「線香」、「丁字油」、「酒」など、現代にも通じる産業を発展させ、伝統産業の都市化していること。

⑩　正徳三年（一七一三）に刊行された『商人職人懐日記』に、「京は着て果て、大坂は喰て果て、堺は家で果てる」と記載される「堺普請」の地であったこと。

幕末から明治時代に入っても、

⑪　堺の町の治安維持に関係して慶応四年（明治初年〈一八六八〉）二月に発生した外国人（フランス人）殺傷事件で、同年一月の神戸事件と共に、明治維新前後期の日本と外国との国際情勢を示す事件として知られ、かつ、最後の攘夷運動的側面から悲劇と伝えられる土佐藩士（土佐十一烈士）切腹でも知られる「堺事件」の地であること。

⑫　近代を代表する女流歌人として知られた与謝野晶子（一八七八〜一九四二）や、日本人初のチベット探検を成し遂げた探検家で宗教家でもあった河口慧海《えかい》（一八六六〜一九四五）を生み育てた地であること。

⑬　明治十年（一八七七）築造された現存最古の木造洋式燈台「旧堺燈台（現、国指定史跡）」や、明治十八年（一八八五）日本初の私鉄「阪堺鉄道」を開業させ、「堺版教科書」による近代教育の普及を進めるなど、近代化の最先端の地であったこと。

等々[13]があり、枚挙に暇がないので、このあたりで留め置く。

これら歴史的に意味を持つ事象に対しては、堺の人々に今もなお、誇りを持って語られる「ものの始まりなんでも堺」という言葉が「堺」の本質を言い当てているように感じられる。

では、「堺」の本質とは何であろうか。

それは、堺は、日本で唯一といっても過言ではないくらい、ほぼ全ての時代において、歴史の舞台での主要な人物・事物・事象などの歴史的キャストの重要なバックボーンとして存在しており、「ものの始まりなんでも堺」をもじれば「歴史の舞台はなんでも堺」とでもいい得るであろう。

このような「歴史の舞台はなんでも堺」を生み出した最大の要因とは、何であろうか？

それは、堺が、「クロス・ポイント」、つまり、「道の叉」、「道股（ちまた）」、つまり、道の分岐点として存在していることではないだろうか。

つまり、「堺」とは読んで字の如く「境」であり、

① 最大の要因である「地理的要因」としては、大阪湾の海岸沿いに立地した日本と海外、国境としてのクロス・ポイントであること。

② 「時間的要因」としては、京の都や南都「奈良」と深い結びつきから、「時代」に対する吸収と発散への即時性が高いこと。

③ 「文化的要因」としては、国内外の様々な異文化が混在し融合することにより、「文化」を再生あるいは新しく創造し、発信することが出来ること。

以上のような概念を指して「クロス・ポイント」といえるのであり、これらの要因を一身に体現する場所が「堺」であることが、堺の特殊性、まさに日本史上の「道股（ちまた）」といえるのである。

ちなみに、中世南都研究の権威永島福太郎は、

一六世紀の戦国の世の歴史だが、京都・奈良および堺の三都市を「三都」〈近世の三都に準ずる〉と私は評価、〈中略〉奈良は王朝貴族から南都と呼ばれて一体化した〈いわば奥座敷〉。堺は両都の門戸港〈外港、玄関口〉として発達した。むしろ、南都の門戸港のおかげが大きい。〈以下、略〉〈同氏「茶の湯の創成」・図録『堺衆―茶の湯を創った人びと―』〈堺市博物館、一九八九年〉七頁〉[14]

と、先駆的な指摘をしていることも、「堺」がクロス・ポイントであることを体現した姿といえよう。又、少々長くなるが、前掲白神論文で、

国境という場所に「堺」のような街が成立し発展してきたことは、日本史上、極めて特異なあり方であろう。〈中略〉国境は通常稜線上に設定されることが多い。ところが摂津と和泉の国境は稜線ではない。なぜここに国境〈郡界〉が設定されたのかは不明であるけれども、この国境が大津道、後の長尾街道とされた道を基準としている事は明白であり、道という地物を以て国境とされたようにも見える。〈中略〉大阪湾では難波潟の入り江、河川の河口、南部の岩場を除けば大半は砂浜であり、〈中略〉堺の地も砂浜であり、特に自然地形が優れていたものではないが、大阪湾の他の場所と比べて条件が悪かったわけではない。〈中略〉国境に町ができて、そこに様々な機能が付加していったと考えることも可能である。特定の権力から距離を置いた国境のまちであるが故に、しだいに自由の気風が醸成され、それがまちの発展に一定の役割を果たしてきたとみることもできよう。まさに他にはない堺の堺たる所以をここにみることができる〈前掲白神典之論文『研究報告』第三三号・三〇頁〉。

と述べていることは、大変重要な見識である。俯瞰すれば、自然発生的か否かを問わず、「道」という〈結果的には権力側にとって重要かつ人工的な〉所産を起源としている「堺」は、極論をいえば「創られた人工町」であり、それは、まさにクロス・ポイントとして存在させるためのものであったといい得るであろう。

それ故、「堺」がクロス・ポイントとして存在するべく誕生し、さらに生育が進行したため、各時代を特徴付ける

主要素、あるときは「政治的側面」、あるときは「経済的側面」、あるときは「文化的側面」、これらの各々が、あたかも、その時代の要請に応じるかのように「堺」にその姿が投影されるように映ったのではあるまいか。

同時に、クロス・ポイントであるが故に、様々な人物・事物・事象が出現するとともに、その結果、その時代ごとに必要な様々な「情報」が集積しやすい状況となり、堺の町の特色ともいえる「来る者拒まず、去る者追わず」の言葉が表すように、地の利と「進取」の気風で、様々な事態に際しても対応することができたのである。

また、前述の「三都（堺以外は京都と奈良）」に近世の武家の都「江戸」、これら三都市と都市「堺」を、少々大胆に比較を試みると、

① 三都のうちの「都」である二者は、一般的に貴族社会と宗教社会が醸し出す「保守的傾向」が根強く残存していること。

② 近世都市「江戸」は、日本史上、最も成熟した封建社会から来る「封建的傾向」が強い傾向にあること。に対して、「堺」は、近代の女流歌人与謝野晶子が「保守的」と評しているが、その実は、物事に対しては、町の特色ともいえる「来る者拒まず、去る者追わず」の言葉が表すように、「先進的傾向」があるといえるのではないか。

また、その傾向のため、権力を含めた堺以外の他者とは、一方的従属・支配のような関係ではなく、あたかも「相互利用」的、「相互牽制」的なスタンスで、柔軟に対応することができたのである。

これが、日本史上、まれに見る最高クラスのクロス・ポイントである堺の「堺たる所以」であるといえるのではないだろうか。

さいごに

クロス・ポイント「堺」は、前掲吉田論文で指摘のあったように「住吉（大）社」の門前町的意味を持っているが

故、宗教的権威の後ろ盾を得ると共に、時代が下ると、南朝、室町幕府、室町幕府を基盤とする戦国期細川氏の政権、天下人のさきがけという新しい評価を得た三好長慶《ながよし》（ちようけい）（一五二三～一五六四）とその一族の政権、織田信長（一五三四～一五八二）・豊臣秀吉（一五三七?～一五九八）による織豊政権、江戸幕府による天領時代、それぞれの権力者・権威に対しては、あるときは「堺」の存在・存続のための「後ろ盾」として利用し、また、あるときは素早い状況判断をおこなって手を組む相手を「乗換え」ながら、各々の時代を通じて、「堺」はたくましく生き続けているのである。(15)(16)

それは、前掲の一五六二年付ガスパル・ビレラの書簡で、

（前略）日本全国堺の町より安全なる所なく、他の諸国に於て動乱あるも、此町には嘗て無く、敗者も勝者も、此町に来住すれば皆平和に生活し、諸人相和し、他人に害を加ふる者なし。市街に於ては嘗て紛擾起ることなく、敵味方の差別なく、皆大なる愛情と礼儀を以て応対せり。（前掲『異國叢書　耶蘇会士日本通信　上巻』五五頁～五六頁）

という理想郷の如きものであったのである。

注

（1）平安時代中期の仮名に纏わる書の歴史については、倉橋昌之「概説『仮名の歴史』」を参照のこと（図録『かな美の再発見―近代化のあけぼのの中で―』〈堺市　博物館、二〇一三年〉二四頁）。
（2）西田正宏「古今伝授をめぐって―堺伝授とは何か?―」『フォーラム堺学　第十五集』（財団法人堺都市政策研究所、二〇一〇年）。
（3）『国史大辞典　第二巻』（吉川弘文館、一九八〇年）二五九頁を参照のこと。
（4）『大阪府の地名』一二三八頁参照。
（5）注（4）参照

（6）『堺市史　第一巻　本編第一』（堺市役所、一九二九年）一九六頁。
（7）この堺「南北両荘」をめぐる南朝と北朝（室町幕府）との争奪の状況については、詳細は前掲『堺市史　第一巻』（一九六頁〜二六一頁）、『大阪府史　第三巻　中世編Ⅰ』（〈大阪府、一九七九年〉七二〇頁〜七五五頁）等を、概要は前掲『大阪府の地名』一二四四頁〜一二四五頁、一二四六頁、それぞれを参照のこと。
（8）この当時、細川惣領家である「京兆家」が幕政を主導した状況に見えるため「京兆専制」と呼ばれていたが（今谷明『室町幕府解体過程の研究』〈岩波書店、一九八五年〉）、最近では、細川氏一族の「同族連合体制」（小川信『足利一門守護発展史の研究』〈吉川弘文館、一九八〇年〉説を前提に、「京兆家―内衆体制」であったとする見解（古野貢『中世後期細川氏の権力構造』〈吉川弘文館、二〇〇八年〉）や、戦国期では「同族連合体制」の破綻から「京兆専制」、畿内領国化へと変遷するという見解（末柄豊「細川氏の同族連合体制の解体と畿内領国化」〈石井進編『中世の法と政治』〈吉川弘文館、一九九二年〉等、畿内政治史上、すばらしい研究が出てきている。しかし、本稿では昨今の研究状況には立ち入らない。当時の細川氏の政権の状況や位置付けが如何であれ、本稿では、当時の政権主体である細川氏の細川惣領家（京兆家）が「堺北荘」に対して「内衆（直臣）」を代官として実効支配化している状況、つまり当時の最高権力者の直接的影響下にあることに注目を置いているからである。つまり、細川氏の権威・権力をバックボーンとして繁栄していたのである。
（9）前掲『大阪府の地名』一二四六頁参照。
（10）吉田豊「堺の歴史は住吉御旅所から」『堺市博物館報』第三〇号（以下、単に『館報』と記載する。）（堺市博物館、二〇一一年三月）
（11）江戸幕府による「堺」の復興については、矢内一磨「堺の復興と近世都市の誕生―龍光院蔵元和七年「大通庵御作事日記」の紹介を中心に―」（図録『堺復興―元禄の堺大絵図を読み解く―』〈堺市博物館、二〇一五年〉二六頁〜二八頁）を参照のこと。
（12）前掲續伸一郎論文「慶長期の堺―発掘調査成果から―」（前掲図録・五六頁〜五七頁）を参照のこと。
（13）時代的にも内容的にも多岐に渡る上、各々歴史的にも重要なものが多く、紙幅の関係もあるため、詳細については、『堺市史』第一巻・第二巻・第三巻・第七巻（堺市役所、一九二九〜一九三〇年）や『国史大辞典』第一巻から第一五

巻（吉川弘文館、一九七九～一九九六年）、『大阪府史　第三巻　中世編Ⅰ』（大阪府、一九七九年）・『大阪府史　第四巻　中世編Ⅱ』（一九八一年）、『堺市博物館総合案内』（堺市博物館、一九九七年）等を参照のこと。

(14) 永島福太郎は『中世畿内における都市の発達』（思文閣出版、二〇〇四年）所収論文で、より詳細に論述されているので、参照のこと。

(15) 注(10)を参照のこと。

(16) 三好政権についての最新の研究成果については、天野忠幸『戦国期三好政権の研究』（清文堂出版、二〇一〇年）を参照のこと。また、堺と三好氏との関係は、天野「戦国期における三好氏の堺支配をめぐって」（『館報』第三〇号・二〇一一年三月）を参照のこと。

近世歌学書のなかの「古今伝受」

西田正宏

はじめに

古今伝受、名のみことごとしうではないが、本来、歌道伝受の最重要事として限られたものにしか相伝されなかったはずの「古今伝受」は、『古事類苑』などを繙《ひもと》いても明らかなように、江戸期の多くの随筆や歌学書に言及されている。存外「古今伝受」は知られていたのである。しかし、一方で、その記事を確認すれば明らかなように、内容について言及したものは、ほとんどない。ならば、「古今伝受」は、いったいどのように認識されてきたのであろうか。「古今伝受」そのものの享受史を辿りなおしてみることは、古今伝受について考えるうえで、必要な作業であると思われる。

本稿では、主として歌学書の記事を確認しつつ、江戸期以前の「古今伝受」の認識について検討することにしたい。

一、古今伝受の人

こころみに日本語や古語の辞書（小学館、角川書店など）で「古今伝受」を引いてみると、どの辞書にも共通して挙げられるのが、松永貞徳《まつながていとく》の『戴恩記《たいおんき》』の例である。そこでは、字数の制限もあるからであろう、「古今伝授の人のしる事なれば、それに相伝せらるべし」の部分だけが引かれているが、前後を含めて引用すると次のとおりである。

扨、「人の世となりて、すさのをの尊より、みそもじあまり一もじはよみける」と有。神代によみ給へる歌を、人の世とかけるに子細ありと云々。それは古今伝授の人のしる事なれば、それに相伝せらるべし。丸は、たゞ歌の読方に付て承りし通を十がうちに一つ二つしるし置侍る也。

ここで注意しておきたいのは、貞徳が「古今伝授の人」と「歌の読方に付て承りし」ことを対比している点である。(1)「古今伝授の人」が相伝しているのは「特別な知識」であって、「読方」ではない。言い換えれば、「古今伝受」は実作には直接関わらないということになろうか。実は、貞徳は、自らの著作で、しばしば「古今伝授の人」という物言いをしており、「古今伝受」と一線を画そうとする立場をとっていたことが確認される。例えば、『歌林樸樕《かりんぼくそく》』(2)には、

いざこゝに神世はへなんすがはらや伏見の里のあれまくもおし

古今読人不知也。顕昭云、隆縁ト云僧ノ伏見仙人ガ哥トイヘド、無証。(中略)丸云、或古今伝授ノ本ヲミルニ、此哥天照皇太神ノ御詠ト秘事ガマシクアリ。博学ノ顕昭スラ如此カキヲカルル上ハ、何ノ証拠ナキ事ト知ベシ。カヤウノ事ヲ心得テ、末生憶ナル証ナキ説ヲ信ズル事ナカレ。

と「古今伝授ノ本」が「秘事ガマシク」読人知らずの歌について説いていることを指摘する。「秘事ガマシク」という物言いに貞徳の感情が自ずとあらわれていよう。もう一例、『和歌宝樹』(3)を見ておこう。

丸ガ云、古今伝受ノ人、此切ガミヲ貫之ノムスメヨリ基俊〳〵ヨリ俊成ノ卿、俊成ヨリ定家、定家ヨリ二条家ハ為家〳〵ヨリ為氏、カヤウニ伝来ト思ヘリ。世ノ人モミヌ事ナレバ、真実ト仰テ伝受ノ人ヲバ哥道ノ奥義ヲ伝ヘタル人トアガムル事ニナレリ。是、アサマシキツクリ事也。(中略)丸、此伝受ヲセザルニヨリテ、ハヂヲカクサンタメニ云ニアラズ。オソラクハ一部ノ哥ノ義理、真名序、カナ序ノ清濁マデ、コトゴトクナラヒ得テ侍レドモ、伝受ノ人数ニハイラズ。(以下略)《イナヲホセドリ》

ここでは、先ほどの例とは少し違っていて、自らも十分に「知識」を得ているけれども、「古今伝受の人」ではないのだと断っている。貞徳は別の著作でも古今伝受の内容は十分に心得ていると述べていた。『貞徳翁乃記』(4)には、次のように記されている。

一、亡父に具して、文禄二年十月十三日に玄旨法印へ参【聚楽御殿】。奥の間にて一つの箱を開き、御伝受の秘本悉みよとて見せ給ふ。伝心抄と外題のある本、大小四巻【青ヘウシ】、皆三台亜槐と奥書共御判あり。コレハ、三光院殿ノ奥書也。玄旨御聞書ノ清書の本也。

貞徳は、父に連れられ、幽斎のもとへ行った。そこで三光院殿（三条西実枝《さんじょうにしさねき》）から幽斎に伝わった伝受の秘書を悉く見ることを許される。加えて『伝心抄』も被見する。書写した可能性もあろう。『古今集』の秘説やその内容に通じていること、つまり古今伝受の内容を知っていることと、実際に伝受が許されていることとは、実質的な面においては、ほとんど変わりはないだろう。けれども、伝受をひとつのシステムとして捉えるならば、そこには大きな隔たりがある。貞徳の生きたのは、まさにそのシステムが確立されてゆく時代であった。古今伝受を受けていれば、疑いなく「師」の立場が保証されることになる。しかし、貞徳には、それがなかった。すでに拙著で述べたことだが、彼は、自らの「師」の立場を確保するためにも、師説を受けることの重要性を説いたのだと考えられる。単に伝統を墨守しようとしているのではなく、そこには貞徳自身の存在と内面の問題が深く関わっていたと忖度されるのである。

それはそれとして、貞徳の師でもあった幽斎を介して、古今伝受は堂上《とうしょう》に相伝されており、貞徳もそのことを知らなかったはずがない。となれば、身分制が存在する時代にあって、堂上方と今さららしく一線を画する必要はないであろう。貞徳がわざわざ「古今伝受の人」として距離を置き、批判的なまなざしを向けたのが、堂上の人たちであったとは考え難い。ならば、貞徳がそのような物言いをしたのは、自らと同じ地下《じげ》のものたちのなかに古今伝受を相伝されるもの、あるいは相伝されたものたちが存在していたからではなかったか。歌学の知識を相応に備え、名実ともに地下歌人の代表格であるはずの貞徳は、「名」の部分において不安を抱えていた、つまり古今伝受の人ではなかったのである。加えて古今伝受が歌人としての一流、つまり「実」の面も保証するものであるかのように喧伝されてもいたのではなかったか。『尤之双紙《もつとものそうし》』(5)が、「大切成物のしなじな」に「古今伝授の人」を挙げるのも、そのような認識を反映してのことであろう。

そこで、貞徳は、少なくともそのようなものたちと、自らとは区別しておくのが賢明であると思い至ったに違いない。貞徳のように古今伝受の人でないものにとっては、古今伝受がそのように認識されているのは、はなはだ迷惑な話である。ならば、古今伝受を相伝されていることが歌人としての技量を保証するものではないことをきちんと断っておく必要がある。また古今伝受が、実作には直接には関わらない営みであり、歌を詠むものにとって重要事ではないことを強く主張する必要もあろう。

したがって貞徳のように、古今伝受の内容を心得ていたものは、むしろその内容には敢えて踏み込まず、「古今伝受の人」と距離を置くことで、古今伝受が歌人にとって最重要事ではないことを遠回しに語ってみせたのであろう。

さらに注意しておきたいのは、このように「古今伝受」を捉えていたのは、貞徳だけではなかったということである。例えば、『清水宗川聞書《しみずそうせんききがき》』(6)には、

一、一条禅閤は家道半過有人也。されど古今伝受無。

一、長嘯殿は古今伝受せぬ人也。聟の阿野殿に向て、其方は古今伝受とて何をし給ふぞ、聞たく候。貫之が末世の人にむつかしがらせんとて古今をあむべきにも非と、あざけりめされたる也。其座に貞徳・春霄など有けるにも、如此の給ひしと也。只古今伝受は、つくり物とおもはれたる也。

とあって、一条兼良《いちじようかねら》が古今伝受を相伝されていないことをわざわざ断り、それに続く次の一節では、木下長嘯子《きのしたちようしようし》もまた古今伝受されていないとしている。加えて古今伝受が「つくり物」であると、批判もしている。

また地下歌人の資料ではないけれども、清水谷実業《しみずだにさねなり》の言説を記した『清水谷大納言実業卿対顔』（清水谷実業述　次雄記）[7]には、

古今伝、世に切紙粗ある也。連歌師の方に伝るなり。何の用にも不立事也。古今伝と云は道の大事、深切也。伝授なくても其儀推て知たる程の才有、学得たる人に伝授ある事也。

とあり、さらに同じ実業の『等義聞書』（実業述　中川等義記）[8]にも、人丸作に擬せられる「ほのぼのと」の歌の解釈についての問答のなかで、

或は、しまかくれ行は生老病死の四魔に比すなんと申説、いかゞ。答、是もとられぬ事也。惣而古今伝受などにも、近代は筋によりて仏道の理に合て伝ふる事もあれども、さらに信用しがたきことなり。

と、古今伝受が「信用しがたい」ものであるという認識を示している。霊元院歌壇のひとりでもあった実業にしても、御所伝受を相伝されていたわけではない。したがって特に「連歌師の方に伝る」「古今伝」とは、一線を画しておく必要があると感じていたことが、このような物言いとなって表れているのであろう。

これらの古今伝受に対する物言いは、貞徳のそれとすこぶる似ていることも改めて確認されよう。古今伝受されなくても、才能があるものは存在するし、本来はそういうものにこそ、伝受されるべきものであるというのは、貞徳が考えていたことでもあった。つまり古今伝受を正式に受けることのなかった彼らは、同じような視角で古今伝受を捉え、一定の距離を置いていたということになる。

二、流派の認識・肖柏の位置

一では、「古今伝受の人」という物言いに関わって、古今伝受がどのように認識されてきたのかを確認してきた。そこで浮かび上がってきたのは、批判的に語られている古今伝受が、堂上方のものではないということである。先に

引いた『水青記』では「連歌師の方に伝る」ものが「何の用にも不立事也」とされていた。そこで、この節では、古今伝受の流派がどのように認識されていたのかを、確認することにしたい。

例えば、岡西惟中《おかにしいちゅう》の『続無名抄』(9)には古今伝受の流派が次のように説明されている。

一、哥道の伝来は、紀貫之　基俊　俊成と古今集の相伝ある也。二条家は為世より頓阿がつたへて、経賢　孝尋　堯恵　堯孝　東野州常縁　宗祇　逍遥院実隆　称名院公條　三光院公條　三光院実澄　細川玄旨法印と伝来して、八条殿、中院殿、烏丸殿など皆玄旨よりつたへ給ふ。宗祇より牡丹花肖柏へつたへられし流を、堺伝受といひ、それを南都饅頭屋つたへしを、奈良伝受といふ也。

総論的には、誤ったところはなく、御所伝受という言い方こそしていないが、御所伝受、堺伝受、奈良伝受の三つの流派の存在が認められている。『和漢三才図会』にも同様の記述が窺われる。この流派について、さらに詳細に述べているのが、『清水宗川聞書』である。

一　東野州は東下野守也。是は千葉介常胤之六男、東六郎太夫胤行が、為家之弟子と也。京に居住の間に、東氏になる。是が為家より古今伝受する。是、伝受の始也。(中略)、是より代々、子々孫々に伝来□(ママ)くして外に不洩。此子孫、東之野州也。都には古今伝受絶て、此野州之方に計有之。然所に宗祇法師、歌に執心ふかゝりし故、天下を修行し、又此野州に古今を伝受したる也。野州まではさのみ向上に無之を、宗祇より此書を伝受する様体になりたる也。京都は芝家の子孫、代々伝候所に、為重不遍に殺されけるより、此道断絶す。其箱を後家が所持したるを、新玉津島之別当堯孝、歌に執心ありし故、為重之後家より此箱を伝たり。是、箱伝受の始也。堯孝は野州同代なる故、堯孝則野州の方へ行て、古今を伝受す。此時かの箱を野州にみせ申間、野州之かたの失念も、此時よく両方より合て成就したるとなん。扨、宗祇われ一人にては此書伝受威無之故、逍遙院殿ともろ共に、万事を執行したる也。然は、道統は野州より宗祇・逍遙院殿、それより称名院殿・三光院殿と来り、それより幽斎に伝り、それより八条殿、それより後水尾法皇、それより公家へ段々に伝り、今は勅ならでは伝受なりがたし。堯孝は野州に伝受之人なれ共、是を箱伝受之家とす。是を堺之牡丹花に伝。是、一流也。（以下略）

注意されるのは、常縁《じょうえん》—宗祇の流派に併記して、為重の死による二条家の断絶に伴う伝受の行方を記している点である。つまり、為重の相伝された古今伝受は「箱」としてまとめられて堯孝が所持していたということと、常縁から堯孝が伝受されたときに、常縁にその箱を見せると、彼が失念していたことも書かれており、両方が補完しあうことで古今伝受が成就したと述べる。さらに堯孝の流派が「箱伝受之家」であり、「是を堺之牡丹花」に伝えたというのである。この記述全体の正誤はともかく、少なくとも牡丹花《ぼたんか》（肖柏《しょうはく》）は宗祇から伝受されたであろうから、そのことの記述は欠けている。けれども、肖柏への伝受が「箱伝受」であったとされている点は注意される。次節で改めて言及することにしたい。それはそれとして、結果的に「今は勅ならでは伝受なりがたし」というように、御所伝受だけが正統な古今伝受であると認識されるに至っている。

これと似たような記述は、『詞林拾葉《しりんしゅうよう》』（武者小路実陰《さねかげ》述　似雲記）[10]にも見受けられる。

古今伝授の事、後水尾院よりたしかになり候。それ迄は伝来皆肝要なる眼をぬきてあり。その大事なる眼は西三条家にあり。（中略）是により後水尾院御時、御吟味あそばし、西三条家へ御尋ねありしに、此方よりあらためて古今御伝授なさせられ候はゞ、彼眼といたし候秘事御伝へ申上べくと言上有ければ、なる程御伝授御受あそばさるべきよし勅諚ありて御受あそばし候。それより以来、此伝眼入り、たしかになり候。世上に牡丹花の伝少々あり候よし。是ありても全事にあらず。

古今伝受が後水尾院によって確立したという指摘は重要であろう。西三条家に伝わる古今伝受の肝要なところを後水尾院が確認し、それによって、古今伝受の全容がそろったというのである。一方で「牡丹花の伝」にも言及し、それだけでは不十分だと認識されていたことも、注意しておきたい。

また、多田義俊《ただよしとし》が延享五年（一七四八）にさまざまな聞書をまとめたとされる『和歌物語』(11)では、

一　古今和歌集に、三鳥の伝と云事有。然るに、近代、箱伝受・堺伝受などゝて、巻物を拵らへて相伝する輩有。決而有まじき事也。

と、箱伝受、堺伝受のことを非難したうえで、古今伝受の歴史を述べている。少し長くなるが、引用しておこう。

それ、古今伝受と云事、基俊に始まる。俊成卿に伝へ、定家・為家・為氏・為世と、俊成より五代相続したるに、為世いかゞ思ひ給ひけん、我が子に伝へずして、是を頓阿法師に伝へ、頓阿より堯尋・堯孝と伝はり、堯孝より東下野守常縁といふ武士に伝へ、常縁、美濃国郡上に住し、古今伝、都に絶たり。是によりて、朝庭より、三条西実隆公へ相伝させたく思召、宗祇といへる桑門を御使として、美濃国へ遣され、宗祇聞来て実隆公へ伝ふ。宗祇は、乱世の事にて、下野守、上京成がたき故の御使なれ共、仕合人にて古今伝の一代と成る。世の東野州と号するは、常縁の事也。実隆公より、公条・実澄と、三条西殿に三代伝はり、実澄公より細川藤孝と云武士へ伝へたまひしに、石田三成との取合にて、藤孝丹後に籠城す。此人死すれば、我国に古今伝断絶する故、烏丸光広に加茂の社人松下と云人を添て、勅使として丹後につかわさる。勅を以て軍を止させ、古今伝受ありて、其上藤孝は天子の師範とある趣、石田へ仰聞られ、石田も是に敵対し難く、かこみをひらき退し。夫より此伝、禁中にありて、時の和歌所と仰付らるゝ公卿へ御相伝。（中略）かほどの大切の義を、細川藤孝ともいわるゝ武士、私に外へ伝へおくべしや。然るに、今、箱伝受・堺伝受両用共、藤孝の奥書あり。是、貧財家偽作にして、おもへば、朝廷へ対し恐れ有べき事也。古今三草・三木・三鳥・十二歌の伝、部立テの伝、俳諧歌伝、仮名序・真名序八ケ条の伝をもとゝして、全体に伝有よし、基香卿の仰られしは、御先祖にかゝせ置れしものありて、三鳥の伝すめば悉く済よし、いかなる事にや。予も伝書数多持たれども、右の通りなれば、所詮表立ざる事に、今日朝廷の外にて、古今伝とて伝ふ人ありとも、必うけかふべからず。授るも請るも、和歌の道の罪人成べし。

史実に基づく細川幽斎の田辺城籠城のエピソードは、早くは『見聞談叢《けんもんだんそう》』などにも窺え、半ば説話化されて伝わることになった。その幽斎が、その伝受を「私に外へ」伝えるわけがないと思われるが、「箱伝受・堺伝受両用共、藤孝の奥書」がある。したがってその伝受は、「偽作」だとする。さらに、冒頭とも対応するように、「今日朝廷の外にて、古今伝とて伝ふ人ありとも、必うけかふべからず。授るも請るも、和歌の道の罪人成べし」と記される。御所伝受以外には正統な古今伝受はないというのは、今まで述べてきたことと同様の認識である。また、その直前に伝書を多く所持することと古今伝受されていることとは違うのだと述べられていることは、古今伝受の内容を心得ていることと、古今伝受を相伝されていることを明確に区別しているということであり、それは、貞徳以来の認識であった。

三、「箱伝授」をめぐって

前節で確認したように肖柏が関わった伝受はどうも「箱伝授」と認識されていたらしい。これがいかなる伝受と認識さていたのか。幾分かは前節でも見てきたが、改めて考察をめぐらすことにしたい。「箱伝受」について言及したのも、やはり貞徳のものが早いと思われる。貞徳は、『和歌宝樹』の《イナオホセドリ》の項（先に引用した続き）で次のように述べている。

……オソラクハ哥ノ義理、真名序、カナ序ノ清濁マデコトゴトクナラシ得テ侍レドモ、伝受ノ人数ニハイラズ。サリナガラ、今日マデハ、此切紙ナドヲモ有ト云事ヲ人ニモシラセズナガラ、近年ハ箱伝受ニナリ、其箱ヲウリカフモノオホケレバ、丸一人カクシ置タリトテ、カクサルベキ事ニアラズ。サルニヨリテ、末代ノ君子、丸ラマデ此偽ヲシラザリシト、笑ハン事ヲハヂ思ヒテ、是モ邪義ナルベケレド、愚案ノオモムク所ヲ少シ申テミルベシ。此書ヲミン人、心ヲシヅメテナメシリ給ヒ、但シ、カク云トテ、古今伝受ノ事跡無義ニハアラズ。

貞徳は既に見てきたように、古今伝受の内容には通じており、「切紙《きりがみ》」の存在も秘してきたが、近年になって、「箱伝受」が世に蔓延り「売り買い」までされるようになった。貞徳ひとりが隠していてももはや意味がない。そこで、自らが知るところを述べておくというのである。実際にこの後に《イナオホセドリ》の秘説が記述されている。貞徳は、伝受の内容は知っているので、そのことを証明するために敢えて「邪義」であることも厭わず、説くことにしたのであろう。ただし貞徳は、「箱伝受」がどのような系譜によるものであるかは述べていない。

また『清水宗川聞書』には、先に引用したのとは別のところに、次のようにある。

一　古今箱伝受は、牡丹花を本とす。牡丹花は宗祇より伝受也。是は本伝受なれ共、此末を箱伝受と云。箱ばかりわたし来る故也。此末は今花の下、津守は住吉之社家、堺伝受等也。牡丹花より伊予屋宗白、その次に等恵、其次に紅粉屋の宗柳也。此宗白・等恵・宗柳、三代に諸方につたへたる流派、あまた有也。末はしれぬ也。（中略）貞徳はまんぢうやより伝也。まんぢう屋寺へあづけたるを、末吉道節、古筆のやうにいひなして、売てやらんとても来て、貞徳にみせて、封をきらせ、我は又貞徳が弟子に成たる也。

末尾の貞徳が饅頭屋から伝受を受けたということは、『歌論歌学集成』の頭注に指摘されるように貞徳の生年と饅頭屋の没年とを勘案すればありえないことで、貞徳と道節《どうせつ》と宗川《そうせん》との関係を検討する必要があるが、前半部には、いわゆる堺伝受の系譜が記されており、それらは、『顕伝明名録《けんでんめいめいろく》』などとも一致している。注意するべきは、箱伝受についての認識であろう。宗祇から牡丹花肖柏への伝受は「本伝受」であったが、その末流になり「箱ばかりわたし来る」ことになってしまったと批判がましく述べられている。そしてその箱伝受の系譜に「堺伝受」も位置付けられているのである。また、この記事に続いて、

一　正統の伝受は、法皇様より妙法院・聖高院・飛鳥井一位殿・岩倉中納言具起、四人に御伝受、其後又新院様・中院通茂・日野殿弘資・烏丸資慶、四人に御伝受也。新院様よりは、当今様と近衛殿と御両人に計也。

と記されていることから、御所伝受こそが「正統の伝受」であるという認識と対比されている。となれば、「箱伝受」

は、やはり正統な伝受とは認識されていなかったことになろう。

　このような状況のなかにあって、貞徳の門流である平間《ひらま》長雅《ちょうが》は、やや異なった立場をとる。本来であれば、貞徳門流なのだから、師と同様に、長雅も古今伝受とは一線を画すはずだ。また同時代の地下歌人たちが、そうであったように、堺伝受、とりわけ箱伝受には批判的であってもおかしくはない。ところが、長雅はその流派にむしろ積極的に関わろうとしていた様子が窺われるのである。

　長雅には『神国和歌師資相伝正流血脈道統之譜』[12]という、古今伝受の系譜を記した著書がある。彼自身はそこで、二つの流れのなかに自らを位置付けている。ひとつは細川幽斎、松永貞徳を師とし、貞徳からさらに望月長孝《もちづきちょうこう》、長雅へと続く流れ、もうひとつは、肖柏からの流れである。注目されるのは、この肖柏の流れにも自らを置いていることである。そこで長雅は、

　長雅／堺牡丹花箱伝受、古今集の秘書、切紙、系図等三通三箱に入れ、相承の者の末葉、各々鑰封を緊くして、朴津の天神の社僧、梅松院に納め置く。（中略）この箱百年に及びて開かざるに依りて、蟫巣と成らんことを歎く。予これより先、古今伝受を全くすること年有り。幸ひに今この地に来るを喜び、強ひて開封を冀ふ。（以下略）（原漢文）

と記している。長雅は、肖柏の古今伝受が箱伝受の形で代々伝わり、堺天神からある民家（伊丹屋か）にあると聞き付け、その封を開け、中を閲覧したというのである。この記事と同内容のことが、長雅の門弟であった有賀《あるが》長伯《ちょうはく》の『以敬斎聞書《いけいさいききがき》』「古今箱伝授の事」[13]にも、次のように記されている。

　古今の筥伝授は、一花堂の流有。是は、他阿上人の伝也。堺伝授といふは是も箱伝授にて牡丹花の伝也。今は、泉州堺の民家に所持して其家の宝物の様に成て、哥人にあらざれども、代々是を持伝へ、封印して見る事なし。先年長雅居士、堺に住居の時、見せ参らせしを、一覧の上、又封印して、今に彼家にありしと、師のかたられし。

長伯が門弟に語ったものの聞書であるので、ここでいう「師」とは長伯のことである。前半は、長伯の堺伝受の認識が示されている。つまり、歌人ではない堺の民家が宝物のようにそれを伝えているが、封印して見ることはないというのである。後半は、『道統之譜』の記事と同じように、長雅がその箱を一覧したことが記される。ここでは、事実を淡々と記すばかりであるが、そのことの持つ意味は大きい(14)。つまり、正統な伝受ではない、箱伝受を長雅は受け継いだのである。これは古今伝受に一定の距離を置き、箱伝受には、むしろ批判的な目を向けていた貞徳の門流としては、全く異なる立場を選択することであった。

では、何故、長雅は古今伝受に拘ったのであろうか。

長雅の師である望月長孝には『古今集』の講義をまとめた『古今仰恋《こきんぎょうれん》』という注釈書があり、当然、長雅もそれを相伝されるはずであった。しかし、『以敬斎聞書』「長孝の古今の抄といふ物ある事」に、

> 長孝の古今の抄といふあり。是は、秘訣口伝をあらはすにあらず。長孝の門人の中に十人余り人数を撰び、願によりて、たゞ哥面を講ぜられし時の抄也。古今の雑談抄也。此抄、長孝身まかり玉ひし比、長雅、喪にこもり居玉ひけるが、長孝の墓にまふで玉ひける跡にて、孝師の親族など、心を合て、彼是とりのけし跡に書ありけり。其中に雑談抄もありしと也。其後、門人とりかへしてんといきどをり侍りしかど、雅師の制し玉ひけるとなん。此雑談の抄、今、大坂の民家にあるよし、風聞ありとなん、師の語り玉ひし。
>
> 私云、是は、長伯師の、まだいと若くて長孝の門人と也玉ひて、無程、孝師、身まかり玉ふける事なれば、雅翁の物語にて聞しと語り玉ひし。

とあるように、何らかの事情で、結果的に長孝の『古今集』の講釈（＝『古今仰恋』）を、長雅は継承することができなかったらしい(15)。長伯がそれが「秘訣口伝」を著した秘伝書ではなく、ただ歌の表面的なことを講じたものに過ぎないとことさら強調しているのは、それらが伝えられていないことに対する一種の負け惜しみのようにも思われる。だ

からこそ、長雅は何としても古今伝受を手に入れたかったのではないだろうか。『古今仰恋』を継承することはかなわなかったけれども、長雅は『古今集』の注釈には強いこだわりを持ち、中世の多くの注釈書の書写に関わったり（大阪府立中之島図書館蔵「古今集諸抄」）、また宗祇伝来の注釈書の書写やそれへの書き込みという形で、終生、『古今集』の勉学に勤しんでいたのであった。(16) しかし、それだけでは不十分だと感じていたのだろう。特に上方の地で地下歌人としての揺るぎない地位を得るためには、古今伝受こそが必要であるのだと。

一方で、長雅の門弟にとってみれば、宗祇伝来の『古今集』の注釈書を学ぶという、そういう背景なしに古今伝受なるもの、特に箱伝受なるものが横行していることは、看過できないことであったのであろう。長伯は『以敬斎聞書』で次のように述べている。

古今集伝授の秘書などとて世間にまゝ有也。不可用。伝来なき人の見て、詮なき事也。彼集の伝来を受得たる人にみせて、正説か偽説かを尋るに、是非のさたに及ず。其故は、正説にても、正説といへば、其伝をあらはすにゝたり。よて、正偽の差別を云事なし。只此集伝来は一器の水を一器に移がごとくにして、他の人の是非をいふべきにあらず。古来より堂上にても、伝来ある人に彼集の哥を只其哥をのみ云て、其心を問侍れば、くはしく其意味を釈し聞しむる也。古今集のかくいへる哥は、いかに問ひ侍れば、古今集の中のことは云べき事にあらずとて、是を釈し聞しむる事なき也。しかあれば、伝来なき人の彼集伝授の秘書などいへる物取あつかいて、詮なき事也と、師のいはれし。（「古今集伝授の秘書とて世間に流布する書の事」）

長伯は、自らは「古今伝受の人」ではないことを自覚しつつ、しかし、伝来のない秘書を相伝されることは意味がないと考えていたのである。長雅が手に入れた箱伝受は、長伯らに伝受されることはなかったと思われる。あるいは、このような認識であった彼らはそれを受け入れることを拒んだ可能性もあろう。

ただ秘伝書を持つことが「古今伝受」を相伝することではないということは、先に見た『和歌物語』にも示されていたことであり、それはとりもなおさず、彼らの門流の師であった貞徳以来変わることのない認識であったのである。

おわりに

二、三で見てきた堺伝受の実態を示す資料が、鶴﨑裕雄を中心とする調査グループによって近年発見され、その具体がようやく明らかにされつつある。[17] 右に確認してきたように、歌学書類から窺える「堺伝受」への距離の置き方、批判的な姿勢は、堺伝受が、一定の力を持っていたことを物語っていよう。『古今集』の注釈（聞書）も残されており、それは、小高道子によって紹介され、検討されている。[18] しかし、その全体像、例えば、彼らの流派がどのような拡がりを持ち、上方地下歌人たちをどのように脅かす存在であったのか、長雅以外にも交流を持ったのか、あるいはまた実際にどの程度、『古今集』の理解を深め、歌学に通じていたのかなどについては、更なる今後の検討を俟ちたく思う。

それはそれとして、本居宣長も、『排蘆小船《あしわけおぶね》』[19] において古今伝受批判を展開している。その一部を引用しておこう。

相続きて古今伝授と云ふことあり。この頃は西三条が歌道の正流のやうになれり。尤歌も善かりしかども、歌よりはかの古今伝授によりて正統となれるやうなり。これ大いに歌道の衰へなり。（中略）かの古今伝授を弟子の幽斎にしばらく預けて、実条成長の時に至りて伝ふべきよしなり。ここに於いて、幽斎古今の嫡伝を得て名を振へり。されどこれ又歌も取るに足らず、歌学も浅々しきことなり。しかるに幽斎武士なれば、丹後田辺城に於いて敵に囲まれて危うかりしかば、かの古今伝授の絶えんことを歎きたまひて、天子より烏丸の光広卿、西三条の実条卿などを勅使としてかの城に遣はされ、古今伝授あり。ここに於いて遂にかの古今伝授と云ふこと、公事になり極まれり。さてその後、後水尾院古今御伝授なり。天子の御伝授の始めなり。この頃に至りては、いよいよ歌の善し悪しよりも伝授と云ふことが詮になりて、歌道の大きなる衰へなり。

宣長の到達したこの古今伝受の認識は、取り上げてきた歌学書のすべてを読み込んでというわけでは、もちろん、ないだろう。しかし今まで確認してきたような歌学書が述べていた認識を背景として、宣長の古今伝受観も形成されたのに違いない。もっと具体の関わりで言えば、宣長は、有賀《あるが》長川《ちようせん》の門弟でもあったわけで、長伯の認識が反映していることは十分に考えられよう。けれども、ここまで強い口調で真っ向から「古今伝受」を否定したのは、宣長が初めてであった。

この宣長の古今伝受批判は、宣長自身の存在とも連動して大きな意味を持つことになる。古今伝受はいったん、私どもの文学史の外に追いやられることになってしまったのである。ならば、「古今伝受」を正当に評価するために、まず、なすべき研究は、その復権であり、そのことに力が注がれてきたと思われる(20)。

本稿では、古今伝受を文学史の外に追いやり、「歌道の大きなる衰え」の要因とした宣長の古今伝受に対する認識の背景を探るために、主として歌学書に記述された古今伝受について考察を加えた。

注

(1) 以下、松永貞徳の古今伝受の認識については拙著『松永貞徳と門流の学芸の研究』(汲古書院、二〇〇六年)においても検討を加えたことがある。
(2) 内閣文庫本による。適宜日本古典全集本(山田本)も参照した。
(3) 岩瀬文庫による。句読点は私に付した。
(4) 『新日本古典文学全集　近世随想集』(小学館)による。【　】は、割書き。
(5) 『新日本古典文学大系　仮名草子集』(岩波書店)による。
(6) 『歌論歌学集成　第十六巻』(三弥井書店)による。以下の引用も同じ。
(7) 『近世歌学集成』(明治書院)による。

（8）『近世歌学集成』（明治書院）による。
（9）『近世文藝資料類従』（勉誠社）による。）以下の引用も同じ。
（10）『歌論歌学集成　第十五巻』（三弥井書店）による。
（11）『近世歌学集成』（明治書院）による。
（12）日下幸男『近世古今伝授史の研究　地下篇』（新典社、一九九八年）に引用されたものにより、早稲田大学古典籍総合データベースで公開されている書陵部本の新写本も参考にした。
（13）国会図書館本による。句読点は私に付した。以下の引用も同じ。
（14）蔓田将樹「平間長雅の箱伝受と『堺浦天満宮法楽百首和歌』」（『上方文藝研究』第五号、二〇〇八年五月）
（15）上野洋三『元禄和歌史の基礎構築』（岩波書店、二〇〇三年）にも指摘がある。
（16）拙稿「地下歌人の古今集研究—『古今連著抄』をめぐって—」（『国文学論叢』第六十二輯〈日下幸男教授退職記念号〉、二〇一七年二月）
（17）国文学研究資料館調査研究報告第三十七号（二〇一七年三月）に「堺伝授と和歌・連歌　中庄新川家文書研究会報告二」として、共同研究の成果が報告されている。稿者も二〇一七年九月より研究会に参加させていただいている。
（18）小高道子「中庄新川家蔵『古今集聞書』の検討」（『中京国文学』三六、二〇一七年三月）
（19）『新日本古典文学全集近世随想集』（小学館）による。
（20）拙稿「古今伝受と実作と—『両度聞書』『古今仰恋』を中心に」（『江戸の学問と文藝世界』森話社、二〇一八年）参照。なお、宣長と古今伝受について考察を加えたものに城崎陽子「古今伝受の超克—本居宣長の学問様式—」（『鈴屋学報』三十号、二〇一三年十二月）、高橋俊和『本居宣長の教学』（和泉書院、一九九六年）などがある。本稿では、宣長が古今伝受に対して、批判的な立場をとる背景を探ることを目的としたため、宣長と古今伝受の直接の関係については今後の課題としたい。

付記　本稿は二〇一六年十二月十日に、住吉大社で開催された「シンポジューム「歌神と古今伝受」における報告「「古今伝受」とは何か?」で述べたことに、拙稿「古今伝受をめぐって—堺伝受とは何か?」（『フォーラム堺学』第十五集、二〇〇九年）の一部を取り込んで成稿したものである。『フォーラム堺学』に収録した拙稿は、一般向けの講演のテープ起こしに加筆したもので、意を尽くしておらず、論文とは言い難いものであった。そこで今回、機会を得て、改めてまとめ直すことにしたのである。ただし、そのような事情であるので、行論の都合上、一部重複する部分があることについては、寛恕されたい。

猪苗代家の古今伝受
——京都府立山城郷土資料館寄託資料を中心に——

綿抜豊昭

京都府立山城郷土資料館には、江戸時代、仙台藩伊達家に仕えた猪《い》苗代《なわしろ》家旧蔵の文書等（以下、本稿では「猪苗代家文書」と称す）が寄託されている。そのうち歌道関係のものについては、かつて紹介したことがある。[1]「古今伝受」関連の文書の翻刻を、本書におさめるにあたり、あらためて述べさせていただく。なお前稿と重複するところがあることをはじめにおことわりしておく。

一、古今伝受の価値

「猪苗代」を称する家は複数存在するが、本稿でいう「猪苗代家」とは、兼載《けんさい》を祖とする「連歌（師）の家」をさす。[2]猪苗代家文書には、慶長十四年（一六〇九）に没した兼如《けんによ》までの系図が含まれる。[3]それには次のようにある。

伊予禅門—兼載—恵天（桂天）
広幢—兼純—新発丸
　　　長珊—宗悦—兼如

かつて新井栄蔵は「古今伝受（授）」について、

古今和歌集の解釈を中心に、歌学や関連分野の諸学説を、口伝・切紙・抄物によって、師から弟子へ秘説相承の形で授受する。広くは鎌倉時代に成立した歌道伝授をも含めていい、狭くは、室町時代中期に成立した、二条宗祇流・二条堯恵流以降のものをいう。

と定義した。(4)

右によれば、広い意味で「歌道伝授」と捉えた場合、兼載は堯恵《ぎょうえ》だけでなく、堯恵から古今伝受を受ける以前に広《こう》幢《どう》や心敬《しんけい》に師事しており、広幢や心敬が兼載に伝えたことを「伝授」とみなすことができるならば、その時点からはじまるとなるが、狭い意味では、猪苗代家の古今伝受は、明応三年（一四九四）三月に堯恵が兼載に『古今和歌集』の訓説を授けたことにはじまるとみなすことができる。

先に猪苗代家を「連歌（師）の家」としたが、古今伝受を兼載が受けたことにより、後世、猪苗代家は「連歌（師）の家」であるとともに、「和歌の家」にもなった。酒井茂幸は以下のように述べる。(5)

地元を本拠としつつも京都の和歌師範に師事し、扶助を受けている戦国大名のために動く連歌師の家が、まさしく広幢を源流とする猪苗代家であった。ところが、兼載は堯恵から古今伝授を受けており、兼純に『古今集』の講釈をする資格があった（『古今私秘聞』）一方、広幢は誰からも古今伝授を受けていなかったため、（中略）兼純に古今伝授ができず、和歌の家、猪苗代家の創始者とはなり得なかったのである。

心敬に学ぶなどした広幢は兼載の叔父であり、兼純《けんじゅん》の父であるため、「血筋」に着目すれば、「連歌師の家」としての猪苗代家は広幢が源流であるが、古今伝受の「血脈」に着目すれば、兼載が「和歌の家」としての猪苗代家の創始者だというのである。注（3）に示したように、はじめ広幢に学んだ兼載が、古今伝受を受けてから広幢の師となるという話は、古今伝受の「血脈」の重さをよくあらわしているといえよう。

本郷和人が『戦国夜話』（新潮新書666、二〇一六年）で細川幽斎の「古今伝受」についてとりあげている。本郷は「古今伝授」を、

『古今和歌集』の解釈を、秘伝として師から弟子に伝えたものです。

と定義し（六三頁）、以下のように述べている（六四頁）。

ぼくは、この「古今伝授」、そうたいしたものではないんじゃないか、そんな気がしてなりません。だって、室町時代後期といえば、和歌はもう昔日の輝きを失ってしまっているわけです。その時代に「お前だけに秘儀を伝えよう」なんてやっているんですよ。いかにも、しょぼくれた話ではありませんか。伝授を受けた三条西家の人が偉大な歌人になった、というわけでもなさそうだし、別系統の「古今伝授」は歌人ではない商人にも伝えられているらしいし。

このように「古今伝受」という用語は、その字面からは「『古今和歌集』の解釈の伝受」の略称ととらえられかねない。

「古今伝受」を称するものにはさまざまなものがあり、確かに「しょぼくれたもの」もあったと考えられる。ただし、解釈、学説を受けることと、偉大な歌人になることは、必ずしも結びつくことではない。また古今伝受は、『古今和歌集』の解釈のみからなるものではないものもあった。

伝授を受けた人から、それを受けるにふさわしい人へと、直接的に知識（思想・宗教・感情等を含む）が伝授されるのがレベルの高い「古今伝受」であり、継続的にふさわしい人からふさわしい人に伝わるからこそ権威が認められたと考えられる。単に書物を写すことによって個人的に得た「知識」ではなく、「書物」と「披見し、写し、知識を得る」という間に、「師」という人が介在することに意味があったといえよう。たとえば現在静嘉堂文庫美術館に所蔵される茶入「付藻茄子《つくもなすび》」が、佐々木道誉《どうよ》から足利義満に献上され、「東山御物」となり、織田信長、豊臣秀吉へと伝わることによって、いわば「権威財」としての価値が増していった文化的コンテキストがあったと考えられるならば、「古今伝受」もそうした歴史的文脈にみるべきものであろう。

二、誓紙について

猪苗代家が「和歌の家」であったことを具体的に示すのが、猪苗代家文書に所蔵される「和歌二条家御門弟契約状」である。(6)

「和歌二条家御門弟契約状」は、「月喬斎」に提出されたものが三通、「伴鷗斎」に提出されたものが一六通ある。「月喬斎」は兼純、「伴鷗斎」は長珊《ちょうさん》と考えられる。兼純も長珊も「和歌」の門弟を受け入れていたことを示しており、猪苗代家は「和歌」の家であった。

新井栄蔵は「古今伝授」の「起請（文）・誓紙（状）」について、

古今伝授では、受者が、教えられたことを、教えられた時の条件にそむいて、勝手に人に言わないことを神または仏、あるいはその双方にかけて、授者に誓うこと、および、その証文をいう。

とする（横井金男・新井栄蔵編『古今集の世界　伝授と享受』世界思想社、一九八六年。一八八頁）。本書「翻刻」と重複することになるが、わたくしに改行をして、その一通を以下にあげ、右の新井の説明を付す。

和歌二条家御門弟契約状之事　→主題
右従今日請御訓説候之事　→「教えられたこと」
不蒙御免許之間者　→「勝手に人に言わないこと」
一句半言不可漏申候
殊不可存諸篇毛頭如在
以若此条之猥令違却者　→「神にかけて、授者に誓うこと」
可有住吉玉津島人麿聖廟別而者

当流八幡大小神祇御照鑑候
仍起請文如件
天文十二年二月廿七日　　　↓起請した年月日
弾正左衛門隣藤　↓受者
謹上　月喬斎　参　↓授者

右のように、新井の「起請（文）・誓紙（状）」の説明の具体例になりうるものである。猪苗代家文書の「和歌二条家御門弟契約状」には、「古今集」の文字は記されていないが「和歌二条家」「御訓説」とあることから、兼純、長珊に提出された「古今伝受の誓紙」と考えてよいものと思われる。

三、猪苗代家の古今伝受

猪苗代家文書に、包紙に「仙臺少将殿　基」とある次の書状の写しがある。

兼寿数代所持之古今
抄物切帋等之箱開見之事
所望之趣令承知即令
許容候此上者弥以可相
続家業之旨可被示聞候也
八月廿二日　　　御判
仙臺少将殿

包紙にある「基」とは近衛基熙《もとひろ》のことで、元禄五年（一六九二）に伊達綱村《つなむら》に送られたものである。[7]「古今抄物切帋等之箱開見」とあるように、江戸時代、猪苗代家の古今伝受は、いわゆる「箱伝受」であった。猪苗代家の者がその子息等に行うのではなく、近衛家当主の許可のもと、猪苗代家当主が「古今抄物切帋等之箱」を開見することによってなされており、猪苗代家が仕えている仙台藩主が関与した。

目録等が伝わっていないので、この箱の中身は不明だが、猪苗代家文書の中の古今伝受関連のものが入っていたのではあるまいか。そしてその中核をなすのが、堯恵より兼載が受けたものではないかと推察される。

新井栄蔵が、堯恵から鳥居小路《とりいこうじ》経厚《つねあつ》への「唯一人伝授目録」と、堯恵から平頼数《たいらよりかず》への「唯一人伝授目録」そして堯恵から藤原憲輔《のりすけ》に伝付されたという「古今抄延五記」を比較しているのにならって[8]、経厚への「唯一人伝授目録」にみられるものをみると「序中正義」「万葉時代相伝」「十継口伝」「三才歌秘伝」「六義口伝」「古今二字口決」「三鳥大事」「三輪大事」「三人翁相伝」「ナヨ竹帝伝」「長歌短歌口伝」「一首六義口決」「一首十体口決」「三箇口受」が猪苗代家文書に含まれている。

新井はまた、兼載の講釈の聞書《ききがき》『古今私秘聞』を他の聞書と比較し、

> 私秘聞もまた、中伝相当の伝授の伝授に伴う講釈の聞書であると推定できる。兼載が受けた伝授切紙・講釈が中伝相当だったのか奥伝相当であったのか、今のところ直接的に確かめることはできないが、私秘聞の奥書には
>
> 　義理清濁悉所得訓説之聞書也
>
> とあり、言わんとするところは、兼載の講釈が悉皆であったと理解してよいとすれば、私秘聞はもちろん、兼載の受けた伝授も憲輔の場合と同様に中伝相当のものであったと考えておいた方が無難であろう。

とする。堯恵から兼載への伝受目録が伝わらないため、一部紛失した可能性はあるものの、猪苗代家文書をみるかぎりでは、新井のいうように「中伝」とすべきものであったと考えられる。

四、古今伝受の周辺

先の「和歌二条家御門弟契約状」が古今伝受の誓紙であるならば、兼純・長珊による古今伝受がなされたことになる。受者の「人見弾正左衛門隣藤」「小賀篤頼」「義隣」などについては不明である。このことに関し、前稿では佐竹氏周辺の者の可能性を指摘したが、歌学を享受するという雰囲気が存在する特定のコミュニティは佐竹氏周辺だけではない。ここではその一つとして奥州岩城氏周辺の可能性もあげておきたい。

奥州岩城氏は、すでに兼載のときには縁があったようで『二根集《にこんしゅう》』(9)に以下のようにある。

戸をたてしに、戸の跡よりあかりのさしければ、兼載十七八ノ比、岩木殿いひかけ給ふ。

戸をたてゝこそあかくなりけれ

きんしんの九つまで八血もたらで　同

小僧より、利根第一と云々。

他にこれを証するものはないが、まだ兼載が東国にいた時期の話とすれば「岩木殿」は、奥州岩城某となろう。

また永正十六年（一五一九）二月下旬、兼純が京都より帰国するさいに三条西実隆《さんじようにしさねたか》が贈った和歌と発句が『再昌草《さいしようそう》』に載る。それに

帰雁おもへば花に岩木哉

兼純近日下国云々　奥州岩城の者也

とあり、兼純が「奥州岩城の者」であったことはすでに指摘されている(10)。

なお、右を発句とする連歌は、十九日に宗碩《そうせき》の草庵で行われ、脇句は兼純、以下、宗長、通能《みちよし》、宗碩と続き、玄清《げんせい》や、兼純よりは若かったと考えられる周桂《しゆうけい》や宗牧《そうぼく》も一座している。肖柏《しようはく》はいないものの、そうそうたる連歌師が同座

している。同座した連歌師が兼純のことを話題にすることもあったようで『二根集』に以下のようにある。

兼純一座帰国の時分

かへる雁おもへば花に岩木かな　聴雪

奥州、岩木といふ所の人也。かへる心を、少不足したる儀も有か。

世はミな外もさくらさく比　兼順

奥州にも、桜ハ咲と云心有。よく仕候様と也。

朝な〳〵うす曇る日や霞むらん　宗長

兼純を「兼順」としている点、「と也」とある点から聞き書きしたものと考えられる。また聴雪《ちょうせつ》（三条西実隆）の発句に「かへる心を、少不足したる儀も有か」と難点を指摘していることを考えれば、どのような経路を経て『二根集』におさめられることになったのかはともかく、もともとは宗長からの聞き書きであったのではないか。酒井茂幸は兼純が宗長主催の連歌・和歌会に出席できたのは、宗長をことのほか懇意にしていた岩城由隆の後押しがあったのではないか。

と推測する。(11)むろんすぐれた句だったからかもしれないが、宗長が兼純を特別扱いしたとすれば、兼純の脇句に対して「よく仕候様」とあることも理解しやすい。

永正の頃にあったと考えられる岩城氏の援助が、古今伝受の行われた天文十二年の時点でも継続していたならば、その受者が岩城氏周辺の者であったことは考えられよう。

ただし、大永四年（一五二四）三月二十四日、兼純は三条西実隆に伊達稙宗《たねむね》の詠草を見せ、白鳥一羽、黄金一両を送っている（『実隆公記』）。稙宗の詠草に添削や点を請うたものと思われる。天文十八年（一五四九）には稙宗に扶助されており（「連歌師千佐歌書抜書」『大日本古文書　伊達家文書　家わけ之三　伊達家一』）、後世の資料になるが『伊達家旧臣伝』にも兼純が稙宗の和歌の師範とある。兼純がいつから稙宗より扶助を受けていたかは不明だが、伊達氏周辺の者であったことも考えうる。

五、猪苗代宗悦以後

猪苗代家文書には、猪苗代家の者に提出された、すべての「和歌二条家御門弟契約状」が所蔵されている、と考えるのは、その長い歴史から考えて無理があろう。実際に包紙しか伝わらないものがある。紛失したものや譲渡・破棄されたものがあったと考えられる。とすると、仙台藩に仕えるようになってからはともかく、猪苗代家文書中に、長珊の子の宗悦《そうえつ》、宗悦の子の兼如に提出されたものがないのは、もともとなかったからか、紛失したか譲渡・破棄されたということになる。

もし、宗悦・兼如に提出されたものがもともとなかったとしたならば、それは二人が、兼純・長珊より伝えられた伝書等は所持していたが、古今伝受をしなかった、あるいは古今伝受を受けていないために、伝授できなかった可能性がある。ただし、その場合にしても、何も伝受されなかったわけではない。新井栄蔵は

古今伝授は、流派によって異なるが古今集講釈、三木伝を中核とする秘説切紙授与を両軸として、てにをは伝授・三部抄伝授・伊勢物語伝授・源氏物語伝授が付加されている。

とする（前掲『和歌大辞典』「古今伝授」の項）。宗悦・兼如は、「古今集講釈、三木伝を中核とする秘説切紙授与」はなかったとしても、「てにをは伝授・三部抄伝授・伊勢物語伝授・源氏物語伝授」を部分的には受けていた。猪苗代家文書の「ひをりの日」「若紫」「草の上の露」「御神けきやう」は、兼純から宗悦に伝受されたものを某に写し与えたものである。京都大学附属図書館谷村文庫には、同じ内容で兼如の弟・正益《しょうえき》に伝えられたものがあり、これも猪苗代家旧蔵であったことから、猪苗代家文書のそれは兼如に写し与えられたもので、伝受があったことをしめすもので

はなかろうか。(12)

もし古今伝受を受けられなかったとしたら、その背景には、伊達家天文の乱における宗悦の没落が深くかかわっていると推測される。その場合、兼載以来の口伝による伝受が絶えたことになる。酒井茂幸は

兼純の頻繁な上洛は、実隆邸訪問の目的は、勿論、『源氏物語』の学殖を深めるためであろうが、一方で京都の公家や連歌師と交流し、地元における自己の権威を高めることにあったと思われる。

と述べた。(13)宗悦がなにゆえに上京しなかったかは不明だが、その子の兼如が上京し、連歌師紹巴《じょうは》のもとで、古典文学の学識を深め、連歌会などで、京都の公家や武家と交流し、(14)佐竹家領で自己の地位を高めていったことは、すこぶる兼純、長珊の場合と類似している。結果として「和歌の家」「連歌（師）の家」として存続することになり、猪苗代家の文書が完全になくなることなく、一部が今日に伝わったと考えられる。

注

（1）拙稿「猪苗代兼純・長珊・宗悦の歌道伝授」（『中世文学』五一号、二〇〇六年六月）。

（2）澤井恵子によれば、古記録上では、兼載が猪苗代姓を名乗ったという記事は見当たらず、仙台藩伊達家が系譜作りに着手した時から始まった（澤井恵子「会津藩政下で創出された猪苗代兼載伝記」『武蔵大学人文学会雑誌』第四二巻第二号、二〇一〇年十二月）。

（3）すでに拙著『近世前期猪苗代家の研究』（新典社、一九九八年、一三四頁）で指摘したが、『兼与法橋直座聞書』（名古屋大学附属図書館所蔵）に「兼与法橋家景図」が収録される（「直（接）唯（一）の意ととり、角川書店『俳文学大辞典』では旧書名にしたがって「兼与法橋直唯聞書」としたが、名古屋大学附属図書館によれば「唯」は「坐」が転写の間に変形したものとされる）。それによれば「伊予禅門」は「奥州猪苗代殿　伊与入道子息」で、「恵天」は「継天」とあり、兼載の子息とする。兄弟ともに出家して建仁寺一花院月舟和尚の弟子となった。兼載は「伊与入道

この家は江戸時代には断絶していた。兼純には「知行一万石斗取大名タルト也」とある。兼純の妻は、兼純死後に、別の男に嫁ぎ、兼純子息「新発意丸」は、母に付きそい、継父に仕えるが、継父の敵に夜討ちにあい、死亡した。そのため兼純の弟・長珊が後を継いだ。広幢は「伊与入道弟」で兼載の伯父である。兼載は幼少のとき、広幢の弟子であったが、兼載が古今伝受を受けてのちに、広幢は兼載の弟子となった。

（4）『和歌大辞典』（明治書院、一九八六年）「古今伝授」の項。

（5）酒井茂幸「『広幢集』考　猪苗代家の源流を求めて」（『国立歴史民俗博物館研究報告』第一三〇集、二〇〇六年三月）。

（6）すべて冒頭に「和歌二条家御門弟契約状」とあるので、山城郷土資料館では整理書名として「和歌二条家御門弟契約状」を用いている。

（7）この書状に関しては、陽明文庫にも案文が所蔵されている（前掲『近世前期猪苗代家の研究』新典社、二三四頁）。

（8）新井栄蔵「古今抄延五記と堯恵授憲輔受古今伝授切紙―中世古今集注釈史私稿―」（『国語国文』第四八巻第四号、一九七九年四月）。

（9）『二根集』の本文は奥野純一編『二根集』（古典文庫、一九七四年）による。

（10）酒井稿注（5）他。

（11）注（5）に同じ。

（12）なお兼如の秘本であったとされる『伊勢物語抄』（名古屋大学附属図書館所蔵）には「兼載聞書」とされる「在記秘聞」の説がしばしば引用されている。また『源氏秘訣』（京都大学附属図書館谷村文庫蔵）は、兼如相伝の秘説をまとめたものである。

（13）注（5）に同じ。

（14）吉海直人が「百人一首」の注『兼載抄』について論じており、『宗祇抄』を核とする二条流の注釈が、鳥居小路経厚や三条西公条等の説を取り込みつつ、紹巴・細川幽斎・中院通勝によって取捨選択されるのみならず、混沌とした注として再生産されている（吉海直人「『百人一首兼載抄』の翻刻と解題」『同志社女子大学　日本語日本文学』第十二号、二〇〇〇年十月）と述べている。あくまでも憶測にしかすぎないが、『兼載抄』が兼載よりの伝書として猪苗代家に伝わっており、兼如によって紹巴や細川幽斎にもたらされた可能性も考えられるのではないか。

翻刻・京都府立山城郷土資料館辻井家寄託猪苗代家古今伝受関係資料

鶴崎裕雄
綿抜豊昭

京都府立山城郷土資料館（ふるさとミュージアム山城）は、京都府木津川市山城町上狛千両岩にあって、最寄駅はJR奈良線上狛駅（タクシーの利用は木津駅が便利）である。資料館所蔵の「猪苗代家文書」は、京田辺市在住の辻井文秀氏ご夫妻の寄託文書である。辻井家の実家である京都市御幸町御池下ルで江戸時代以来金箔師を営む堀家（堀金、砂子屋）に伝わった和歌関係の文書で、平成十三年六月に寄託依頼を受けたものである。

資料館では田中淳一郎氏を中心に「辻井家文書目録」を作成し、おおよその内容に分類し、通し番号が付されている。番号は一〇四番まであって、内容別には「和歌門弟起請文」（1～20）、「古今伝受切紙」（21～54）、「諸家の書状」（55～66）、「伊達綱村ほかの発句、ほかの連歌懐紙」（67～111）、そのほか「和歌懐紙」「太閤秀吉公御葬式行列次第写」「四国八十八所巡礼道絵図」など大正十一年に及ぶ墨書軸（112～140）の目録である。

調査に当たっては、平成十二年、大利直美氏の紹介で鶴崎に話があり、猪苗代家連歌に詳しい綿抜を誘って山城郷土資料館に同行した。その後、鶴崎の勤務多忙や綿抜研究室の東日本大震災被害などがあって翻刻が遅れたが、平成二十八年、再度、山城郷土資料館に赴き、資料の依託以来の担当の田中淳一郎氏ともお目に掛かることが出来、いろいろご教示を受けた。

今回、翻刻した資料は右目録の「和歌門弟起請文」（1～20）、「古今伝受切紙」（21～54）である。翻刻にあたり、原則として、用字、改行などそのままとし、原文のままを心がけた。翻刻資料の配列は田中淳一郎氏作成「辻井家文書目録」に従った。
お世話になった田中淳一郎氏・大利直美氏に感謝申し上げる。

（鶴﨑裕雄）

1　和歌門弟契約起請文　天文十二年二月二十七日

和哥二條家御門弟契約
状之事
右従今日請御訓説候之事
不蒙御免許之間者一句半言
不可漏申候殊不可存諸篇
毛頭如在以若此條之猥令違
却者可有
住吉玉津嶋人麿聖廟別而者
當流八幡大小神祇御照鑑
候仍起請文如件
天文十二年二月廿七日　弾正左衛門隣藤（花押）
謹上　月喬斎　参
（包紙）「謹上　月喬斎参　弾正左衛門隣藤」（裏）「人見」

2　和歌門弟契約起請文　天文十二年卯月吉日

和歌二条家御門弟契約
状之事
右従今日請御訓説候事
不蒙御免許之間者一句
半言不可漏申候殊不可存
諸篇毛頭如在候若此條々
猥令違却者可在　住吉
玉津嶋人麿聖廟別而
八幡大菩薩御照鑑候仍而
起請文如件
天文十二年卯月吉日　藤原篤頼（花押）
謹上　月喬斎　御旅宿所
（包紙）「謹上　月喬斎　御旅宿所　藤原篤頼」（裏）「小賀」

3　和歌門弟契約起請文　天文十二年五月二十一日

和哥二条家御門弟契約
状之事
自今日令請訓説候事
不蒙御免許之間者一句半
言猥口外之儀不可有之候
殊者諸篇不可存等閑之儀候
此条々令相違者可有
和歌三尊別而當社八幡之
御照鑑者也仍執達如件
恐々謹言
天文十二年五月廿一日　義隣（花押）
謹上　月喬斎　御机下
（包紙）「謹上　月喬斎　御机下　義隣」

4　和歌門弟契約起請文　天文十九年九月二十五日

和哥二條家御門弟令
契約之上従今日請訓説
候事不蒙御免許之
間者一句半言不可及口
外候殊ニハ於于諸事毛頭
不可存疎儀候若此条ニ
猥令違却者可蒙
和哥之三尊別而者聖廟
當社日本國之大小之神祇御
罰候為後日如件　恐惶敬白
天文十九年九月廿五日　恵奝（花押）
謹上　伴鷗斎　御足下
（包紙）「謹上　伴鷗斎　御足下　恵奝」

5　和歌門弟契約起請文　二月二十二日

和哥二條家御門弟令
契約之上自今日・請訓説候
事不蒙御免許之間者
一句半言不可及口外候殊ニハ
於諸事毫髪も不可存疎
像候若此条々猥令違却者
可蒙

和哥三尊別而者聖廟當社
日本國之大小之神祇御
罰候為後日如件　恐惶謹言
二月廿二日　左衛門大夫隆景（花押）
謹上　伴鷗斎　尊座下
（包紙）「謹上　伴鷗斎　尊座下　左衛門大夫隆景」（裏書）「大館」

6　和歌門弟契約起請文　二月二十三日

和哥二條家御門弟令
契約之上従今日請訓説
候之事不蒙御免許之
間者一句半言不可及口外
候殊ニ於諸事毫髪も不
可存疎儀候若此条々猥令
違却者可蒙
和哥之三尊別而者聖廟當社
日本國之大小之神祇御罰候
為後日如件　恐惶謹言
二月廿三日　石越文三平与古（花押）
謹上　伴鷗斎　尊座下
（包紙）「謹上　伴鷗斎　尊座下　石越文三与古」

7　和歌門弟契約起請文　三月三日

和歌二條家御門弟令契
約之上従今日請訓説候事
不蒙御免許之間者一句半
言不可覃口外候殊ニ者於
諸事毫髪も不可存疎儀候
若此条々猥令違却者可蒙
和哥之三尊別而者　聖廟
當社日本國之大小之神祇御
罰候為後日如件　恐惶謹言
三月三日　藤原重昌（花押）
謹上　伴鷗斎　人々御中

8　和歌門弟契約起請文　三月十七日

和哥二條家御門弟令
契約之上従今日請訓説

候之事不蒙御免許之
間者一句半言不可及口外
候殊ニハ於諸事毫髪モ不
可存疎儀候若此条々猥令
違却者可蒙
和哥之三尊別而者聖廟當
社日本國之大小之神祇御罰候
為後日如此恐惶謹言
　三月十七日　右近大夫隆明（花押）
謹上　伴鷗斎　尊座下
（包紙）「謹上　伴鷗斎　尊座下　右近大夫隆明」（裏書）「植田」

9　和歌門弟契約起請文　姑洗（三月）十八日

和哥二條家御門弟令契約
之上自今日請訓説候事不
蒙令逸許之間者一句半言
不可及口外候殊ニハ於諸事毫
髪モ不可存疎儀候若此条々
猥令違却者可蒙　和哥之三
尊別而　聖廟當社日本國之大
少之神祇御罰候為後日之如
件恐惶謹言
　姑洗十八日　長怡（花押）
謹上　伴鷗様　人々御中
（包紙）「謹上　伴鷗様　人々御中　長怡」

10　和歌門弟契約起請文　三月二十六日

和歌二條家御門弟令契
約之上従今日請訓説候之事
不蒙御免許之間者一句半
言不可覃口外候殊ニ者於諸
事毫髪も不可存疎儀候
若此条々猥令違却者可蒙
和哥之三尊別而者　聖廟當社
日本國之大小之神祇御
罰候為後日如件　恐惶謹言
　三月廿六日　前常陸介真潮（花押）
（包紙）「謹上　伴鷗斎　人々御中　前常陸介真潮」（裏書）「疑谷」

11　和歌門弟契約起請文　卯月二十八日

和哥二條家御門弟令
契約之上従今日請訓説
候之事不蒙御免許之
間者一句半言不可及口外
候殊ニハ於諸事毫髪も不
可存疎儀候若此条々猥
令違却者可蒙
和哥之三尊別而者聖廟
當社日本國之大小之神祇
御罰候為後日如件　恐惶謹言
卯月廿八日　左衛門佐隆健（花押）
　謹上　伴鷗斎　玉座下
（包紙）「謹上　伴鷗斎　玉座下　左衛門左隆健」（裏書）「上白土」

12　和歌門弟契約起請文　五月十二日

和哥二條家御門弟令
契約之上従今日請訓説
候之事不蒙御免許之
間者一句半言不可及口外
候殊ニ者於諸事毫髪も
不可存疎儀候若此条々猥
令違却者可蒙
和哥之三尊別而者聖廟當
社日本國之大小之神祇御
罰候為後日如件　恐惶謹言
　五月十二日　直清（花押）
謹上　伴鷗斎　人々御中
（包紙）「謹上　伴鷗斎　人々御中　直清」（裏書）「伊藤彦太郎」

13　和歌門弟契約起請文　五月二十八日

和哥二條家御門弟令
契約之上従今日請訓説
之事不蒙御免許之
間者一句半言不可及口外
候殊ニハ於諸事毫髪も不
可存疎儀候若此条々猥
令違却者可蒙

和哥之三尊別而者當社
三所日本國之大小之神祇
御罰候為後日如件　恐惶謹言
　五月廿八日　大宮司中臣則久（花押）
謹上　伴鷗斎　御尊座下
（包紙）「謹上　伴鷗斎　御尊座下　大宮司中臣則久」

14　和歌門弟契約起請文　七月二十二日

和哥二條家御門弟令契約
之上従今日請訓説候事不
蒙御免許之間者一句半言
不可及口外候殊ニハ於テ諸事
毫髪も不可存疎儀候若此
条々猥令違却者可蒙
和哥之三尊別而者聖廟當社
諏方上下殊日本國之大小神祇
御罰候為後日如件　恐惶謹言
　七月廿二日　備前掾續綱（花押）
拝呈　伴鷗斎　玉案下
（包紙）「拝呈　伴鷗斎　玉案下　備前掾續綱」（裏書）「次田」

15　和歌門弟契約起請文　八月五日

和哥二條家御門弟令
契約之上従今日請訓説
候之事不蒙御免許之
間者一句半言不可及口外
候殊ニハ於諸事毫髪も不
可存疎儀候若此条々猥令
違却者可蒙
和哥之三尊別而者聖廟當社
日本國之大小之神祇御罰候
為後日如件　恐惶謹言
　八月五日　左衛門大夫義簾（花押）
謹上　伴鷗斎　尊座下
（包紙）「謹上　伴鷗斎　尊座下　左衛門大夫義簾」（裏書）「佐竹」

16　和歌門弟契約起請文　八月五日

和哥二條家御門弟令

契約之上従今日請訓説
候之事不蒙御免許之
間者一句半言不可及口外
候殊ニハ於諸事毫髪も不
可存疎儀候若此条々猥令
違却者可蒙
和哥之三尊別而者聖廟當社
日本國之大小之神祇御罰候
為後日如件　恐惶謹言
八月五日　宗左（花押）
謹上　伴鷗斎　尊座下
（包紙）「謹上　伴鷗斎　尊座下　宗左」（裏書）「従之」

17　和歌門弟契約起請文　霜月二日

和哥二條家御門弟令契
約之上従今日請訓説候之事
不蒙御免許之間者一句
半言不可及口外候殊ニハ於諸
事毫髪も不可存疎儀候
若此条々猥令違却者可蒙
和哥之三尊別而者聖廟當社
日本國之大小之神祇御罰候
為後日如件　恐惶謹言
霜月二日　右近尉通直（花押）
謹上　伴鷗斎　尊座下
（包紙）「謹上　伴鷗斎　尊座下　右近尉通直」（裏書）「江戸」

18　和歌門弟契約起請文　極月二十三日

和哥二條家御門弟令
契約之上従今日請訓説
候之事不蒙御免許之
間者一句半言不可及口外候
殊者於諸事毫髪も不可
存疎儀候若此条々猥令
違却者可蒙
和哥之三尊別而者○聖廟當社薬師十二神
日本國之大少之神祇御罰候
為後日如件　恐惶謹言

極月廿三日　金乗宗徹（花押）
謹上　伴鷗斎　尊座下

19　仙隣斎昌怡書状　林鐘（六月）九日

純公甚重之御芳恩
誠以不可説候是に
奉感心候然者属此御
好自今以後猶以被相加
門下生別而御司南備
所仰候者不可存如在候
両神聖廟筑波鹿嶋
大小神祇可有照鑑候
恐惶敬白
　林鐘九日　昌怡（花押）
拝進　伴鷗斎　玉床下
（包紙）「拝進　伴鷗斎　玉床下　昌怡」（裏書）「仙隣斎」
（札紙）「此旨純公霊鑑奉仰者也」

20　契約起請文封紙

（包紙）「謹上　伴鷗斎　参玉床下宮内太輔隆秀」（裏書）「上遠野」
＊包紙のみ。

21　ひをりの日

右近の馬場のひをりの日の事
右マ弓ノ手結ニトネリトモマサシク褐
ヲヒキオリテ着タルヲヒオリト云也タカ
ハヌト云々
口傳云賀茂明神ハ天照太神一躰ニテ
皇城ヲ守護シタマウ御神也然レハ榊
ヲ禁中ヘムカヘ奉リテ神事アリ其時
日天子高御座ヲ一階ヲリサセ給也サアル
ニヨリテヒテリトハ云也可秘々々
褐ヲヒキオルナラハオノ字ハシノヲアタラ
ス是ニテ可校令者也
右切紙ノ外ノ古今《》口傳也
　師説如斯
　　兼載判

兼純判

宗悦（花押）

（端裏）「ひをりの日」

22　若紫

伊勢物語口傳
春日野のわかむらさきのすり衣
此部煩悩則菩提生死則涅槃ト書
タリサアルニヨリテ此哥第一ニヲケリ先
恋ノ哥ヲ出ソレニトリテ心アリ紫ハ女ノ
事古来タトヘアリ冬ノ黒色土用ノ黄
色青ノ青色相合シテ紫ニナル依之
草ノ萌出色ミナ紫也其姿三角也
則火印也□煩悩生長ノ初一念ヲ
火ヨリ起ナリ武蔵野ト云ヘキヲ春日
野ト云南陽火徳ノ心ナルヘシ可秘々々

師説如斯

兼載判

兼純判

宗悦（花押）

（端裏）「若紫」

23　草ノ上ノ露

草のうへにをきたりける露
闇夜ニ露ミユヘキニアラス是ハ夫婦
交会ノ儀也一滴ノ鉾ノシタヽリ天
地トサシワカル是陰陽ノ始也草ノ字
又秘口傳アルヘシ

師説如此

兼載判

兼純判

宗悦（花押）

（端裏）「草ノ上ノ露」

24　御神けきやう

御神けきやう
右ゲキヤウハ現形也御神カタチヲ
アラハシ給ト云心也サラハゲンギヤウト

ヨムヘキヲカクイヘルハ如何トナレハ秘スルニ
ヨリテ也問云目ニ見エヌ鬼神トコソ
イヘルニカタチヲアラハス事不審
答云卅一字ノ和哥則神ノ形也尤
可秘々々
師説如此
兼載判
兼純判
宗悦（花押）
（端裏）「御神けきやう」

25　切紙小片　＊古今伝授切紙の見本二枚

（表）「切帋本」
（裏）「私ヨコノ長サ」
（表）「以宗祇判形本調之 永正七年十月七日　切紙本」
（裏）「以野州判形本宗祇写之」
（包紙）「従宗祇切帋相傳云々」

26　種

・自往古師資相承血脉依繁多京極
黄門ヲ初トス・定家―為家―為氏―為世―
頓阿初○号泰仁○是ヲ嫡流於二二條家一施《ト》二千金《シ》一應《ヲ》二貴命《シ》一《ニ》
捨《トモ》二一身《ヲ》一率爾《ニ》莫レ傳《コト》　書顕事其哉涂《ニ》憶
持シテ後速ニ可投丙丁矣
・一ヲカ玉ノ木或ハ歳木或ハ若水等云々如此
異説多シ何モ非實義為秘○正義假説ヲ立柴
ノ義ヲ偈世間ニ唆テ為秘傳
口受云
一ヲカ玉《御賀玉》ノ木真儀本名ハ御門ノ三種神器ノ
中ノ内侍所ノ御事ヲ申奉ルナリ
哥云口傳
・春スキテ夏キニケラシ白妙ノ衣ホステフアマノカク山　当家ニ用カコトモ
本哥云
・御吉野ノ吉野ノ瀧ニウカヒ出ルアハヲカ玉ノキユトミツラン
天岩戸ヲ開シ時天照大神ノ御覧鏡ニウツリシ時
其御躰玉ナリシカハ諸神ノアハ御皃玉ト悦ヒ給

ヒシ故ナリ口受在
・一サカリコケ・盛護釵璽ノ御事也同有契約状
一┌陽ワラヒ・御寶釵ノ御事ナリ二名一躰也有口受
　└陰カハナクサ　・賀和嫁
以上三種神器畢
爰云
カハナクサヲ除テメトニケツリハナサス　妻戸ニケツリハナサス口決
此一種ニ陰陽ノ義ヲ結テ・寶釵ト口決スル事
当家ニ此一義アリ其時ハワラヒカハナクサヲ除
・ヲカ玉ノ木・サカリコケ・妻戸ニケツリハナサスヲ《テ》
三ケトスルナリ是モ三箇ノ正躰ハ同事ナレトモ
・御賀玉木・盛護釵・ワラヒ陽 賀和嫁陰・二種一躰ニシテ
是ヲ三箇ノ正義ニ用也矣
堯恵

27　六義秘傳

六義秘傳
┌風《ソヘ哥》 第四ノタトヘ哥ノ所ニ初ノソヘ哥ト同シ
ヤウナレハ少シサマヲカヘタルナルヘシト侍ルハ
アマリノ事ナリ更ニマカハヌ事也タトヘ
ニニアリカクシテタトヘタル方ヲハ風ノ哥ニ
取アラハシテタトヘタル方ヲハ興ノ哥ニトル
ナリ諷歌《ソヘウタ》
難波津ニ咲ヤコノ花冬コモリ今ハ春ヘト
サクヤコノ花　是ハ仁徳天皇ノ御即位
ノ以前ヲ冬コモリト云テ　御即位ノ御
時ヲ今ハ春ヘト讀テ天皇ヲ梅ノ花ニ
タトヘ奉ルナリ子細ヲノヘサレハ心アラハレ
サルニ依テ此風ノ所ニカキリテ大鷦鷯
ノ御門ヲソヘタテマツル哥ト書リ
┌賦《カソヘ哥》 第五ノタヽコト哥ニ少シマカフサマナリ
雅ハマサシクサシツメテ云タル哥也此賦ハ
思ヤリテ云タル哥也　量《ハカル》ナリ
サク花ニ思ヒツクミノアチキサ身ニイタ
ツキノイルモシラステ　哥ノ心ハ花ニツクミ
ノ居タルヲ此鳥花ニ心ヲ着シテアル間
箭ニアタルヲモシラスト思ヒハカリテヨメル
哥ナリイタツキハ箭ノ根ノイタツキ

ナリ

比《ナスラヘ哥》

是ハ物ヲヨヒ出シテ其ヲヤカテ捨テ
我用ヲ本ニ云ナス也ソレヲ云ワケントテ
古注ニコレハ物ニモナスラヘテト書リ此
テノ字ノ濁ルコト當家ノ傳来ナリ
物ニモナスラヘテト清ト云説アルカ此儀
昔一往不審アリシカトモ物ニモノモノ
字不相當マヘノソヘ哥モナスラヘタルニ似
タルニ依テ書タル詞也下ノタトヘ哥ノ注
ニカクレタル所ナンナキト云モソヘ哥ヲ指
テカハル所ヲ云言ナリ君ニケサアシタノ
霜ノオキテイナハ恋シキコトニキエヤワタ
ラン　ミツシホノナカレヒルマヲ　ヲトニノミ
キクノ白露　アツサ弓イソヘノ小松　如此
一詞ノ二ノ心ニ亘《ワタル》ル皆此義ナリ　忍フ山シノ
ヒテカヨフナトモ同此類也

興《タトヘ哥》

是ハアラハシテタトヘタル哥ナリ風ノ
所ニ此儀ヲ釋ス花ヲ雲ニマカヘ月ヲ
雪ニマカヘ露ヲ命ニタトフル皆コノ
躰ナリ
ワカ恋ハヨムトモツキシアリソ海ノハマノ
マサコハヨミツクストモ　カヤウニアラハシテ
タトヘテ更ニソヘ哥ニマカフマシキ事ヲ
古注ニハシメノソヘ哥ト同シヤウナレハ少シ
サマヲカヘタルナルヘシト書ル　定家ノ心ニ
カナハスサレトモヨクヲシヘンノタメ歟

雅《タヽコト哥》

是ハ正シクサシツメテ理ヲ云タル哥也
雅ハタヽシトモマサシトモヨムナリ正ノ字ト
同心ナリ物ヲ分別シタル方ハカソヘ哥ニ
似タレトモ大ニ心カハリタルナリ
偽ノナキ世ナリセハイカハカリ人ノコトノハ
ウレシカラマシ

頌《イハヒ哥》

是ハ祝タル方ホメタル方皆此頌ノ
義ニ取ナリ世ヲホメテ神ニ告ルト云ル
古注スナハチ毛詩文選等ノ心ナリ
世間ヲ褒美スレハ神明必ス歓喜シ
玉フ故也
抑詩ノ六義ヲ和哥ニウツセル事孔子出

世以前ハ六義各々ニアリシヲ孔丘出テ風賦比興雅頌トツラネ玉ヒヌシカルニ風雅頌ノ三ヲハ地ニヲキテ賦比興ノ三ヲハ文ト立タリ其故ハ風ハ面ニ言ヲアラハサ、レトモ裏ニ心ヲフクミテ表大ヤウナリ雅ト頌トハ詞ヲ面ニアラハセトモウチムカヒタル姿ナリ如此大綱ナル方ヲハ地盤ニ成テ詩ニハ是ヲ篇巻トタツ賦比興ノ三ハ詞ヲ種々ニツクシ心ヲ無窮ニツカヒタレハ此三ヲハ文ト立タルナリ和哥ハ篇ニ四季恋雑ノ六ヲ地盤ニ立タレハ六義ヲ皆文トナセリ六義ハ詩ヨリ起レリトハカリ心得テ和朝ニ會釋シタル相傳ヲ不知ハ永ク六義分別可相違者也此極秘最不可有慎之矣

（裏書）「六義秘傳」（包紙）「六義秘傳」

28　万葉時代相傳

万葉時代相傳

此集ノ應　勅マチ〳〵ニ申侍リ当家ノ相承文武天皇ニテマシマス也天皇御在位十一年ナリ柿本人麿此時代マテ侍リキ人丸逝去ノ後左大臣橘ノ諸兄ニ仰テ撰セラル然ニ序ニ万葉集ヨリ以来ノ事ヲ云トテ年ハ百トセアマリ代ハ十ツキト侍リ十徒ノ傳ハ別帋ニ備フ此切帋ニ所載ノ百トセアマリト云事ハ文武天皇十一年ヨリ延喜五年マテ百九十五年ナリ然ルヲ二百年ニ少シタリ侍ラヌヲタヨリニテ文章ニカ、リテ書タル事也代ハ十ツキト云ルモ十六代ヲ六代除キ奉リテ書リ餘リヲコマカニ書侍レハ文章クタクル間聞ヲ本ニ書リ継説ニモ般若ノ説時ヲ云ニ仁王經ニハ二十九年説摩訶般若ト説法花経ニハ經二十年執候家事ト説リ九年ヲ略ソ暫ク満数ヲ取テ文章ニ申シリ已ニ經説サヘ如此万葉ハ平城天皇ノ御代マテ追加アリシ也爰ニ平城天子ヲ

始トシ奉リテ十ツキト申也顕昭ナト
立タル歟當家ニ不用之矣
（端裏）「万葉時代相傳」（包紙）「万葉時代相傳」

29　一首六義口決

／明／若／壽風哥一首六儀口決
・第一ソヘ哥　風　ホノ〳〵トアカシノ浦ノ朝霧ニ嶋カクレ行舟ヲシソ思フ
此哥底ニ高市御子ノ崩御ヲ歎キ
カクシ上ニ船ニソヘ○《テ》ヨメリ仍テ風ノ哥ナルヘシ
・第二カソヘ哥　賦
崩御ヲアハレ定ナキ物カナト思ヘル心思量ニ
ワタリ侍レハハカラヒソヘタル方量ノ義ナル○《ニ》ヨリ
賦ノ哥ナリ
・第三ナスラヘ哥　比
一物ヲ両方ニワケタリ朝ノ字ヲ御門トヨメリ
霧ヲマヨヒノ方○《ニ歟》取ナリ朝ノ霜ノオキテ
イナハト云哥ニテ可心得比ノ哥也
・第四タトヘ哥　興
君ヲ正シク船ニタトヘ奉レル方興也

・第五タヽコト哥　雅
アリノマヽニ現形スル方正シク雅也
・第六イハヒ哥　頌
高市親王明君ニテ御座スト云方明意ノ
心ナリホノ〳〵ト云方仁徳ノ朗然タル質ヲ取
ル方頌ナリ頌ハホメタル心ナリ詩序曰頌者
美《ホメテ》威二徳《ノ》之形容《ケイヨウヲ》一以二其成功《ヲ》一於告《マウス》二神明《ニ》一
者也祝言之躰耳
（裏書）「一首六儀口決」（包紙）「一首六儀口決」

30　古今二字相傳

・古今二字相傳
・天神七代
・第一国常立尊　陽神　・第二國狭槌尊　陽神
・第三豊斟渟尊　陽神
・第四泥土煮尊　陽神　・沙土煮尊　陰神
・第五大戸之道尊　陽神　・大苫間邊尊　陰神
・第六面足尊　陽神　・惶根尊　陰神
・第七伊弉諾尊　男神　・伊弉冉尊　女神

・地神五代
・第一・天照太神
・第二・正哉吾勝々速日天忍穂耳尊
・第三・天津彦々火瓊々杵尊
・第四・彦火々出見尊
・第五・彦波瀲武鸕鷀草葺不合尊
・人王
・第一神武天皇ヨリ五十九代宇多天皇マテヲ古ト指シ當御代延喜御門ヲ今ト指也又延喜ヨリ古ト指テ後世ノ當今ヲ今ト指奉ルヘキ也如此勘ヘ移リテ天地日月ノ有シ程ハ此哥道絶事アルヘカラスト云心ニテ古今ト号セリ此故ニ和序ノ終リニ大虚ノ月ヲ見カ如クニ古ヲ仰キテ今ヲコヒサラメカモト書ル則古今ノ二字ヲ名ツケタル詞也矣

京極黄門云凡此部哥ハ与日月倶懸テ与鬼神争興非凡慮所及

私云是ハ文選表ノ巻ノ文也

（裏書）「二字」（包紙）「二字」

31　十継ノ傳

十継ノ傳

聖武　文武ノ御子　孝謙　聖武ノ御女
桓武　光仁ノ御子　平城　桓武ノ御子
仁明　嵯峨ノ御子　文徳　仁明ノ御子
清和　文徳ノ御子　陽成　清和ノ御子
宇多　光孝ノ御子　醍醐　宇多ノ御子

以上十代也

是ハ文武天皇ヨリ延喜マテ十九〔六歟〕代ナルヲ代ハ十ツキト序ニ侍ル口傳ナリ

廢帝　一品舎人親王　稱徳　孝謙重祚
光仁　施基皇子第六子　嵯峨　平城ノ弟
淳和　同御弟　光孝　文徳ノ御弟

以上六代

或ハ親王皇子ノ御子或ハ平城文武ノ御弟ナリ十継ヲハ継躰トテ御門ノ

直ノ王子ノ継玉フヲアケテ文章ニ
カ、リテ書リ其外ノ六代ヲ除キ
奉リタルナリ矣
（裏書）「十継」（包紙）「十継」

32　ヲカ玉ノ木ノ事

＼ヲカ玉ノ木ノ事
一説柏ヲ云ト云々日本紀哥云
　千ハヤフルヲカ玉ノ木ノ鏡葉ニ
　神ノヒモロキウチトケニケリ
一冷泉家ニハ門ニ立ル歳木ト云々
又云栗木ナリ岡ニ実ノ落タルカ
玉ノヤウナルニヨリテ有此名ト云々
又俊成定家卿説云木ノ名ノ木ニ書
ナラヘタレハ無經木ノ名ト見ユサレト
近世ニサル木アリト云人ナシトアリ是ハ
例ノ秘事ヲカクサレタルニヤ家隆卿説
柳ナリヲカトハ御賀ヲヤハラケテ
云ナリ

＼ヲカ玉ノ木　定家卿相傳松也
松ハ岡ニモハウアル木玉松ナト云ハホメ
タル儀也
所詮柳モ松モ東宮位ニ即給時
御護ニ作テ錦袋ニ入テカケサセ
奉ル也云々可秘々
（裏書）「ヲカ玉ノ木」
（包紙）「ミタリノ翁／ヲカ玉ノ木」　41と一包み

33　メトニケツリ花サス

・メトニケツリ花サス
種々説アリトイヘトモ不用之
・著也霊草也昔ハ佛名ナトニ
仏ニ献也ト云々
ケツリ花トハ白木ニテ花ヲ作テ
著中ヘサシ入ルナリ奥儀抄ニ
モ同之又妻戸ト云説不可用之
可秘々
（裏書）「メトニケツリ花」

（包紙）「三箇ナレトモ四箇以古来如此」
（包紙裏書）「メトニケツリ花／ヲカ玉ノ木／サカリコケ／カハナクサ」

34　三ケ口伝之一種　ヲカ玉ノ木

三ケ口傳之一種
ヲカ玉ノ木
サカキヲ云也秘密ナリ
榊　是也
（裏書）「ヲカ玉ノ木」
＊包紙33に同じ

35　サカリコケ

・サカリコケ
種々説アリ・手向草也
日影トモ云奥山ナトニ年ヘタル松ニ
苔ノ長ク生サカリタルヲ五節ノ
神楽ニ冠ニサクル日影○《ハ》此事也ソレナ
キ時糸ヲ代ニカケラル日影ノ糸ト○《モ》云
手向草露モイカ《ク歟》代カ契ヲキシ
濱松カ枝ノ色モカハラヌ
海邊ニモアリトミユ定家卿哥
大秘々
（裏書）「サカリコケ」
＊包紙33に同じ

36　カハナクサ

・カハナクサ
ナキサト云草也可秘々々
口傳水中ニ紫ノ花アリ
ヲモタカナト云説大ナル謬也
（裏書）「カハナクサ」
＊包紙33に同じ

37　一首十躰口決

・一首十躰口決
／アカシノウラノ
アサキリニ
・ホノ〱ト　シマカクレユク

フネヲシソ思フ
＼シマカクレユク
アサキリニ
・ホノ〳〵ト
アカシノウラノ
フネヲシソ思フ
＼フネヲシソ思フ
アサキリニ
・ホノ〳〵ト
アカシノウラノ
シマカクレユク
＼アカシノウラノ
アサキリニ
・ホノ〳〵ト
フネヲシソ思フ
シマカクレユク
＼シマカクレユク
アサキリニ
・ホノ〳〵ト
フネヲシソ思フ
アカシノウラノ
＼アカシノウラノ
ホノ〳〵ト

・アサキリニ
シマカクレユク
フネヲシソ思フ
＼シマカクレユク
ホノ〳〵ト
・アサキリニ
アカシノウラノ
フネヲシソ思フ
＼フネヲシソ思フ
ホノ〳〵ト
・アサキリニ
アカシノウラノ
シマカクレユク
＼アカシノウラノ
ホノ〳〵ト
・アサキリニ
フネヲシソ思フ
シマカカクレユク
＼フネヲシソ思
ホノ〳〵ト
・アサキリニ
シマカクレユク
アカシノウラノ

・一首五躰三義哥

／春ヤムカシノ
ハルナラヌ
・月ヤアラヌ
ワカ身ヒトツハ
モトノ身ニシテ
／モトノ身ニシテ
ハルナラヌ
・月ヤアラヌ
春ヤムカシノ
ワカ身ヒトツハ
／ワカ身ヒトツハ
ハルナラヌ
・月ヤアラヌ
モトノ身ニシテ
春ヤムカシノ
／ハルヤムカシノ
月ヤアラヌ
・春ナラヌ
ワカ身ヒトツハ
モトノ身ニシテ
／モトノ身ニシテ
月ヤアラヌ
・ハルナラヌ
春ヤムカシノ

ワカ○《身》ヒトツハ
此哥／明／君／壽／風得半智哥ナリ
六義ノ方ヲハ興雅頌ノ三ノ心
不叶矣
（裏書）「一首十躰口決」（包紙）「一首十躰口決」

38　三人翁哥傳

三人翁哥傳
住吉
カソフレハトマラヌモノヲ年トイヒテ
今年ハイタク老ソシニケル
人麿
ヲシテルヤナニハノミツニヤクシホノ
カラクモワレハ老ソ《ニ》ケルカナ
業平
老ラクノコントシリセハ門サシテ
ナシトコタヘテアハサラマシヲ
（裏書）「三人」（包紙）「三人」

39　三鳥大事

三鳥大事
　モ、チトリサエツル春ハ物コトニ
　アラタマレトモ我ソフリユク
此鳥ウクヒスト云説アレトモ只百千
鳥也オホクノ鳥ノ事也鶯ニアラサ
ル證哥ニ云
万葉我ヤトノエノミモリハムモ、千鳥
　チトリハナケト君ソヲトセス
此哥ニ知ヌ秋ノ諸鳥ノ榎《エ》ノミモリハム事ヲ
ヨメリト春ノ一陽至リテ諸鳥ノサエツルヲ
ヨメルナリカヤウニ百千ノ事ハ春ニヒカレ
テアラタマリ侍レトモ我身ヒトリフリ
行事ヨトヨメル猿丸大夫ノ哥也鶯モ則
諸鳥ノ類《タクヒ》ナレハ百千鳥ノウチニハコモリ侍ヘ
ケレトモ只是ハ多クノ鳥ノ事ナルヘシ
　次ニ喚子鳥
　ヲチコチノタツキモシラヌ山中ニ
　オホツカナクモヨフコ鳥カナ
此鳥種々ノ鳥ヲ名ツケ侍レトモ当家ニハ
都々鳥ヲ云也鶏ノ子ヲヨフ時ハト、ト、ト
云侍レハ此鳥春ノ比山中ナトニ来リテ
ツ、ツ、ト鳴侍ル聲ト、ト、ト云ニ似タレハ
都々鳥ノ聲ニヨリテヨフコ鳥ト名付タル也
ヲチコチトハアナタコナタト云心ナリ遠近ト
書リタツキトハ便《タヨリ》ナリ春ノ山フカキ所イツ
クモワカスカスミワタレルニ子ヲヨフコエキコユルハ
ナニ物ヤランオホツカナクモ侍ルモノカナトヨメル
哥ノ心ナリ猿丸大夫ノ哥ナリ
　次ニ稲負鳥
　我門ニイナオホセ鳥ノ鳴ナヘニ
　ケサ吹カセニカリハキニケリ
此鳥当家ノ相傳石鴒《レイ》也家隆ハイナオホセ
鳥ノコカレハモト云テ此鳥ヲ鵖ト心得タル歟
大ニ不用事也又他説ニ云ク伊弉冉《サナキ》ノ尊
伊弉諾《イサナミ》尊ニムカヒテ嫁セントノ玉ヒシ時ニイナトノ玉ヒシヲ
逆鱗《ケキリン》アリシカハ折節此鳥来リシヲ今ノ
イナト云ヒ侍リシハアノ鳥カ申侍リト答ヘ玉

へハ逆鱗ナヲリテ嫁シ玉フ也サテ此鳥ノ尾
頭ヲクナキ侍ルヲ見玉ヒテ嫁ノ姿ヲハシメ玉へハ
トツキヲミへ鳥トモ云トイへリ此義ニヨリテ
此哥ノ心ハ陰陽合躰ノ姿ヲヨメリ我門ニト
云ルハ女人ノ陰門ナリカクハキニケリトハ男ノ
玉幢ナリト云リ此説大ニ不用事ナリ
カ様ニ云テ哥ノ心ナニカ面白ク侍ランヤ當家
ニハトツキヲミへ鳥ノ事ハサモアリヌヘシ哥ノ
心ハ先稲負鳥ト云事秋ノ稲ヲカリハコヒ
侍ル時分カリ田ナトニ来テ鳴侍レハ時節
相当ニ自然ト云ツケタル名ナリ門田ノイナ
クキ秋ノ草ノ漸ク色ツキワタレル朝ノ物
スサマシキオリニ空トフカリノヲトツレタル
景氣アハレナル物カナトヨメル哥ノ姿ナリ此外ニ
ヲロソシケナル別ノ相傳アルヘカラス嫡流ニ
条家ノナラヒ邪ナル事更ニナシ是即チ極
秘ノ口傳ナリ矣
裏書「三鳥」
39、40は一包み

40　三輪

傳教大師ノ御前へ他人来リテ
受衣ヲ望ム大師則袈裟ヲ授ケ
玉ヒテ汝何クヨリソト尋玉ヒシ時
　我イホハ三輪ノ山本恋シクハ
　トフライキマセ杉タテル門　ト在
サテハ彼明神也ト思食サレキ此
明神ハ素戔烏尊ト稲田姫和合ソ
生シ玉へル御神也人丸哥ニ云
　太汝スクナミ神ノ作リマス
　イモセノ山ハミレハ《ト》アカヌカモ
彼三輪山ヲイモセノ山ト云也伊勢カ
哥モ此哥ノ因縁ヨリヨメリト也
カノ明神則和哥ノ祖神也矣
（裏書）「三輪」（包紙）38の中

41　ミタリノオキナノ事

一ミタリノオキナノ事
彼明神之詠也底中表ノ三躰也

翁トハ此三首ノ哥ナレハナリ又御影ニ
オキナ形ナルマシマス事アリ翁ハ有
為ノ身ノ終近キ事ヲシメス杖ヲツキ
給フハ此世ノ足ヲト丶ムヘキ所ナクアヤウ
キ心ヲシメス也彼社家ニハ第一伊勢宮
第二諏方第三住吉第四神功皇后
ト云々第四ハ勿論也又説第三底中
表之三神マシマスニヤト云々
　此三首ハ和光同塵ノ理也平人ニ
　同シテ○《老シテ》悲ム哥也
（裏書）「ミタリノ翁」
（包紙）「ミタリノ翁／ヲカ玉ノ木」　37と一包み

42　序中ノ正義

序中ノ正儀　端七段
一ヤマトウタト云事大日本哥又ハ敷嶋ノ
道ト号ス両義トモニ其謂勝絶タリ雖然
其儀ヲハ暫クサシヲキ侍リ先ヤマト丶云ハ和
國ノ名哥ト云者志ヲ述ル詞ナリト意得ヘキナリ

一人ノ心ヲタネトシテト云事毛詩序云ク詩
ハ志ノ所之トアリ是ヲ證據トセリ其志ト云
字ヲ釋スルトテ多クノ義ヲ述タリ然ルヲ
次下ノ文ニ情動テ㆓於中㆒言形ル㆓於外ニ㆒ト云義ニテ
コマカニ心得アハスルナリ其證中ニウコク情
ヲクタキテ百錬鑑ノ如クニシ言ヲモ亦同シク
錬《ネル》ヘシト也為兼等ハ此修行ヲ相傳セサルニ
ヨリテ歌アラカリシト也
一花ニ啼鶯水ニスム蛙ト云事此両條日本
記ニ鶯童ノ哥河出女ノ哥ト侍ルヲ證據
トシテ書リト云此義不用此鶯河出ノ實
義只一切ノ有情其心ヨリ出テ聲ヲ發スル
モノナレハ其志シ同根ナリ万物和哥ニ非ス
ト云コトナシト云心ナリ
一チカラヲモイレスシテアメツチヲ動シト云コト
毛詩云動シ㆓天地ヲ㆒トアリ爰ニ事理ノ二種ア
リ事ト云ハ多ハ知ル鳥獣草木ノ名㆒ト云ヲ
證據トシテ哥ヲヨム者ハ天地日月雲霞等
ノ一切ノ質其言ニ非スト云モノナシ理ト云者

其情也色モナク形モナク力モナクシテ天地ヲ動シ侍リ天地則チ五行ニスキス哥又五行ナレハアメツチヲ動シト云リ事理和合ノ時一首ノ哥トナル故ナリ

一メニミエヌオニ神ヲモアハレトオモハセト云事日域ニテ鬼神ノ哥ニメテタル事ヲ證據トセル事不用是モ毛詩次下ノ文ニ感《スルコト》二鬼神一莫レ近《スキタルハ》二於詩《ヨリモ》一此儀也和漢トモニ其心同シ

一ヲトコ女ノ中ヲモヤハラケト云ニ葛城ノ王ト采女ノ間ノ事ヲ證トスルコト不用又次下ノ文ニ経《シ》二夫婦《ヲ》一ト云事ヲ正證トス不和合ノ中モ詩哥ノ和ケル心ヨリ風ヲ移シ侍レハ則チ常住ノ質ニ婦シテ是ヲモト、シテ國家モ安全ナルヘシトナリ

一タケキモノ、フノ心ヲモナクサムルト云事モ爰ニ和朝ノ證ヲ取コト不用是モ則チ下ノ文ニ移レ風易レ俗《ヲ》ト云ヲ正證トセリ其心ハイカニ怒リヲ天下ニヲヨホスアラキ武士モ文道ヲワキマヘ知詩ノ風流心ニ至リヌレハ物ノアハレヲ分別シ善悪邪正ヲ定メ侍ル間ソノ如クニ哥モイカニ厳ヲモ拉クホトノタケキ武士モ此和哥ノ理リヲ悟リ得方ヨリ自然ニ五常ノ道ヤハラキテ國モ治リ家モサカフルモノナレハ和光同塵ノ内證トヒトシクシテ神明速ニ鎮護ノ道理ニカナヘリト云々仍コ、モトハ皆和哥ノ徳ヲアケタル序ノ書様ナリ矣

（裏書）「序中正義」（包紙）「序中正義」

43　長哥短哥口傳

長哥短哥口傳

此集ニ短哥ト云テオクニ長《ナカキ》哥ト云リ其躰一ナリ此哥ニハ終リニ三十一字ノ哥ヲソヘテ反《カヘシ》哥ト云リ但ヨノツネノ贈答ノ義ニ非ス反ト返ト字カハレリ前ノ短哥ニ云ノコセル事ヲ重テ云ル心也万葉ニハ卅一字ヲ反哥ト云リ當集ニハ・貫之カ古哥ヲ奉リ（・雑躰ノ巻ニ短哥ト書テマサシ所ニハ）ケルニ副テ奉ケルヲ長哥ト書テ躬恒忠

岑カ所是同シ崇徳院ニ百首哥人々々
メシ、時モヲノ〳〵述懐ノ哥ハ皆短哥ニヨミテ
奉シト仰ラレシカハ短哥ト書テ長哥ヲ奉
リニキ万葉ニハスヘテ卅一字ノ哥ヲハ短哥反
哥ト書テイカニモ長トハ書侍ラメ也タトヘハ
柿本朝臣人丸作哥二首トモ三首トモ書
タルハ皆卅一字ノ哥ニテ長クヨミツ、ケタル
哥ヲ宗トノ物ニテ長哥トモカ、スマシテ短
哥トモカ、ス只作哥一首トモ二首トモ書サルハ
皆長哥ニテ侍ナリ卅一字ノ哥ヲ長ト云ル
ハ一所モナキ也所詮聲ノ長短ニヨリテ卅
一字ノ哥ハ韵ノ中長ク云ツ、ク多字ニヨミ
ツ、ケタレトモ韻ノ短キニヨリテカリソメニ
云タル名言也本義只同シク多字ニ云ツ、ケタル
哥ヲ長哥トモ短哥トモ云也此義ヲシラセン
トテ古今ニ両様ニ書アラハセルナリ讀ヤウノ
事初四句ハタ、ノ哥ノ如クニテ末ノ七文字ニテ
ハツルヲ五文字ニテ讀テ以後ハ心ニマカセテ七文字
五文字ヲイクラモ作ナリ終ハ又七々也首尾ハ
一首ノ哥ニテ中ニ五七ノ句カ多キ也然レトモ首
尾ヲ常ノ一首和合ノ卅一字ノヤウニハヨマヌナリ
只文字ノ数ノ事也釋ソ云万葉ニハ長ク云ツ、
ケタル全躰ヲ指テ長哥ト云リ古今ニハ一韻ニ
マカセテ短哥ト云卅一字ノ哥ハ二韻也十七
字初三句一韻十四字後二句一韻カヤウニ卅一字ハ
一首カ二韻ナリ古今ニ短哥トサシタルハ十二字
カ一韻ナレハシハラク韵ニ依テ短哥ト云タル也
アフコトノマレナル色ニ一韻オモヒソメワカ身ハツネニ一韻
如此アフコトノト云ヨリ我身ハツネニト云マテ一首ノ心ニテ
二韻也卅一字ノ哥ヨリハ韵ノ短キニヨリテ也次ニ云反《ハン》
哥ト書タルヲハ只聲ニヨム也假名ニカヘシ哥ト書
侍ルトテ反哥カヘシ哥トハ不讀也心ハ同物ナレトモ
文字ニムカヒテヨム時ハカ様ニ可讀ト云ル當家ノ庭訓矣
（裏書）「長哥短哥口傳」（包紙）「長哥短哥口傳」

44　三人翁哥傳　（38三人翁哥傳の写しか）

三人翁哥傳
住吉

カソフレハトマラヌモノヲ年トイヒテ
今年ハイタク老ソシニケル
人麿
ヲシテルヤナニハノミヅニヤクシホノ
カラクモワレハ老ニケルカナ
業平
老ラクノコレトシリセハ門サシテ
ナシトコタヘテアハサラマシヲ
（裏書）「三人」（包紙）「三人」

45　ナヨ竹傳

ナヨ竹傳　　藤原忠房
ナヨ竹ノ夜ナカキウヘニ初霜ノ
オキキテ物ヲ思コロカナ
帝竹ト書リ御門ヲ竹ニタ
トヘ奉ルヨナカクシテ其節ニ
五常ノ仁徳ヲアラハシ内ニハ
正直御意ヲフクミタリ哥ノ
心ハカヽル君ノ仁徳ノ御世ニ生レ

合ナカラ吾身ノ不運ニヨリテ
世上ニ物ヲ思フヨト也源氏物
語ニイヘルモ只ツネノ竹ヨリモ
ヨノ長キヲ云ト云注アリ其
義無相傳故也
万葉山シロノ風ノサムサニヲトメラソ
カケテネヌ夜ノナカキナヨ竹
此哥ナヨ竹ノ本歌也此哥モ
ウチニ帝竹ノ心コモレリ禁中
御垣ノ竹トテ竹ヲウヘ奉ルモ
君徳ノ御心也山王ノ神前ニモ
此竹アリ君王山王合躰ナレハ
王ノ字即山ト云字也竪ノ三點
ヲウチ横ノ一點ヲ加横ノ三點
ヲ引竪ノ一點ヲ加ヘヨト侍ル此
義也帝竹ノ御心聖主ト神
明トヒトツ御心也矣
（裏書）「帝竹」（包紙）「帝竹」

46　天地人三才哥相傳

・天地人三才哥相傳　（序中口决）
・問テ云コノ哥アメツチノヒラケハシマリ
ケル時ヨリイテキニケリトアリテ古注ニ
アマノウキハシノシタニテト書リ如何
・答テ云マコトニ天地ヒラケハシマリシハ
第一國常立尊ナリ哥ノ理ハ此時ヨリ
自然トヲコリシヲ其後有情アック
成テサトリ知ヌ爰ニ天神第七代イ
サナキイサナミノ尊ノ夫婦ノヨソヲヒ
ヲシ始メ玉ヒシ時コトハノヲコリ始シヲ哥
ト云ナリ　ヲ神ノ云ク　＼アナウレシヤ
ウマシヲトメニアヒヌ　メ神ノ云ク　＼アナウ
レシヘヤウマシヲトコニアヒヌ　是ナリ
是ハ事ノ哥也理ノ哥ハ國常立尊ノ
御スカタ空中ニ物アリ其形葦牙《アシカヒ》ノ
如シト云テアシノツノクメル時ノヤウニ在シ
ナリ其時ヨリ理ハキサシ出タルヲ詞ニ
アラハスヲ事トセリ卅一字ノ哥ニナセ

ルヲウツクシク事理和合ノ哥トス然
ルヲ久カタノアメニシテハ下照姫ニハシマリ
ト云事ハコレソ哥ト思ヒテヨメル故ナリ
又天上ニテノ哥ノ始トス二神ノアナウレシ
ヤノ哥ハアマノウキ橋ノ下トアリ地ニ
下リテノ事也下照姫ノ哥云
　アモナルヤ・ヲトタナハタノ・ウナカセル・タマノ
　シスマルノ・アナタマハヤミ・タニフタ・ワ
　タラス・アナスキタカヒコネ
下照ヒメハ天　稚　彦《アメワカヒコミコトモ》ノメナリアメワカミコハ
高皇彦《タカミムスヒ》ノ靈ノ神ノ御子也アメワカミコヲ天
照太神ノ天ヨリノ命ヲカロクセラレシ間
天上ヘメセトモノホラス第四使ナ、シノ雉
ト云キシヲ下サレキ此雉ヲアメワカミコ
射コロサルソノ箭ヲオイナカラ天上ヘ
ノホル天照大神コノ箭ヲ下界ヘツキ
下シ玉ヘハアメワカミコノムネニアタリテ死
セリ此時ツマノ下照姫大ニ悲ヒシヲタカ
ミムスヒノ眷属ニ稲持《イナモチ》ノ神ト云ルカ其

カハネヲ取テ殯《モカリヤ》ヲ作テ疾風ニフカセ
空中ニノホセテ葬セシ也其時ニ
下テルヒメノ兄《アニセウト、云》　味耜高彦根《アチスキタカヒコネ》
妹ヲトフラハントテ天上ヘノホリ玉ヒシ
ソノ姿ウツクシクシテ二ノ岳二ノ谷ニ
カヽヤキ玉ヒケリソレヲ諸ノ神達ニ
ホメシラセントテヨメル哥ナリ
・アモナルヤ　天ニアルト也　・ヲトタナハタノ　イナモモノ神ノ事ナリ
・ウナカセル　イナモチノ神ノアメワカミコノ死シ玉ヒシヲ天ヘツケシ事ナリ
・玉ノシスマルノ　玉ハマロキ物ナレハ也　・アナタマハ
ヤミ　タマノヒカリハヤシトナリコレハアチスキタカヒコネノ身ノヒカリナリ
╲谷フタ・╲ワタラス　谷ソコマテ光リノワタルヲ云ナリ
╲アチスキタカヒコネ　スナハチアチスキノ神ノ御名ナリ
・問テ云下テルヒメノ哥ハ地神第三
・天津彦々火瓊々杵《アマツヒコ〳〵ホノニニキ》尊ノ御代ナリ
スサノヲノミコトハ天神七代メノイサナキ
イサナミノ第四ノ御子也下照ヒメヨリハ
ハルカノ上代ナルヲ下テルヒメノヲハサキニ
アケスサノヲノ御哥ヲハナンソ後ニツラ

ヌルハヤ
・答八雲立ノ哥ハマキレヌハシメナレトモ
コヽニテハ時代ノ前後ニヨラス天地人ト
アクルニヨレリ
・問云三才ノ哥ナラハ三首アルヘキニアラ
カネノツチニシテハスサノヲノミコトヨリソ
ヲコリケルトアリテ人ノ哥トヲホシキ
ヲハアケス又人ノ世トナリテスサノヲノ
ミコトヨリソミソモシアマリ一モシハヨミ
ケルトアリ
・答八雲立ノ哥ヲ地ト人トニトル也卅
一字ノ哥ハ五形ソナハリヌレハ即チ人
躰ナリ本ヨリヨメル所出雲清地《スカチ》ニ
テ侍レハ地ニテノ哥也此一首ヲ二
首ニトレル事深秘ノ相傳ナリ矣
（裏書）「三才哥秘决」

47　切紙包紙　「柏口決」

包紙のみ

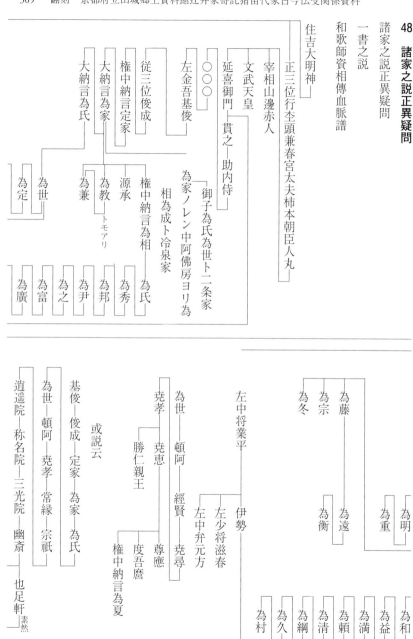

48 諸家之説正異疑問

諸家之説正異疑問
一書之説
和歌師資相傳血脈譜

住吉大明神
正三位行杢頭兼春宮太夫柿本朝臣人丸
宰相山邊赤人
文武天皇
延喜御門
○○○
左金吾基俊
従三位俊成
権中納言定家
大納言為家
大納言為氏

貫之—助内侍

御子為氏為世ト二条家
為家ノレン中阿佛房ヨリ為
相為成ト冷泉家

権中納言為相
源承
為教 トモアリ
為兼
為世
為定

為氏
為秀
為邦
為尹
為之
為富
為廣

為藤
為宗
為冬
為遠
為衡
為明
為重

左中将業平
伊勢
左少将滋春
左中弁元方

為和
為益
為満
為頼
為清
為綱
為久
為村

為世—頓阿—經賢—尭尋
尭孝
尭恵
勝仁親王
尊應
度吾磨
権中納言為夏

或説云
基俊—俊成—定家—為家—為氏
為世—頓阿—尭孝—常縁—宗祇
逍遥院—称名院—三光院—幽斎—也足軒 素然

後十輪院　通村—通純
烏丸光廣—八条宮智仁
百九代後水尾院—百十二代後西院
中院通茂—中院通躬
烏丸資慶
日野弘資

又或説

俊成—定家—為家—為世
頓阿—經賢—尭恵
尭尋—尭孝
常縁—宗祇—實隆—公條
實澄—玄旨—長頭丸
智仁親王
後水尾院—長孝
後西院—長雅
何ノ家臣氏貞徳
松永弾正歟　不知

霊元院—長伯
實陰
ハイカイ中古ノ開山別合長頭丸圓院丸
古今相傳儒者松永昌三父
禁中ノ御師範シタル仁也

49　口訣

口訣

一八雲ノ御詠此義神道家ノ口傳アリ
一高砂住江ノ松も相をひのおなし師説アルヘシ云々
一冨士の山も煙不立不断ニ付ヲ口傳アリ
一奈良の御時　口傳アリ
一よしの丶山の桜ハ人丸かめにハ此人丸哥ノ事切帋アリ
一年ハ百とせあまり世ハ十つき　可有口傳云々
一年のうちにー　古今ノ二字此一首ニテ習知コトアリ師説ヲウクヘシトアリ
一春霞たてるやー　よみ人しらす此作者口傳アリ
一遠近のー　此哥下ニ習アリ猶可受師説

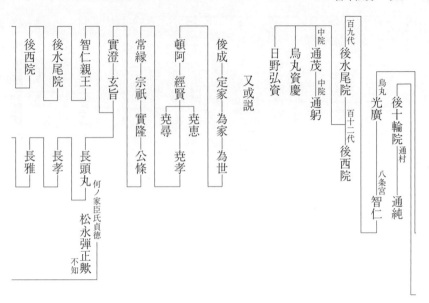

一我せこか衣かへす哥ー　晴ノ哥ノ躰
一桜花咲にけらしな足引のー　晴ノ哥ノ姿也尤あふくへき
故侍りこと書にもならひアリ
一河風のすゝしくもあるかー晴ノ歌ノ躰貫之
一龍田川紅葉乱てー　上二句古ノ末ノ御子下二句今ノ字ニ取習アリ
一立田川紅葉ゝなかるー　是も古今ノ字ニ取習アリ
一龍田川錦おりかくー延喜御哥也前ノ立田川二首ヲ古ノ
字ニアテ此哥ヲ今ノ字ニアツル也此哥心ヲ二ニいふ事御門ト
貫之ト心ニアツル也二首ニ用ユ、
一恋五忘草枯もやするとー　可受師説
一同あまの原にすむー　猶可受師説
一雑上我上に露そをくなるー　雑ノ部第一ニ至リ心有別昏ニ注ス
一同ふたつなき物とー　余情無哥トソ
一同みたりの翁　各説々アリ可受師説
一我みても久しく成ぬー　此哥猶可尋トアリ
一いまこゝに　読人しらす故実也
一杉立る門　口傳アリ
一大歌所　此国ノ名ヲツカサトルコト在之猶可尋之
一神アソヒノ哥　性自在有口傳

一トリ物ハ心ノ表也可口傳
一承和の御への可尋

あとがき

最後に本書の刊行までの経緯を記す。

平成二十七年七月のこと、京都中京区竹屋町の西島家の七夕の歌会に鶴﨑と小髙が招かれた。西島家の住宅は京都市景観重要建造物に指定され、文化庁登録有形文化財、京都市歴史意匠建造物でもある。いわゆる京都特有の、夏は蒸し暑く、冬は底冷えのする町屋であるが、歴史の重荷を肌に感じる建物である。亭主の西島真森氏はこの重要建造物を守りながら、書道・華道・茶道等々、日本文化を教授している。また西島家には先代・先々代の収拾された古典籍が数々ある。町屋の暗い階段を上がると、二階の広い部屋一杯に書物が展示されていて、古今伝受に関わる書物が多い。

当日の西島家の歌会には大阪の住吉大社宮司の高井道弘氏も同席されていた。これを機に、後日、鶴﨑と小髙が住吉大社にお参りした時、古今伝受を中心とした「歌神と古今伝受」というシンポジウムを催すことになり、翌平成二十八年十二月十日と開催日まで決まった。

住吉大社と玉津島神社は、古くから和歌両神として尊崇されてきたが、和歌両神としてあわせて祀ることは、現代ではほとんど行われていない。この度のシンポジウムは住吉大社・玉津島神社の御加護のもと、住吉大社にて行われた。

シンポジウムのパネラーには、古今伝受を研究し、住吉大社に近い大阪府立大学の西田正宏氏と住吉大社・玉津島神社の奉納和歌の翻刻が多い帝塚山学院大学の神道宗紀氏をお誘いした。シンポジウム当日には、全国から三百人近い参加者があって古今伝受への関心の高さが伺われ、開催は成功裏に終わった。

シンポジウムの終了後、関心のある研究者とともに簡単な茶話会を開いたが、その席上、本書の刊行が企画された。早速、シンポジウム無事終了の報告と古今伝受を扱った研究書の刊行計画をお知らせして、執筆依頼を郵送した。

御蔭様で、このように一六編の原稿をお寄せいただいた。計画の当初から携わったので、鶴崎と小高が編集を担当した。古今伝受を扱った研究ということではあったが、バラエティーに富む内容で、本書の特徴が如実に現れている。有意義ではないかと話し合い、目次に示すように、①歌神　②歌神の周辺　③奉納和歌　④古今伝受、の四部に分けた。

なお「古今伝受」と「古今伝授」、「玉津島」と「玉津嶋」、「柿本人麻呂」と「柿本人麿」などの用字については、執筆者の自由に任せた。

（鶴崎裕雄・小高道子）

本書は、帝塚山学院創立一〇〇周年記念事業の一環として出版助成を受けた。記して謝意を表する。

執筆者一覧（掲載順）

深《ふか》津《つ》睦《むつ》夫《お》　皇學館大学特別教授
三《み》木《き》雅《まさ》博《ひろ》　梅花女子大学教授
小《こ》出《いで》英《えい》詞《じ》　住吉大社権禰宜
芦《あし》田《だ》耕《こう》一《いち》　島根大学名誉教授
神《しん》道《どう》宗《むね》紀《のり》　帝塚山学院大学名誉教授
鶴《つる》﨑《さき》裕《ひろ》雄《お》　帝塚山学院大学名誉教授
吉《よし》田《だ》　豊《ゆたか》　元堺市博物館学芸員
廣《ひろ》田《た》浩《こう》治《じ》　静岡市文化振興財団事務局学芸課係長

山《やま》村《むら》規《のり》子《こ》　元京都女子大学非常勤講師
元イエール大学専任講師
小《お》髙《だか》道《みち》子《こ》　中京大学教授
大《おお》谷《たに》俊《しゅん》太《た》　京都女子大学教授
小《こ》林《ばやし》一《かず》彦《ひこ》　京都産業大学教授
倉《くら》橋《はし》昌《まさ》之《ゆき》　堺市博物館学芸員
西《にし》田《だ》正《まさ》宏《ひろ》　大阪府立大学教授
綿《わた》抜《ぬき》豊《とよ》昭《あき》　筑波大学教授

歌神と古今伝受

二〇一八年一〇月三一日初版第一刷発行
（検印省略）

編著者　鶴﨑裕雄
　　　　小髙道子

発行者　廣橋研三

印刷・製本　亜細亜印刷

発行所　有限会社和泉書院

〒五四三-〇〇三七
大阪市天王寺区上之宮町七-六
電話　〇六-六七七一-一四六七
振替　〇〇九七〇-八-一五〇四三

ISBN978-4-7576-0887-0　C1095